D1865431

Anton Svensson

Der Andere

GOLDMANN
Lesen erleben

Anton Svensson

Der Andere

THRILLER

Aus dem Schwedischen
von Lotta Rüegger & Holger Wolandt

GOLDMANN

Die schwedische Originalausgabe erschien 2017 unter dem Titel »En bror att dö för« bei Piratförlaget, Schweden.

Der Verlag weist ausdrücklich darauf hin, dass im Text enthaltene externe Links vom Verlag nur bis zum Zeitpunkt der Buchveröffentlichung eingesehen werden konnten. Auf spätere Veränderungen hat der Verlag keinerlei Einfluss. Eine Haftung des Verlags ist daher ausgeschlossen.

Dieses Buch ist auch als E-Book erhältlich.

FSC
www.fsc.org
MIX
Papier aus verantwortungsvollen Quellen
FSC® C014496

Verlagsgruppe Random House FSC® N001967

1. Auflage
Deutsche Erstveröffentlichung September 2017
Copyright © der Originalausgabe 2017 by
Anders Roslund & Stefan Thunberg
Copyright © der deutschsprachigen Ausgabe 2017
by Wilhelm Goldmann Verlag, München,
in der Verlagsgruppe Random House GmbH,
Neumarkter Str. 28, 81673 München
Published by agreement with Salomonsson Agency
Umschlaggestaltung: UNO Werbeagentur, München
Umschlagmotiv: FinePic®, München
Redaktion: Annika Krummacher
Autorenfoto: Anna-Lena Ahlström
AG · Herstellung: han
Satz: Uhl + Massopust, Aalen
Druck und Bindung: GGP Media GmbH, Pößneck
Printed in Germany
ISBN: 978-3-442-31452-2
www.goldmann-verlag.de

Besuchen Sie den Goldmann Verlag im Netz

Die Vergangenheitsebene des Buchs
ist von tatsächlichen Ereignissen inspiriert,
während die Gegenwart rein fiktiv ist.

Schwarze Löcher

Blut. Noch nie hat er darüber nachgedacht, wie rot es ist.

Und wie viel davon ein Frauenkörper enthält.

Genug, um eine ganze Küche, eine ganze Diele und die ganze Treppe vom dritten Stock bis zur Haustür rot zu färben. Und dennoch bleibt ihr genug, um die Flucht fortzusetzen, weg von hier.

Der Putzlappen in seiner Hand wird immer dunkler. Er drückt den Rücken durch, stellt seine Füße fest auf den Boden und stemmt sich mit seinem vollen Gewicht gegen den PVC-Boden der Küche, um auch noch den letzten Fleck zu beseitigen. Dann wäscht er den Lappen im warmen Wasser des Eimers aus und rutscht auf Knien auf die Schwelle und die klebrigen Ritzen zu.

Was geschehen ist, geht niemanden etwas an. So läuft das nun einmal in einer Familie.

Mama hat wie ein verwundetes Tier gejammert, als sie nach draußen rannte, ohne sich noch einmal umzudrehen, gejagt von den Blutspuren, an denen er immer weiter herumschrubbt, bis nichts mehr zu sehen ist.

Leo erhebt sich wieder und streckt die Beine aus, nachdem er lange in ein und derselben Stellung verharrt ist. Seltsam. Eigentlich müsste er erschöpft sein, doch er fühlt sich irgendwie aufgekratzt und ruhig zugleich. Und stärker denn je. Jeder seiner Gedanken ist klar. Er weiß genau, was er zu tun hat. Ein unvergleichliches Gefühl, vielleicht wie damals, als er zum ersten Mal etwas getrunken hat, jener Augenblick, kurz bevor er zu betrunken war. Nur dass das Gefühl jetzt viel besser ist.

Das Küchenfenster mit den gestreiften Vorhängen geht auf die Straße. Leo schaut hinaus, sucht mit dem Blick nach Mama, die nicht mehr da ist. Nur die Flecken sind geblieben.

Und Papa?

Ist er wirklich noch da? Warum sitzt er da unten im Auto, als wäre nichts geschehen? Worauf wartet er eigentlich? Die Polizei kann doch jeden Moment hier auftauchen, verdammt.

Papa ist vom Gefängnis in der Nähe von Stockholm direkt hierhergefahren und hat die Wohnung gestürmt, um Mama zu töten. Aber er, sein ältester Sohn, ist auf seinen Rücken gesprungen, hat ihm den Arm fest um den Hals gelegt und so lange gekämpft, bis Papa aufgeben musste.

Die Küche ist fertig, keine Spur mehr vom Blut, alles riecht sauber.

In der Diele ist es schwieriger. Dort ist sie mehrere Male ausgerutscht, und die Flecken sind größer, fast wie Pfützen. Nachdem er lange geschrubbt und sich bis ins Treppenhaus vorgearbeitet hat, werden sie endlich kleiner. Das Putzwasser ist eher rötlich trüb als durchsichtig.

Dann schleicht er sich wieder zur Gardine.

Der gelbe VW-Bus steht immer noch dort unten. Papa sitzt am Steuer, die Tür ist geöffnet, und sein linkes Bein ragt heraus. Seine graue, weite Anzughose flattert im Wind, und er schlägt mit seinem braunen Lederschuh auf den Asphalt.

Papa scheint auf jemanden zu warten, was sonst hätte er dort zu tun?

Glaubt er etwa, dass Mama zurückkommt?

Oder ist Papa wütend und enttäuscht, denkt Leo, weil ich mich eingemischt habe, als er gerade Mamas Kopf erwischt hatte und ihr immer wieder das Knie ins Gesicht rammte? Hat er etwa vor, ins Treppenhaus und in die Wohnung im dritten Stock zurückzukehren? Bin jetzt ich an der Reihe? Schließlich habe ich dafür gesorgt, dass sie entkommen konnte, dass sie lebt.

Aber das Wilde, Lebendige und beinahe Glückliche in seinem Innern verdrängt die Angst. Er hat keine Angst, nicht einmal vor Papa.

Auf dem Frotteeteppich im Badezimmer liegt Mamas grüner Erste-Hilfe-Kasten mit dem Verbandszeug. Der Deckel mit dem weißen Kreuz steht offen. Jemand hat darin herumgewühlt. Er lässt ihn liegen, denn er muss erst den Putzlappen in die Mülltonne werfen und sich dann Mamas Blut vom Körper waschen.

Das warme Wasser spült die blutige Schicht von seiner Haut und bildet einen hübschen hellroten Wirbel, bevor es im Abfluss verschwindet.

Felix machte sich Sorgen. Das ist seine Art, aber dieses Mal war deutlicher als sonst zu erkennen, dass es ihm nicht gut ging. Vincent, sein jüngster kleiner Bruder, sagte kein Wort, sondern schloss nur seine Zimmertür hinter sich und kam nicht mehr zum Vorschein.

Ein dritter Kontrollblick durch das Küchenfenster. Jetzt. Jetzt kommt die Polizei. Und Papa, dieser Idiot, bleibt einfach sitzen! Geholt haben sie ihn schon früher einmal. Vor vier Jahren. Das war, als Papa mit Molotowcocktails das Haus von Leos Großeltern angezündet hatte, weil Mama sich dort versteckte. Aber damals war es umgekehrt – damals hatte die Polizei auf Papa gewartet, jetzt wartete Papa auf die Polizei.

Wenig später steht einer von denen im Treppenhaus und klingelt an der Wohnungstür. Er ist groß und noch ziemlich jung, das sieht Leo durch den Spion. Der Polizist betritt die Diele und merkt rein gar nichts. Das Blut ist weggewischt.

»Hallo, ich heiße Peter Eriksson und bin Polizist. Gleich kommt eine Sozialarbeiterin. Du musst dir also keine Sorgen machen.«

»Ich mache mir keine Sorgen. Warum sollte ich mir Sorgen machen?«

»Wie heißt du denn?«

»Leo.«

»Und wie alt bist du?«

»Alt genug.«

»*Wie alt?*«

»Vierzehn.«

Jetzt schaut sich der Bulle in der Diele um und beugt sich vor, um einen Blick in die Küche zu werfen. Aber dort ist nichts zu sehen, alles ist wie vorher, der Tisch steht wieder an seinem Platz, die beiden Stühle hat er aufgerichtet und unter den Tisch geschoben. Sogar der Flickenteppich, den er umgedreht hat, um die Blutflecken verschwinden zu lassen, liegt glatt zwischen den Tischbeinen.

»Ist es hier passiert?«

»Was?«

»Dein Vater hat es schon zugegeben. Ich weiß also, was passiert ist. Ich bin hier, um mir den Tatort anzusehen.«

»Hier ist es passiert.«

»Wo?«

»In der Diele hat es angefangen, und in der Küche war es dann zu Ende.«

Der Bulle lässt seinen Blick durch die Wohnung schweifen – über den Fußboden in der Diele und dann über die Schwelle in die Küche.

»Ich sehe, dass du geputzt hast. Es riecht sogar noch nach Reinigungsmittel. Aber das ist jetzt nicht so wichtig. Dafür hätte ich gerne gewusst, ob dein Vater früher schon mal hier war.«

»Er wohnt seit Jahren nicht mehr bei uns.«

»Also war er noch nie in dieser Wohnung?«

»Nein. Wir sind vor vier Jahren aus Stockholm hierhergezogen. Als Papa ins Gefängnis kam.«

Die Hand des Bullen auf der Türklinke. Offenbar will er gehen. Keine weiteren Fragen von jemandem, den das alles nichts angeht.

»Da ist noch was.«

»Ja?«

»Die Sozialarbeiterin vom Jugendamt heißt Anna-Lena. Sie wird dir und deinen Brüdern helfen.«

»Wir brauchen keine Hilfe.«

»Alle brauchen irgendwann einmal Hilfe.«

Dann geht er wieder. Kein Wort darüber, was aus Mama geworden ist. Papa hat aufgegeben. Vielleicht ist es ja deswegen.

Felix versteckt sich noch immer hinter der Couch im Wohnzimmer, kriecht aber hervor, sobald Leo ihm ein Zeichen gibt.

»Ist sie … tot? Leo, ist sie tot? Sag schon.«

»Natürlich ist sie nicht tot.«

»Und wo ist sie dann? Wo, Leo? Sie muss schwer verletzt sein.«

»Sie ist Krankenschwester. Sie weiß, was sie zu tun hat. Wo sie hingehen muss.«

»Wo soll sie denn hin? Findet er sie denn nicht überall?«

»Nein. Die Polizei hat Papa festgenommen.«

»Ich kapier es einfach nicht.«

»Was kapierst du nicht?«

»Warum er hier aufgetaucht ist und sie totschlagen wollte.«

»Weil Mama die Familie auseinandergerissen hat.«

»Du wiederholst doch nur, was Papa gesagt hat.«

»Stimmt überhaupt nicht. Aber ich kenne Papa eben besser als du. So ist er eben.«

»Aber wenn sie …«

Leo fängt die aufgeregt rudernden, fuchtelnden Arme seines kleinen Bruders ein, um ihn zu beruhigen.

»Felix. Ich verstehe, dass du dir Sorgen machst und Angst hast.«

»Ich …«

»Aber ich *weiß*, dass sie es geschafft hat. Ich habe es selbst gesehen. Und jetzt musst du mir mit Vincent helfen, Felix. Okay?«

Leo lässt die beiden Arme, die ihn zu verstehen scheinen, los. Sie haben aufgehört zu fuchteln.

»Okay.«

Gemeinsam nähern sie sich der geschlossenen Tür.

»Vincent?«

Ihr kleiner Bruder antwortet nicht. Vorsichtig drückt Leo die Türklinke nach unten. Abgeschlossen. Er späht durch das Schlüsselloch, sieht nichts, der Schlüssel ist im Weg.

»Vincent, mach auf.«

Beide legen ein Ohr an die Tür und hören ihn dort drinnen schwer atmen.

»Der Verbandskasten.«

»Ist mir auch aufgefallen. Auf dem Badfußboden. Wenn er sich etwas angetan hat, Leo, wenn er …«

»Ich kümmere mich drum.«

Leo ist schon unterwegs. Irgendwohin. Durch die Diele, Richtung Treppe.

»Wo willst du hin?«

»Zum Fallrohr.«

Felix ist nicht gern allein, wenn er sich nicht selbst fürs Alleinsein entschieden hat. Er betrachtet Vincents verschlossene Tür, die Farbe, die am unteren Rand der Tür abgeblättert ist, und die Klinke – als könne er sie durch reine Willenskraft öffnen. Er weiß genau, was Leo vorhat. Er wird hinunter auf den Hof hinter dem Mietshaus rennen. Von dort klettern sie, wenn sie den Wohnungsschlüssel vergessen haben, das Fallrohr hoch und auf den Balkon. Aber jetzt bringt das nichts, denn es geht ja um Vincents Tür. Also muss er am anderen

Fallrohr hochklettern, das zwischen Mamas Schlafzimmer und Vincents Zimmer in den Himmel steigt. Es verläuft direkt neben Vincents Fenster, das meistens offen steht. Dieser Weg ist viel schwieriger. Der Balkon hat ein Geländer, an dem man sich festhalten und über das man die Beine schwingen kann. Vincents Zimmer hat nur ein schmales, lebensgefährlich glattes Fensterblech mit scharfen Kanten. Leo muss sich mit einer Hand am Fallrohr festhalten, während er den anderen Arm ausstreckt und das Fensterblech packt. Und dann muss er sich mit einem schnellen Ruck hinüberwerfen. Das ist nicht einfach. Und wenn er jetzt … es hat doch eben noch genieselt? Dann ist das verdammte Fallrohr so schmierig und rutschig wie nasses braunes Laub im Herbst. Er weiß nicht, wovor er am meisten Angst hat. Davor, dass Leo hinaufklettert und abstürzt, oder dass Vincent sich hinter der verschlossenen Tür etwas angetan hat.

Er versetzt der Türklinke einen Tritt und bereut es im nächsten Moment, weil er Vincent womöglich Angst einjagt.

Es ist sicher besser, die Klinke einfach nur im Auge zu behalten. Es bleibt ihm nichts anderes übrig, als sie anzustarren und die Sekunden zu zählen. Bis sich die Klinke bewegt, Leo vor ihm steht und er eintreten kann.

Zweihundertachtundvierzig Sekunden.

Da geschieht es. Die Klinke bewegt sich tatsächlich, und die Tür geht auf.

So etwas hat er noch nie gesehen.

Niemals.

Felix tritt an das Bett, in dem Vincent liegt, und weiß nicht, ob er ihn berühren soll. Er tut es nicht. Stattdessen sucht er Leos Blick.

»Was … sag mal, wieso hat Vincent … sich in Mullbinden eingewickelt?«

Über den Boden verteilt, zwischen Spielzeugautos und Plastiksoldaten liegen Pappschachteln, die eigentlich in Mamas Verbandskasten gehören und Mullbinden enthalten. Jetzt zieht sich das kreideweiße Gewebe kreuz und quer über Vincents Körper. Von den Knöcheln über die Oberschenkel, den Bauch, die Schultern und den Hals bis zum Gesicht. Wie bei einem Siebenjährigen nicht anders zu erwarten, klaffen die Kanten auseinander, dazwischen sind Unterhose, T-Shirt und nackte Haut zu sehen. Am auffälligsten ist die bewusst ausgesparte Öffnung für den Mund, deren Geweberänder vom Atem befeuchtet werden.

»Das Blut da draußen … Verdammt, Leo … das war doch Mamas, oder?«

»Ja.«

»*Nur* Mamas? Schwörst du?«

»Nur Mamas.«

Leo geht vor Vincents zerwühltem Bett in die Knie und ergreift ein Stück Mullbinde, das vom Handgelenk herabhängt.

»Jetzt sind wir doch bei dir, Vincent, und Papa ist ganz weit weg.«

Die eine Hand hält das lose Ende der Mullbinde, die andere liegt auf Vincents bandagierter Wange.

»Ich finde, wir wickeln den Scheiß jetzt ab.«

Kaum versucht er, die erste Windung zu lösen, da reißt Vincent seinem großen Bruder die Binde mit aller Kraft aus der Hand. Ein erstickter Schrei ist zu vernehmen.

Felix steht immer noch an der Tür und scheint sich zu fragen, was da eigentlich gerade passiert. Da klingelt es an der Wohnungstür. Schon wieder. Durch den Spion ist die Frau zu sehen, die der Polizist angekündigt hat. Die Tussi vom Jugendamt. Und was das zu bedeuten hat, weiß er ganz genau. Also hetzt er zu seinem großen Bruder zurück.

»Wenn sie diese verdammte Minimumie sieht, sind wir erledigt, Leo.«

»Dann nimm du die Sache in die Hand, aber red nicht so laut. Ich mache auf, und du kümmerst dich um ihn.«

Inzwischen hat sich Vincent im Bett aufgesetzt, einen roten Filzstift genommen und rote Punkte auf seinen bandagierten linken Arm gemalt. Felix hört, wie Leo die Tür öffnet. Die Frau vom Jugendamt tritt ein, und ein Kleiderbügel klappert, als sie ihren Mantel aufhängt. Vincent ist dabei, einen großen roten Punkt auf seinen Bauch zu malen.

Felix flüstert: »Du musst dich hinlegen, hörst du, und so tun, als würdest du schlafen.«

»Ich bin aber nicht müde. Und *ihr* liegt ja auch nicht im Bett.«

»Du hörst doch die Frau da draußen, Vincent, oder? Sie darf dich jetzt nicht sehen.«

»Wer?«

»Das tut nichts zur Sache. Aber wenn sie dich sieht … mit diesen ganzen … mit dem ganzen Zeug, dann nimmt sie dich mit, kapiert?«

Wenn er das Laken glattzieht und die Decke aufschüttelt.

»Mach schon, verdammt!«

Wenn er das Kissen umdreht, verschwinden auch die Schweißflecken. Vielleicht legt sich Vincent dann hin.

»Sie kommt gleich!«

Ein paar rasche Handgriffe – Vincent gibt nach und legt sich hin. Felix deckt ihn fast ganz zu.

»Und jetzt atmest du wie beim Schlafen. Ein, aus, ein, aus. Ganz langsam.«

Dann verlässt er schnell das Zimmer und begegnet Leo und der Frau vom Jugendamt in der Diele. Er begrüßt sie, und sie lächelt.

»Und euer kleiner Bruder? Wo ist der?«

»Er schläft und hat die Decke über beide Ohren gezogen. Sieht gemütlich aus.«

Sie lassen die Frau vom Jugendamt ins Zimmer schauen, und sie sieht, was sie sehen soll. Ein Kind, das tief schläft und nicht gestört werden sollte. Das trifft sich gut, erklärt sie und sieht dabei Felix an, denn sie möchte nun mit Leo unter vier Augen reden.

»Erst will ich wissen, wie es Mama geht.«

»Felix? So heißt du doch, oder?«

»Ja. Wie geht es ihr?«

»Sie hat Schmerzen, Felix. Aber sie liegt im Krankenhaus und ist in guten Händen.«

Dann sind sie allein, Leo und die Sozialarbeiterin. Felix sitzt auf der Couch und sieht fern. Sie versucht, Leo die Lage zu erklären.

»Ich habe eure Mutter im Krankenhaus besucht. Die Ärzte schauen stündlich nach ihr. Sie muss noch ein paar Tage bleiben.«

Sie legt Leo eine Hand auf die Schulter, doch er windet sich so lange, bis sie wieder hinuntergleitet.

»Deine Mama will, dass du mit deinen beiden Brüdern hierbleibst, aber das geht nicht. Findest du nicht auch? Nicht, wenn ihr allein hier seid.«

Er reagiert nicht. Er hat ihre Worte vernommen, gedenkt aber nicht, die Wohnung zu verlassen. Nicht jetzt. Vincent, verdammt. Sie können doch nicht mit einer Mumie das Haus verlassen. Wenn sie ihn zwingen, den Verband abzunehmen, wird er hysterisch. Das würde alles nur verschlimmern.

»Felix ist elf und Vincent sieben. Das verstehst du doch?«

Ich versteh schon. Und ich weiß, was Papa gesagt hat.

Ab jetzt trägst du die Verantwortung.

»Ich kann mich um meine kleinen Brüder kümmern.«

»Du bist vierzehn.«

»Es gibt Vierzehnjährige, die viel schlimmere Dinge durchmachen müssen. Ich habe mal was über einen Jungen gelesen, ich glaube, das war in Brasilien. Er hat Fisch mit der Harpune gefangen, um seine Familie zu versorgen. Eines Tages hat ihn die Harpune am Fuß erwischt, und da …«

»Hör zu. Ich habe lange mit deiner Mutter gesprochen.«

Wieder liegt ihre Hand auf seiner Schulter und bleibt liegen, obwohl er sich windet.

»Leo, wie geht es dir? Jetzt gerade?«

»Jetzt gerade? Weiß nicht …«

Er weiß genau, wie er sich fühlt. Aber nicht, ob das in Ordnung ist.

»Na ja, ganz okay, glaube ich.«

Dabei kann es doch wohl nicht in Ordnung sein, wenn man sich so verdammt stark fühlt. Beinahe glücklich. Und wie kommt es, dass dieses Bild in seinem Innern sogar das von seiner blutenden, flüchtenden Mutter ausradiert?

»Deine Mutter hat alles erzählt.«

Die Stimme der Frau vom Jugendamt. Voller Ernst. Sie will alles wissen. Jetzt kommen die Fragen.

»Ich will nicht darüber reden.«

Kein Wort, zu niemandem, über das, was passiert ist. Das macht es nur noch schlimmer.

»Worüber willst du nicht reden?«

»Über das, was Sie wissen wollen – was Papa getan hat.«

Die Hand liegt immer noch auf seiner Schulter.

»Deine Mutter musste mir gar nicht erzählen, was er getan hat, das konnte ich sehen. Anhand ihrer Verletzungen. Aber sie hat erzählt, was *du* getan hast. Von deinem Mut. Dass sie nur deswegen entkommen konnte.«

Plötzlich verliert er die Fassung.

Darauf war er nicht vorbereitet.

Das angenehme Pochen in seinem Körper stoppt abrupt, wird weggespült. Das frohe, weiche Gefühl verlässt jedes Glied, jeden

Muskel und Gedanken. Er möchte weinen. Der ganze Scheiß, der aus ihm herausbrechen will, drückt auf seine Brust. Aber er wird keine einzige Träne entwischen lassen. In ihrer Gegenwart zu weinen würde alles zerstören.

Er befreit sich zum zweiten Mal und läuft in die Küche. Aber sie lässt nicht locker, sondern folgt ihm. Die Mahlzeit, die sie nicht gegessen haben, steht noch kalt auf dem Tisch. Er nimmt eine Schüssel nach der anderen und öffnet dann den Ofen. Hundertfünfzig Grad genügen.

»Wo ist Papa?«

Seine Stimme ist fest, keine Träne in Sicht.

»Er kommt nicht zurück.«

»Das ist mir auch klar. Ich will wissen, wo er ist.«

»Bei der Polizei.«

»In U-Haft?«

»Ja.«

Er sieht ihren Blick. Sie sehen immer so aus, wenn sie finden, dass er dieses Wort eigentlich nicht kennen sollte.

»Da hat er auch schon früher gesessen. In U-Haft.«

»Du brauchst dir keine Sorgen zu machen, dass er zurückkommt. Das wird noch lange dauern.«

»Ich mache mir keine Sorgen. Warum auch? Ich verstehe nicht, warum wir nicht einfach die paar Tage hierbleiben können.«

»Weil du erst vierzehn bist. Weil ihr, du und deine jüngeren Brüder, etwas erlebt habt, was Kinder nicht erleben sollten.«

Du hast doch keine Ahnung, was wir verkraften. Oder was wir alles gesehen haben.

Er will es laut aussprechen, ihr antworten.

Aber das wäre nicht sonderlich klug.

»Leo, hör zu. Das ist jetzt wichtig. Wenn deine Mutter länger bleiben muss, dann müsst ihr bei einer anderen Familie wohnen.«

»Was soll das heißen … bei einer anderen Familie?«

»So etwas zu organisieren kann ein Weilchen dauern. Bis dahin kommt jemand hierher und kümmert sich um euch.«

»Hierher? Und wer?«

»Das weiß ich noch nicht so genau. Wir haben einen Bereitschaftsdienst mit netten Leuten, die einspringen, wenn so etwas passiert. Im Laufe des Abends erfahren wir Genaueres.«

Eine andere Familie. Leo rückt das schon lange wartende Besteck auf dem Küchentisch zurecht. Offenbar ist es verrutscht, als Papa Mama mit seinem Knie bearbeitete. *Wir haben schon eine Mama, auch wenn sie im Krankenhaus liegt*. Er stellt Gläser und eine Plastikkanne mit Eiswasser auf den Tisch. Dazu war sie nicht mehr gekommen. *Wir haben schon einen Papa, auch wenn er in einer Gefängniszelle sitzt*. Zu guter Letzt faltet er umständlich Küchenkrepp zu Servietten, die er mit dem Handrücken glattstreicht. *Und deshalb übernehme ich jetzt das Ruder*.

»Wissen Sie …«

Er bemüht sich, den Blick der Sozialarbeiterin aufzufangen. Er weiß immer noch nicht, wie sie heißt, aber das ist ihm auch egal.

»Ja?«

»Wenn das so ist, könnte sich dann nicht Agnetha um uns kümmern?«

»Wer ist Agnetha?«

»Sie wohnt im zweiten Stock. Agnetha ist Mamas Freundin. Sie ist oft bei uns und sicher genauso nett wie Ihre Leute vom Bereitschaftsdienst.«

Vincent sitzt halb zurückgelehnt im Bett. Sobald die Jugendamttussi in den zweiten Stock verschwunden war, ist er zur Toilette gerannt. Jetzt muss er den ganzen Bauch noch einmal bandagieren.

Felix scheint aufgegeben zu haben. Er atmet ruhiger und lehnt sich an die Bettkante. Ein bandagierter kleiner Bruder ist nicht mehr so furchteinflößend.

»Was ist da draußen eigentlich los, Leo? Ist sie endlich weg? Es klang so.«

»Sie kommt gleich wieder.«

»Hat sie noch was von Mama erzählt?«

Leo setzt sich neben seine jüngeren Brüder und lehnt sich an dieselbe harte Bettkante.

»Hör mal zu, Felix, sie wird noch ein paar Tage weg sein.«

»Wie viele?«

»Ein paar.«

»Wie viele?«

»Ich weiß es nicht.«

»Wie viele?«

»Ich weiß es nicht.«

Felix ist mit der Antwort nicht zufrieden. Leo kennt diesen Gesichtsausdruck. Sein Bruder wird so lange weiterfragen, bis er eine Antwort erhält. Doch jetzt gibt es keine. Felix scheint das zu spüren. Statt unentwegt »wie viele?« zu wiederholen, bricht er in Gelächter aus. Ein Gelächter, das sie nie zuvor gehört haben. Es ist eher ein Kichern und kommt nicht wie sonst von tief da drinnen, sondern entsteht weit vorne auf den Lippen – völlig aus dem Nichts und ohne Zusammenhang. Langsam wird es lauter, gleichzeitig beginnt er zu sprechen, kichernd, über die Mumie im Bett, den Bullen, die Frau vom Jugendamt, dann über die ganzen Blutlachen auf dem Boden, Mensch, Leo, das Blut muss gespritzt haben. Gespritzt! Felix kichert, doch Leo will sich das nicht mehr anhören, richtet sich auf und wendet sich Vincent zu.

»Alles in Ordnung, mein kleinstes Brüderchen?«

Der Bauch ist fertig. Frisch verbunden. In sorgfältigen Windungen. Aber die Finger seiner rechten Hand sind frei, und die führt Vincent an den Mund, ehe er antwortet, nachdem er einen Streifen von der Mullbinde über die Oberlippe geschoben hat.

»Ja.«

Dann zieht er den nächsten Streifen unter die Unterlippe.

»Nein.«

Wieder nach oben. Wieder nach unten.

»Ja. Nein.«

Rauf und runter. Die kleine Öffnung am Mund öffnet und schließt sich wieder.

»Ja. Nein. Ja. Nein. Ja. Nein.«

Bis Leo ihm vorsichtig über die weißbandagierte Wange streicht.

»Gut, Brüderchen. Bestens.«

In diesem Augenblick klingelt es an der Tür.

Sorgfältig schließt Leo die Zimmertür und eilt dem monotonen Klingelton entgegen.

Die Frau vom Jugendamt und hinter ihr Agnetha.

Sie lächeln.

»Wir machen es so, wie du vorgeschlagen hast.«

Die Frau vom Jugendamt lächelt am breitesten, schließlich führt sie auch das Wort.

»Agnetha wird sich um euch kümmern. Zumindest heute Abend, heute Nacht und morgen. Dann sehen wir weiter.«

Ihr Mantel hängt an einem der Haken unter der Hutablage. Sie knöpft einen Knopf nach dem anderen zu, und Leo hofft, dass das Gekichere nicht bis in die Diele dringt.

»Aber das geht nur unter einer Bedingung.«

»Ja?«

»Dass Agnetha kommen und gehen kann, wie sie es für richtig hält. Sie und ich bleiben die ganze Zeit in Verbindung. Okay, Leo? Okay, Agnetha?«

Er nickt, und beide warten auf Agnethas Zustimmung, aber sie reagiert nicht. Bald ist ihnen klar, warum. Ihr Blick ist an einer Stufe im Treppenhaus hängengeblieben. Dort, wo Mama gestolpert ist und sich übel verletzt hat. Das ist der einzige Fleck, den er nicht richtig wegbekommen hat. Dort war besonders viel Blut. Außerdem hatte er es eilig.

Er wartet, bis sie gegangen sind.

Der Putzeimer steht immer noch an derselben Stelle im Badezimmer.

Er füllt ihn mit lauwarmem Wasser und einem Schuss Spülmittel, weicht den Putzlappen ein und scheuert dann, indem er sich mit seinem ganzen Gewicht auf den Steinboden stemmt, bis der allerletzte Tropfen verschwunden ist.

Jetzt weiß er es ganz genau.

Er öffnet die Tür zu seinen beiden Brüdern – der eine kichert hysterisch, der andere spielt Verstecken hinter den Mullbinden – und lässt sich mit dem Rücken zur Bettkante auf den Boden sinken.

»Ich weiß immer noch nicht, wie viele Tage, Felix. Aber ich weiß, dass wir es schaffen.«

»Was denn?«

»Das, was ich mir ausgedacht habe. Und du wirst mir helfen.«

»Ach ja?«

»Hast du die blaue Tasche noch? Die mit den Karten?«

»Ja.«

»Hol sie.«

»Warum?«

»Die Frau vom Jugendamt will uns ausquartieren. Aber ich lasse das nicht zu.«

Felix' Kichern hat sich etwas gemäßigt. Er erhebt sich betont langsam, um zu zeigen, wie sehr es ihm widerstrebt.

»Los, Felix, hol sie einfach.«

Die blaue Kartentasche, kaum größer als eine Ansichtskarte, aber dick wie eine Pralinenschachtel, fliegt in gekonntem Felix-Wurf von der Schwelle Richtung Bett und streift vor der Bruchlandung beinahe Leo und Vincent.

»Zufrieden?«

Aus einem offenen Seitenfach des Täschchens ragt ein Kompass, der es Leo ein wenig erschwert, die Karte herauszuziehen und aufzufalten. In einem Maßstab von 1:5000 sind darauf alle Fahrradwege, Straßen und Pfade von Falun eingezeichnet.

»Schau mal hier.«

Leo deutet mitten auf die Karte, und Felix versucht zu schauen, begreift aber nicht, worum es geht.

»Was denn?«

»Die Wege, die von der Ortsmitte in den Wald führen.«

Leos Zeigefinger landet auf einem Viertel am Rand von Falun. Eckige Buchstaben bilden das Wort SLÄTTA. Felix weiß genau, wie es dort aussieht. Er war ein paarmal dort, es gibt in Slätta einen ziemlich lausigen Fußballverein.

»Und? Was ist damit?«

»Ich erkläre dir alles, wenn wir dort sind.«

»Wo?«

Eilig faltet Leo die Landkarte zusammen, und Felix spürt geradezu, wie neue Knicke ins Papier gepresst werden.

»Wo fahren wir hin, Leo? Und die Karte will ich zurück, wenn wir fertig sind. Mach sie nicht kaputt, sie hat fünfzehn Kronen gekostet.«

»Du kannst zehn von diesen Scheißkarten kriegen, wenn wir fertig sind. Komm jetzt mit, dann zeige ich es dir.«

»Was denn eigentlich?«

»Wirst du schon sehen.«

»Und die Mumie?«

»Er hat gesagt, er will allein sein. Soll er halt. Wir sind bald wieder zurück.«

Der Ausguck. Offenbar wird er so genannt. Der kleine Hügel hinter den Dornenbüschen, die den Platz umgeben. Dicht nebeneinander haben sie sich hingekauert, der Wind fährt ihnen durchs Haar, und Laub taumelt über die weite Asphaltfläche. Für einen Augenblick vergessen sie beinahe diesen beschissenen Tag.

»Leo?«

»Ja?«

»Was machen wir hier?«

»Wirst du gleich sehen.«

Leo bläst die Backen auf, was bedeutet, dass er sich vollkommen konzentriert und alles um sich herum ausblendet. Das tut er manchmal, dann verkriecht er sich in sein Inneres. Felix folgt seinem Blick. Eine Frau, etwa in Mamas Alter, überquert den Platz. Leo mustert sie eingehend. Oder vielleicht eher die Ledertasche in ihrer rechten Hand.

»Siehst du die Tasche?«

Also doch die Tasche. Sie ist braun und wirkt nicht sonderlich schwer.

»Ja.«

»Weißt du, was da drin ist?«

»Du etwa?«

»Mmm.«

»Und zwar?«

»Fünfundzwanzigtausend. Manchmal auch vierzig oder sogar fünfzig.«

»Fünfzigtausend … was?«

»Kronen.«

Die Frau geht vom ICA-Supermarkt zur gegenüberliegenden Bank. Sie macht große energische Schritte in hochhackigen Lederstiefeln, deren Geklapper vom Wind bis zum Ausguck getragen wird.

»Jeden Tag dieselbe Strecke. Kurz nach Ladenschluss. Quer über den Platz mit der Tasche in der Hand. Und da drüben wirft sie das Teil ein, siehst du?«

Sie zieht eine Metallbox aus der Ziegelwand, kippt sie und lässt die Tasche in ein zahnloses Maul fallen, das Ledertaschen schluckt.

»Das ist die Tageskasse vom ICA-Laden.«

»Woher weißt du das?«

»Der Sohn des Eigentümers hat in der Raucherecke damit rumgeprotzt.«

Jetzt ist sie fertig – und kehrt ohne Tasche zur größten ICA-Filiale der Gegend zurück.

»Sind wir fertig? Ich will nach Hause.«

»Raffst du überhaupt, warum wir hier sind?«

»Vincent ist allein. Lass uns gehen, Leo.«

»Die Tasche. Die hol ich mir.«

Felix, der sich bereits erhoben hatte, lässt sich noch einmal auf die Knie sinken.

»Die Tasche … holen?«

»Ja.«

»Wie holen?«

»Klauen. Ein Heist.«

»Heist?«

»Das ist Englisch und heißt so viel wie superschlauer Coup.«

»Das ist kein bisschen schlau. Das geht doch gar nicht.«

»Und ob es geht. Ich weiß auch, wie. In dem Moment, in dem sie das Geld einwirft. Genau dann schnappe ich mir die Tasche.«

»Aber …«

Felix verstummt, denn die Frau mit den hohen Absätzen in Mamas Alter hat Gesellschaft bekommen. Ein Securitas-Mann in Uniform, dessen Aufgabe darin besteht, das Einkaufszentrum zu bewachen, indem er von morgens bis abends seine Runden dreht, und der sich jetzt zu der Frau mitten auf dem Platz gesellt.

»Shit. Robbans großer Bruder.«

»Kein Problem.«

»Klicken. So heißt er. Klicken mit dem Gummiknüppel. Klicken mit dem großen Funkgerät. Der kennt dich doch, verdammt nochmal!«

»Auch das ist kein Problem.«

Felix beobachtet den Wachmann, den großen Bruder von Robban.

Wenn sich Leo die Geldtasche schnappt, holt ihn Klicken mühelos ein. Nur zwei, drei große Schritte sind nötig.

»Das geht nicht. Hörst du, Leo? Ist dir eigentlich klar, wie schnell der rennt? Und selbst wenn er dich nicht erwischt, erkennt er dich trotzdem.«

»Mich kriegen sie nie dran.«

»Und woher willst du das wissen? Du bist ein verdammter Idiot! Du hast keine Ahnung!«

»Ich hab doch gesagt, dass ich das hinkrieg, oder nicht? Man trägt eine Maske. Und bevor man zuschlägt, legt man falsche Spuren aus.«

Der Wachmann scheint zu wachsen. Vielleicht starrt Felix auch nur zu sehr die Uniform, den Gummiknüppel und das Funkgerät an. Während Leo ihn gar nicht wahrzunehmen scheint.

»Ich will nach Hause.«

»Einen kleinen Moment noch.«

»Leo, lass uns gehen. Der Wachmann. Robbans Bruder. Und …«

»Nur ganz kurz.«

Felix zieht Leo am Jackenärmel.

»Jetzt bist du genau wie … damals …« Er zieht stärker. »Als du dich mit Kekkonen prügeln wolltest. Als du Papas Messer genommen hast. Wenn du nicht zuhörst und dich komplett abschottest. Wenn du nicht bei mir, sondern nur bei dir bist.«

Felix steht auf und geht los. Wenig später hört er Schritte. Leo im Dauerlauf.

»Felix … bleib stehen!«

Dann hat er ihn eingeholt, und sie gehen nebeneinander her.

»Du *musst* mitmachen.«

»Leo – vergiss es.«

»Du musst nämlich den verdammten Wachmann weglocken!«

»Kapierst du's nicht? Ich will da nicht mitmachen! Und ich *werde* auch nicht mitmachen!«

Leo packt seinen kleinen Bruder, gar nicht fest. Freundliche Hände umfassen die schmalen Schultern, bis sie beide stehen bleiben müssen. Er lächelt, ja, er lacht sogar ein wenig, so wie manchmal, wenn sie miteinander Spaß haben.

»Felix? Wir beide können machen, was wir wollen, solange wir es zusammen machen. Gemeinsam dribbeln wir Klicken mühelos ins Abseits. Ein Ablenkungsmanöver. So nennt man das. Der Wachidiot wird gar nicht kapieren, wie ihm geschieht.«

»Ich will nicht. Will nicht. *Will nicht*.«

»Hör zu, ich habe mir alles genau überlegt …«

Felix schaut weg, hält sich die Ohren zu, geht weiter. Leo folgt ihm.

»Du brauchst keine Angst zu haben. Kein bisschen. Dieser Platz gehört uns.«

Dann streckt er den Arm aus.

»Diese Bronzestatue, die da drüben zwischen den Bänken steht?

Siehst du die, Felix? Diese Statue – das sind wir danach! Dort werden wir stehen und glänzen.«

Felix drückt seine Hände noch fester auf die Ohren.

»Und weißt du, was das Beste daran ist, Felix? Dass wir es nur einmal machen. Dreißig oder vielleicht sogar vierzig Tausender in einer Ledertasche. Ein einziges Mal.«

Leo sieht zu der Person hinüber, die nicht zuzuhören scheint, die einfach weitergeht. Es ist immer das Gleiche. Wenn Felix einen Entschluss gefasst hat, schaltet er auf stur.

Er muss die Taktik ändern.

Vielleicht hatte er es ja zu eilig. Schließlich ist so viel passiert, was erst einmal in Ordnung gebracht werden muss.

Die Frau vom Jugendamt. Der Bulle. Die Leute von der Bereitschaftsliste. Das Blut. Die U-Haft. Eine andere Familie.

Ein Tag mit lauter Wörtern, von denen er nicht geahnt hat, dass er sie eines Tages jemandem erklären muss, der sich die Ohren zuhält. Wörter, die nur eines bedeuten: *eine lange Zeit*.

Eine lange Zeit für drei Brüder, die allein in einer Wohnung leben.

Eine lange Zeit für Mama, die im Krankenhaus liegen muss, bis alles verheilt ist. Er weiß, dass Felix sich noch mehr Sorgen machen und noch trauriger sein wird.

Aber auch eine lange Zeit für Papa in seiner Gefängniszelle. Und das wird Felix beruhigen.

Denn er braucht doch seinen kleinen Bruder, damit es gelingt.

»Wenn ich mich verändern kann, dann kannst du es auch.«

Er wurde von einem schlichten Schild begrüßt. Es war an zwei Rohren festgeschraubt und wies beharrlich nach links.

Justizvollzugsanstalt 2 km

Er trat leicht auf die Bremse und bog zügig ab. Dann ließ er seinen schweren Körper wieder in den durchgesessenen, unendlich weichen Fahrersitz sinken.

Veränderung.

Wenn dir die Kraft fehlt, um weiterzulaufen. Wenn du nicht nach Hause findest, nicht einmal weißt, wo dieses Zuhause ist.

Dann bot Veränderung über kurz oder lang den einzigen Ausweg, davon war er überzeugt.

Genauso überzeugt wie von der Tatsache, dass die kurvige Straße, auf die er abgebogen war, vor einer sieben Meter hohen Mauer enden würde. Dicker Beton, der so lange als Abschottung gedient hatte und an diesem Morgen die nächste Phase ihres gemeinsamen Lebens einleiten würde.

Er hielt ganz hinten auf dem leeren Gefängnisparkplatz und kurbelte die Seitenscheibe herunter, er brauchte frische Luft. Doch das genügte nicht. Er brauchte mehr, öffnete die Tür und streckte das linke Bein hinaus. Die chemisch gereinigte weite Anzughose flatterte in dem schwachen Aprilwind, und ein frisch geputzter Herrenschuh berührte den trockenen Asphalt.

Kaufhausmusik erklang aus dem scheppernden Autoradio mit den herabhängenden Anschlusskabeln, und er beugte sich zum Armaturenbrett vor, um es abzustellen. Langsam atmete er tief durch und schloss die Augen, bis die Lichtblitze hinter seinen Lidern verschwanden. Dann meinte er, in der Stille aus dem Wäldchen, das an die Mauer grenzte, Vogelgezwitscher zu hören.

8.22 Uhr.

Noch achtunddreißig Minuten.

Die Karre war ziemlich am Ende, aber auf die Uhr konnte man sich verlassen.

Die Zeit, die ihn sonst immer hetzte, beunruhigte und ein Durcheinander verursachte, war heute von zentraler Bedeutung. Er hatte sich fest vorgenommen, pünktlich zu kommen. Und was hieß pünktlich? Das hieß um neun Uhr am 3. April. Der wichtigste Moment seit vielen, vielen Jahren.

Die winterkalte Frühjahrssonne erstarkte mit jeder Minute und warf ihre grellen Strahlen auf das einsame Fahrzeug vierzig Kilometer nördlich von Stockholm. Das Licht durchbrach die dreckige Scheibe. Ivan klappte die Sonnenblende herunter und betrachtete den äußeren, von Stacheldraht gekrönten Maschendrahtzaun. Justizvollzugsanstalt Österåker. Hier verbüßten Häftlinge, die zu langen Freiheitsstrafen verurteilt und als gefährlich eingestuft worden waren, den letzten Teil ihrer Strafe.

Je länger er sie anstarrte, desto klarer wurde ihm, dass es sich um eine hässliche Mauer handelte. Endloses Grau mit einer quietschroten Vorderseite, als ob das den Besucher froher stimmen könnte. Die Farbe war ihm scheißegal. Nur das Tor zählte und die Stahlpforte, die sich öffnen würde, denn durch diese Pforte würde sein ältester Sohn ins Freie treten. Genau in dem Moment, wenn ein eingesperrter Mensch seinen ersten Schritt in die Freiheit macht, trifft er seine Entscheidung – nicht während die Tage dort drinnen vergehen, denn hinter Gittern lässt sich kein klarer Gedanke fassen. Er selbst hatte dort drinnen weitergesoffen, ein nach Schimmel und Urin schmeckendes Gebräu, eine Mischung aus O-Saft, fauligen Äpfeln und altem Brot, die hinter einem Heizkörper vergoren wurde. Aber als er vor zwei Jahren in die Freiheit getreten war, hatte er einen Entschluss gefasst. Keinen Tropfen mehr. Und daran hatte er sich gehalten. Ohne lächerliche Treffen und Wunderkuren, ohne im Kreis zu sitzen, sich an den Händen zu halten und gemeinsam zu singen.

Sie hatten zwar Ivan Duvnjac eingesperrt, aber nicht das, was in ihm steckte. Und wenn sich ein Vater verändern konnte, dann konnte ein Sohn es auch. Das würde nun gleich geschehen. Sobald Leo die Stahltür in der roten Mauer öffnete. Selbst wenn ein Vater einem kleinen Sohn gegenüber versagte, konnten sie sich als Erwachsene wiederfinden.

Motorengeräusch, von der abschüssigen, kurvenreichen Abzweigung.

Ein Auto, dessen Motorengeräusch kaum lauter als das Vogelgezwitscher war, mit dem es sich nun mischte. Ein japanischer Kleinwagen. Nicht ganz neu, aber blau und blitzsauber. Scheiben, durch die man mühelos hindurchsehen konnte. Das Auto hielt am anderen Ende des Parkplatzes. Er reckte sich und konnte auf den Vordersitzen eine Frau und einen Mann ausmachen. Andere Besucher, die ebenfalls auf eine schmerzlich vermisste Person warteten, die entlassen wurde – Entlassungen fanden immer zu dieser Tageszeit statt. Obwohl auf ihn die letzten beiden Male niemand gewartet hatte, nicht einmal die Mutter seiner drei Söhne.

Die Frau auf dem Beifahrersitz trug ein blau-weiß gepunktetes Kopftuch und eine dunkle Sonnenbrille. Dazu wohl einen Mantel. Der Mann am Lenkrad schien dunkelhaarig zu sein und einen neuen Haarschnitt zu benötigen. Aber solche Frisuren waren heutzutage offenbar modern.

Die Uhr am Armaturenbrett zeigte 8.33 Uhr. Noch siebenundzwanzig Minuten.

Sehr viel Zeit.

Ivan fuhr sich mit gespreizten Fingern durchs Haar und schaute in den Rückspiegel, nicht weil er unbedingt gut aussehen wollte, sondern weil die Veränderung, die sich in seinem Innern vollzogen hatte, auch äußerlich erkennbar sein sollte.

Dann öffnete sich eine Tür des anderen Autos. Die Frau. Sie ging zur Mauer, blieb dort stehen und wartete mit verschränkten Armen, das Gewicht gleichmäßig auf beide Beine verteilt, den Blick auf die Pforte gerichtet, konsequent, entschlossen.

Und plötzlich wusste er es.

Sie musste die Sonnenbrille gar nicht abnehmen.

Er wusste, wer sie war. Auf wen sie wartete.

Achtzehn Jahre. Die Vergangenheit, die ihn nicht kümmerte. Achtzehn Jahre lag es zurück, und dennoch waren ihre Beine und ihr Blick ebenso unverrückbar wie damals. Genau so hatte sie dagestanden und ihn angesehen, als er ihre Wohnungstür geöffnet hatte und an ihren gemeinsamen Kindern vorbeimarschiert war, um sie in der Küche zu Tode zu prügeln.

Britt-Marie.

Gefühle verschwinden nicht. Der Hass lauert wie ein bösartiges Virus, um sich, wenn man es am wenigsten ahnt, zwischen zwei Gedanken auszudehnen und zu explodieren.

Er hatte seinen Finger auf den schwarzen Klingelknopf gelegt und die Wahl gehabt. Er hatte sich entschieden, *nicht* umzukehren, die Treppe *nicht* wieder hinunterzugehen. Heute würde er sich anders verhalten, und er fragte sich, ob das auch für sie galt.

Ivan reckte sich noch ein wenig vor und versuchte die Schmutzschicht an der Innenseite der Scheiben zumindest stellenweise wegzuwischen. Jetzt konnte er den Mann etwas besser sehen, und der Hass, den er in Schach halten musste, raubte ihm beinahe die Luft. Schon lange hatte er ihn nicht mehr so stark empfunden wie jetzt, als er sich mit jeder Faser seines Körpers darauf vorbereitete, auszusteigen und auf Britt-Marie zuzugehen und auf den Mann, der noch im Auto saß und sich einbildete, auf *Ivans* Sohn warten zu können. Er wollte dem Schwein ins Gesicht sehen, um zu begreifen, was aus Britt-Marie geworden war, denn die Wahl ihres Partners sprach Bände.

Noch einen Blick in den Rückspiegel und mit gespreizten Fingern durchs Haar. Den Kragen seines Jacketts musste er herunterklappen und sein schwarzes Hemd ordentlich in den Hosenbund schieben.

Was immer geschehen war und was auch geschehen würde – sie gehörten zusammen.

Waren verbunden.

Bis in alle Ewigkeit, durch die gemeinsamen Kinder.

Verantwortung und Vertrauen, nach innen. Gegen die Welt da draußen.

Er stieg aus dem Auto und ging los. Wenn sie unbedingt dort stehen musste, dann würde auch er, der leibliche Vater, näher an der Entlassungspforte stehen als der neue Mann in seinem gewienerten Japaner. Ein neuer Mann? Warum hatte sie ihn mitgeschleppt? Was wusste er schon davon, wie einem das Gefängnis zusetzte? Wie oft hatte der Typ den Erhalt seiner Habseligkeiten quittiert und war in eine andere Wirklichkeit getreten?

Gar nichts wusste der. Ein Schlappschwanz, der sich im Auto versteckte.

Ivan hielt auf die Mauer und die Pforte zu. Er sah sich gezwungen, größere Schritte zu machen, um gelassener zu wirken. Was in seinem Innern brodelte, durfte nicht an die Oberfläche gelangen. Er durfte nicht zu schnell gehen, zu aggressiv, jeder Schritt musste Mäßigung widerspiegeln.

Dabei wollte er einen Blick zur Seite werfen und ins Auto spähen, aber sie durfte nicht bemerken, wie sehr es ihn beschäftigte. Vielleicht würde sich der Langhaarige ja aus dem Auto bequemen, wenn ihr Exmann sie ansprach. Sie hatte ihm sicher alles erzählt. Wer er war oder für wen sie ihn hielt.

Britt-Marie.

So unverrückbar neben der Stahlpforte, die sich öffnen und ihren Sohn entlassen würde. Ivan ging auf sie zu, hielt aber am anderen Ende des Tores inne, um ihre Reaktion abzuwarten.

Kein Wort.

Kein Blick.

Wie eine Wachsfigur stand sie da, schweigend, und beachtete ihn nicht.

»Ich … habe mich verändert, Britt-Marie.«

Als gäbe es ihn nicht. Als wären die Jahre des Schweigens nicht genug gewesen.

»Du warst nicht dort, Britt-Marie, in dem Haus, als wir festgenommen wurden.«

Ein rasender Schneesturm. Ein Fluchtfahrzeug, hilflos im Graben. Ein Sommerhaus, umzingelt vom Einsatzkommando der Polizei.

»Aber ich war dort. Als es geschah. Hörst du, Britt-Marie? Wenn ich nicht gewesen wäre … Zum ersten Mal in meinem Leben, Britt-Marie, war ich zur falschen Zeit am falschen Ort und habe trotzdem das Richtige getan.«

Ich habe sie hingehalten. Hingehalten.

»Leo hätte nie aufgegeben. Das weißt du. Unser ältester Sohn hätte nicht überlebt. Hörst du mich, Britt-Marie?«

»Ivan?«

Sie sprach mit ihm. Er existierte wieder.

»Redest du dir das wirklich ein? Um dich selber besser zu ertragen? Hör zu, Ivan, du hast rein gar nichts verhindert! Wenn du ihre Kindheit nicht ruiniert hättest … dann hätte Leo nie eine Bank überfallen! Und er hätte niemals zusammen mit dir in einem leerstehenden Sommerhaus gesessen, umzingelt von einer Elitetruppe der Polizei!«

Sie nahm die Sonnenbrille nicht ab, aber er war davon überzeugt, dass sie ihn musterte.

»Und auch Felix und Vincent wären nicht im Gefängnis gelandet.«

Also ging er weiter auf sie zu, bis sie nur noch das halbe Tor trennte. Durch die Gitterstäbe waren die Zentralwache und der Weg nach drinnen und nach draußen zu sehen.

»Was damals geschah, Ivan, die ersten Jahre, als die Jungen noch klein waren ... diese Umstände haben sie geformt. Dein ständiges Gerede, dass man als Klan zusammenhalten müsse!«

Während sie sprach, näherte er sich ihr, nun lag kaum mehr als ein Meter zwischen ihnen.

Sie ließ keinerlei Angst erkennen, nur Entschlossenheit.

»Aber du hast einfach nicht lockergelassen, nein, du hast immer weitergemacht, hast uns verfolgt, dich in mein neues Leben gedrängt. Und in dem Moment, Ivan, als du versucht hast, mich im Beisein deiner eigenen Söhne totzuschlagen, genau da wurde aus den Umständen ein Ausgangspunkt.«

»Ausgangspunkt? Was ist denn das für ein verdammtes Wort! Redest du neuerdings immer so?«

»Du hast ihn dazu getrieben, Ivan!«

»Jetzt hör mir mal zu. Wir würden jetzt ganz sicher nicht vor einer verdammten Gefängnismauer auf unseren ältesten Sohn warten, wenn *du* die Familie nicht gespalten hättest!«

Er konnte nicht erkennen, ob sie immer noch eine Schönheit war und ob sie in Würde gealtert war. Das Kopftuch hatte sie über die Stirn gezogen, und die Sonnenbrille bedeckte den größten Teil der Wangen. Ihre schmalen Lippen, die sie so fest aufeinanderpresste, wenn sie wütend oder frustriert war, hatte sie zumindest noch.

»Du hast also deinen neuen Mann mitgenommen?«

Er sah verstohlen zu dem blitzsauberen Auto, dem er sich inzwischen etwas weiter genähert hatte. Doch es nützte nur wenig. Hinter den getönten Scheiben war der Umriss des Kopfes kaum zu erkennen. Langes Haar, bartloses Kinn. Nicht einmal das Alter ließ sich schätzen.

»Willst du ihm das wirklich zumuten, Britt-Marie? Weiß Leo eigentlich, dass da noch jemand auf ihn wartet?«

Ein schwaches Lächeln. Höhnisch. Mehr kriegt man nicht zustande, wenn die Lippen eben noch ein Strich sind. Sie hat ihren Spaß, dachte er, sie genießt es förmlich, dass ich mich über den Schlappschwanz auf dem Fahrersitz ärgere.

Erneut versuchte er, den Mann unter die Lupe zu nehmen.

Unmöglich.

Aber die Augen hinter der sauberen Windschutzscheibe verfolgten ihn. Dann die Drehung eines Oberkörpers und ein Arm, der gehoben wurde. Ihr Begleiter hatte entschieden, die Tür zu öffnen und sich nach draußen zu wagen.

»Gibt's ein Problem?«

Die Stimme eines jüngeren Mannes. Alle Achtung! Das hatte er nicht erwartet.

Genauso groß wie er selbst, dunkelhaarig wie er. Breite Schultern, etwa so wie er. Sie hatte sich einfach nur eine jüngere Kopie gesucht. Wie verdammt … fantasielos.

»Mama, ist alles in Ordnung?«

Es dauerte eine Weile, bis Ivan begriffen hatte.

Mama?

Das bedeutete doch … Dann konnte das ja nur …? War er es wirklich?

»Du, Mama, ist alles in Ordnung?«

Dasselbe Bewegungsmuster, pendelnde Unterarme, ausladende, weiche Gesten, die mühelos viel Platz beanspruchten. Felix. Auf dem Weg zur Pforte, um sich zwischen sie zu stellen. Ein riesiger, leerer Parkplatz. Gleich würden sie alle auf ein und demselben Fleckchen Erde stehen, ein seltsames Spannungsfeld.

»Felix? Du? Ich …«

Jetzt sah er es ganz deutlich. Sein zweitältester Sohn war nicht genauso groß wie er, nein, er war größer. Und kräftiger.

»Sollten wir uns nicht mal treffen … du und ich, Felix?«

So viele Jahre war es her. Mal abgesehen von ein paar nächtlichen Minuten in einer Diele, als Felix und Vincent bei Leo angeklopft hatten, um ihn von dem letzten Bankraub abzuhalten. Damals war auch der Ersatz für die beiden abgesprungenen Brüder in Erscheinung getreten – ihr Vater.

»Treffen?«

»Es wäre doch … schön zu erfahren, was du so treibst. Wie es dir geht.«

»Das geht dich gar nichts an.«

Schon bevor er seinen Wunsch ausgesprochen hatte, war ihm bewusst gewesen, dass ihnen die Vergangenheit im Weg stand. Er konnte es an Felix' Miene ablesen.

»Das ist doch jetzt so lange her.«

»Was wir zu besprechen haben, klären wir woanders, Ivan.«

Das ausdruckslose Gesicht, das Bände sprach.

Das gewissermaßen zischte: *Dieser verdammte Banküberfall, Papa, da hättest du nicht mitmachen sollen. Er hat mich und Vincent mehrere Jahre hinter diesen beschissenen Mauern gekostet.*

Er stand da und sah auf ihn herab – ein Schutzwall zwischen Ex-Ehepartnern, die nie mehr ein Wort wechseln würden.

Ivan schaute auf die Uhr, dieses Mal eine tickende Armbanduhr.

Vielleicht um sich der Verachtung zu entziehen, vielleicht auch, weil die ihm unbegreifliche Zeit endlich etwas bedeutete.

Nämlich, dass sein ältester Sohn in achtzehn Minuten ein freier Mann sein würde.

Dass er seit zwei Jahren keinen Tropfen mehr getrunken hatte.

Und noch etwas dachte er: Wenn er sich verändern konnte, dann konnte Leo es auch.

Er wurde durch einen mehrere Hundert Meter langen Tunnel geführt, eine kerzengerade, fensterlose Transportstrecke unter dem staubigen Innenhof des Gefängnisses. Der steife Stoff seiner Kleidung scheuerte auf seiner Haut, aber an diesem Tag spürte er es nicht. Die harten Absätze der Wärter hallten zwischen den Betonwänden wider – aber an diesem Tag hörte er es nicht.

Der Tunnel wies in regelmäßigen Abständen verschlossene Metalltüren auf. Hinter der nächsten führte links eine Treppe in die Abteilung C hinauf. Aber er würde geradeaus weitergehen. Die beiden Wärter schauten an die Decke zur Überwachungskamera, warteten ein paar Sekunden, bis ein Klicken verkündete, dass die Zentralwache das Schloss öffnete.

Über ihren Köpfen begaben sich die übrigen Insassen gerade zur Arbeit, einige in die Werkstatt, andere in die kleine Fabrik, um rote und grüne Klötzchen zusammenzubauen oder Schrauben nach Größen zu sortieren.

Damit hatte er sich beschäftigt. Tag um Tag, Woche um Woche, während der ersten fünf Jahre abwechselnd in Kumla und Hall, den einzigen Hochsicherheitsgefängnissen Schwedens, und das letzte Jahr in Österåker. Zusammen mit Mördern, Geldeintreibern, Drogenschmugglern und anderen Bankräubern hatte er am Fließband Klötzchen sortiert. Bis zum Abend, wenn die Stunden in der Zelle anbrachen. Dann hatte er gelesen. Erst die gesamten Ermittlungsakten, die die Grundlage des Prozesses gegen ihn gebildet hatten – die Einzelermittlungen zu jedem Überfall auf Banken und

Geldtransporter, zum Bombenanschlag im Stockholmer Hauptbahnhof und zu dem, was als »Erpressung der Polizeibehörde« bezeichnet wurde. Sechstausend Seiten ungelenke Polizistenprosa. Als er sämtliche Verhöre und Beweisführungen auswendig konnte, ging er zur Lektüre von Büchern über. Für ihn bildete das Lesen wie auch das Sortieren von Klötzchen den Versuch, sein Gehirn von dem abzuhalten, was es immer schon getan hatte – in Kategorien von Zeit zu denken. Er hatte stets gewusst, wie viel Zeit ihm noch blieb. Und zwar ganz genau. Die Uhr tickte in seinem Innern. Allerdings eingekerkert und zum ersten Mal ohne Tages- und Jahreszeiten, und doch hatte niemand ihm etwas anhaben können.

Die nächste Metalltür.

Wieder Blicke zur Überwachungskamera, dann das Surren und Klicken.

Sie setzten ihren Weg in einem Tunnel fort, der in die Freiheit und in jenen Teil der Welt führte, in dem sich die Zeit vorwärtsbewegte.

Jetzt würde er sie wieder benutzen. In ihr aufgehen. Sekunden und Atemzüge spüren. Er wusste, was er tun würde, nachdem er durch die große Gitterpforte in der Mauer getreten war.

Es sich zurückholen.

Sich zurückholen, was es nicht gab.

Noch eine Stahltür, diesmal direkt in der Betonwand. Sie führte weder in eines der Gebäude, noch wurde sie von der Zentralwache aus geöffnet. Es war die Tür zum Lagerraum, wo die Habseligkeiten der Gefangenen verwahrt wurden. Muffig riechende Jutesäcke, die den Insassen mit kürzeren Haftstrafen gehörten, und handbeschriebene Pappkartons der langjährigen Insassen, die kein anderes Zuhause als die Justizvollzugsanstalt Österåker hatten.

»Duvnjac?«

»Ja?«

»Ihre Habseligkeiten, ganz hinten an der linken Wand.«

Die symbolische Entlassung. Diese verdammte Schachtel zwischen den hundert anderen finden und die Zeit auspacken, die seit dem Tag seiner Festnahme verstrichen war. Da war sie. 0338 Duvnjac. Er riss das breite Klebeband ab und öffnete den Karton.

Obenauf lag die Armbanduhr, die er getragen hatte. Viertel nach vier. Die Batterie war seit Langem leer. Er legte die Uhr um sein rechtes Handgelenk. Seine Geldbörse mit ein paar knittrigen Hundertkronenscheinen und einem abgelaufenen Führerschein. So hatte er die Flucht nach seinem letzten Bankraub geplant – eine ganz normale Familie, die am Tag vor Heiligabend mit einem Auto voller Geschenke zur Weihnachtsfeier mit der Verwandtschaft unterwegs ist. Dann waren ihnen ein Schneesturm und ein Straßengraben dazwischengekommen. Und ein Bulle namens John Broncks.

Mitten im Kleiderhaufen lagen die Jeans. Schmutzig und mit dem schlammigen Geruch des zugefrorenen Sees, in dem er im Schneesturm eingebrochen war.

Der Geruch des Versagens.

»Das Zeug können Sie wegwerfen. Irgendwo müssten neue Sachen liegen.«

Er ließ die Hose auf den ebenfalls stinkenden Pullover, die Unterhose, die Socken und Stiefel fallen und wartete. Einer der Wärter wühlte in einem anderen Haufen in der Mitte des Kellers.

»Hier.«

Die Plastiktüte flog in großem Bogen durch den Raum. Er fing sie auf und leerte sie. Es waren die Kleider, die seine Mutter bei ihrem letzten Besuch abgegeben hatte. Er riss sich die hässliche Anstaltskleidung vom Leib und ließ sechs Jahre zu Boden fallen.

»Ich hab gesehen, dass Ihre ganze Familie da draußen versammelt ist.«

Der Wärter, der ihm die Tüte zugeworfen hatte, war einer der wenigen, mit dem man ein vernünftiges Wort wechseln konnte, wenn niemand hinschaute.

»So ist das nun mal mit Brüdern, insbesondere mit meinen.«

»Die … sind wohl schon eine Weile draußen?«

»Seit zwei Jahren. Jetzt sind sie fast so alt wie ich. Hier drinnen altert man ja nicht.«

»Dann haben sie ja das Schlimmste schon hinter sich. Zwei Drittel. Das wissen Sie doch, oder? Zwei Drittel der Häftlinge klopfen nach nur zwei Monaten in Freiheit wieder hier an. Die Rückfallquote, Sie wissen schon. Es wäre prima, wenn Sie nicht zu diesen zwei Dritteln gehören würden.«

Neue Jeans, Socken, Unterhose. Sauberes Hemd. Eine leichte Windjacke und schwarze Reeboks. In derselben Größe, die er zum Zeitpunkt seiner Verhaftung getragen hatte.

Die Treppe hinauf zur Zentralwache und zur allerletzten verschlossenen Tür. Er sah verstohlen zur uniformierten Beamtin hinter der Glasscheibe, die auf ihrem Bürostuhl herumwippte. Sie war umgeben von einer Wand aus Monitoren mit Schwarz-Weiß-Aufnahmen aus 64 Überwachungskameras. Keine davon hatte mehr die Aufgabe, den Häftling Leo Duvnjac zu überwachen.

Nur noch wenige Meter.

Auf die graue, hässliche, sieben Meter hohe Betonmauer zu. Zu denen, die auf der anderen Seite warteten. Er glaubte, die Umarmungen bereits zu spüren. Feste Umarmungen, so hatten seine Brüder Felix und Vincent und er sich immer begrüßt.

Sechs Jahre in dieser Welt.

Auf dem Weg in die Freiheit und zu einer Familie mit Banden, die immer noch fesselten.

Zwanzig Schritte über den geteerten Vorplatz auf die Gitterpforte zu, die langsam aufschwang. Wie angenehm leicht es sich atmen ließ. Alles Staubige, Eingeschlossene, Einschränkende war wie weggeblasen. Als er stehen blieb und noch einmal tief durchatmete, wurde ihm schwindlig. Dann sah er sie. Die drei Personen, deren Anwesenheit er erwartet und erhofft hatte, nach denen er sich jeden Tag mehrmals gesehnt hatte. Mama, Felix und Vincent.

Er kam näher. Da stimmte etwas nicht.

Felix stand in der Mitte, wie ein Grenzwächter zwischen zwei Inseln. Sie hatten sich jahrelang nicht gesehen, aber das war er – mit seinem dunklen Haar und seinen breiten Schultern. Neben ihm stand seine Mutter, wie immer etwas vorgebeugt. Sie trug einen Mantel, der aussah wie all ihre anderen, ihr rotblondes Haar war ein bisschen grauer. Aber auf der anderen Seite, rechts neben Felix, stand herausgeputzt, in gebügeltem grauem Anzug … Papa? Was zum Teufel wollte der hier? Und wo steckte Vincent?

Das leise Quietschen der Pforte verstummte, jetzt stand sie offen. Und schloss sich wieder, während er seinen ersten Schritt in die Freiheit machte. Er wendete dem Ort, an den er nie wieder zurückkehren würde, den Rücken zu.

Seine Mutter umarmte er als Erste. Sie war so klein, dass sie ganz in seinen Armen verschwand.

»Danke für die Kleider, Mama.«

»Ich bin so wahnsinnig froh, Leo, dass du endlich draußen bist.«

Sie verharrten in fester Umarmung. In Freiheit war das ein ganz neues Gefühl. Jetzt gab nicht nur sie ihm Kraft, sondern er auch ihr.

Dann Felix.

»Schön, dich zu sehen.«

Wieder eine feste Umarmung. Wie immer.

»Das finde ich auch, Brüderchen.«

Leo suchte mit dem Blick den Parkplatz ab.

»Wo steckt Vincent, verdammt?«

»Er … ist bei der Arbeit. Er konnte sich nicht freinehmen.«

»Sechs Jahre, Felix – und er konnte sich nicht *freinehmen*?«

»Einer seiner Kunden macht Ärger. Du weißt, wie das ist.«

Einer ist übrig. Papa. Mit ausgestreckten Armen stand er da. Er, der nichts von Umarmungen hielt, hatte es sich offenbar bei den anderen abgeschaut.

»Leo, mein Sohn.«

»Du? Ich hätte nicht erwartet … dass du herkommen würdest.«

Die Arme weiterhin ausgestreckt.

Bis Ivan den letzten Schritt auf ihn zutrat und ihn umarmte.

»Wenn ich mich verändern kann, Leo, dann kannst du es auch.«

Eine Zwangsumarmung. Sein Vater hatte es im Flüsterton gesagt. Dann wiederholte er es, lauter.

»Wenn ich mich verändern kann, dann kannst du es auch.«

»Was soll der Unsinn, Papa?«

Aus zwei ausgestreckten Armen wurden zwei erhobene Finger.

»Zwei Jahre, mein Sohn.«

»Zwei Jahre was?«

»Zwei Jahre bin ich draußen und habe in der Zeit keinen einzigen Tropfen angerührt.«

Die Umarmung ohne Geruch. Der schwache Rotweindunst, der ihn immer umgeben hatte, war verschwunden.

»Leo, hör mir zu, jetzt werden wir …«

»Später.«

»Später?«

»Ich habe keine Zeit, Papa.«

»Aber jetzt bist du doch frei!«

»Genau. Ich muss einiges erledigen.«

Sein Vater bewegte sich nicht vom Fleck.

»Hör mal zu, Leo, ich wusste nicht, dass Felix und … *sie* kommen würden. Ich habe nur für uns zwei einen Tisch bestellt, ein Willkommensessen, schließlich gibt es einiges zu bereden, wir …«

»Heute Abend.«

Keinen Tropfen?

Prüfend betrachtete Leo seinen Vater. Er wusste nicht, ob ihn dieser Umstand sonderlich beruhigte. Bei ihrer letzten Begegnung hatte er auch nicht getrunken, ganz gemäß Leos Bedingung, dass Ivan in den Tagen vor dem Überfall keinen Tropfen anrühren durfte.

Trotzdem war es schiefgegangen.

Also musste er seinen Vater in der nächsten Zeit auf Abstand halten, ohne ihn vor den Kopf zu stoßen. Um diesen Vaterinstinkt zu dämpfen, der ab und zu zum Vorschein kam.

»Also heute Abend?«

»Das lässt sich sicher einrichten … vorher habe ich aber noch einiges zu tun. Okay?«

Leo wich dem enttäuschten Blick aus, ging an dem schmutzigen Saab vorbei, auf den sein Vater gedeutet hatte, und entfernte sich immer weiter von der Mauer, der Gefängnispforte und seinem Dasein als Inhaftierter – er war bereits auf dem Weg zu einem anderen Ziel.

Zu einer Autobahn einige Dutzend Kilometer südwestlich von Stockholm.

Und zu einem ganz gewöhnlichen Rastplatz.

Um die Vergangenheit auszugraben und sich dann zurückzuholen, was es nicht gab.

Eigentlich müsste er seine Freude bis in die Magengrube spüren. Freiheit. Nach sechs Jahren durfte er fahren, wohin es ihm beliebte, und sogar einfach anhalten und pinkeln, wo und wann immer er wollte. Aber mit dieser Konstellation vor der Pforte hatte er nicht gerechnet. Drei Leute, klar. Mama, Felix. Das war okay. Aber der Dritte hätte nicht Papa sein dürfen. *Ein Kunde, der Ärger macht.* Und das, wenn Vincent nach all diesen Jahren endlich wieder seinen großen Bruder in die Arme hätte schließen können?

Leo fuhr in südlicher Richtung durch ein Stockholm, das er schon so lange nicht mehr gesehen hatte. An den Abfahrten nach Västertorp, Fruängen und Bredäng vorbei bis zu der Strecke, wo die Autobahn parallel zur alten Landstraße verlief. Er konnte es nicht lassen, sich umzudrehen, um nach dem Wäldchen Ausschau zu halten, in dem er etliche Abende lang von Mücken umschwirrt im Moos gelegen hatte, um einen Wachmann des Militärs zu observieren. Damals war er ein unbeschriebenes Blatt ohne Vorstrafen gewesen und hatte weder innerhalb noch außerhalb der Mauern kriminelle Kontakte besessen. Damals hatte er unbemerkt ein Waffenlager geleert und 221 automatische Waffen erbeutet.

Jetzt kannten sie ihn.

Jetzt musste er sich eine neue Strategie ausdenken.

Eine langsame Reise durch eine nicht enden wollende Landschaft, die weder von Zellentüren noch von mit NATO-Draht gekröntem Beton begrenzt wurde. Er passierte Salem, dann Rönninge und winkte der Abzweigung nach Hall zu, die zum

Hochsicherheitsgefängnis führte, wo er sich im Laufe seiner Haftzeit dreimal aufgehalten hatte. So funktionierte der Vollzug nun einmal – unerwartete Verlegungen im frühen Morgengrauen, damit die Insassen nie wussten, wie der nächste Tag aussah, und keine Beziehungen oder Netzwerke aufbauen konnten. Er war ein Risikofaktor der höchsten Gefahrenstufe. Wer einen Waffenbunker knacken konnte, wusste sich auch aus einer Gefängniszelle zu befreien.

Die Södertälje-Brücke. Wie schön etwas so Schlichtes wie die Aussicht auf den Kanal dort unten sein konnte, hatte er ganz vergessen. Dann die scharfe Rechtskurve auf die E 20, die irgendwo an der schwedischen Westküste endete, an einem Meer, das sich dem Rest der Welt öffnete. So weit wollte er nicht, noch nicht. An einem Schild, das die Entfernung nach Strängnäs und Örebro angab, drosselte er zum ersten Mal das Tempo, dann wieder beim nächsten Schild, das kleiner war und auf dem neben einer Drei eine Bank und ein Baum abgebildet waren. Das verhieß einen Rastplatz und gleichzeitig auch sein erstes Etappenziel.

Ein Sattelschlepper mit polnischem Kennzeichen. Zwei Toiletten. Ein paar Bänke umgeben von Mülltonnen.

Das war alles.

Diesen Ort hatte er sich für sein Depot ausgesucht. Hier hatte er sich sein Versteck gegraben.

Ein Rastplatz an einer größeren Autobahn mit wenigen Besuchern, weil es weder einen Kiosk noch eine Tankstelle gab – ein Ort, der sich auch nach längerem Gefängnisaufenthalt nicht veränderte.

Er schaltete den Motor seines Mietwagens aus und trat in die grelle Sonne, die ihn dazu brachte, zu gähnen und sich zu recken. Dann sah er sich um. Außer ihm war nur ein einziger Mensch hier. Schütteres Haar, ungepflegter Vollbart und eine filterlose Zigarette im Mundwinkel. Ein Fernfahrer, der sein Leben am Sattelschlepperlenkrad mit Plüschbezug verbrachte.

Leo bedachte ihn mit einem Nicken, das erwidert wurde. Dann wandte er dem bedeutungslosen Mann den Rücken zu. Unentwegt glitten Fahrzeuge mit hoher Geschwindigkeit ganz in seiner Nähe vorbei, während er in die andere Richtung in den Wald spähte – überwiegend Kiefern und vereinzelte Birken mit schwer herabhängenden Ästen. Hier und da lag noch Schnee.

Irgendwann zwischen dem siebten und achten Bankraub hatte er genau an dieser Stelle gestanden und exakt zweiunddreißig Schritte vom Rand des Straßengrabens entfernt einen fast vollkommen runden Felsen ins Auge gefasst. Der erste Orientierungspunkt. Es war ein früher, nach Laub duftender Herbstmorgen gewesen. Jetzt roch es nach Schmelzwasser, welkem Gras und Abgasen.

Er ging zum Kofferraum des Mietwagens. Ehe er ihn öffnete, vergewisserte er sich, dass der Fernfahrer damit beschäftigt war, sich eine neue Zigarette anzuzünden und den Rauch in altmodischen Ringen in die Luft zu blasen. Dann erst schaute er in den Kofferraum. Alles war da. Der im Voraus bezahlte Mietwagen hatte vollgetankt an der OK-Tankstelle in Västberga auf ihn gewartet. Darin lagen gemäß seinen Anweisungen links die Reisetasche, die Plastikwanne und der Klappspaten und rechts der Karton mit den wasserdichten Stiefeln, dem Kompass und den beiden gebrauchsfertigen Handys.

Er wechselte die Schuhe, faltete seine Jacke zusammen und wartete ab. Erst als der Sattelschlepper auf die rechte Spur der Europastraße eingebogen war und Leo sich versichert hatte, dass kein Lebewesen zu sehen war, schulterte er die Reisetasche, überquerte den kiesgefüllten Graben und begab sich in den Fichtenwald. Seine Stiefel versanken in nassem Gras und matschigem Schnee, aber er fühlte sich leicht und stark – im letzten halben Jahr seiner Haft hatte er relativ viel Zeit darauf verwendet, seine Muskulatur aufzubauen. Allerdings nicht auf Masse wie die anderen, sondern mit Eigengewichtübungen wie Liegestütze, Latzug, Kniebeugen und Situps hatte er sich einen Körper geschaffen, der seinen eigenen Bewegungen niemals im Weg sein würde. Sollte er nochmals in die Lage geraten, fünfundzwanzig Elitepolizisten auf den Fersen zu haben, würde er sie abhängen.

Der Fels war größer als in seiner Erinnerung. Seine Finger tasteten die raue Oberfläche ab, bis sie die schmale Spalte spürten. Kalter, nasser Schnee fiel herab. Hier musste er mit dem Rücken zum Spalt stehen, um den zweiten Orientierungspunkt sehen zu können.

Den gespaltenen Baumstamm.

Eine Hälfte fehlte, schon längstens vermodert, die andere reckte sich in den klaren Frühlingshimmel – vermutlich das Resultat eines Blitzeinschlags.

Als er das Baumgerippe erreichte, wandte er ihm den Rücken zu, hielt den Kompass auf das glänzende Papier der Landkarte und drehte ihn, bis die Hilfslinien parallel zu den Linien der Karte verliefen. Der Nordpfeil zeigte nach Norden, der Kurspfeil schräg nach links, und er machte den ersten der verbleibenden zweiundneunzig Schritte.

Damals, als sie in drei verschiedene Gefängnisse gesperrt worden waren, hatten sie einander alles bedeutet – und jetzt war einer von ihnen nicht einmal zur Wiedervereinigung erschienen.

Die Verärgerung nagte, scheuerte, ließ nicht von ihm ab.

Vierzehn Schritte.

Eine so lange Zeit der Trennung – und sein jüngster Bruder, dem er die Windeln gewechselt und immer Frühstück gemacht hatte, war nicht da gewesen!

Zweiundzwanzig Schritte.

Zwei Handys in seiner Brusttasche, das Kryptohandy, das er später verwenden würde, und das normale Gerät mit einer anonymen Prepaidkarte. Er drückte auf eine der gespeicherten Nummern und wartete ab. Ein Klingeln, ein zweites und noch eines. Keine Antwort.

Siebenundzwanzig Schritte.

Er wählte die Nummer erneut und ließ es mehrmals klingeln.

Oder … achtundzwanzig?

Immer noch keine Antwort.

Vielleicht neunundzwanzig?

Leo blieb stehen, atmete tief durch. Es half nicht. Er hatte sich verzählt. Seine Verärgerung strich ihm über die Haut und stach wie mit einer Nadel zu.

Vincent war nicht erschienen. Und jetzt war er nicht einmal telefonisch zu erreichen!

Er kehrte zum zweiten Orientierungspunkt zurück, dem gespaltenen Baum. Rücken zum Stamm, Kompass auf die Landkarte. Er marschierte los, zählte und wählte zum dritten Mal die Nummer.

Wiederholtes Klingeln. Dann die ersehnte Stimme.

»Hallo?«

Damals war es noch die Stimme eines Teenagers gewesen. Jetzt gehörte sie einem Mann, der ebenso weit von der Zwanzig wie von der Dreißig entfernt war.

»Selber hallo, kleiner Bruder.«

Jetzt war Vincent ebenso alt wie er selbst bei seiner Festnahme.

»Leo?«

»Ja.«

»Mensch, bist du das? Ich habe die Nummer nicht erkannt.«

»Du bist nicht gekommen.«

»Ich …«

Fünfzehn Schritte.

»Scheiße, Leo, tut mir leid.«

Jetzt fiel ihm das Zählen leichter.

»Die Arbeit, du weißt schon, eine Kundin, die sich nicht entscheiden konnte, welche Fliesen sie über ihrem Herd haben wollte.«

Sein Ärger verebbte allmählich, schmerzte nicht mehr so stark von außen, drückte nicht mehr so fest von innen.

»Die Arbeit? Mama hat so was gesagt und dass du jetzt eine eigene Firma hast, Vincent!«

»Hm.«

Sechs Telefonate in einem lauten Gefängniskorridor. Eines pro Jahr. Mehr Kontakt hatte es nicht gegeben. Jetzt hörte er, wie im Hintergrund eine Farbdose geöffnet wurde, und ihm wurde plötzlich bewusst: Sein kleiner Bruder hielt sich tatsächlich auf einer Baustelle auf, er führte das Leben eines Erwachsenen mit einem geregelten Alltag.

»Wann sehen wir uns?«

»Sehen?«

»Ja, Vincent. Sehen. Ich will meinen jüngsten Bruder wiedersehen.«

»Im Moment ist gerade ziemlich viel los … Verdammt, ich weiß nicht, ich …«

»Wie wär's morgen? Oder hast du dann auch wieder eine anspruchsvolle Kundin?«

»Ja … vielleicht, ich …«

»Meidest du mich etwa, Vincent?«

»Nein, verdammt. Natürlich nicht. Ich …«

»Na also. Dann bis morgen bei Mama. Okay?«

»Klar. Bis morgen.«

Zweiunddreißig Schritte. Der Wald ganz still. Vereinzelte aprilwarme Sonnenstrahlen drangen durch die dichten Zweige. *Vierundvierzig Schritte.* Er sprang über ein morastiges Loch, sah sich um und kontrollierte den Kompass ein letztes Mal. *Siebenundfünfzig Schritte.* Der rote Pfeil zitterte unter der Plexiglasscheibe und zeigte in Richtung magnetischer Nordpol. Während der andere Pfeil in seine Zukunft zeigte.

Noch fünfunddreißig Schritte.

Vincents Finger hielten noch lange das Handy umschlossen. Das ganze Gespräch lag in seiner Hand. Worte, die er nicht loslassen, zu denen er sich nicht bekennen wollte. Wie immer, wenn er sich schämte.

Wenn er den Klingelton jetzt abstellte. Wenn er das Telefon mit dem Display nach unten auf den roten Deckel des Spachteleimers legte.

Für den Fall, dass es wieder klingelte.

Ohne Ton, ohne Aufleuchten wusste er von nichts und musste nicht antworten.

Er kniete auf dem Boden eines weiß gefliesten Badezimmers. Den herzförmigen Spiegel umrahmte ein schmaler goldgesprenkelter Mosaikstreifen. Wie Eiter schien die Farbe aus der Wand zu sickern.

Er versuchte, seinem Spiegelbild zuzulächeln.

Doch es gelang ihm nicht. Seine Lippen, zwei unsichere, gerade Striche.

Meidest du mich etwa, Vincent?

Wenn seine Stimme ebenso schuldbewusst geklungen hatte, wie seine Augen jetzt dreinblickten, dann wusste Leo, was Sache war. Eine Lüge. Ein Bruder hatte den anderen angelogen.

Jetzt fehlten nur noch die Fugen – eine klebrige weiße Masse, die die Fliesen in eine Wand verwandeln würde. Aus der Küche drang das schmatzende Geräusch eines Farbrollers, mit dem die Decke gestrichen wurde. Noch ein Tag, dann war die Wohnung fertig, und die neuen Besitzer konnten einziehen.

Er versuchte, das Unbehagen zu verdrängen.

Alles war ihm recht. Jeder Gedanke war zulässig – je verquerer, desto besser –, solange er das Gehirn in Gang brachte und dieses verdammte Unbehagen zum Teufel jagte, das sich vor ein paar Wochen in seiner Brust eingenistet hatte. In dem Augenblick, als ihm plötzlich klar geworden war, dass die Freilassung seines großen Bruders bevorstand.

Mit hallenden Schritten ging er durch die leeren Räume. Er betrachtete seine Arbeit, die jetzt sein Leben war. Ein halbes Jahr nach seiner Haftentlassung hatte er die Firma gegründet, um sich die Fragen von potenziellen Chefs nach seiner Vergangenheit zu ersparen. Verblüffend schnell hatte ihm ein Auftrag den nächsten eingebracht, denn ein zufriedener Kunde bedeutete weitere zufriedene Kunden.

Er hatte gerade so viel Arbeit, dass er über die Runden kam, mehr aber auch nicht. Trotzdem beschäftigte er eine Teilzeitkraft – daher die Geräusche des Farbrollers in der Küche. Jahrelang hatten sie keinerlei Kontakt gehabt, und jetzt malten, nagelten und fliesten sie Seite an Seite. Weder Felix noch Mama hatte er bislang davon erzählt. Wie auch, wenn er nicht einmal selbst wusste, warum er zwei weitere Arme anheuerte, obwohl seine eigenen ausreichten. Warum das einmalige Aushelfen zu einem zweiten geführt hatte, und warum sie jetzt hier standen und gleich über das sprechen mussten, was nie wieder geschehen durfte.

»Wenn du fertig bist, musst du die Decke im Badezimmer noch ausbessern.«

Vincent stand auf der Küchenschwelle und betrachtete die geübten Bewegungen des Malers.

»Mach ich gleich. Hast du gesehen, Vincent? Diese Idioten wollten die Küche mit seidenmatter Farbe gestrichen haben. Wer besteht schon auf einer Küchendecke in Seidenmatt?«

Trotz der Deckenhöhe von dreieinhalb Metern wurde die Farbe gleichmäßig und effizient aufgetragen, als handelte es sich bei dem Stiel des Farbrollers um den verlängerten Arm des Malers.

»Mit wem hast du eigentlich eben telefoniert, Vincent?«

Warum.

Im Grunde wusste er es.

Um sich zu nähern. Um sich den vagen Erinnerungen zu nähern.

Er ist sieben Jahre alt, als Papa zurückkehrt und die Diele stürmt – rasend, nüchtern und mit geballten Fäusten prügelt er methodisch auf Mama ein.

Deswegen.

Darauf hat er wohl gehofft.

Aber trotz einiger gemeinsamer Monate zwischen Farbdosen und Fliesenschneidern ist er nicht klüger geworden.

»Vincent?«

»Ja?«

»Wer war das?«

Der neue Maler sah ihn an. Die Wohnung war klein, zwischen Bad und Küche lagen nur wenige Meter, und der Schall wurde mühelos von einem Zimmer ins nächste getragen. Er hatte alles mit angehört und wusste, wer der Anrufer war.

»Wer, was?«

»Mit wem hast du gesprochen?«

»Mit niemandem.«

Vincent schluckte hinunter, was im Hals steckengeblieben war.

Er hatte Leo als Niemand bezeichnet.

»Niemand, Vincent? Was soll das denn heißen, verdammt nochmal? Oder sitzt du etwa auf dem Klo und unterhältst dich mit den Fliesen?«

»Du weißt, wer.«

Niemand.

»Das war Leo, mein großer Bruder, dein ältester Sohn.«

Niemand.

Vincent schämte sich wie eben, als er in der Küche dem Blick seines Vaters, *ihres* Vaters begegnet war. Der Farbroller wurde von der Decke genommen, vereinzelte Farbtropfen fielen auf die Abdeckpappe.

»Ich war heute Morgen da, Vincent.«

Farbtropfen auf der Abdeckpappe. Kleckse, die er hasste, weil sie an der Oberfläche rasch erstarrten, um wie weichgekochte Eier zu platzen, wenn man drauftrat und den klebrigen Inhalt anschließend auf den Böden der anderen Räume verteilte.

»Als das Tor geöffnet wurde und er herauskam.«

Er sah die Farbtropfen, ohne sie zu registrieren, denn es war müßig, sich über Farbe auf Schuhsohlen aufzuregen, wenn die Welt unterzugehen drohte.

»Du warst … dort?«

»Ja.«

»Ohne mir was zu sagen?«

Sein Vater legte den Farbroller in die Wanne, lehnte den Stiel an die Wand und setzte sich auf einen Farbeimer.

»Ja, es schien mir das Klügste zu sein.«

»Das Klügste?«

»Weil du ja offenbar nicht über ihn sprechen willst.«

Ivan lehnte sich zurück und fischte einen Beutel Drehtabak und ein Päckchen rötliches Zigarettenpapier von Rizla aus seiner Brusttasche und verteilte den hellbraunen Tabak auf einem dünnen Blättchen.

»Oder habe ich unrecht? Jedes Mal, wenn ich über deinen Bruder Leo sprechen will, arbeitest du schweigend weiter, statt mir zu antworten.«

Ivan stand auf, öffnete das Fenster sperrangelweit, zündete die Zigarette an und inhalierte tief.

»Ihr seid meine Söhne, ihr gehört zusammen, das habe ich euch verdammt nochmal beigebracht, und jetzt ist das wichtiger denn je – ihr müsst miteinander auskommen, ohne Banken zu überfallen.«

»Du warst also da? An der Mauer?«

»Ja.«

»Du hast mit Mama und Felix zusammen gewartet?«

»Ja.«

Unruhig trat Vincent einen Schritt vor, sein Fuß landete direkt neben einem Farbklecks.

»Habt ihr euch unterhalten? Hast du ihm erzählt … dass du bei mir arbeitest?«

»Nein. Da mische ich mich nicht ein. Ihr seid jetzt erwachsen.«

Noch ein paar Züge. Ivan spuckte ein paar Tabakkrümel in die Frühlingsluft.

»Nochmal zu diesem Anruf eben. Warum warst *du* eigentlich nicht da?«

»Ich hatte keine Zeit.«

»Von wegen.«

Sein Vater musterte ihn und sah zugleich durch ihn hindurch. Mit gebeugtem Nacken, vorgeschobenem Kinn und durchdringendem Blick. So wie Leo und Felix es immer beschrieben hatten. Er selbst war damals zu klein gewesen, um sich jetzt noch daran erinnern zu können.

»Du darfst ihn nicht abweisen. Er braucht dich. Ist dir das klar, Vincent? Leo kann sich verändern, so wie du und ich. Egal, was geschehen ist – ihr seid immer noch Brüder.«

»Ich weise ihn nicht ab.«

Vincent machte einen Schritt auf seinen Vater zu. Sie waren nicht nur gleich groß, sondern hatten auch das gleiche gewellte Haar.

»Darum geht es gar nicht – ich konnte einfach nicht da herumstehen und warten. Ich hätte den Anblick dieser verdammten Mauern nicht verkraftet. Ich kann kein Gefängnis mehr sehen! Verstehst du, Papa? Ich war siebzehn, als wir angefangen haben. Siebzehn! Hinter den Scheißgittern habe ich es endlich begriffen. Dass ich zwar als Siebzehnjähriger mit einer Maschinenpistole über Kassentresen gesprungen bin, dass ich inzwischen aber ganz anders bin. *Nie wieder Knast.*«

Die Wut schwang nur in den letzten Worten mit. Dann ließ er sie verrauchen. Das hatte er gelernt. Sie musste in kleinen Portionen wie irritierender Dampf verpuffen. Ließ man zu viel auf einmal an die Oberfläche, verrauchte sie nicht, sondern wuchs und nahm immer größeren Raum ein.

»Morgen sind wir zum Mittagessen verabredet.«

»Leo und du?«

»Leo, Felix und ich … und Mama.«

»Mama auch?«

Verdammt. Er wollte eigentlich nicht erwähnen, dass Britt-Marie ihre älteren Söhne bei sich zu Hause versammelte. Das war unnötig. Vielleicht sogar gemein.

»Sie hat vorgeschlagen … es bei sich zu machen.«

Sein Vater bemühte sich um einen gleichgültigen Blick, dann packte er den Stiel des Farbrollers, um ihn in die Wanne zu tauchen. Gleichgültig war er jedoch keinesfalls, da war sich Vincent sicher. Jedes Mal, wenn er seinem Vater von damals, den er nie kennengelernt hatte, zu Leibe rückte, und darum ging es ihm ja nur, verstummte das Gespräch und blieb im Innern des schweren Körpers stecken. Das Einzige, was er über seinen Vater erfahren hatte, war, dass er niemanden an sich heranließ.

Auch jetzt würde es nicht anders sein. Während Ivan die andere Hälfte der Küchendecke mattweiß strich, füllte Vincent an der

Spüle einen Blecheimer mit Wasser und rührte die Fugenmasse an. *Leo kann sich verändern.* Auf dem harten Fußboden kniend und mit ausladenden, weichen Bewegungen verteilte er die Masse zwischen den Fliesen. *Wie du. Wie ich.* Noch vor wenigen Tagen war das Badezimmer hüfthoch mit schokoladenbraunen Hochglanzkacheln gefliest gewesen. Oberhalb der Fliesen wasserfeste Tapete mit gelben und orangen Blumen geklebt. Jetzt war alles blendend weiß. Nach außen war eine Veränderung etwas Einfaches und Schönes.

In der Welt jedoch, die Leo gerade verlassen hatte, deren Alltag aus strukturierter Zeitvergeudung mit wenigen einfachen Regeln bestand, galt Veränderung als hässlich. Du hast die Mauer vor dir, den Stacheldraht über dir und die Zeit hinter dir. Du wachst jeden Morgen auf, ergibst dich den täglichen Verrichtungen und bist dir bewusst, dass der ganze Unsinn nur dazu dient, die Gewalt auf der Leiter zu verschleiern, an der sich alle festklammern. Gezwungenermaßen nimmst du daran teil und umklammerst den Arm, der sich losreißen will, während auf den Denunzianten Tritte niederhageln, dass er anschließend weder stehen noch sitzen oder pinkeln kann.

Leo musste Ähnliches erlebt haben wie er selbst. Sein heißgeliebter großer Bruder, der ihm früher so viel bedeutete, hatte mehr Zeit in schlimmeren Gefängnissen zugebracht – in denen sich noch mehr Leute ganz oben an der Gewaltleiter festgeklammert hatten.

Ja, es stimmte. Er hatte am Telefon gelogen. Nicht etwa, weil er ihm auswich, sondern weil er Angst hatte. Angst davor, dass sein Bruder nach seiner Freilassung neue Verbrechen planen und die Mitarbeit seiner Brüder verlangen würde.

Der Kompass mit der roten zitternden Nadel, die zum magnetischen Nordpol wies, und dem anderen Pfeil, der die Richtung seiner Zukunft anzeigte, lag auf seiner flachen Hand. Noch zwölf

Schritte. Er konnte es bereits erkennen – das Dreieck aus Gras und Moos, das von einem meterhohen Felsen, einer freistehenden Fichte und zwei niedrigen Birken umschlossen wurde.

Leo atmete ruhig und entspannt. Als er so dastand – zweiunddreißig Schritte plus siebenunddreißig Schritte plus zweiundneunzig Schritte im Wald nahe einem Rastplatz irgendwo zwischen Södertälje und Strängnäs –, kam es ihm so vor, als wäre gar keine Zeit vergangen. Er wusste immer noch ganz genau, wo und wie er graben musste.

Eine Hand auf der Erde. Ein wenig nass und ziemlich kalt. Er entfernte Grasbüschel, Moos und Laub. Die scharfe Kante des Klappspatens zerschnitt Wurzeln und schwarze Erde. Dreißig Zentimeter. Nicht tiefer. Dann stieß er auf den Deckel unter dem Plastik, das er wegreißen musste. Eine sorgfältig mit Klebeband abgedichtete Rohrverschlusskappe. Nach einer Minute hatte der scharfe Spaten das Klebeband durchtrennt, und er konnte die Kappe abschrauben. Ein graues Abflussrohr aus Plastik, das allerdings nicht nach Kloake, sondern nach Motoröl roch.

Daneben ein zweites. Plastikplane, Verschlusskappe, Klebeband. Zwei Stück davon hatte er senkrecht in der Erde vergraben.

Seine Absicherung, falls etwas schiefgehen sollte. Was ja auch geschehen war. Ein missglückter Bankraub und ein Polizist namens John Broncks.

Leo legte sich auf den Bauch, schob seinen rechten Arm in eines der Rohre und ertastete den ölklebrigen Müllsack. Darin das Metallende, ebenfalls rund. Mit dem Lauf nach oben hatte er sie in die Rohre gestellt.

Er zog die beiden Müllsäcke heraus und nahm aus jedem eine eingefettete, in etliche Schichten Plastikfolie gewickelte automatische Waffe. Dann schob er den Arm ganz in das Rohr. Zuunterst lagen die Munitionspäckchen mit jeweils zwanzig Patronen –

vakuumverpackt, damit das Pulver nicht durch Kondensation zerstört wurde. Darunter lagen die Pakete mit den Geldscheinen, mit warmen Kleidern, einem Rasierapparat, einer Schere und dem Haarfärbemittel. Er zählte das Geld, behielt die Hälfte und legte den Rest zusammen mit den Kleidern und allem, was ihm eine eventuelle Flucht erleichtern würde, zurück. Dann schob er Erde, Gras und Laub wieder über das Loch und verwischte anschließend die Schuhabdrücke mithilfe eines Astes.

Ein rascher Blick auf die Uhr. Noch vier Stunden und 23 Minuten.

Er hatte es eilig.

Der Bruder dieses verdammten Bullen fragte sich vermutlich schon, wo er steckte.

Zurück durch einen frühlingsmüden Wald mit gefüllter Tasche, die etwas schwerer auf der Schulter lag als vorher. Zehn Kilo Waffen, Munition und Geld. Das letzte Stück bis zum Rastplatz legte er schleichend zurück – unsichtbar und ohne Spuren zu hinterlassen. Zwei weitere Sattelschlepper hatten inzwischen am Rastplatz gehalten. Sie standen an der Europastraße, direkt neben seinem Mietwagen. Leo näherte sich im Schutz zweier Fichten. Die Laster hatten litauische Kennzeichen, und die beiden Fahrer standen beisammen, rauchten, unterhielten sich und lachten. Wie bei ihrem polnischen Vorgänger wartete er ab, bis sie sich auf der Autobahn eingefädelt hatten und außer Sichtweite verschwunden waren. Dann überzeugte er sich davon, dass kein anderes Fahrzeug den Rastplatz ansteuerte, eilte zum Kofferraum seines Mietwagens, öffnete die Tasche und ließ die Tüten mit den Waffen in die Plastikwanne fallen.

Bis zum nächsten größeren Ort war es nicht sonderlich weit. Strängnäs hatte genug Einwohner für eine Do-it-yourself-Waschanlage. Die Frau an der Kasse der Tankstelle lächelte charmant und erklärte ihm, dass es auf der Rückseite des Gebäudes drei Waschanlagen gäbe, von denen eine gleich frei werde, Mindestmietdauer eine Stunde. Er zahlte, kaufte ein Entfettungsmittel und drehte sich im Gehen noch einmal um.

»Ich hätte gerne eine Dose Multiöl. Ganz normales 5-56.«

»Klemmt's irgendwo?«

»Einfach nur sicherheitshalber. Damit es gar nicht erst so weit kommt.«

»Das Öl ist wirklich vielseitig. Ich benutze es für meine Fahrradkette und …«

»Vielen Dank.«

Drei identische Quader von der Größe einer normalen Garage. Durch das Fenster der linken Falttür sah er ein Taxi, dessen dunkelblaues Dach vermutlich vom Besitzer persönlich geschrubbt wurde. Rechts davon stand ein älterer Wagen mit Zusatz- und Nebelscheinwerfern, doppeltem Auspuff und dem Aufkleber »Volvo ist geil«. Ein sehr junger Mann mit einem verkehrt herum aufgesetzten goldenen Basecap bearbeitete ihn sorgfältig mit einem Kärcher. Die Waschhalle in der Mitte war frei, und Leo fuhr rückwärts hinein.

Er begann damit, das Auto zu waschen, allerdings nicht sonderlich sorgfältig. Es sollte nur halbwegs sauber aussehen und vor Feuchtigkeit glänzen, wenn er wieder wegfuhr. Er überzeugte sich noch einmal, dass der Kofferraum von außen nicht zu sehen war. Dann öffnete er die Klappe, hob die Plastikwanne mit den schwarzen Müllsäcken heraus und entleerte den Inhalt auf den Boden der Waschhalle. Zwei AK 4. Vor dem Vergraben hatte er sie sorgfältig eingefettet und noch möglichst viel Motoröl aufgetragen, damit die Waffen regelrecht darin badeten. Schließlich hatte er sie in Plastikfolie gewickelt. Nicht damit das Öl nicht ablief, sondern damit kein Wasser eindringen konnte. Fett und Öl verhinderten Korrosion. In Plastikfolie und einem Rohr überdauerten sie Ewigkeiten. Und sofern die Munition luftdicht verpackt war, spielte auch die Tiefe der Grube keine Rolle.

Leo wickelte die Waffen aus der Folie, trug Petroleum und alkalische Entfettung auf, ließ diese eine Weile einwirken und spritzte dann alle Oberflächen mit einem Hochdruckreiniger ab, wie ihn der Typ mit der goldenen Baseballmütze nebenan benutzte. Dann trocknete er sie mit Druckluft und wischte mit einem Lappen nach. Schließlich sprühte er sie mit Öl ein.

Er verließ die Tankstelle, folgte der Landstraße 55 nordwärts über die Strängnäs-Brücke mit ihrer fantastischen Aussicht auf das funkelnde Wasser des Mälarsees. In seinem Kofferraum lagen zwei schussbereite Sturmgewehre. Laut Sams Wegbeschreibung dürften es noch einundzwanzig Kilometer sein. Von der schönen Brücke zur Fähre, die einmal in der Stunde verkehrte. Eine Fahrt durch das historische Schweden mit Wäldern voller Runensteine und Gräbern aus der Bronzezeit. Am Straßenrand warben Schilder für Bed and Breakfast und Trödelmärkte. Beim nächsten Lebensmittelladen musste er rechts abbiegen und das letzte Stück auf einer kurven- und schlaglochreichen Straße zurücklegen, die ins Nichts führte.

Sam.

Ein Freund.

Ein Mensch, dem er sogar vertraute.

Er, der sich nur auf seine Familie verließ, hatte dazugelernt. Trotz der Wut und des Hasses, die ihn bei ihrer ersten Unterhaltung beherrscht hatten.

Ein schläfriger Vormittag und noch eine Schicht mit Holzklötzen und Schrauben. Er stand auf, reckte seinen verspannten Rücken, schaute aus dem Fenster und sah ein Auto vor dem Gefängnistor halten. Als dann ein Mann Anfang vierzig ausstieg, zerbarst etwas in seiner Brust. Die Druckwellen einer Explosion stiegen in ihm auf und mündeten in einem Schrei. So fühlte sich blinde Wut an. Dieser verdammte Bulle! Broncks sah genauso aus wie damals am letzten Prozesstag. Der Teufel sollte ihn holen, wenn er nicht sogar dieselben Kleider trug – Jeans, Lederjacke und Halbschuhe.

Wenig später brach die Wut mit neuer Wucht über ihn herein. Der Insasse in Zelle 7 auf der gegenüberliegenden Seite. Sam Larsen, ein Lebenslänglicher, wurde von den Wärtern überraschend abgeholt. Ausgerechnet dieser Bulle und Larsen in einem winzigen Besucherzimmer. Broncks war gekommen, um Informationen einzuholen. Broncks, der gegen drei Brüder und ihren Vater ermittelt, sie überführt und getrennt hatte, aber für die wichtigsten Anklagepunkte weder genug Beweise noch das Waffenversteck hatte aufspüren können. Jetzt besuchte er Sam Larsen, den Häftlingssprecher, dem jeder Klatsch zu Ohren kam.

An diesem Nachmittag hatte Leo zum ersten Mal unaufgefordert die Zelle eines Mitgefangenen betreten.

Konfrontation.

Er hatte über den uralten Knastkodex gesprochen, der die Sexualstraftäter und Denunzianten ganz zuunterst platzierte. Eine Hierarchie für jene Leute, die das Eingesperrtsein als Lebensform auserkoren hatten und die ihm vollkommen egal war. In dieser Hinsicht war er kein Krimineller, sondern stellte seine Fragen nur, um seine Brüder und sich zu schützen.

Sam starrte ihn an und wartete, bis er alles gesagt hatte.

»Bist du endlich fertig?«

»Nein.«

Er baute sich ganz dicht vor ihm auf.

»Dann beeil dich mal, wenn du meine Zelle unbeschadet verlassen willst.«

»Ein Spitzel, der mir droht? Müsste es nicht umgekehrt sein? Vor allem wenn bald alle wissen, was Sache ist.«

Er stand so nahe, dass alles verschwamm.

»Du?«

»Ja?«

»Der Bulle, von dem du redest … er war hier, um mir vom Tod meiner Mutter zu erzählen. Jetzt zeig mal etwas Respekt und verschwinde aus meiner Zelle, damit ich in Ruhe trauern kann.«

Keine weiteren Drohungen. Keine erhobene Stimme.

Was auch gar nicht nötig war.

Der Gefangene, der in Zelle 7 hineingetrampelt war, zog sich beschämt zurück.

Erst später, nach Zellenschließung und in Erwartung einer langen Nacht, fragte sich Leo, ob es wohl in den Aufgabenbereich eines Kriminalinspektors fiel, Häftlinge vom Tod ihrer Mutter zu unterrichten. Vermutlich nicht, lautete seine Schlussfolgerung. Sam Larsen hatte ihm nicht die ganze Wahrheit gesagt. Am nächsten Morgen würde er dieser verdammten Zelle einen weiteren Besuch abstatten und erst wieder gehen, wenn alles gesagt war.

Die schmale, unebene Straße nahm schließlich ein Ende. Nach einer scharfen Kurve und einer Lichtung, auf die sich zwei Rehe flüchteten, bot sich ihm ein Blick auf blaues Wasser und eine knallgelbe Kabelfähre. Jenseits des Sunds war Arnö zu sehen. Über See ließen sich Entfernungen nur schwer abschätzen, aber er vermutete, dass die Insel einen knappen Kilometer entfernt lag. Er schaute auf das Display seines Handys. Kurz vor eins. Gleich würde der Fährmann aus dem roten Holzhaus treten, den Schlagbaum öffnen und den Motor anwerfen. Dann begann die fünfminütige Überfahrt vom Festland auf die Mälarinsel. Fünf Minuten, die Stille von noch größerer Stille trennten. Zwölf Bewohner und eine Handvoll Feriengäste. So hatte Sam ihm die Idylle beschrieben, die sich perfekt für die ungestörte Vorbereitung und den ebenso ungestörten Rückzug eignete. Er fuhr an Bord, winkte dem Fährmann zu und stieg, nachdem sie abgelegt hatten, aus dem Wagen, um den Geruch des Sees einzuatmen, ins Wasser zu starren und den weißen Schaum zu beobachten, den der Rumpf der Fähre aufwühlte.

Also stattete er Zelle 7 einen erneuten Besuch ab und drängte sich hinein, als Sam mit dem Rücken zur Tür sein Bett machte. Das verbindliche Zeichen – den roten Bindfaden an der Türklinke, der besagte, man sollte verdammt nochmal draußen bleiben – ignorierte er. Den Überraschungseffekt würde er ausnutzen. Vorsichtig öffnete Leo die Zellentür und betrachtete die breiten Schultern. Der Insasse vor ihm war bedeutend größer und stärker als er selbst. Zwanzig Jahre lang hatte er im Kraftraum des Gefängnisses seine Frustration in Muskeln verwandelt. Einen einzigen Schlag hatte er, falls Sam zum Angriff überging. Im Falle von Gewalt statt Dialog würde er sich auf den Kehlkopf konzentrieren. Wenn der Schlag saß, würde der Verräter nie wieder mit diesem verdammten Bullen reden können.

»Du hast gestern gelogen.«

Rasch drehte Sam sich um, griff aber nicht an.

Nach einer Weile antwortete er und hob dabei nicht einmal seine Stimme.

Grenzenlose Aggression, unausgesprochene Drohungen, Hass und Feindschaft erfüllten die sieben Quadratmeter große Zelle.

»Wie bitte?«

»Was hast du ausgequatscht? Du schnappst doch mit deinen großen Ohren alles auf, und dann kommst du mir mit dem Lügenmärchen von dem Bullen, der dir eine Todesnachricht überbringt.«

»Du gehst jetzt rückwärts wieder raus. Und zwar sofort.«

»Gestern. Dieser Broncks. Und du. Zusammen in einem Besucherzimmer. Was wollte er denn von der kleinen Gefängnisratte wissen? Wo die Waffen sind? Oder die Beute der Banküberfälle, die er uns nicht nachweisen konnte?«

Jedem anderen in diesem Trakt oder diesem Gefängnis wäre es übel ergangen. In einer solchen Situation, in derselben Zelle hätten die Wände Blut geweint.

»Jetzt hör mal zu.«

»Ja?«

»Ich finde es … ziemlich schade, dass du den Bindfaden nicht respektierst und ohne anzuklopfen in meine Zelle stiefelst. Von dir hätte ich das nicht erwartet. Du hast diesen Broncks recht lange an der Nase herumgeführt. Das hat mir gefallen.«

Schon in diesem Augenblick schien sich eine seltsame Begegnung anzubahnen. Trotz Hass und Bedrohung schienen sie irgendwie zusammenzugehören.

Vermutlich sprach Sam deswegen weiter.

»Seine Mutter ist nämlich auch gestorben.«

»Wie?«

»Du hast richtig gehört.«

Leo hatte es zwar gehört, aber zuerst nicht begriffen.

Da war zu viel Abscheu und Abstand zwischen Sam und demjenigen, über den sie sprachen.

Es wollte ihm nicht in den Kopf.

»Er ist … dein Bruder?«

»Ja.«

»Der Bulle, der da war? Über den sprechen wir doch? Über Broncks?«

»Ja.«

»Broncks ist dein Bruder? Ihr habt unterschiedliche Nachnamen, aber du bist tatsächlich der Bruder von diesem verdammten Bullen, der mich drangekriegt hat?«

»Ja. Er ist Polizist. Aber auch mein Bruder. Polizist, Bruder. Du weißt, wie es mit Brüdern so ist, Leo. Unsere Mutter war das Einzige, was uns noch verbunden hat. Jetzt ist sie tot, und ich muss nie wieder mit John sprechen.«

Da und dort. Die erste richtige Unterhaltung, aus der allmählich eine Freundschaft und tiefes Vertrauen wachsen sollte. Schließlich hatten sie einiges gemeinsam.

Beide hassten den Bullen namens Broncks.

Beide saßen in einem Hochsicherheitsgefängnis.

Beide waren als ältester Bruder in einer ähnlichen Familienkonstellation aufgewachsen – mit einer Mutter, die die Familie zusammenhielt, und einem Vater, der den Zusammenhalt zerstörte.

Drei gewundene Kilometer durch eine womöglich noch schönere, noch idyllischere Landschaft. Er fuhr durch dichten Wald, weite Felder, vorbei an der Kirche aus dem 13. Jahrhundert, dem Gutshof und der Festung aus dem 8. Jahrhundert. Dann bog er wie von Sam beschrieben an der alten Schule ab, die früher einmal voller spielender, lärmender Kinder gewesen war. Und bremste, als er sich wieder dem See näherte und dann den roten Zaun sah. Er hatte die Insel überquert und war an einem kleinen roten Haus angekommen, das sich hinter fünf ungepflegten Apfelbäumen versteckte.

Und da kam er auch schon, mit energischen Schritten. Riesig wie immer und mit einer natürlichen Autorität näherte er sich dem Auto. Wie unter Insassen üblich umarmten sie sich zur Begrüßung, das verlernte man nicht so schnell. Seit Sams Entlassung vor zweieinhalb Monaten hatten sie sich nicht mehr gesehen. Die Zeit danach war so anders gewesen – erst durch seine Abwesenheit war Leo bewusst geworden, wie wichtig und selbstverständlich ihm ihre Gespräche gewesen waren und wie sehr man einen richtigen Freund vermissen konnte, gerade hinter Gittern. Nach dreiundzwanzig Jahren war Sams lebenslängliche in eine zeitlich begrenzte Freiheitsstrafe umgewandelt worden, und man hatte ihn entlassen.

Einige tiefe Atemzüge. Waldluft hatte mehr Geschmack. Beharrlich schwirrte eine Fliege vor seinem Gesicht herum, zwei Raubvögel kreisten hoch am Himmel, ansonsten herrschte Stille. Außer ihnen keine Menschenseele.

»Vollkommen bullensicher?«

Sam lächelte.

Sie wussten beide, was Leo meinte.

»Der bullensicherste Ort Schwedens. Mein Bruder hasst dieses Haus. Du kannst dir denken, warum. Du weißt schließlich so einiges über mich und über uns.«

Er schulterte seine Tasche, und sie gingen auf die verwachsenen Apfelbäume und das Holzhaus zu, das aus der Nähe noch kleiner wirkte. Die Tür war nur angelehnt, und Sam zeigte ihm erst ein Schlafzimmer, dann ein zweites. Offenbar hatten sie das Haus durch die Hintertür betreten.

»Dort ist das Klo und hier das Wohnzimmer und die Küche. Siebenundvierzig Quadratmeter.«

Sam deutete auf die beiden Schlafzimmer.

»Klein. Wie zwei Zellen. Mama und Papa in dem einen, John und ich in dem anderen, mit Stockbett. Jeden Sommer, bis ich achtzehn war. Dann habe ich diese Zelle gegen eine andere eingetauscht, mit weniger Badevergnügen.«

Leo betrachtete das ungemachte Doppelbett im Elternschlafzimmer.

»Schläfst du da?«

Zögerndes Schweigen. Als ginge es Leo nichts an. Dann antwortete Sam doch.

»Andere Betten gibt es hier nicht.«

»Eigentlich müsstest du dieses Haus doch viel mehr hassen als dein Bullenbruder.«

»Das dachte ich auch, als ich nach der Entlassung zum ersten Mal wieder hierherkam, aber stattdessen … verspüre ich eine unglaubliche Ruhe. Kannst du das verstehen?«

»Nein. Wirklich nicht. Ich würde niemals in meine Kindheit zurückkehren.«

Ein winziges Wohnzimmer, Sessel, Sechzigerjahretisch, Fernseher, ein Durchgangszimmer. Eine Küche mit Hängeschränken, ein paar Stühlen und einem schwarzen Holzherd. Und einem Küchentisch, der mit der Planung eines Raubüberfalls gedeckt war.

Eine aufgerollte Karte im DIN-A3-Format.

Ein Umzugskarton mit Masken, Stiefeln und schusssicheren Westen.

Ein Führerschein mit Sams Foto, der auf den Namen Johan Martin Erik Lundberg lief.

Ein blauer und ein schwarzer Overall.

Auf der Küchenbank lagen die polizeilichen Dienstausweise, von denen sie in ein paar Tagen Gebrauch machen würden. Der eine mit einem Foto von ihm selbst mit rasiertem Schädel, das ein Jahr zuvor bei einem Freigang aufgenommen worden war, der andere mit einem Foto von Sam. Daneben stand ein aus Schanghai bestellter 3D-Metalldrucker, der über den Leipziger Zoll nach Schweden geschmuggelt worden war und die Metallmarken für die Ausweise produzieren würde.

»Und der Milchlaster?«

»Jari parkt ihn in diesem Augenblick neben der Laderampe.«

»Und auf Jari ist immer noch Verlass?«

»Wer so hochwertige Sachen wie das hier beschafft, dem ist es ernst.«

Sam reichte ihm den Führerschein. Leo strich mit dem Daumen über das Plastik.

»Als wäre er echt. Sogar mit Relief und Hologramm. Genauso machen sie es, Sam, wenn du mit dem Milchlaster an der Straßensperre stehst. Die Polizisten streichen mit dem Daumen ganz automatisch über den Führerschein. Der Laster ist komplett präpariert … egal was passiert, selbst wenn sie das ganze Einkaufszentrum absperren, *der Laster kann wegfahren*. Nach der Verwandlung. Dem Zaubertrick. Der Tarnung. Wenn der Mann am Steuer keine Maske mehr trägt und keiner Beschreibung mehr entspricht, wenn die Bullen alle Idioten kontrollieren, die voller Panik das Weite suchen, dann wird der Milchlaster einfach durchgewunken. Insbesondere weil sich der Laderaum mühelos überprüfen lässt, da er nichts anderes enthält als … Milch.«

Leo hatte die Tasche auf den Küchenboden gestellt. Jetzt öffnete er sie. Zwei saubere und frisch geölte AK 4 und genügend Munition, um sich den Weg freizuschießen. Er reichte Sam das eine Sturmgewehr und behielt das andere.

»Wir können höchstens zwei Stationen nochmal durchgehen.«

»Ich begreife nicht, warum du es so verdammt eilig hast. Seit einem Jahr feilen wir an diesem Plan, Leo, und jetzt bleibt nicht einmal mehr genug Zeit, um den *gesamten* ersten Überfall durchzusprechen.«

Ein Jahr lang. Jedes Treffen hatte in Sams Zelle stattgefunden, während ein roter Bindfaden sichtbar an der Klinke hing. So funktionierte ein Gefängnis nun einmal. Es gab zahlreiche Begegnungen, der einzige gemeinsame Nenner war das Verbrechen. Ein Treibhaus der Kriminalität, alle Konferenzteilnehmer waren vor Ort und sogar zusammen eingesperrt. So gut wie täglich hatten sie in Sams Zelle auf der Pritsche und dem einzigen Stuhl gesessen und waren jedes Detail immer wieder durchgegangen. Den Zeitablauf, die Gewohnheiten des Wachschutzes, Fluchtwege, Fahrzeuge. Nach Sams Entlassung aber hatte Funkstille geherrscht, weil Telefonate möglicherweise abgehört wurden. Sams Aufgabe war es gewesen, die letzten nur in Freiheit möglichen Vorbereitungen zu treffen.

»Ich durchschaue dich, Sam. Du hast verdammt viele Jahre im Hochsicherheitsgefängnis gesessen, hast aber noch nie eine Bank überfallen. Du machst dir Sorgen und willst die Aktion aufschieben.«

Leo streckte die Hand nach der aufgerollten Karte aus, streifte das Gummiband ab und breitete die Abbildung des Ortes vor ihnen aus, den sie bald aufsuchen würden.

»Stimmt's? Aber du weißt ganz genau, warum wir es so eilig haben. Von mir geplante Überfälle klappen einfach. Wenn wir jetzt nicht loslegen, wird es für immer zu spät sein.«

Sam antwortete nicht, was auch nicht nötig war. Leo wusste auch so, dass er im Bilde war.

Ihr gemeinsamer Plan.

Vier Schritte in vier Tagen.

Der erste mit dem Arbeitsnamen *Milchpalette* war in wenigen Stunden fällig. Der zweite, *Hausbesuch*, morgen. Der dritte, *Test*, übermorgen, und dann zum Abschluss der vierte namens *Präsidium*. Um 14 Uhr würde der Transport stattfinden. Bei dem es sich am letzten Donnerstag im Monat normalerweise um geringfügige Summen handelte. Aber dieses Mal war es einzigartig. Viele Jahre würden verstreichen, ehe wieder eine Summe dieses Ausmaßes zusammenkam.

Sie würden sich im größten Coup aller Zeiten zurückholen, was es gar nicht gab. Und gleichzeitig das Bullenschwein besiegen, das seine Brüder und ihn eingebuchtet hatte. Um dann für immer verschwinden.

»Hier. Der erste Kontrollpunkt.«

Leo bändigte die Landkarte mit einem Wasserglas in jeder Ecke, damit sie sich nicht dauernd aufrollte.

»Nach wie vor rechnen wir mit sechs Geldscheinkassetten. Lauter Fünfhunderter, insgesamt fünf oder sechs Millionen Kronen. Genau die Summe, die wir brauchen.«

Er malte ein Kreuz in ein Quadrat mitten auf der Karte, hob seine Waffe, zielte auf etwas, versetzte dem Lauf einen kleinen Klaps.

»Das hier ist unser Generalschlüssel. Wenn auf dem Monitor

des Geldautomaten der Hinweis ›Vorübergehend außer Betrieb‹ erscheint, wissen wir, dass die Geldboten ihn von innen geöffnet haben. Dann musst du deinen Generalschlüssel einsetzen, Sam. Du öffnest die Panzertür, während die Boten buchstäblich mit heruntergelassenen Hosen dastehen: Sie haben den Alarm ausgeschaltet und den Safe geöffnet. In dem Moment, wenn sie das Geld ins Gebäude tragen, sind sie auf der Hut, aber sobald die Tür hinter ihnen ins Schloss gefallen ist, fühlen sie sich sicher. Dann schießen wir zum ersten Mal. Du im blauen Overall – der blaue Räuber. Du darfst nicht geradeaus schießen. Die Kugeln könnten treffen, verletzen, schlimmstenfalls töten. Also musst du schräg von der Seite auf das Schloss schießen. Dann gibt es keine Querschläger, und die Kugeln bleiben in der Betonmauer stecken. Deshalb verwenden wir auch schwedische Armeewaffen mit kräftiger, ummantelter Munition. Mit einem russischen AK 47 müsste man geradeaus schießen, und dann bliebe hinter der Tür nur noch Hackfleisch übrig.«

Die Karte wies neben Kreuzen und Pfeilen auch zwei grüne Kreise auf, die für Leos Fingerspitzen gerade groß genug waren.

»Der nächste Kontrollpunkt. Der alles entscheidende Moment. Der Fahrzeugwechsel, die Verwandlung der Räuber, die sich in Luft auflösen. Der Augenblick, den Amateure gern übersehen, den man aber braucht, wenn man gegenüber den Bullen die Oberhand behalten will.«

Die grünen Kreise bedeuteten Fahrzeug 1 und 2.

»Fahrzeugwechsel vor ihren Augen.«

Darüber hatte er oft gesprochen. Trotzdem wollte und musste Sam es nochmals hören. Das, was sie unzählige Male wiederholt und sich eingeprägt hatten, war kein ferner Plan mehr, sondern bald Wirklichkeit.

»Ich habe einmal vor einem Bankraub zwei identische Autos an den Ausfahrten eines kleinen Ortes geparkt, dasselbe Modell, dieselbe Farbe, identische Nummernschilder. Die Bullen haben Hinweise aus zwei verschiedenen Richtungen bekommen, und dein verdammter Bruder musste mit zwei Suchradien arbeiten, während wir entkommen sind. Ein andermal habe ich das Fluchtfahrzeug nur wenige Hundert Meter von der Bank entfernt gewechselt, die wir gerade ausgeraubt hatten, und zwar in Anwesenheit von lauter ahnungslosen Passanten. Dein Bruder hat nicht kapiert, dass wir den Fluchtwagen neben einem identischen Lieferwagen geparkt hatten, der schon dort stand. Zwei Lieferwagen, die entgegengesetzt zueinander geparkt waren, sodass wir ungesehen umsteigen können. Aber was jetzt kommt, Sam, hat es noch nie gegeben: einen Wechsel des Fluchtfahrzeugs am Tatort vor den Augen der Bullen.«

Seiner Stimme war anzuhören, wie sicher und zufrieden er sich fühlte. Seine Aufgabe war es, jemandem, der in wenigen Stunden zum ersten Mal mit einem automatischen Gewehr auf Menschen schießen würde, Ruhe einzuflößen. Er musste Sam klarmachen, dass ein Räuber, der in einer von Gewalt erzeugten Pause zur Tat schritt, einen Freiraum schuf, in dem die Zeit einfach stehenblieb – für die Leute, die sich platt auf die Erde geworfen hatten, aber auch für jene, die über Funk durchgaben, dass die Räuber wild um sich schossen. Dieser unbegreifliche und unlogische Umstand verwirrte die Opfer und erzeugte ein Vakuum, das die Räuber nutzen mussten.

»Und dann, wenn sich der Laster der Polizeisperre und dem entscheidenden Moment nähert, sitzt du am Steuer, Sam. Dich werden sie mustern. Wenn du gelassen bleibst, dann bleiben auch die Bullen gelassen. Sie suchen Räuber und keine Milchpackungen. Sie fahnden nach einem schwarzen und einem blauen Overall und nach automatischen Waffen. Und solange der Fahrer und sein

Beifahrer grün-weiße Uniformen tragen, korrekte Führerscheine vorweisen können und keine Nervosität erkennen lassen, streichen die Bullen mit ihren verdammten Daumen über die Führerscheine, ertasten die Prägung und befinden den Lastwagen für okay. *Nur eine Milchlieferung, fahrt weiter, wir haben Interessanteres zu kontrollieren.*«

Auf dem Boden neben dem Holzherd stand eine rostige Blechkiste mit sorgfältig zersägten und gespaltenen Scheiten, Birkenholz mit leicht bemooster weißer Rinde. Leo nahm zwei Scheite und suchte in der Kiste, bis er drei Späne zum Anzünden gefunden hatte.

»Funktioniert der Herd?«

Er öffnete die schwere Gusseisenklappe. Sie quietschte leise.

»Ja. Er schluckt so einiges, dafür verbreitet er noch im kältesten Winter eine angenehme Wärme im ganzen Haus.«

Scheite in einer quadratischen Öffnung, die Späne darunter und dazwischen. Es dauerte eine Weile, bis alles Feuer gefangen hatte und das Knacken des trockenen Brennholzes das Gespräch begleitete.

»Na dann, Leo.«

Sam nahm eine Flasche vom Bord über dem Herd. Vermutlich Schnaps. Ein Etikett gab es nicht. Dazu zwei kleine Gläser vom Abtropfgestell. Sam schenkte ein.

»Den habe ich vom Fährmann. Er brennt ihn selbst und würzt nur mit Kräutern, die hier auf der Insel wachsen. In diesem hier ist Holunder und noch ein Gewürz, das ich nicht identifizieren konnte.«

»Nein danke, noch nicht. Nicht vor dem ersten Überfall.«

»Jetzt hast du geredet, um mich zu beruhigen. Also bin ich an der Reihe, dich zu beruhigen.«

»Ich habe abgelehnt, Sam.«

»Das habe ich gehört. Aber es geht nicht um ein paar Schlucke mehr oder weniger, sondern darum, dass wir jetzt frei sind und tun und lassen können, was wir wollen.«

Leo nahm das Glas, das Sam ihm hinhielt, und führte es an die Lippen. Es roch nach Holunder. Und Wacholder. Leo war sich ganz sicher. Vielleicht sogar ein wenig Blutwurz. Aber er trank nichts.

»Nein. Wir sind nicht frei, noch nicht. Erst wenn wir auf dieser verdammten Fähre sitzen. Auf dem Weg nach Riga und Sankt Petersburg zur Sberbank Rossii. Dort werden wir trinken, in der Suite. Champagner. Eine ganze Kiste. Dann sind wir frei, Sam.«

Er hob das Glas und goss den nach Holunder und Wacholder duftenden Inhalt in die Spüle. Dann streckte er die Hand nach der Landkarte aus, warf einen letzten Blick auf das Kreuz, mit dem das größte Shoppingcenter Schwedens markiert war, öffnete die Gusseisenklappe, hinter der das Feuer kräftig brannte, und stopfte sie in den Herd. Das Papier flammte auf, es qualmte, dann zerfiel es in graue Asche.

Dass viereinhalb Minuten später ein Mensch leblos in seinem eigenen Blut auf dem Parkplatz liegen würde, ahnte keiner der Kunden, die sich an diesem Nachmittag von ihren Autos zu den Läden des riesigen Einkaufscenters begaben.

Auch die Hunderte von Kaufwilligen, die geduldig an den unzähligen Kassen des Shoppingkomplexes anstanden, um mit schweren Tüten beladen durch die automatischen Türen treten zu dürfen, waren in vollkommener Unkenntnis darüber.

Ebenso wie die Wachleute des Geldtransporters, der langsam über den aprilnassen Asphalt rollte.

Was den bevorstehenden Todesfall betraf, waren auch die beiden maskierten Männer in einem blauen und einem schwarzen Overall ahnungslos. Sie saßen in einem schwarzen Audi RS 7, den sie vor dem Haupteingang des Einkaufszentrums geparkt hatten. Diesen Audi würden die Polizisten bei ihrem Eintreffen irrtümlich für das klassische Fluchtfahrzeug halten.

16.14.10 Uhr

Die Autotüren gingen genau gleichzeitig auf. Der Geldbote hatte ein so breites Kreuz, dass die Nähte seiner braun-schwarzen Uniformjacke zu platzen drohten, als er vor einem Quadrat ausstieg, das neben vielen anderen Quadraten lag: Baumärkte, Elektrowarenhäuser, riesige Supermärkte, Möbelgeschäfte und alle möglichen anderen Läden. In diesem kubistisch anmutenden Muster standen strategisch verteilt blau-weiße Gehäuse – die Geldautomaten als Grundlage des Warenaustauschs. Die Kollegin des Geldboten, deren Uniform etwas lockerer saß, hielt den Geldkoffer fest in der Hand. Den silbergrauen Metallkasten mit einem Schneidbrenner zu öffnen war ein Leichtes, aber sie wusste, dass sie bei einem Überfall auf dem kurzen Weg von ihrem Fahrzeug zum Sicherheitsraum hinter dem Geldautomaten in Sekundenschnelle die Farbampullen aktivieren konnte.

Lautlos glitten die Türen auf, die beiden Wachleute traten ins Warme und gingen auf zwei Geldautomaten zu, deren Monitore dazu aufforderten, ihre Karte einzuführen.

Sobald sie den Sicherheitsraum betreten hatten und mit dem Austausch der Geldkassetten begannen, würden die Worte »Vorübergehend außer Betrieb« erscheinen. Das hieß für die Shoppingbegeisterten, dass sie sich ein wenig gedulden mussten, und für die bewaffneten Räuber, dass sie loslegen konnten.

Statt wie die übrigen Besucher das opulente Warenangebot anzusteuern, begaben sich die Geldboten ins Café mit der Lottoannahmestelle. An ein paar Tischen füllten junge Frauen in Daunenjacken Lottoscheine aus. Ein Taxifahrer und zwei Väter mit Kinderwagen tranken Kaffee aus Pappbechern. Die beiden Geldboten schoben einen Rollator beiseite, der die Tür zum Sicherheitsraum blockierte, und schlossen auf. Bevor sie eintraten, drehten sie sich noch einmal um.

16.14.40 Uhr

Niemand bemerkte, was währenddessen in einem schwarzen, falsch geparkten Audi geschah. Die getönten Scheiben verbargen, dass der blaue Räuber auf dem Beifahrersitz die Displays der Bankautomaten mit einem Feldstecher im Auge behielt.

16.15.05 Uhr

In dem Sicherheitsraum war es eng – es gab gerade einmal genug Platz für einen Stuhl und einen wackligen Campingtisch. Die Geldautomaten hatten Tresortüren und wurden mit einem Schlüssel und einer Keycard geöffnet und abgeschaltet. Der Mann zog die beinahe leeren Geldkassetten aus den Automaten, und seine Kollegin öffnete den Geldkoffer, in dem sechs Kassetten mit neuen glatten Scheinen lagen. Als sie gerade die dritte Kassette in den Automaten schob, explodierte das winzige Kabuff.

Acht Detonationen erzeugten eine aggressive Wolke aus grobem Staub, während Tausende von Splittern an Wand und Decke prallten und ihre Gesichter und Hände zerschnitten.

Einige Sekunden Stille, mehr nicht.

Dann fünf weitere Schüsse. Kugeln zerschmetterten das Schloss und drangen schräg in die Wand, die sich mit weiteren Splittern wehrte. Pochende Herzen warfen sich zu Boden.

Dann folgten keine Geräusche, sondern die Vibration schwerer Schuhe, die Schutt unter ihren Sohlen zermalmten.

Ein Räuber in schwarzem Overall zielte auf die Geldbotin, die sich gerade umdrehte, um zu sehen, woher die Schritte kamen. Ihre Augen waren gerötet, und als sie blinzelte, traten Tränen heraus und verbanden sich mit dem Staub in ihren Wimpern zu Kleister.

Daher konnte sie auch nicht sehen, dass die Räuber schwarze Masken und Arbeitsanzüge trugen, der eine blau, der andere schwarz, und dass einer der beiden eine große Nylontasche dabeihatte.

Auch die automatische Waffe und die Hand, die ihren Kopf fester auf den Boden drückte, sah sie nicht.

Nicht einmal schreien konnte sie.

Nur ein kurzes, leises Jammern entschlüpfte ihr, doch es wurde von einer Reklamedurchsage übertönt für Kunden, die noch nicht begriffen hatten, dass sie sich mitten in einem brutalen Raubüberfall befanden.

16.15.45 Uhr
Dünne, scharfe Kabelbinder fesselten die Handgelenke und Knöchel der Geldboten.

Klebeband verschloss ihre Lippen.

Ohrenstöpsel verschluckten jedes Geräusch.

Dunkle Kissenüberzüge wurden über ihre Köpfe gestreift.

Nun waren sie von allen äußeren Eindrücken abgeschottet.

16.16.10 Uhr
Der schwarze Räuber trat durch die zerschossene Sicherheitstür und zielte in ein Einkaufszentrum, das sich in rasender Geschwindigkeit leerte. Wem die Flucht noch nicht gelungen war, der suchte hinter Pfeilern, Regalen und Kassentresen Schutz. Er setzte seinen Weg in Richtung Eingangsbereich und Parkplatz fort. Die Leute warfen sich panisch auf den Boden, und er schoss über ihre Köpfe hinweg, leerte das Magazin, schob ein neues in die Waffe und leerte auch dieses. Alle mussten abgeschreckt werden, damit sie nicht mit jenen verwechselt wurden, die jetzt im Anmarsch waren.

Dann ging er vor dem Eingang auf und ab, sodass sich die Türen immer wieder von Neuem öffneten und schlossen.

Mit beiden Händen hielt er die Waffe in die Höhe. Denen, die gleich eintrafen, sollte die schwere Bewaffnung des Räubers sofort auffallen, ebenso wie der Fluchtwagen, der neben ihm geparkt war.

16.16.40 Uhr
Der Anblick war unschwer zu deuten.

Keine Menschen. Ein Räuber, der Wache hielt. Das Fluchtfahrzeug mit offenen Türen und laufendem Motor.

Da traf der erste Streifenwagen auf dem Parkplatz ein. Der Abstand zwischen der noch nicht abgefeuerten Kugel und dem Kühler des Polizeiautos betrug nicht mehr als fünfzig Meter.

Noch fünfzig Meter zwischen Kontrolle und Chaos.

16.17.00 Uhr

Der blaue Räuber wusste, was kam, schließlich war es Teil des Plans. Trotzdem schreckte er auf, als Schüsse fielen, die im Sicherheitsraum fast ebenso deutlich zu hören waren wie auf dem Parkplatz. Sie wussten, dass die nächste Polizeiwache nur zwei Kilometer entfernt lag, und hatten damit gerechnet, dass die erste Streife schnell eintreffen würde. Die Aufgabe des schwarzen Räubers war es, wild um sich zu schießen. Angst zu verbreiten. Den Polizisten sollte klar sein, dass die Räuber ebenso gut bewaffnet waren wie sie selbst. Hinter den Streifenwagen in Deckung zu gehen war somit zwecklos, denn eine Kugel aus einem AK4 konnte Blech wie ein Blatt Papier durchschlagen.

Während draußen weitergeballert wurde, überzeugte sich der blaue Räuber davon, dass die beiden Geldboten nach wie vor gefesselt und vermummt auf dem Bauch lagen.

Entscheidend war, dass sie nicht sehen konnten, was er als Nächstes tat.

Vor ihm auf dem Boden stand die Nylontasche, die er bei sich gehabt hatte. Sie enthielt sechs grün-weiß gestreifte 1,5-Liter-Milchpackungen. Er ergriff eine davon und zog sie auseinander: Sie enthielt keine Flüssigkeit und bestand aus zwei Teilen, die sich dank einer angeklebten Kante zusammenschieben ließen.

Er legte die erste Geldscheinkassette in die untere Hälfte und setzte dann das Oberteil wieder auf. Der Spalt war kaum zu sehen. Die Milchpackung enthielt jetzt 900 000 Kronen. Er legte sie in die Tasche zurück und wiederholte die Prozedur mit den übrigen fünf

Geldkassetten. Gleichzeitig hörte er, wie die Schüsse auf dem Parkplatz immer dichter fielen. Vereinzeltes Geknalle war in zornige Trommelwirbel übergegangen.

Der blaue Räuber bemerkte den Geruch, noch ehe er das Hellgelb sah, dass den Steinboden dunkel verfärbte. Rasch riss er die Tasche hoch, damit sie nicht von der Körperflüssigkeit des Geldboten durchnässt wurde.

Er schob den Riemen der Tasche über den Kopf und rannte Richtung Eingang, um dem schwarzen Räuber das Zeichen zu geben, dass die erste Phase beendet sei.

Jeder Schritt hinterließ einen immer schwächeren Urinabdruck.

16.18.05 Uhr

Die ersten beiden Streifenwagen waren zerschossen worden und blockierten den Fluchtweg. Die Kugeln des schwarzen Räubers hatten die vier Beamten gezwungen, in Deckung zu gehen. Der Geruch von verbranntem Gummi aus dem Wageninneren verriet ihnen, wie effektiv militärische Munition war.

16.18.15 Uhr

Sechs volle Geldscheinkassetten in Milchpackungen lagen in der Umhängetasche des blauen Räubers. Er rief dem Räuber in Schwarz hinter der Eingangstür zu: »Alles klar!«

Jetzt mussten sie umkehren. So war es geplant. Die Beamten, die hinter ihren von Kugeln durchlöcherten Fahrzeugen auf Verstärkung warteten, mussten der Überzeugung sein, dass sie den Räubern den Fluchtweg abgeschnitten hatten und dass diese im Gebäude Schutz suchen würden. Allerdings hatten sie nicht damit gerechnet, dass die Verstärkung so schnell eintreffen würde. Acht Beamte der Einsatztruppe hatten bereits ihre Positionen zwischen den geparkten Autos eingenommen.

Außerdem hatten sie nicht damit gerechnet, dass die Polizei Gewalt auf ganz andere Art mit Gewalt vergelten würde als bei den Raubüberfällen damals.

16.18.25 Uhr

Das rechte Bein knickte zuerst weg. Der Stoff am Einschussloch flatterte wie ein Ballon, aus dem Luft entweicht. Dann versagten die Beinmuskeln ihren Dienst.

Der Räuber in Schwarz kippte nach hinten und feuerte eine Salve in die Richtung, aus der er beschossen zu werden glaubte.

Dann richtete er sich noch einmal auf, und eine Hand streckte sich ihm entgegen, hielt ihn ganz fest und zog ihn auf die automatischen Türen des Eingangsbereichs zu.

In diesem Moment spürte er drei harte Schläge in der Magengegend, ehe die fünfte Kugel in die Achselhöhle eindrang, die von der schusssicheren Weste nicht abgedeckt wurde.

Das war seine letzte Wahrnehmung.

Denn die sechste Kugel traf seinen Hinterkopf und trat durch die Stirn wieder aus.

16.18.40 Uhr

Sam hielt eine tote Hand.

Das spürte er ebenso deutlich wie die Knochensplitter und Blutspritzer, die an den Stellen auf seiner entblößten Haut landeten, wo er Löcher in seine Maske geschnitten hatte.

Er ließ den leblosen Körper zu Boden fallen, rannte zum Eingang zurück und wartete darauf, dass sich die nächste Kugel in einen blauen Overall, in seinen Körper bohren würde.

Weg aus der Schusslinie.

Das war sein einziger Gedanke.

Hinein ins Einkaufszentrum.

Er musste den Weg zum Fluchtfahrzeug zwei finden und den Rest des Plans alleine durchziehen.

Sam hörte die gläsernen Eingangstüren hinter sich zersplittern. Die Kugeln hatten ihn verfehlt, er war wieder im Gebäude und rannte in Richtung Supermarkt, genau wie sie es vorgehabt hatten.

Er sprang über ein verchromtes Geländer und landete zwischen Körben mit Cocktailtomaten und Zitronenkisten, die im Sprühnebel glänzten. Er riss einen Stapel Gurkenkisten mit sich, als er nach links abbog. Dann rannte er zwischen den Regalen mit Nudeln und italienischen Soßen im Glas weiter. Jetzt musste er nur noch durch die Schwingtüren ins Lager – das Ziel, das er mit geschulterter Tasche ansteuerte, das Gewehr fest in der Hand.

Plötzlich hielt er inne, nur ganz kurz, ein paar Atemzüge lang. Während er alles um sich herum registrierte.

Die Menschen um ihn herum ergriffen die Flucht.

Niemand wagte sich in seine Richtung.

Er war ein Fremdkörper, der alle in die Flucht schlug.

Wenn er sich konzentrierte, sich wirklich anstrengte, konnte er die Atemzüge der Kunden hören, die hinter den Kühltruhen in Deckung gegangen waren. Er hörte Weinen und unzusammenhängendes Gemurmel. Das einzig Normale war die Stimme aus den Lautsprechern, die das Sonderangebot der Woche anpries.

Drei Schüsse.

Die Schwingtüren zersplitterten und ließen sich jetzt öffnen, und er rannte ins Lager, zu dem Rolltor, das auf die Laderampe führte.

16.19.25 Uhr

Der Lastwagen mit der riesigen Milchwerbung auf den Seitenwänden stand dort, wo Jari ihn rechtzeitig vor dem Überfall abgestellt hatte. Gegenüber der Müllanlage und dem Kühlraum für die Waren mit abgelaufenem Mindesthaltbarkeitsdatum. Ein guter Platz – abseits, aber ohne wie ein Versteck zu wirken.

Der Verkehr in der Nähe schien immer noch normal zu fließen. Mit etwas Glück hatte die Polizei noch keine Straßensperren errichtet.

Erst jetzt, als er von der Laderampe sprang und zum Milchlaster rannte, bemerkte er, wie sehr er zitterte. Seine Glieder zuckten wie bei einem Nachbeben, und er musste die Hände so fest aufeinanderpressen, dass die Knöchel weiß hervortraten. Erst dann hatte er die Kraft, die Tür zum Laderaum zu öffnen, der mit Milchpaletten gefüllt war.

16.18.55 Uhr

Jede Palette enthielt acht Kartons mit je sechzehn Milchpackungen. Im obersten Karton fehlten sechs, und Sam füllte die Lücken mit den präparierten Packungen.

Dann streifte er den blauen Overall und die Maske ab, verstaute sie in der Tasche und legte sie in den nächsten Milchkarton, in dem ebenfalls sechs Packungen fehlten.

Das Gewehr ließ sich zwischen den Rädern der Rolpalletten so einhängen, dass es während der Fahrt nicht klapperte.

Rasch sprang er aus dem Laderaum, trat einen Schritt zurück und betrachtete ihn kritisch.

Er meinte, Leos Stimme zu hören.

Wenn die Bullen alle Idioten kontrollieren, die voller Panik das Weite suchen, dann wird der Milchlaster einfach durchgewunken. Insbesondere weil sich der Laderaum mühelos überprüfen lässt, da er nichts anderes enthält als … Milch.

Sam schloss die Türen des Laderaums.

Ihr Plan sah vor, dass sie zu zweit im Lastwagen saßen und sich, falls sie angehalten wurden, gegenseitig halfen.

Jetzt war alles anders, und er musste sich allein herausreden. Weil er als Einziger übrig war.

16.20.40 Uhr

Sobald der Laster die Ladezone verließ, erkannte Sam, dass der Verkehr zäher floss als zuvor. Das konnte nur eines bedeuten. Die Polizei hatte eine Straßensperre errichtet.

Weiter vorne sah er die blau-weißen Streifenwagen mit aufblitzendem Blaulicht.

Sam betrachtete seine Hände. Sie zitterten nicht mehr. Die Polizei suchte einen Räuber, der einen neuen schwarzen Audi gestohlen hatte und keinen Milchlaster. Seine Fingerspitzen tasteten die Brusttasche seiner grün-weißen Jacke ab. Da. Der Führerschein, in den der Umriss von Schweden geprägt war.

Du entscheidest darüber, Sam, wenn du anschließend am Lenkrad sitzt und sich der Laster der Polizeisperre nähert. Dich schauen sie an. Wenn du *ruhig bist, sind auch die Bullen ruhig.*

Jetzt war die Polizeisperre ganz nah.

Noch drei Autos zwischen dem Milchlaster und den Beamten, die jedes Fahrzeug überprüften.

Als er in den Rückspiegel schaute, waren die winzigen Blutflecken auf seiner Haut in der schlechten Beleuchtung nicht mehr zu sehen.

Einen größeren Fernseher hatte er noch nie gesehen. Er war hoch oben an der Wand befestigt, genau genommen bedeckte er die ganze Wandfläche, von einem Ende der Theke bis zum länglichen Servierwagen mit den Salatschälchen.

Ivan stützte sich mit den Ellbogen auf den ramponierten Tisch in der zweiten Reihe am Fenster. Hier saß er oft mit einer Tasse schwarzem Kaffee und wartete auf die Ziehung der Lottozahlen. Er hatte verschiedene Tische ausprobiert, aber von diesem war die Sicht am besten – die Blickachse wurde weder von Pfeilern noch von Gästen unterbrochen, die an der Toilette oder an der Kasse anstanden. Ein gigantisches Bild. Während seiner Jahre hinter Gittern hatten sich Fernseher irgendwie verändert. Sie waren größer geworden, ohne an Volumen zuzunehmen, als hätten die Hersteller sie einfach plattgewalzt.

Die Gaststätte Dráva lag in der Stockholmer Innenstadt, nur wenige Gehminuten von Skanstull entfernt, wo Ivan derzeit in einer Einzimmerwohnung hauste. Der Besitzer des Restaurants hieß Dacso, ein Mann, dessen Augenbrauen borstiger waren als der Rücken eines Stachelschweins. Er betrieb es zusammen mit seiner Frau Szilvia, die eigentlich hübsch war, deren kalter Blick jedoch die ganze Schönheit zunichtemachte. Sie wussten, wer er war, was er getan hatte. Er war der Räubervater, der keinen Tropfen anrührte. Sie waren immer nett zu ihm, fast schon beflissen, und schenkten ihm etwas zu oft Kaffee nach. Vielleicht weil er bei einem seiner ersten Besuche hatte durchscheinen lassen, dass sein

Sohn, den er bald treffen würde, nicht überlebt hätte, wenn nicht er, Ivan Duvnjac, bei der Flucht nach dem letzten Bankraub dabei gewesen wäre. Wie man sich eben manchmal mit anderen Eltern unterhielt. So etwas konnte einem Respekt einbringen, den man zu schätzen lernte und der süchtig machen konnte. Doch in diesem Augenblick ärgerte er ihn nur. Die neugierigen Blicke, die ihn von der schlichten Bar und der Pizzatheke heimsuchten, störten ihn.

Es hatte so gut begonnen. Ein Abend mit Familie lag vor ihm anstelle von wertlosen Lottoscheinen. Die Freude hatte seine Zunge gelöst – Leo, sein Sohn, der ab heute wieder ein freier Mann war, würde mit ihm bei Dacso und Szilvia zu Abend essen. Aber seit der ersten Nachrichtensendung auf dem verdammten Riesenbildschirm hatte sich Dacso mit seiner Frau nur noch im Flüsterton unterhalten. Ihre Bemühungen um Diskretion scheiterten gänzlich, als die Bilder eines Überfalls auf zwei Geldboten den Raum füllten, während der Räubervater zwei Tische weiter auf seinen Räubersohn wartete.

Vor dem Pizzaofen wurde immer lauter geflüstert und dann zur nächsten Nachrichtensendung umgeschaltet. Weitere Bilder eines bewaffneten Raubüberfalls irgendwo im Süden der Stadt, neuer, aktueller.

In diesem Moment ging das Unbehagen in ein Gefühl der Verärgerung über, das in seinem Innern anschwoll und darauf lauerte, bei der kleinsten Unachtsamkeit hemmungslos aus ihm hervorzubrechen.

Genau so hatte er damals vor seinem eigenen Fernseher gesessen, wo eine einstündige Sondersendung namens *Täter gesucht* lief, über eine Verbrecherbande, die die Zeitungen Militärliga getauft hatten, weil sie mit Brutalität und militärischer Präzision Banken überfiel und dabei Waffen verwendete, die sie aus einem Militärdepot entwendet hatte. Von einer plötzlichen Ahnung befallen, glaubte er, an den Männern mit ihren schussbereiten Waffen irgendetwas wiederzuerkennen. Eine Bewegung, die Gangart, die Winkelung eines Fußes, eine deutende Hand. Die kurze Sequenz einer Überwachungskamera hatte ihm noch etwas enthüllt. Die Persönlichkeit, die sich aus den Bewegungen zusammensetzte. Dass die Männer im Fernsehen schwarze Masken trugen, tat dabei nichts zur Sache. Denn ihre Bewegungen waren dem Vater vor dem Bildschirm wohlbekannt und rührten ihn zutiefst.

Damals hatte er kein Unbehagen empfunden, sondern nur ein Gefühl der Zusammengehörigkeit. Und als es ihm nicht gelang, Leo zur Vernunft zu bringen und von weiteren Taten abzuhalten, änderte er seine Taktik. Er hatte ihn angefleht, an ihrem Leben teilnehmen und Seite an Seite mit seinen Söhnen die nächste Bank überfallen zu dürfen.

Sein jetziges Unbehagen entsprang dem Umstand, dass die Polizei die Räuber bereits am Tatort in ein Feuergefecht verwickelt und einen der Täter mit einer tödlichen Kugel getroffen hatte.

»Wo bleibt dein Junge? Du hattest ja sogar einen Tisch reserviert, obwohl es hier nie voll ist.«

Dacso. So neugierig, dass er sich mit gezückter Kaffeekanne neben ihm einfand, statt einen Kellner zu schicken.

»Leo kommt gleich.«

Dampfender schwarzer Kaffee in die halbvolle Tasse.

»Du hast mich um etwas Besonderes für deinen Sohn und dich gebeten, Ivan, und ich habe mir etwas ganz Spezielles einfallen lassen.«

Er blieb beharrlich an Ivans Tisch stehen, obwohl die Tasse voll war, und sah sich mit seinem Gast die neuesten Bilder an. Ein wackliges Handyvideo aus der Ferne, aber trotzdem deutlich. Ein lebloser maskierter Mann in schwarzem Overall, rechts neben seinem Arm eine automatische Waffe.

»War ganz schön teuer. Das Fleisch, meine ich.«

Und dann das Blut, auf dem der Täter laut Reporter ausgerutscht war, als er sich wieder aufrappeln wollte. Dann hatte eine Kugel ihn unter dem Arm erwischt, trotz schusssicherer Weste. Und eine weitere Kugel in den Kopf.

»Falls was dazwischengekommen ist und dein Sohn nicht kommen kann …«

Ivan hatte seit zwei Jahren keinen Tropfen angerührt. Ebenso lange hatte er seine Wut in Schach gehalten und niemanden verprügelt. Aber jetzt fehlte nicht viel. Beinahe hätte er Dacsos borstige Brauen gepackt und ausgerissen, um ihm damit das Maul zu stopfen.

»Was redest du da?«

»Er ist doch heute entlassen worden. Ich meine bloß …«

»Leo würde nie wieder jemanden überfallen. Er ist gleich hier. Leg schon los mit deinem blöden Luxusfleisch.«

»Ein gut abgehangenes Rinderfilet aus Argentinien.«

»Wie auch immer. Der Geschmack ist mir egal. Sonst wäre ich wohl kaum hier bei dir und deiner schönen Frau.«

Da war er ihn endlich los. Aber das Geflüster ging weiter. Bestimmt ließ sich der Wirt gerade darüber aus, dass es kein Zufall sein konnte, wenn dieser spektakuläre und brutale Raubüberfall ausgerechnet am Tag der Entlassung des Räubersohnes stattfand.

Leo, den er noch am Morgen gesehen hatte.

Das Unbehagen breitete sich ungehindert in ihm aus.

Was Dacso flüsterte und die Videosequenzen förmlich hinausbrüllten, hatte er bereits dort am Tor gespürt, etwas Unterschwelliges, das einem Vater nicht entging. Die Unnahbarkeit. Leo, der sich abschottete und nur in seinem Innern existierte.

Da hatte er selbst noch gedacht und gehofft, dass es auf die plötzliche Freiheit, die Entlassung zurückzuführen sei – Jahre der Sehnsucht und Freude, die zerfielen, sobald das Tor geöffnet wurde, und von Unsicherheit und Orientierungslosigkeit abgelöst wurden. Aber das viele Blut im Fernsehen. Ob es wohl seines war? Kam er deswegen zu spät? Bislang waren es erst zehn Minuten. Selbst wenn Leo noch viel später kam, hieß das noch lange nicht, dass er einen Raubüberfall in einem Stockholmer Vorort verübt, Straßensperren überwunden, die Beute versteckt und sich umgezogen hatte, um wenig später mit seinem Vater in einem ungarischen Restaurant in der Innenstadt zu essen.

»Dacso?«

Ivans Stimme dröhnte durch das leere Restaurant, und der Inhaber schaute hoch.

»Ja?«

»Du kannst anfangen, dein argentinisches Filet zu braten.«

»Aber wenn er nicht kommt, Ivan …«

»Fang schon an!«

Die Mauer. Das Tor. Sogar Felix und *sie* waren dort gewesen.

Wenn du ihre Kindheit nicht ruiniert hättest … dann hätte Leo nie eine Bank überfallen!

Britt-Marie hatte die Familie zerstört. Und darum hatte er sie zerstört.

Und auch Felix und Vincent wären nicht im Gefängnis gelandet.

Aber jetzt würde er alles in Ordnung bringen – er würde die Familie wieder aufbauen wie ein verfallenes Haus.

Die Fehler lagen hinter ihnen. Vor ihnen lag nur, was besser werden würde. Wenn ich mich verändern kann, dann kannst du es auch.

»Fängst du an?«

»Gleich.«

»Da kommt er nämlich gerade!«

Ivan legte die Stirn an die kalte Fensterscheibe, um besser sehen zu können.

Diese sorglosen Schritte. Jetzt näherten sie sich dem Restaurant. Zum zweiten Mal an diesem Tag umarmte Ivan seinen Sohn.

»Dacso – verdammt! Jetzt wird aufgetischt! Na, mach schon!«

»Für mich nicht, Papa.«

Ivan ließ seinen Sohn los und nahm ihn beiseite, weg von den neugierigen Ohren.

»Hast du gar keinen Hunger, Leo? Jetzt setzen wir uns. Was willst du trinken?«

»Ich habe keine Zeit. Mir ist was dazwischengekommen.«

Die Stimmen aus dem Riesenfernseher glitten von der Wand und legten sich wie ein dünner Schleier zwischen sie. Ein Experte analysierte die zunehmende Gewalt zwischen Polizei und Kriminellen, ein Forensiker kommentierte die ungewöhnlichen Waffen der Täter, und zuletzt erklärte die Pressesprecherin der Polizeibehörde, von dem überlebenden Täter fehle nach wie vor jede Spur.

»Wir hören voneinander, Papa. Ich ruf dich an.«

Leo machte auf dem roten Teppich am Eingang kehrt, weiter war er gar nicht erst ins Restaurant vorgedrungen.

»Was ist mit dem Essen? Dem Rinderfilet? Ivan, ich habe für dich und deinen Jungen schon alles vorbereitet!«

Dacso schwenkte eine Bratpfanne durch die Luft. Gleichzeitig zog Leo ein Bündel Geldscheine aus der Hosentasche, Fünfhunderter, und reichte ihm vier.

»Reicht das?«

Dacso machte eine abwehrende Bewegung mit beiden Händen und schüttelte den Kopf.

»Das ist zu viel.«

»Behalten Sie den Rest. Wir kommen wieder.«

Dann verließ er ebenso energisch, wie er gekommen war, das Lokal. Ivan folgte ihm und nahm sich nicht einmal die Zeit, seinen Mantel zu holen, obwohl die vorsichtige Wärme des Tages bereits wieder verschwunden war. Im Freien war es feuchtkalt und herbstlich. So wie er seine Heimat Jugoslawien in Erinnerung behalten hatte, die er in den Sechzigerjahren verlassen hatte und deren Grenze zu Ungarn am Fluss Dráva verlaufen war. Jetzt holte er vor einem Restaurant desselben Namens seinen ältesten Sohn ein.

»Leo. Warte.«

»Tut mir leid, Papa. Ich habe wirklich keine Zeit. Ich habe eine Verabredung.«

»Aber Geld scheinst du zu haben.«

Diese Bemerkung ließ Leo innehalten.

»Was dagegen, Papa?«

»Nun, wenige Stunden nach deiner Entlassung wirkt das schon auffällig. Ich dachte ...«

Ivan verstummte. Leo wusste, warum. Zwei Männer Anfang fünfzig kamen ihnen entgegen, die Hände in den Jackentaschen vergraben. Beide nickten Ivan zu, und er erwiderte ihr Kopfnicken. So war es oft, alle wollten sich, wenn auch unbewusst, gut mit ihm stellen.

»Ich dachte, du hättest alles verbrannt, bevor die Polizei kam?«

»Das Geld habe ich heute im Wald gefunden. Wer an den richtigen Stellen sucht, wird des Öfteren fündig.«

Ein flüchtiger Blick auf die Fenster des Restaurants Dráva. Dort standen die beiden und starrten sie an. Dacso und seine eiskalte Frau machten keinen Hehl aus ihrer Neugier.

»Das ist also der Grund, Papa?«

»Was?«

»Deswegen wolltest du mich also unbedingt zum Essen einladen? Um mich zu kontrollieren und dich nach meinen Zukunftsplänen zu erkundigen?«

Hinter den neugierigen Wirtsleuten flimmerte der riesige Fernseher. Weitere Bilder von der Räuberjagd.

»Ich versteh schon. Du hast dir die Sache im Fernsehen angesehen. Keine Sorge, mit diesem Scheiß habe ich nichts zu tun.«

Er sah sich um. Hauptsächlich, um dem möglicherweise entlarvenden Blick seines Vaters auszuweichen.

Ein Abend in der Hauptstadt. Und dennoch so seltsam menschenleer und still.

»Papa, ich bin heute entlassen worden. Glaubst du etwa, ich könnte noch am selben Tag einen Überfall begehen? Nicht mal die Bullen halten das für möglich, niemand fahndet nach mir.«

»Erst kommst du zu spät, und jetzt hast du keine Zeit. Heute vor dem Tor war es fast wie … voriges Mal. Als ich dich überredet habe, es nicht zu tun. Darum hast du überlebt.«

Ein Vater, der davon überzeugt war, seinem Sohn das Leben gerettet zu haben.

Ein Sohn, der einmal davon überzeugt gewesen war, seiner Mutter das Leben gerettet zu haben.

»Hör mal zu, Papa, jetzt bring nicht unsere Teppiche durcheinander.«

Sein Vater zuckte zusammen.

»Was soll das heißen, Leo?«

»Erinnerst du dich nicht, Papa? Als ich dich in der U-Haft besucht habe?«

Sie erinnerten sich beide.

Trotzdem schüttelte der Ältere den Kopf.

»Nein.«

»Wirklich nicht?«

»An irgendwelche Teppiche kann ich mich nicht erinnern.«

»Weißt du denn nicht mehr, wie leicht man jemandem den Glauben nehmen kann, ein Menschenleben gerettet zu haben?«

Der Riesenfernseher hinter dem Restaurantfenster brachte jetzt die internationalen Nachrichten. Das große UNO-Hochhaus in

New York war zu sehen, dazwischen immer wieder die Bilder eines Krieges.

Da lächelte Leo zum ersten Mal.

»Mach dir doch nicht immer so verdammt viel Sorgen. Wenn ich heute dabei gewesen wäre, dann hätte es nicht so geendet. Wenn ich sowas durchziehe, wird nicht gestorben.«

»Du darfst nie wieder sowas tun, Leo! Beim nächsten Mal lassen sie dich nicht mehr raus aus dem Knast.«

»Ich war nicht dabei. Schließlich stehe ich hier, oder etwa nicht?«

»Nie wieder, kapierst du? Letztes Mal hattet ihr alle ein wahnsinniges Glück. Ihr habt 221 automatische Waffen geklaut, jede Menge Geldtransporter und Banken überfallen und dann noch mitten in Stockholm eine Bombe hochgehen lassen. Trotzdem konnte man dir nur zwei Banküberfälle nachweisen! Und Felix und Vincent nur einen einzigen! Also haben alle dieselbe Strafe gekriegt wie ich, obwohl ich nur bei einem einzigen Überfall dabei war. Ein verdammtes Glück! Oder ein unfähiger Staatsanwalt. Egal wie, eines habe ich begriffen – nichts verjährt, bloß weil ihr ein paar Jahre abgesessen habt. Die riesigen Aktenstapel wachsen geduldig. Wenn ihr so weitermacht, riskiert ihr, dass man euch eines Tages für alles einbuchtet. Und wenn du danach entlassen wirst, bist du so alt wie ich jetzt.«

Noch ein Blick zum Fenster. Die beiden gafften nicht mehr. Dacso polierte Gläser, und seine Frau füllte Salzfässer nach.

»Schau mich an, Leo.«

Ivan versuchte, den Blick seines Sohnes aufzufangen, und wartete, bis er dessen volle Aufmerksamkeit hatte.

»Du kannst dich verändern, so wie ich es getan habe.«

»Ach? Ich bin dir also nicht gut genug?«

»Du musst nicht meine Fehler wiederholen, Leo. Alle können sich verändern. Selbst mir ist es gelungen! Wenn du dich nur anstrengst. Du musst es wirklich wollen. Genau wie ich es dir damals gezeigt habe, als du klein warst. Als ich dir beigebracht habe, mit dem Bären zu tanzen.«

»Papa, ich habe Banken überfallen, nicht gesoffen. Eine Bank zu überfallen ist etwas, wofür man sich entscheidet, und wenn die Planung stimmt und die Risiken auf ein Minimum reduziert werden … Saufen ist etwas für Leute wie dich, die mit der Wirklichkeit nicht zurechtkommen.«

Ein nettes Essen im Warmen, ein gutes Stück Fleisch, die Einleitung eines Dialogs. Stattdessen stehen sie auf einem feuchten Gehsteig in einem finsteren Stadtviertel, und der Abstand ist so groß wie eh und je.

»Leo, der Scheiß von damals liegt hinter uns. Nur, was vor uns liegt, zählt.«

»Ivan, es war wirklich nett, dich zu sehen.«

Der Wagen stand mit den Vorderreifen in der benachbarten Parklücke. Leo war in Eile gewesen und hatte nicht die Absicht gehabt, länger zu verweilen. Ein Mietwagen, wie ein Aufkleber an der Heckscheibe verriet. Sie schwiegen und sahen sich nicht mehr an. Leo öffnete die Fahrertür, setzte sich ans Steuer, ließ den Motor an und fuhr davon.

Ivan.

So war es immer gewesen, wenn der Abstand wuchs. *Papa* verschwand und wurde zu *Ivan*.

Das ungute Gefühl, das Unbehagen, das er morgens empfunden hatte, breitete sich noch weiter aus. Sein ältester Sohn schottete sich ab wie immer, wenn er irgendwohin unterwegs und nicht mehr erreichbar war.

Eine Finsternis zum Ertrinken.

So unerhört schwarz.

Daher auch eine Finsternis, die alles verbarg.

Leo parkte in der Ausweichbucht des Waldwegs. Stellte den Motor ab. Schaltete die Scheinwerfer aus. Wurde von der Finsternis verschluckt.

Er atmete langsam. Ein, aus. Ein, aus. Sein Herz schien noch schneller zu pochen. Die allumfassende Stille verstärkte die Schläge in seiner Brust.

Winterkalter Frühling. Hier lag deutlich mehr Schnee als in der Umgebung des Rastplatzes, wo er die Waffen ausgegraben hatte. Darauf hatte er gar nicht geachtet, als er voriges Mal mit der 13-Uhr-Fähre gefahren war. Im Landesinneren war es immer kälter. Was im Laufe des Tages geschmolzen war, verwandelte sich in eine dünne Eisschicht, die splitternd unter seinen Füßen nachgab, während er auf das Licht zuging. Dort drüben, wo die Welt am Mälarsee endete, laut Karte nach vierhundert Metern, leuchteten drei stolze Straßenlaternen und zerschnitten die Dunkelheit am Fähranleger.

Er ging zu schnell. Sein rasendes Herz musste gebremst werden. Aber sein Unbehagen peitschte ihn zwischen den Bäumen voran. Er durfte sich nicht zu schnell bewegen, schließlich wollte er sie zuerst sehen, nicht umgekehrt. Wenn sie wirklich da waren, musste er unbemerkt umkehren können.

Im Wald war alles anders. Über einer Großstadt hing eine gewaltige Lichtglocke, deren künstlicher Schein wie eine riesige weiche Mütze auf den Häusern ruhte. Die Leuchtkraft nahm zu, je näher der Besucher kam. Hier gab es nur die Sterne. Und drei schlichte Straßenlaternen, die ihn riefen und ihm den Weg wiesen.

In Momenten wie diesem fand sich für gewöhnlich ein Gefühl der Erleichterung und der Ruhe ein. Die Belohnung, nachdem die Suchradien der Polizei durchbrochen worden waren. Jetzt aber nicht. Dieses Mal hatte er weder den Verlauf vor Ort noch die anschließende Flucht unter Kontrolle gehabt und sich deswegen auch zum Treffen mit seinem Vater verspätet. Er hatte sich doch informieren müssen! Erst die Nachrichten um Viertel vor fünf. Er hatte am Straßenrand gehalten und sich die Livereportage über einen Überfall auf einen Geldtransport mit anschließendem Schusswechsel angehört. Sie endete mit der neutralen Stimme des Nachrichtensprechers: »… spärliche Informationen, die darauf hindeuten, dass einer der Räuber erschossen wurde.«

Erschossen?

Einer der Räuber?

Wer?

Die Dunkelheit umschloss ihn, wie das bodenlose Loch, von dem er so oft träumte, in das man in alle Ewigkeit abstürzte. Oder wie der finstere Seegrund, dem er als Kind entgegengetaucht war, während er sich überlegt hatte, wie es wohl wäre, für immer dort unten zu bleiben.

Im Gebüsch rechter Hand regte sich etwas. Dann der starke Geruch, der die Nähe von Lebewesen verhieß, eine Herde Elche oder Wildschweine, die sich unweit von ihm zur Ruhe begeben hatten. Und plötzlich, inmitten tiefster Finsternis und umgeben von diesem Tierdunst, regte sich sein Handy. Das lautlose Brummen in seiner Brusttasche. Sam! Er tastete danach und zog es hervor, gleich würde er Sams Stimme hören! Falsch. Es war nicht das Kryptohandy, sondern das andere. Eine Nummer mit einer 08-Vorwahl. Stockholm. Was mochte das zu bedeuten haben? Sam, der von einer anderen Nummer aus anrief? Sam, der irgendwo steckengeblieben war? Eigentlich müsste er rangehen. Aber nicht hier. Möglicherweise lauerten sie ihm auf. Oder … war es Jari? Nein. Weder Sam noch Jari würden unkryptiert anrufen. Und wenn doch, dann war das Risiko zu groß, schließlich hatte er bereits die halbe Strecke zurückgelegt, und Geräusche bewegten sich ja unbehindert durch die Stille. Er zweigte ins Dickicht ab, ging Richtung Straße, folgte dem Straßengraben und blickte zum Fähranleger hinüber. Er wollte herausfinden, ob ein Wagen vor dem Schlagbaum wartete und ob jemand den kreisförmigen Asphaltplatz im Auge behielt.

Eigentlich hatte er schon während der Viertel-vor-fünf-Nachrichten umkehren wollen. Um sich schnurstracks hierherzubegeben und sich Gewissheit zu verschaffen. Aber er war weitergefahren, gerade noch rechtzeitig gekommen und ausreichend lange gesehen worden, und zwar nicht nur von seinem Vater. Darum hatte er auch darauf bestanden, die Zeche zu begleichen. Ein paar Fünfhunderter zu viel. Das würde der Wirt nicht so schnell vergessen. Wenn die Polizei ins Restaurant kam, um ihre Routinefragen zu stellen, würde Leo Duvnjac auch ohne seinen Vater über ein gutes Alibi verfügen. Zeitlich gesehen wirkte es geradezu unmöglich, zwei Geldboten in einem südlichen Vorort zu überfallen, um kurz darauf in einer ungarischen Spelunke in der Innenstadt zu erscheinen.

Dabei war es für ihn ungemein schwierig gewesen, vor dieser Spelunke zu stehen und mit halbem Auge auf dem Bildschirm im Lokal mit anzusehen, wie atemlos über einen Überfall berichtet wurde, den er selbst geplant hatte, ohne an der Durchführung teilzunehmen.

Vier Tage. Mehr Zeit blieb ihnen nicht. Als Einziger von ihnen drei konnte er am ersten Raubüberfall nicht aktiv mitwirken, weil er damit rechnen musste, anschließend einer routinemäßigen Kontrolle unterzogen zu werden. In dieser neuen Konstellation war er der prominente und soeben aus der Haft entlassene Bankräuber. Sam und Jari hatten wegen anderer Straftaten eingesessen. Da ihm die Zeit für unsinnige Vernehmungen fehlte, weil er sich auf den letzten großen Coup konzentrieren musste, mit dem er sich das zurückholen wollte, was es nicht gab, war er auf ein wasserdichtes Alibi angewiesen.

Er glaubte, wacklige Sequenzen einer Handykamera hinter den beschlagenen Restaurantfenstern gesehen zu haben. Ein Zeuge hatte gefilmt. Während seiner Jahre im Knast waren die Handys zu einem neuen Körperteil der Menschen geworden. Bei den letzten Banküberfällen hatten sie nur auf Überwachungskameras achten müssen und sie beim Betreten der Filiale sofort zerschossen. So hatten die Ermittler keinerlei Möglichkeit gehabt, Verhaltensmuster zu entdecken. Geblieben waren nur konfuse Zeugenaussagen, bruchstückhafte, verzerrte und sehr unterschiedliche Bilder, da Menschen im Schock nur sahen, was sie zu sehen glaubten. Die Polizei brauchte unendlich lange, um die Gemeinsamkeiten von allen Aussagen herauszufiltern. Jetzt existierten immer auch Handyaufnahmen, die im Besitz einer unkontrollierbaren Öffentlichkeit waren. Die verwackelten Videos ließen auf den Ernstfall schließen. Sam badete in seinem eigenen Blut.

Er näherte sich den drei Laternen und dem kleinen Haus, in dem sich der Fährmann zwischen den Überfahrten aufhielt. Von der Fähre im schwarzen Wasser waren nur Umrisse zu erkennen. Das Telefon vibrierte erneut. Dieselbe Nummer. Er ließ es klingeln und ging weiter. Ein Wagen wartete mit abgestelltem Motor auf die Überfahrt. Wartete man auf ihn? War es ein Fahrzeug der Polizei? Verbarg sich jemand in der Dunkelheit? Ihm blieb keine Wahl, er musste sich Gewissheit verschaffen.

Sam war unersetzlich. Monatelang hatten sie in seiner Zelle an ihren Plänen gefeilt. Jari, den Schläger, der wegen Totschlag und Erpressung verurteilt worden war, hatten sie erst in der Schlussphase hinzugezogen. Bei der ersten Verhandlung mit ihm war es nur um das Honorar gegangen, und sie hatten sich in der Mitte geeinigt. Die Summe gewährleistete einen zügigen Überfall auf zwei Geldboten und Fluchthilfe nach dem letzten großen Coup. Die Verhandlungen mit Jari waren relativ unkompliziert gewesen, weil er genau wusste, wo seine Stärken lagen und womit er beitragen konnte. Allzu viel wollte er nicht wissen, und er erledigte, was man ihm auftrug. Alle wussten, dass er bei Vernehmungen beharrlich schwieg. Seine Dienste sollten fünfzehn Millionen Kronen kosten, womit beide Seiten zufrieden waren. Unter Kriminellen genügte diese Summe, um sich ewiges Schweigen zu erkaufen.

Falls Sam tot war oder man ihn festgenommen hatte, fiel der Plan in sich zusammen, denn die Zeit war knapp. Noch nie hatte so viel innerhalb kürzester Zeit klappen müssen. Vor seiner ersten Verhaftung hatte Leo ungestört einen Banküberfall nach dem anderen planen und verüben können. Als namenloser Täter hatte er Überfälle begangen, die den letzten großen Coup finanzieren sollten. Aber diese Zeiten waren vorbei. Inzwischen war er eines der bekanntesten Gesichter im Vorstrafenregister, das allen Bullen unauslöschlich im Gedächtnis haftete. Er gehörte zu den wenigen, denen man einen Coup dieser Größenordnung zutraute. Das bedeutete, dass sich ihm nur eine einzige Chance bot. Das Risiko war größer denn je, was er aber gerne in Kauf nahm, denn auch die Beute war größer denn je. So eine Gelegenheit bot sich nie wieder.

Die Sieben-Uhr-Nachrichten im Radio auf dem Weg hierher hatten nichts Neues ergeben. Von der Identität des Toten war nicht die Rede, und auch der Verbleib des zweiten Räubers wurde mit keinem Wort erwähnt. Der Beitrag hatte nur von dem Schusswechsel und dem Toten gehandelt. Augenzeugen hatten von ihren Erlebnissen auf dem Parkplatz und im Einkaufszentrum berichtet. Über die Lautsprecher im Auto erreichten ihn einzelne verwirrte Worte und manchmal auch ganze Sätze über Schüsse, die Autos durchlöcherten, und Menschen, die sich zu Boden warfen. Entsetzte Stimmen, aber kein Wort über den anderen Räuber.

Das kleine Fährhäuschen. So nahe. Vier Fenster, eines auf jeder Seite, schwaches Licht drang ins Freie. Leo schlich näher, gelangte im Schutz eines wildwüchsigen Gebüschs bis zur Holzwand und schaute ins Haus. Der Fährmann war allein. Vor sich auf dem Tisch hatte er eine Tasse Kaffee und eine Zeitung. Es war derselbe ältere Mann wie am Nachmittag.

Sonst niemand.

Die weiße Uhr an der Wand hinter dem Fährmann war viel zu groß und erinnerte an eine Pausenhofuhr. Die armgroßen Zeiger standen auf Viertel vor acht. Fünfzehn Minuten bis zur nächsten Abfahrt.

Er versteckte sich wieder im Gebüsch und machte dann eine Kehrtwende, um sich von hinten an das wartende Auto heranzupirschen.

Ein Mann am Steuer und eine Frau auf dem Beifahrersitz.

Als er sich näherte, sah er, dass es sich um einen älteren Wagen handelte, rot, keine Antennen oder doppelte Rückspiegel. Also keine Zivilstreife. Das Paar hörte Radio, die Erkennungsmelodie von Radio Uppland drang nach außen. Als er sich so weit genähert hatte, dass er eine Hand auf den Kotflügel hätte legen können, konnte er erkennen, dass die Frau einen Hut trug und den Kragen ihres Mantels hochgeschlagen hatte. Der Mann trug Schiebermütze und Daunenjacke. Offenbar war die Polizei noch nicht eingetroffen.

Ein letztes Mal zum Haus des Fährmanns. Die Schuluhr zeigte elf Minuten vor acht. Der Fährmann hatte als Einziger den Überblick, wer die Insel besuchte oder verließ. An einem gewöhnlichen Abend wie diesem setzten nur wenige Leute über. Nichts Unerwartetes schien bislang vorgefallen zu sein, sonst wäre der Mann in der gelben Leuchtweste auf der Hut gewesen und hätte Ausschau gehalten, statt gemütlich seinen Kaffee zu schlürfen und den Sportteil auswendig zu lernen.

Leo atmete die feuchte Seeluft ein. Er würde mit der 20-Uhr-Fähre den Sund überqueren, weil der Plan es so vorsah.

Wie verquer doch alles war.

Derselbe Tisch im Restaurant Dráva, an dem er immer saß. Dieselben Stammgäste an den anderen Tischen. Derselbe Dacso mit weißer Schirmmütze und Pizzaschaufel vor dem Ofen.

Und dennoch dieses verdammte Unbehagen, das ihm den Atem raubte. Mit überraschender Geschwindigkeit hatte es sich ausgebreitet wie Krebszellen und war zum Angriff übergegangen.

Unangenehm unnahbar.

Also doch kein gemeinsamer Abend und auch sonst nichts. Leo hatte ungemein konzentriert gewirkt. Wie damals vor dem letzten Überfall, als man sie alle gefasst hatte.

Ivan hatte eine Weile auf dem Ringvägen gestanden und dem Mietwagen hinterhergeschaut, der Richtung Gullmarsplan verschwand. Dann war er mit zunehmendem Unbehagen in das Restaurant zurückgekehrt und hatte trotz der Einwände der heruntergekommenen Stammkundschaft den verdammten Fernseher mit der verdammten Reportage über den Geldraub lauter gestellt. Der Wirt und seine neugierige Frau hatten hinter dem Tresen gekauert wie Hyänen und schienen sich alles Mögliche über seinen Sohn zusammenzureimen.

Über den Köpfen der beiden Hyänen standen sie in Reih und Glied.

Die Rotweinflaschen.

Zum ersten Mal seit Langem spürte er es wie das Jucken in einem amputierten Arm. Der zimmertemperierte Wein tanzte bereits in seinem Innern, obwohl er nichts getrunken hatte. Phantomdurst. Das behagliche, betäubende Gefühl, das ihm zu Kopf stieg.

Nein.

Auf gar keinen Fall.

Jetzt nur nicht schwach werden.

Nur ich kann ihn von seinem komplett falschen Weg abbringen, dachte Ivan und erhob sich von dem unbequemen Plastikstuhl. Zum dritten Mal ließ er sich das schnurlose Telefon geben, das von Dacsos Pizzahänden ganz mehlig war, und hörte zum dritten Mal nichts als den monotonen Klingelton. Er verglich die Nummer auf dem Display mit der auf dem Zettel, die er Vincent aus den Rippen geleiert hatte. Von dieser Nummer hatte Leo seinen Bruder angerufen. Alle Ziffern waren korrekt. Ein letztes Mal wählte er dieselbe Nummer. Diesmal wurde geantwortet, kaum dass der erste Freiton erklungen war.

»Ja?«

Leos Stimme. Oder doch nicht?

»Hier ist … Ivan.«

Stille. Er versuchte zu erlauschen, wo sich die andere Stimme wohl aufhielt, hörte aber rein gar nichts.

Es war zu still.

»Was willst du?«

»Ich … Du weißt doch, wie viel du mir bedeutest. Das verstehst du doch, nicht wahr?«

»Und?«

»Denk daran. Ich bin für dich da, falls du Hilfe brauchst.«

»Wo bist du jetzt?«

»Im Restaurant.«

»Und meine Nummer?«

»Von deinem Bruder Vincent.«

Erneute Stille.

Die nichts preisgab.

»Ivan?«

»Ja?«

»In Zukunft rufst du nur von Anschlüssen an, die ich genehmigt habe.«

Eine andere Stille. Leo hatte aufgelegt.

Verwirrung. Wo eben noch Unbehagen und Unruhe gewesen waren, breitete sich jetzt Wut aus.

Abserviert.

Zum dritten Mal an diesem Tag.

Erst vor der Gefängnismauer, dann im Restaurant und jetzt schon wieder. Genehmigt? Ich rufe an, wie es mir gefällt.

Ohne Vorwarnung schlich sich ein Gefühl an: Schmutz. Das war es. Er fühlte sich von Kopf bis Fuß besudelt. Ich erkläre ihm, wie viel er mir bedeutet, und er … spricht von genehmigen?

»Hast du ihn erreicht?«

Dacso. Die Hyäne stand rufend neben dem Pizzaofen. Die Hyäne mit Hyänenweib. Sie betrachteten ihn. Hyänengelächter.

»Was verdammt nochmal gehen dich meine Telefongespräche an? Kümmer dich um deinen eigenen Kram.«

»Aber das war doch dein Junge? Jedenfalls klang es so.«

»Hyänen lauschen also heimlich?«

»Wie bitte?«

»Kümmer dich um deine verdammte Pizza und untersteh dich, Gespräche zu belauschen, die dich nichts angehen.«

Im Fernsehen dudelte die Titelmelodie der Nachrichten. Er schaltete noch lauter und kümmerte sich nicht um die Gewohnheitstrinker, die schon wieder protestierten. Einer erhob sich sogar, um seiner Meinung körperlich Nachdruck zu verleihen, bis ihm klar wurde, mit wem er sich da eigentlich anlegte. Unverzüglich schwenkte er in Richtung Servierwagen ab und tat so, als suche er nur nach Servietten oder einem Salzfass.

Die Topmeldung. Der Nachrichtensprecher trug eine ernste Miene zur Schau. Ganz offensichtlich hatte er sich mit seiner Frisur und seinem Make-up größte Mühe gegeben, was aber nicht half. Seine eingeübte Gestik vermittelte einen unaufrichtigen Ernst. Über der rechten Schulter des Sprechers schwebte das Standbild einer automatischen Waffe in einer Blutlache.

Ivan rückte mit dem Stuhl nach hinten, um den Bildschirm besser sehen zu können. Bislang hatte es keine neuen Informationen gegeben. Noch mehr Blut. Ein toter Räuber. Schockierte Geldboten auf Tragen. Ivan wollte schon den Fernseher abstellen, da erschienen plötzlich neue Bilder. Eine Pressesprecherin in Uniform stand vor einem Streifenwagen. Sie ließ sich an dem wie eine Filmkulisse angestrahlten Tatort interviewen und schien auf das Bühnenbild ebenso viel Sorgfalt verwendet zu haben wie der Nachrichtensprecher auf sein Aussehen. Sie erklärte, dass der bei dem Feuergefecht getötete Täter identifiziert worden sei. Der zweite Täter sei mit der Beute entkommen. Er sei schwer bewaffnet, sehr nervös und daher äußerst gefährlich.

Ivan streckte die Hand nach dem Wasserglas aus – Kaffee und Wasser, obwohl er Wein hätte haben können, und lehnte sich stolz zurück. Er leerte das Glas, ohne die Pressesprecherin aus den Augen zu lassen.

Die nun folgende Fragestunde, die nicht mehr ihrer eingehenden Regie unterlag, schien ihr wenig Spaß zu bereiten. Sie erklärte, im Hinblick auf die heikle Ermittlungsphase weder diese, jene oder eine andere Aussage machen zu können. Ivan sah ihr an, dass sie log. Die

Bullen wussten immer mehr, als sie zugaben. Bestimmt hatten sie längst herausgefunden, wer der Flüchtige war. Wenn erst einmal ein Täter identifiziert war, wurden bald auch die Komplizen entlarvt – er selbst und seine drei Söhne konnten ein Lied davon singen.

Um Leo konnte es sich dabei nicht handeln. Das stand schon einmal fest. Ihr Treffen im Restaurant war der Beweis.

Und trotzdem stimmte da etwas nicht.

Warum benahm sich Leo so seltsam? Und wo steckte er jetzt, statt wie verabredet mit seinem Vater zu Abend zu essen?

Mit der Fähre überzusetzen dauerte fünf Minuten. Dann folgten fünf Autominuten von einem Ende der Insel zum anderen. Derselbe Weg wie vor einigen Stunden, jetzt aber begleitet von einer höllischen Unruhe. Vielleicht war ja alles vorbei, ehe es richtig begonnen hatte? Das letzte Stück mit abgeschalteten Scheinwerfern. Er verlangsamte und hielt. Dort vorne lag in vollkommener Finsternis das unsichtbare Haus, in dem sich alles entscheiden würde.

War Sam dort?

Und wenn nicht?

Leo blieb im Auto sitzen und kurbelte das Fenster herunter. Kalte Luft. Er war hellwach. Sitzen zu bleiben bedeutete, weiterhin in Unwissenheit zu schweben. Und solange er nichts wusste, hatte Sam überlebt, und die Beute war noch in seinen Händen.

Sein Telefon hatte ein drittes und ein viertes Mal geklingelt. Beharrlich, flehend – womöglich war es der blaue Räuber? Er fasste einen raschen Entschluss, riss das Handy aus seiner Brusttasche, antwortete. Diese Stimme! Der Alte. Aus dem Restaurant, umgeben von Leuten. Ein Gespräch, das sich abhören und orten ließ.

Er kurbelte das Fenster wieder hoch. Draußen war es feuchtkalt, aber im Auto immer noch warm.

In allen Lebenslagen gab es eine Lösung, einen Ausweg.

Aber jetzt vielleicht nicht.

Was, wenn die Polizei in dem dunklen Haus auf ihn wartete, wenn sie in einem zivilen Pkw auf die Insel gekommen war, ohne den Fährmann einzuweihen, und nun in derselben Dunkelheit kauerte, die auch ihm Schutz bot. Vielleicht beobachteten sie ihn gerade mit einem Nachtsichtgerät, das seine Körperwärme als grünlich schimmerndes Licht sichtbar machte?

Er öffnete die Fahrertür und ging auf den Zaun und das Tor zu. Hielt inne. Lauschte. Nichts. Nicht einmal ein Windhauch.

Sie waren zu zweit gewesen, dann war ein dritter hinzugekommen. Der Bankräuber, der Mörder und der Schläger. Jetzt war einer von ihnen tot, und zwei waren noch übrig, aber wer?

Die Rasenfläche vor ihm stieg ein wenig an, die dünne Frostschicht war stellenweise hinterhältig glatt, und seine harten Sohlen verloren gelegentlich den Halt. Irgendwo hier an der Mauer hatte Sams Auto am Nachmittag gestanden. Jetzt war die Stelle leer. Das konnte Schlimmstes verheißen – oder auch nur, dass er den Wagen mit Bedacht versteckt hatte.

Leo erinnerte sich, dass die Haustür in Gesichtshöhe ein kleines Milchglasfenster aufwies. Es war ihm zu riskant, durch das Küchenfenster oder auf der Rückseite ins Haus zu spähen.

Vorsichtig drückte er die Klinke hinunter. Nicht abgeschlossen. Er machte einen Schritt in die kleine, dunkle Diele und ging von dort weiter in die Küche zu dem Herd, in dem er die Landkarte verbrannt hatte.

Atemzüge.

Oder war es nur Einbildung?

Die beiden Stühle waren ebenso leer wie die Küchenbank.

Er trat über die nächste Schwelle in das kleine Wohnzimmer. Da, auf dem Sessel. Es war ihm, als säße dort jemand leicht vornübergebeugt.

Der Schatten eines Menschen.

»Es hätte genauso gut mich erwischen können.«

Sam.

Das war seine Stimme.

Leo wusste nicht, ob er tief in seinem Innern Freude, Erleichterung oder vielleicht sogar eine Art unterdrückter Wut empfand. Fest stand jedoch, dass für so viele widerstreitende Gefühle keine Zeit war.

Er streckte eine Hand nach dem Küchenstuhl aus und schob ihn näher in den Schatten.

»Es hat dich aber nicht erwischt, Sam.«

»Verdammt, ich habe mit angesehen, wie er geschwankt und sich an die Seite gefasst hat.«

Sams Schattenarm deutete auf die Region zwischen Hüfte und Schulterblatt.

»Und dann bin ich rausgerannt. Hab ihn gepackt und versucht … Mir war nicht klar, dass ihn eine Kugel am Kopf getroffen hatte. Aber dann habe ich gefühlt, wie Jari gestorben ist. Ich habe es an seiner Hand gespürt, als seine Muskeln aufgaben. Und jetzt ist mir klar geworden, dass es genauso mich hätte erwischen können.«

Leo hatte Sam abgesehen von den im Gefängnis üblichen Umarmungen noch nie angefasst. Jetzt tastete er nach Sams Schattenhand und legte seine eigene darauf.

»Aber du lebst. Ich spüre deine Hand.«

Vor ihm saß ein Mann, der mit Gewalt nichts anzufangen wusste, was angesichts des Verbrechens, das er einst begangen hatte, seltsam klingen mochte. Ein Mann, der nur ein einziges Mal vor einem Vierteljahrhundert zur Gewalt gegriffen, sie aber seither gemieden hatte.

Leo drückte die Schattenhand, aber jede Reaktion blieb aus. Er drückte fester, doch auch diesmal wurde sein Händedruck nicht erwidert. Nichts deutete auf einen Kontakt hin. Also erhob er sich mit einer fließenden Bewegung und schloss die Rollos vor beiden Fenstern. Dann tastete er den Boden nach dem Schalter der Stehlampe ab und knipste sie an. Eine schwache Glühlampe spendete genügend Licht, um die Miene seines Gegenübers deuten zu können.

Sams blondes Haar war von der Skimaske zerzaust, sein Blick wirkte abwesend, in Gedanken befand er sich noch auf dem Parkplatz des Einkaufszentrums und durchlebte immer aufs Neue denselben Handlungsablauf. Kaum sichtbare winzige Blutflecken waren auf seine entblößten Hautpartien am linken Auge und am linken Mundwinkel gespritzt.

»Die Sache mit dem Daumen. Der Bulle an der Straßensperre war genau so, wie du es vorausgesagt hattest.«

Seine Worte klangen rau, als widerstrebten sie seinen Stimmbändern.

»Unbewusst hat er über die Prägung und das Hologramm gestrichen und mich dabei kaum angeschaut.«

Langsam löste sich Sams Stimme.

»Die Mütze, den Overall, die Stiefel, ich habe alles wie vereinbart verbrannt.«

»Und die Uniform, die du an der Straßensperre getragen hast?«

»Die auch.«

Leo spürte, wie sich Sams Augen zusehends von diesem verdammten Parkplatz abwandten, um ihn nun endgültig hinter sich zu lassen.

»Den Milchlaster habe ich auch verbrannt.«

Der schockierte und geistesabwesende Ausdruck seiner Augen war von der Polizei offenbar als die Gelassenheit eines Lastwagenfahrers gedeutet worden, der soeben Molkereiprodukte angeliefert hatte.

»Und die Waffe, meine Waffe, habe ich zusammen mit den leeren Geldkassetten auf fünfundzwanzig Meter Tiefe versenkt. Mit dem Ruderboot zwei Minuten von hier entfernt.«

Sie sahen einander an, und es hatte den Eindruck, als würden in diesem Moment ihr Vertrauen und ihre Freundschaft wachsen. Ein Mann, der Gewalt ablehnte, hatte sich bereiterklärt, sie ein zweites und letztes Mal anzuwenden. Er hatte nicht einmal aufgegeben, als er plötzlich eine tote Hand in der seinen gespürt hatte. Trotz seines Schocks hatte sich Sam genau nach Plan verhalten. Er hatte sich vom Geldräuber in eine Privatperson verwandelt, hatte die Straßensperren passiert, seine Kleider und das erste Fluchtfahrzeug verbrannt, war in das zweite Fluchtfahrzeug umgestiegen und damit auf die Insel gefahren, wo er die Waffe und die letzten Spuren beseitigt hatte. Erst in der dunklen Einsamkeit des Hauses hatte er sich erlaubt, ein wenig lockerzulassen.

Leo lächelte, vielleicht war er stolz, den richtigen Mitarbeiter ausgewählt zu haben. Er erhob sich, ging in die Küche und öffnete die Tür zur Speisekammer. Dort schraubte er an einem Ventil, das an der Wand zwischen zwei Vorratsbrettern angebracht war.

»Es ist doch hier?«

Sam nickte, Leo drehte weiter an der Metallscheibe, bis er die Hand in die dahinterliegende Öffnung schieben und einen in Plastikfolie gewickelten Gegenstand herausnehmen konnte.

»Hast du ein Lineal oder einen Zollstock?«

»Ich glaube, hier liegt noch irgendwo ein altes Maßband von meiner Mutter rum.«

Sam öffnete eine Küchenschublade und wühlte darin herum. Wenig später reichte er Leo ein rot-grün-gelbes Röllchen, das dieser der Länge nach neben dem Geldbündel ausrollte.

»Zwanzig Zentimeter. Wenn jeder Zentimeter Fünfzigtausend entspricht, ist das eine Million. Sechs solcher Pakete sind also sechs

Millionen. Das reicht für die Durchführung des *Hausbesuchs* und für etwas Taschengeld.«

Er schob das Päckchen wieder in die Wand und zu den anderen, schraubte die Abdeckung zu und schloss die Speisekammertür.

»Und die andere Waffe?«

»Die lag einen Meter von seiner Leiche entfernt auf dem Pflaster. Ich hatte keine Möglichkeit, sie zu holen.«

Keinesfalls Spuren hinterlassen.

Es darf nur Spuren geben, die ich gezielt hinterlasse.

Schweigend musterten sie einander, und obwohl das schwache Licht der Stehlampe kaum in die Küche reichte, konnte Leo feststellen, dass Sam in die Gegenwart zurückgekehrt war. Einzig die roten Spritzer am linken Auge und Mundwinkel erinnerten an Tod und Verbrechen.

»Was morgen betrifft, müssen wir umdenken, Sam. Wenn ich mich nicht irre, muss ich wegen der zurückgelassenen Waffe ein paar Stunden in einem Zimmer absitzen, das ich nie wiedersehen wollte.«

Die zweite Waffe, die eigentlich ebenfalls im See liegen müsste, befand sich jetzt bei den Kriminaltechnikern. Leo war sich bewusst, dass er noch nie eine solche Spur hinterlassen hatte. Sie würden ihn abholen. Und vernehmen. Alles nur routinemäßig, bis sie sein wasserdichtes Alibi kontrolliert hatten. Sie konnten ihm nichts nachweisen, sondern ihn nur mit müden Verdächtigungen konfrontieren, die schon damals weder Hand noch Fuß hatten.

»Und wenn ich meine Stunden bei deinem Bullenbruder abgesessen habe, brauche ich etwas Zeit, um einen Ersatz für Jari zu finden.«

Um den allerletzten Schritt, *Polizeipräsidium*, auch noch durchziehen zu können. Mit jemandem, dem er vertraute. Obwohl er im Grunde keinem Menschen vertraute, weil er keine Zeit hatte, die nötige Nähe aufzubauen.

Also kamen nur zwei Kandidaten infrage.

Felix und Vincent.

»Darum will ich, dass du dich mit den Albanern in Verbindung setzt, Sam, und den *Hausbesuch* auf den Abend verschiebst.«

Vielleicht doch Felix, der bereits abgelehnt hatte, aber der sturste Mensch war, den er kannte?

Oder Vincent, der ebenfalls abgelehnt hatte und ihm jetzt aus dem Weg zu gehen schien?

»Du hast überlebt, Sam. Die Beute liegt in deiner Speisekammer. Morgen beginnen wir wegen der heutigen … Vorfälle etwas später. Aber wir kriegen das zeitlich hin. Unser Plan funktioniert, und in drei Tagen ist alles erledigt.«

Panik. So ließ sich ihr Gefühl benennen.

Obwohl sie nicht wusste, wo es herkam.

Britt-Marie wälzte sich unruhig im Bett herum, schweißgebadet von Kopf bis Fuß. Die eckigen Ziffern des Weckers auf dem Nachttisch brüllten sie an: 23:47 Uhr.

Sie war vor anderthalb Stunden, ungewöhnlich früh, ins Bett gegangen und hatte auf raschen Schlaf gehofft, um nicht mitzubekommen, wann und in welchem Zustand er nach Hause kam. Am nächsten Morgen würde sie ihn dann leise schnarchend im Gästezimmer vorfinden, ins Laken verfangen wie damals als Kind.

Aber seltsame Gefühle, die sie nicht einzuordnen wusste, hatten während der ersten schlaflosen Stunde in ihrem Innern gegeneinander gekämpft. Aber vielleicht war das so bei einer liebenden Mutter, die sich um ihren Sohn sorgte, obwohl er wahrscheinlich nur seine Entlassung feierte.

Diese Gefühle waren ganz normal, entschied sie schließlich. Sie empfand Liebe und Panik zugleich. Dieses Gefühl war so stark, so vertraut, dass sie sich jedes Mal, wenn sie in den Schlaf, in die Traumwelt abgleiten wollte, in einer Gefängniszelle wiederzufinden meinte und plötzlich wieder hellwach war. Die Panik gehörte einfach dazu und hatte jeden ihrer Besuche in den schäbigen, muffigen Besucherzimmern verschiedener Gefängnisse begleitet. Alle vierzehn Tage, Jahr um Jahr, hatte sie trotz der langen Anfahrt ihre drei Söhne besucht, die hinter verschiedenen Gittern in verschiedenen Teilen des Landes einsaßen.

Sie sah sich in ihrem einfachen Häuschen um.

Immerhin gehörte es ihr.

Es war in einer anderen Zeit im Süden Stockholms in einer Gegend namens Tallkrogen erbaut worden. Kleine, gemütliche Häuser, in denen sich normale Menschen ihr Leben einrichten konnten. Hier gefiel es ihr. Trotz des befahrenen Nynäsvägen, dessen Lärm sie tagsüber schon gar nicht mehr wahrnahm, weil er Teil ihrer Wirklichkeit geworden war. Aber jetzt in der Nacht war der Verkehr nur noch spärlich und deswegen deutlicher zu hören. Die Erschütterungen der schweren Sattelschlepper vibrierten in den Holzwänden, den Holzböden und dem Holzbett. In der Zeit zwischen der Festnahme ihrer Söhne und dem ersten Prozesstag war sie hierher umgezogen, um dem Gerede in der kleinen Stadt Falun zu entgehen, wo die täglichen Schlagzeilen diskutiert worden waren – flüsternd und hinter ihrem Rücken. Aber auch, um näher bei ihren Söhnen zu sein, die auf verschiedene Hochsicherheitsgefängnisse verteilt worden waren.

Jedem Sohn hatte sie zwei Besuche monatlich abgestattet. Wie unterschiedlich diese doch verlaufen waren. Vincent hatte sich von Anfang an besonnen, alles bereut und beschlossen, nie mehr eine Straftat zu begehen. *Das war das letzte Mal, Mama.* Genau das waren seine Worte gewesen. *Das letzte Mal.* Was Felix betraf, wusste sie nicht, ob er genauso dachte, aber sie hoffte es. Felix hatte während der Verhöre eisern geschwiegen und auch ihr gegenüber nie von seinen Straftaten gesprochen. Bei Leo hingegen war ihr bereits nach dem ersten Besuch klar gewesen, dass er die kriminelle Bahn nie verlassen würde.

Sie wälzte sich im Bett herum, spürte den Schweiß auf Stirn und Schläfen und lauschte der grell leuchtenden lautlosen Uhr, die trotzdem viel zu laut tickte.

Die Panik.

Sie ließ nicht nach. Sondern breitete sich im Bett aus und schien sie geradezu daraus verdrängen zu wollen.

Sie hätte doch froh sein müssen. Sogar glücklich! Dankbar, dass alle wieder frei waren. Wann waren sie denn zum letzten Mal alle zusammen gewesen? Sie musste sich auf den morgigen Tag konzentrieren. Dann würden sie sich alle zum Mittagessen bei ihr versammeln. Sie würde sie mit den Worten empfangen: »Geliebte Jungs, jetzt beginnt die Zukunft unserer Familie.« Im Grunde genommen wusste sie, dass dies nicht stimmte. Dass es im Gegenteil vielleicht sogar der Anfang vom Ende war.

Bei diesem Gedanken machte sie sich wieder bemerkbar. Die Panik.

Und endlich erkannte sie die Ursache.

Dieser verdammte Familienzusammenhalt!

Das war der springende Punkt. Dieser gekünstelte, lächerliche und krankhafte Zusammenhalt, den Ivan immer eingefordert hatte! Und heute Morgen vor dem Tor hatte er wieder darauf gepocht. All die Jahre der Distanz, die sie zwischen ihn und sich gelegt hatte, waren hinfällig gewesen – wie früher war er ihr wieder unter die Haut gekrochen.

Dieses unnatürliche Zusammenhalten, dieses »Wir gegen alle!« konnte die guten Vorsätze ihrer jüngeren Söhne gefährden.

Vincent und Felix – würden sie Leo widerstehen können?

Besaßen sie genügend Willenskraft?

Diese Frage war die Quelle ihrer Panik.

Die Befürchtung, dass Leo wieder die Fäden in die Hand nehmen und seine Brüder ein weiteres Mal in den Abgrund ziehen würde. Dass er wie Ivan den Familienzusammenhalt als Argument missbrauchte. Dass er sich wie jener Mann verhalten würde, den sie verlassen hatte, um ihr Leben zu retten. Ihren eigenen Sohn wollte sie niemals verlassen müssen.

Sie hörte, dass sich ein Auto näherte.

Aber nicht von der Ausfallstraße her, sondern von der halbmondförmigen Straße, die durch die Siedlung verlief. Ein Auto hielt vor ihrem Haus. Dann Schritte, die sie vielleicht wiedererkannte, energisch und leicht zugleich – falls er sich immer noch so bewegte.

Dann wurde die Haustür geöffnet.

Das Klicken des Schlosses hörte sie nicht, dafür knarrte der Boden in der Diele so wie immer.

Jetzt erkannte sie seine Schritte. Sie wollte in Erfahrung bringen, wie es ihrem ältesten Sohn ging und wo er gewesen war.

Bevor sie die Schlafzimmertür öffnete, strich sie ihr Nachthemd glatt.

Leo stand im Licht des geöffneten Kühlschranks. Da die übrige Küche im Dunkeln lag, wirkte seine gefängnisbleiche Haut fast weiß.

»Mama? Schläfst du gar nicht?«

Der Tod beherrschte ihre Gedanken. Genau so würde ihr Sohn aussehen, wenn in den Adern des 31-Jährigen kein Blut mehr floss.

»Noch nicht. Es ist doch erst zwölf.«

Käse. Kassler. Er stellte die beiden Teller auf den Herd.

»Wo ist das Brot?«

Britt-Marie holte einen Korb mit dreieckigem Knäckebrot aus der Speisekammer.

»Wo warst du? Bist du ausgegangen?«

»Du meinst, ob ich gefeiert habe?«

Sie nickte, und er zuckte mit den Achseln.

»Nein, Mama. Ich habe nicht gefeiert.«

»Was dann?«

»Nichts Besonderes.«

Der Käsehobel war stumpf, statt Scheiben entstanden unordentliche Häufchen, die er auf sein Knäckebrot legte.

»Ich bin einfach nur durch die Gegend gefahren, Mama, und habe meine Freiheit genossen.«

Er schnitt ein paar dicke Kasslerscheiben ab und legte sie auf ein weiteres Knäckebrot.

»Mach dir keine Sorgen.«

Sie betrachtete seine weiße Haut, die jetzt fast bläulich schimmerte. Obwohl sie sich nach Kräften bemühte, verschafften seine Worte ihr keine Erleichterung. Also blieb sie im Nachthemd und mit nackten Füßen auf dem kalten Boden stehen.

»Was auch immer du vorhast, Leo.«

Wie damals, als sie sich Ivan in den Weg stellte.

»Zieh deine Brüder nicht mit rein.«

Sie stellte sich auf die Zehenspitzen und strich ihm mit dem Handrücken über seine unrasierte Wange.

Dann lauschte Leo den Schritten ihrer nackten Füße, die sich im Dunkel der Diele verloren.

Ihm war nicht wohl in seiner Haut. Mama hatte ihre Söhne immer zärtlich umarmt.

Aber ihr Handrücken auf seiner Wange hatte ihm fast Unbehagen bereitet.

Er aß seine belegten Brote und trank zwei Gläser Orangensaft. Dann ging er ins Gästezimmer. Die Bettcouch war ausgeklappt und frisch bezogen. Sie hatte eine Leselampe auf einen Küchenstuhl gestellt und eine neue Zahnbürste, eine neue Unterhose und ein frisches Paar Socken danebengelegt.

Dies würde eine Woche lang sein Zuhause sein. Danach erwartete ihn ein zehn Quadratmeter großes Zimmer im Übergangswohnheim Lönnen.

Das er keinesfalls beziehen würde.

Schließlich hatte er ein anderes Ziel.

Mama, ich habe keine Wahl, dachte er. Denn einer meiner Brüder muss für Jari einspringen. Ich werde dir noch größere Sorgen bereiten als bisher. Denn Jaris Waffe befindet sich inzwischen in den Händen der Polizei. Und morgen wird dieses Bullenschwein Broncks davon erfahren. Gegen Mittag wird er zu dir nach Hause kommen und mich abholen.

Elisa öffnete vorsichtig blinzelnd erst das eine, dann beide Augen.

Eine Tischkante. Weiter hinten ein Herd, ein Schrank und eine weiß getünchte Wand.

Sie lag, da war sie sich sicher.

Und sie hatte geschlafen.

Was war los?

Zwischen Pullover und Hose lugte ein Streifen Haut hervor, die am quietschroten Kunststoffüberzug der Küchenbank unter ihr haftete.

Licht fiel durchs Fenster herein, das auf den Innenhof des Präsidiums ging.

Davon war sie erwacht. Oder vielleicht auch von der ungewohnten Lage oder dem Gefühl, nackt zu sein, obwohl sie angezogen war.

Die Uhr an ihrem linken Handgelenk zeigte fünf vor halb acht. Ihr Rücken war steif, als sie sich auf der harten Bank aufsetzte. Ihr Hals schmerzte nach der Nacht auf der aufgerollten weißen Daunenjacke, die als provisorisches Kopfkissen hergehalten hatte. Sie befand sich im Pausenraum der Kriminalpolizei Stockholm City, im Herzen des schwedischen Polizeiwesens. Dabei hatte sie sich geschworen, dass ihr das nie passieren würde. Welch ein Klischee! Übernachtung am Arbeitsplatz mit trockenem Gebäck und einer Tasse Bullenkaffee zum Frühstück.

Direkt nebenan lag das Bad. Sie gurgelte und wusch sich das Gesicht mit der parfümfreien Seife aus dem Seifenspender. Dann fuhr sie sich mit der nassen Hand durch ihr dunkles Haar, hielt den Zeigefinger unter den Wasserhahn und strich damit über die ebenso dunklen Brauen. Mit ihren vierunddreißig Jahren hatte sie bereits mehrere größere Ermittlungen geleitet, obwohl sie eine der jüngsten Kriminalinspektorinnen war. Bislang war sie immer ihren Vorsätzen treu geblieben, die typischen Klischees zu meiden. Keine Übernachtungen und kein Junkfood am Arbeitsplatz. Und, was vielleicht am wichtigsten war, niemals auf die Intuition verweisen. Ermittlungen waren Puzzles, bei denen jedes Einzelteil eine Funktion erfüllte. Gelegentlich musste sie Abstand gewinnen und die Teile aufs Neue betrachten, um sie zusammenfügen zu können. Mutmaßungen und Rücksichtnahmen waren nicht erlaubt. Egal, um wen es ging und welche Folgen die Platzierung eines Teilchens für andere haben mochte, so mussten sie doch gelegt werden.

Intuition war fatal.

Intuition führte nur selten zum richtigen Ergebnis.

Intuition war etwas für Leute, denen die kriminalistische Kleinarbeit zu anstrengend war.

Mit Intuition war bei einem Gerichtsprozess nichts anzufangen, denn sie führte nie zur Verurteilung.

In dieser Nacht hatte sie gleich gegen zwei ihrer drei Regeln verstoßen. Sie war eingeschlafen und hatte Junkfood zu sich genommen. Um zehn Uhr des Vorabends, viereinhalb Stunden nachdem sie zum Parkplatz eines Einkaufszentrums und einem toten Räuber in einer Blutlache gerufen worden war, hatte sie plötzlich ein Dokument in Händen gehalten, das auf einen sieben Jahre zurückliegenden Einbruch verwies. Es umfasste einundvierzig Seiten. In diesem Moment war ihr klar geworden, dass sie viel mehr vor sich hatte als einen Überfall auf zwei Geldboten, und konnte einfach nicht nach Hause gehen. Der Abend war zur Nacht geworden, und kurz nach fünf hatte sie sich kurz auf der Küchenbank ausgestreckt.

Gähnend trat sie auf den schweigenden Korridor. Gegen Vorsätze zu verstoßen hatte stets Konsequenzen. Zum ersten Mal in ihrer Karriere bei der Polizei blieb sie überhaupt vor dem Kaffee- und Warenautomaten stehen. Nummer 41, Pulvercappuccino. Nummer 12, zwei Scheiben Knäckebrot, zusammengeleimt mit Kräuterfrischkäse. Nummer 23, Vanillejoghurt mit einem Tütchen Kekskrümel und einem Plastiklöffel im Deckel. Eine Tasche mit durchgeschwitzter Trainingskleidung stand neben ihrem Schreibtisch, wo sie sie nach dem gestrigen Alarm mitten im Training stehengelassen hatte. Aber hier in ihrem Büro war Schluss mit den Klischees. Hierher durften sie nicht vordringen, nicht einmal an diesem Morgen. In diesem Raum gab es keine Tafel mit Zetteln und Pfeilen und unscharfen Fotos, die im Laufe der Ermittlungen miteinander in Zusammenhang gebracht wurden, und auch keinen überquellenden Papierkorb oder leere Plastikbecher.

In diesem Büro unterlag alles ihrer eigenen Systematik. Jeder laufenden Ermittlung widmete sie drei Papierstapel auf dem Schreibtisch.

Auf jedem Stapel lag ein Foto, das die Gedanken wie ein Filmplakat anregte. Wer zuerst einen Film und dann das Plakat sah, konnte die Handlung ergänzen und die Szenen unter dem Foto aufreihen.

Drei Stapel. Drei Schlüsselmomente.

Sie war immer noch nicht ganz wach, gähnte erneut und nahm zerstreut das Foto auf dem linken Stapel zur Hand, den sie mit der Rubrik *Du hast zuerst zugeschlagen, du Schwein* versehen hatte. Der Tataugenblick. Wenn aus dem Gedanken ein Verbrechen wurde. Zu sehen war das recht scharfe Foto einer zerschossenen Sicherheitstür. Dahinter hatte sich die Beute befunden. Die Täter hatten zugeschlagen, als sich die Geldboten in Sicherheit wähnten. Den Stapel in der Mitte nannte sie *You fucked up*. Er enthielt die Spuren, die jede Straftat hinterließ, und schwoll im Laufe jeder Ermittlung an. Zuoberst lag das Bild eines leblosen Räubers. Weder seine Identität noch das Blut oder sein Tod waren so vielversprechend wie die Waffe, das AK 4, das einen knappen Meter von der Leiche entfernt lag. Denn diese Waffe kam auch in dem Dokument vor, das ihren Abend, ihre Nacht und ihren Morgen verändert hatte. Der dritte Stapel ganz rechts hieß: *Glaub bloß nicht, dass du davonkommst.* Hier verdichteten sich die Spuren zu einem Täter. Obenauf lag das Foto eines Mannes, der mit dem Rücken zum Betrachter auf eine Laderampe getreten war. Das körnige Bild einer Überwachungskamera zeigte ihn mit Basecap und zu großer Jacke.

Sie trank von dem bitteren, sauren und vollkommen geschmacksneutralen Kaffee. Die Maschine musste ganz offensichtlich entkalkt werden, und sie nahm sich vor, bei Gelegenheit eine Wartung anzufordern. Ein lauwarmes, fades Heißgetränk kombiniert mit Knäckebrot und Streichkäse – Nährbrei für Erwachsene.

Drei Stapel im Frühstadium. Etliche Fakten, Zeugenaussagen und Beweise fehlten noch. Obwohl sie kaum begonnen hatte, würde sie die Ermittlung demnächst weiterreichen müssen, was sie für gewöhnlich wahnsinnig geärgert hätte. Aber im Hinblick auf die Waffe und auf das Dokument, das sie jetzt zusammen mit dem Foto von dem zweiten Stapel hob, und im Hinblick auf den Mann, der den Fall übernehmen würde, verstand sich das von selbst.

Sie trat auf den Korridor hinaus und blieb erneut vor dem Automaten stehen. Noch einmal wählte sie Nummer 41, Pulvercappuccino, dann drückte sie auf einen Knopf ohne Nummer: ein Becher heißes Wasser. Sie wusste, dass er frühmorgens anfing und was er am liebsten trank. Sein Büro lag vier Türen weiter, und wenn sie sich das Foto und das Dokument unter den Arm klemmte und die beiden Pappbecher am oberen Rand festhielt, konnte sie dorthin gelangen, ohne sich die Finger zu verbrennen.

»Klopf, klopf.«

Die Tür stand offen, und sie hielt die Becher in die Höhe, um ihr verbales Klopfen zu erklären. Er schaute von seinem Schreibtisch auf und nickte, und sie trat ein.

»Es gibt was zu feiern, Broncks. Eine Tasse für dich, eine Tasse für mich.«

Sie nahm vor einem Mann Platz, der, egal was er anhatte, immer gleich aussah. Heute trug er Jeans, einen grauen Pullover und schwarze Schuhe zu seiner blassen Haut. Sein Haaransatz hatte sich seit ihrer ersten Begegnung verändert, die Geheimratsecken waren größer geworden. Noch ein paar Jahre, und er würde sich wie alle Männer seines Alters mit Glatze den Schädel rasieren. Er passte in diesen unpersönlichen Raum mit Behördenmöbeln und fleckigen, kahlen Wänden. Nur die Ermittlungsakten störten das Bild. Im Unterschied zu ihren drei Stapeln lagen sie auf dem ganzen Fußboden verteilt, lauter alte Fälle, die seiner Meinung nach nicht abgeschlossen waren, pralle Ordner voller schrecklicher Gewalttaten. Doch im Gegensatz zu allen anderen Kollegen, deren Erfahrungen sich in ihren Augen, Stimmen und Gesten niederschlugen, gelang es ihm, die Gewalt auf Abstand zu halten. Es schien, als hätte er sich mit Erfolg dafür entschieden, sie einfach an sich abperlen zu lassen. Elisa hielt dieses Verhalten für eher zweifelhaft, neben einem solchen Mann wäre sie ungern morgens aufgewacht.

»Danke, Elisa, aber ich habe genug gefeiert. Die Ermittlung ist abgeschlossen, und das Urteil ist rechtskräftig.«

Er nickte vielsagend zum Fenster mit seinem Blick auf das Gerichtsgebäude. Hier hatte der Prozess über den Jahrhundertraub stattgefunden, den größten Coup Skandinaviens. Der Raubüberfall, bei dem 103 Millionen Kronen erbeutet worden waren. Dieser Fall hatte ihn im vergangenen Jahr Tag und Nacht beschäftigt und war vor dem Amtsgericht und dem Oberlandesgericht verhandelt worden. Zwei Wochen zuvor hatte der oberste Gerichtshof die Revision abgelehnt, damit war endlich alles ausgestanden.

Es gab ein rechtskräftiges Urteil, und die Täter konnten ihre Haftstrafen antreten. Intern wurde John Broncks als Held gefeiert, weil er die Anklage vorbereitet und die Beute komplett sichergestellt hatte. Keine einzige Krone hatte gefehlt.

»Aber vielen Dank für das Getränk. Wenn du gestattest, Elisa, trinke ich es lieber allein. In diesem Raum war es in letzter Zeit viel zu hektisch.«

Er lächelte, trank einen Schluck warmes Wasser und ließ seinen Blick auf dem Dach des Gerichtsgebäudes ruhen.

Das Geld hätte von der Reichsbank im Stadtzentrum zur Sicherheitsfirma transportiert werden sollen, die es wiederum auf die Geldautomaten in der Innenstadt verteilen sollte. In Erwartung des Winterschlussverkaufs handelte es sich um ungewöhnlich hohe Summen. Die Geldbotin war mit Waffengewalt gezwungen worden, den Tätern den Geldtransporter zu überlassen. Die Medien und Polizisten hatten in ihr das Opfer gesehen, bis Broncks Recherche ein anderes Bild ergab. Sie war mit einem der Täter liiert gewesen, hatte sich im Laufe einiger Jahre bei der Geldtransportfirma hochgearbeitet und dabei nur ein Ziel vor Augen gehabt: den Geldtransport an genau diesem Tag durchführen zu dürfen.

»Tut mir leid, John. Ich weiß, worauf du anspielst, aber darum geht es mir gar nicht. Wie du bin ich der Meinung, dass wir kein großes Tamtam brauchen, wenn wir unsere Arbeit tun. Schließlich werden wir dafür bezahlt.«

Er errötete, was ihr auffiel, obwohl er mit dem Becher vor seinem Gesicht herumfuchtelte. Er schämte sich, weil er davon ausgegangen war, dass auch sie zu seiner Bewundererschar gehörte.

»Das hier hingegen …«

Die beiden Dokumente lagen verkehrt herum auf ihren Knien.

Jetzt nahm sie das eine und legte es neben seinen Becher auf den Schreibtisch.

»… ist ein Grund zum Feiern.«

John Broncks warf einen Blick auf die Akte und entdeckte ein Foto, das er am Vorabend mehrmals in den Nachrichten gesehen hatte. Ein Toter auf einem Parkplatz.

»Jari Ojala. Ein Schläger und Erpresser. Für Geld macht er alles. Hat einige zerschossene Kniescheiben auf dem Gewissen. Raubüberfälle sind eigentlich nicht sein Metier.«

»Du willst also feiern, dass er tot ist?«

Seine Schmach war ihm noch anzumerken, aber die Röte hatte sich gelegt.

»Nein. Ojala ist uninteressant. Die Waffe hingegen, die neben ihm liegt …« Sie beugte sich vor und deutete auf das Foto. »Die dürfte ein Grund zum Feiern sein. Darauf hast du schon lange gewartet. Endlich kannst du diesen Riesenstapel beiseitelegen.«

Sie deutete auf den umfangreichsten Aktenberg, der sechstausend Seiten umfasste.

»Diese Waffe ist nämlich ein Bindeglied zwischen den Schuldigen und *allen* von ihnen begangenen Straftaten – und nicht nur den wenigen, für die sie verurteilt wurden.«

Jetzt legte sie das zweite Dokument auf seinen Schreibtisch.

Eine Kopie der sechstausend Seiten, ein Auszug aus dem Verzeichnis der gestohlenen Waffen, die den Auftakt einer einzigartigen Bankräubertournee bildeten. Darauf waren fünf Gewehre des Modells AK 4 mit ihren jeweiligen Seriennummern aufgelistet: 11237, 10042, 11534, 12621 und 10668.

»Die Waffe auf dem Bild, John, stammt aus dem geplünderten Militärdepot. Sie weist die korrekte Seriennummer und den Stempel mit den drei Kronen auf. Eine Waffe aus dem großen Arsenal, das Leo Duvnjac und seine Familie erbeutet haben und aus dem sie sich für zehn Banküberfälle bedient haben. Ausgerechnet am Tag von Duvnjacs Entlassung wird diese Waffe bei einem Überfall eingesetzt.«

Sie hob ihren Becher, um ihm zuzutrinken, schließlich hatte sie feiern wollen, und nahm einen weiteren Schluck von ihrem fürchterlichen Gebräu.

»Das ist deine Chance, John. Folge dieser Waffe, dann findest du den Rest.«

John Broncks verzichtete darauf zurückzuprosten. Er hatte ihre Worte zwar vernommen, aber noch nicht verarbeitet.

Duvnjac?

Der Waffendiebstahl?

Er ging in die Hocke und begann, in dem Riesenstapel zu blättern. Er wusste genau, wo die gesuchten Seiten lagen. Da. Das Foto eines Tunnels unter der Sicherheitstür eines Bunkers. Die Täter hatten von unten ein Loch in den Fußboden gesprengt und die Waffen nach draußen befördert. Erst ein halbes Jahr später war der Einbruch entdeckt worden, obwohl das Depot täglich kontrolliert wurde, allerdings nur von außen.

»Du hast recht. Die Seriennummer stimmt. Leo Duvnjac *könnte* dahinterstecken. Vielleicht hat er die Waffen einfach weiterverkauft. Damit hat er schließlich gedroht, als er 25 Millionen Kronen von uns erpressen wollte.«

»John, das glaubst du doch selbst nicht.«

»Der ganze Vorrat könnte damals schon auf den Markt gelangt sein. Jede beliebige Verbrecherbande kann diese Waffe benutzt haben.«

»Das glaubst du doch selbst nicht. Sechs Jahre sind vergangen. Damals war ein AK4 eine gängige Waffe, heute nicht mehr. Denk nach, John. Wann hast du zuletzt von einem AK4 gehört? Seither sind nur noch Kalaschnikows verwendet worden. Ich habe die halbe Nacht damit zugebracht, meiner Intuition zu misstrauen und Fakten zu überprüfen. Bei keinem einzigen Überfall ist seither ein AK 4 verwendet worden.«

Er sah sie von unten an, hielt einen Moment inne und nahm dann auf dem Papierstapel Platz.

»Leo Duvnjac. Ich weiß, wie er tickt. Am Tatort auf Menschen zu schießen entspricht nicht seinem Modus operandi. Er schießt auf Überwachungskameras, auf Panzerglas, an die Decke, aber nur, um Schrecken zu verbreiten, der alle lähmen soll. Das hat jedes Mal funktioniert. Sogar bei unseren Kollegen. Er hatte ebenso schwere Waffen wie wir und hat bewiesen, dass er damit umzugehen weiß. Duvnjac wollte mit dieser Gewalt etwas vermitteln. Jeder Schuss war gewissermaßen ein neues … Wort. Gewalt ist seine Art der Kommunikation. Grundlos herumzuballern sieht ihm gar nicht ähnlich.«

»John?« Elisa sah auf ihn herab, was ihm sichtlich unangenehm war. »Du hasst Gewalt, und das motiviert dich. Fakten zusammenzustellen motiviert mich. Verstehst du?«

Sie betätigte den Hebel, der die Sitzhöhe regulierte, und glitt nach unten.

»Du hast deine Intuition einige Jahre mit dir herumgetragen. Du wusstest, dass Leo Duvnjac zehn Banküberfälle, einen Bombenanschlag und den größten Waffendiebstahl Europas begangen hatte, konntest ihm aber nur zwei Überfälle nachweisen, weil dir die nötigen Beweise fehlten. Intuition ist Scheiße, John, und behindert den besten Polizisten, weil sie immer nur in eine Richtung weist.«

Sie war sich nicht sicher, dass er ihr zuhörte. Vielleicht sah er einfach nur durch sie hindurch.

»Ein Polizist, der sich erst auf seine Intuition verlassen hat und dann erkennt, dass sie irreführend war, muss sie durch etwas anderes ersetzen. Und sag jetzt bloß nicht, durch Demut, denn das ist falsch. Eitelkeit wäre die ehrliche Antwort, John. Doch eine Ermittlung darf nie von Eitelkeit vorangetrieben werden. Glaube mir – und den Fakten. Wenn du der Waffe folgst, findest du den Rest.«

Sie verstummte. Wenn er ihr zugehört hatte, musste er jetzt reagieren.

Das tat er.

»Das ist heute übrigens schon meine zweite Tasse, Elisa.«

Ihr Kollege streckte die Hand nach dem Becher aus und nahm noch einen Schluck. Dann lehnte er sich so weit wie nur möglich auf seinem Papierstapel zurück und rieb sich die Augen.

»Die erste habe ich mir wie jeden Morgen im Pausenraum gekocht, als ich gekommen bin. Du scheinst ja einen gesunden Schlaf zu haben.«

Er lächelte sie an.

Ihr wurde klar, dass sie einem weiteren Vorsatz untreu geworden war. Sie war in seinem Beisein erwacht. Nicht etwa das Licht aus dem Innenhof hatte sie geweckt, sondern das Geräusch eines anderen Menschen.

Er wirkte hochzufrieden.

Als hätte er die Peinlichkeit von vorhin soeben wieder wettgemacht.

Den Gefallen zu erröten würde sie ihm nicht tun.

»Okay, John. Wenn du der Meinung bist, dass die Waffe als Beweis nicht genügt, dann schau dir die Flucht an. Folgendes ist zu einem Zeitpunkt passiert, als wir der Überzeugung waren, Täter Nummer zwei im blauen Overall befände sich im Sicherheitsraum hinter den Geldautomaten.«

Sie zog ihr Handy aus der Jackentasche, drückte auf das Pfeilsymbol mitten auf dem Display und reichte es Broncks. Die Filmsequenz einer Überwachungskamera ohne Ton. Die Auflösung war schlecht und für eine Identifizierung ungeeignet, vermittelte aber einen gewissen Eindruck. John Broncks senkte das Handy, damit sich das Tageslicht nicht in dem kleinen Display spiegelte.

Eine Laderampe. Ein Mann betrat sie mit dem Rücken zur Kamera und einer Tasche über der Schulter. Der Verlauf wirkte etwas abgehackt, da bei jedem Schritt ein paar Einzelbilder fehlten. Dennoch war deutlich zu erkennen, dass er von der Laderampe heruntersprang und auf einen geparkten Lastwagen am Bildrand zuging. Er öffnete die Türen zum Laderaum und sprang hinein. Einundzwanzig Sekunden später kam er wieder hervor und begab sich rasch zur Fahrerkabine.

Broncks schaute kurz hoch und fing Elisas Blick auf.

Beide dachten dasselbe.

Was fehlte? Welche Aufgabe wäre dem Toten bei der Flucht zugefallen? Hätte er den Milchlaster, das Fluchtfahrzeug, fahren oder die Beute in die Tasche legen sollen?

»Der Fluchtplan setzt sich aus lächerlich simplen Einzelschritten zusammen – ein Verfahren, das du einmal als Duvnjacs Signum bezeichnet hast. Diese Vorgehensweise ist es, die mir, wenn auch widerstrebend, imponiert.«

Sie streckte die Hand aus und nahm ihr Handy in Empfang.

»Die Täter wussten, dass die Sicherheitsfirma noch immer das System der zweiten Generation verwendet: Die Geldkoffer sind zwar geschützt, aber die Kassetten nicht. Mit größter Wahrscheinlichkeit wussten sie auch, dass sich Streifenwagen in der Nähe befanden. Und dass wir schnell genug an Ort und Stelle sein würden, um den Fluchtwagen mit laufendem Motor und dem bewaffneten Räuber daneben zu sehen. Sie wussten, dass uns bewusst ist, dass die Täter in hundert Prozent aller Fälle den Tatort mit demselben Fahrzeug verlassen, mit dem sie gekommen sind.«

Sie drückte erneut auf das Pfeilsymbol. Jetzt waren die Bewegungen des blau gekleideten Mannes in Zeitlupe zu sehen. Ganz offensichtlich erledigte er auch die Aufgaben jener Person, die er demnächst auf dem Parkplatz zurücklassen würde.

»Sie haben uns dazu gebracht, ein Fahrzeug im Auge zu behalten, um sich mit einem anderen absetzen zu können. Inzwischen habe ich in Erfahrung gebracht, dass in der Nacht auf vorgestern bei Arla in Västerås ein Milchlaster gestohlen wurde, einige Stunden später sind die Nummernschilder eines anderen Arla-Lasters in Kallhäll verschwunden.«

Es handelte sich in der Tat um einen Milchlaster, dank der Zeitlupe konnte jetzt auch Broncks das Logo der Molkerei auf den Seiten erkennen.

»Die Täter haben sich verkleidet und auch noch die Beute getarnt. So konnten sie mühelos durch unsere Straßensperren gelangen. So einen genialen Trick kann sich doch eigentlich nur ein einziger Bankräuber ausgedacht haben, nicht wahr, John?«

John Broncks fühlte sich auf seinem provisorischen Hocker geradezu wohl. Der schwankende Papierstapel zwang seinen Rücken zu ausgleichenden Bewegungen, die ihn entspannten.

Sie hatte recht.

Vieles sprach für Duvnjac.

Eine erfindungsreiche Flucht und ein Räuber, der sich in Luft auflöste, das kam ihm nur zu bekannt vor.

»Drei Dinge sprechen für deine Theorie, Elisa: die Waffe, die Flucht und der Umstand, dass er am selben Tag entlassen wurde.«

»Vier.«

»Vier?«

Ein weiteres Papier. Es hatte in ihrer Jackentasche gesteckt. Die Insassenliste einer Haftanstalt.

»Der tote Räuber wurde vor fünf Monaten entlassen. Weißt du, aus welchem Gefängnis?«

»Nein, aber ich denke, du wirst es mir gleich erzählen.«

»Österåker, Abteilung H.«

»Und?«

»Dieselbe Abteilung, die bis gestern Leo Duvnjac beherbergt hat.«

Broncks erhob sich so rasch, dass sein provisorischer Hocker umkippte und die Blätter über den ganzen Fußboden verstreut wurden. Seine Zweifel waren ausgeräumt. Beinahe schwindelte es ihn. Mit einem Mal erfüllte ihn neue Energie.

»Erstaunlich!«

»Ja, ich war heute Nacht auch sehr überrascht.«

»Und du willst mir deine Erkenntnisse einfach so überlassen?«

»Ja. Auf meinem Schreibtisch liegen drei vielversprechende Stapel.«

Die neue Energie versetzte ihn in Bewegung. Unruhig ging er zwischen Tür, Fenster, Schreibtisch und ihrem Besucherstuhl hin und her. Dann spuckte er die Wörter förmlich aus.

»Elisa?«

»Ja?«

»Vergiss es. Ich will deine verdammten Stapel nicht.«

»Wie bitte?«

»Ich will, dass wir zusammenarbeiten. Wir schnappen ihn gemeinsam.«

Er beendete seine eifrige Wanderung und sah sie an. Dabei schien er auf eine Reaktion, vielleicht sogar ein Lächeln zu warten.

Elisa lächelte nicht, sondern saß einfach nur da, als hätte sie seine Worte nicht verstanden.

»Also, Elisa, es wäre mir sehr recht, wenn du mit mir zusammenarbeiten würdest und …«

»Ich hab schon gehört.«

Sie stand auf.

»Bin mir aber nicht sicher, ob ich das möchte.«

Was er als gedankliche Abwesenheit gedeutet hatte, war das Gegenteil gewesen: vollkommene Konzentration.

»Verstehe ich dich recht, dass du dir nicht sicher bist, ob du dich mit diesem Fall befassen willst?«

»Du verstehst mich falsch. Ich bin mir nicht sicher, ob ich mit dir zusammenarbeiten will.«

Sie wich seinem Blick nicht aus, denn es war ihr Ernst.

Eigentlich hätte er beleidigt sein sollen, aber sie hatte seine Neugier geweckt.

»Was genau willst du damit sagen?«

»Dass du mich zweimal hintereinander austricksen wolltest.«

»Zweimal? Inwiefern?«

»Soeben hast du mich mit einer altbewährten Methode verunsichern wollen. *Ich will deine verdammten Stapel nicht.* Du wolltest mich verunsichern, damit ich anschließend dankbar auf deinen Vorschlag eingehe. *Ich will, dass du mit mir zusammenarbeitest.* Und als ich dir meine Fakten vorgelegt habe und du nicht meiner Meinung warst, hast du mich einfach nicht ernst genommen, sondern von meinem Schlaf geredet. *Du scheinst ja einen gesunden Schlaf zu haben.* So verhalten sich Psychopathen, und das gefällt mir nicht.«

Broncks nahm seine rastlose Wanderung wieder auf.

Spätestens jetzt müsste er beleidigt sein.

Aber er war es nicht.

»Ehe du gehst, Elisa, und mir diese Ermittlung überlässt, hätte ich noch eine Bitte.«

Elisa, die schon beinahe die Tür erreicht hatte, hielt inne.

»Und zwar?«

»Dass du ihn zu Hause abholst und vernimmst. Mir zuliebe. Wenn ich mich jetzt Leo Duvnjac gegenübersetze, kommt überhaupt nichts dabei heraus. Seit der sechsmonatigen Ermittlung von damals sind die Fronten verhärtet. Außerdem will ich nicht, dass er erfährt, dass ich mich mit dieser Ermittlung befasse, jedenfalls noch nicht.«

»Und weswegen soll ich ihn vorladen? So wie ich die Sache sehe, haben wir nichts in der Hand und können ihn höchstens ein paar Stunden festhalten.«

»Ja. Und das weiß er auch. Aber wenn wir ihn nicht befragen, obwohl er weiß, dass wir eine seiner gestohlenen Waffen sichergestellt haben, wird er misstrauisch. Ich will, dass er sich in Sicherheit wiegt. Ich vermute, dass dieser Überfall etwas Größeres finanzieren soll. Ich will ihn festnehmen, wenn er die nächste geplante Tat begeht, und dann den Rest des Arsenals sicherstellen.«

Sie antwortete nicht, sondern begab sich zur Tür.

Er sprach einfach weiter: »Und noch etwas, Elisa, du hast diesem Fall jetzt schon eine ganze Nacht geopfert. Bist du dir ganz sicher, dass er nicht deine Neugierde geweckt hat?«

Mitten in der Brust.

Dort hatte John Broncks sie schon lange nicht mehr gespürt.

Trotzdem erinnerte er sich noch genau an dieses Gefühl – wie die Energie in ihm aufstieg, in einem Bogen vom Bauch zum Solarplexus. Dort landete sie immer zuerst. Brannte. Heiß, hitzig. Dann setzte sie ihren Weg fort, bis hinauf in die Kehle, als würden dort Freude, Wut und Angst miteinander verschmelzen. Als würde ihm der Atem dort stocken.

Nach einer halben Stunde ließ das Gefühl wieder nach. Er spielte die Filmsequenz, die Elisa ihm gemailt hatte, immer wieder ab. Ein großer Mann in weiter Kleidung, der von einer Laderampe sprang und mit einem Milchlaster davonfuhr.

Die erste Spur nach all diesen Jahren.

Die Hitze in seiner Brust, die ihn als Kind so oft geängstigt hatte, erwachte immer dann zum Leben, wenn sich seine Bauchmuskeln nach innen statt nach außen verspannten. Wenn die Gewalt ihm auflauerte und jederzeit über ihn hereinbrechen konnte. Wenn er mit dem Schlimmsten rechnete.

Inzwischen hatte er gelernt, diese Hitze zu zügeln, die Glut wie ein Urmensch mit sich herumzutragen und zu schützen, damit sie nie erlosch und nur dann aufflammte, wenn er selbst es wollte.

Eingehend musterte Broncks den Mann mit der Umhängetasche. Er konnte nicht erkennen, ob es sich wirklich um Duvnjac handelte. Dieser Mann wirkte … größer, was an sich nicht so ungewöhnlich war. Häftlinge trainierten sich hinter Gittern oft Muskeln an. Im

Kraftraum wurde aber nicht nur an der Fitness gearbeitet und mit Anabolika gehandelt, sondern es wurden auch Kontakte geknüpft und Ideen ausgetauscht.

Er beugte sich zu dem unscharfen Bild vor.

Falls das tatsächlich Leo Duvnjac war, warum hatte dann Jari Ojala in der Blutlache gelegen und nicht einer von Leos Brüdern?

Im Lauf der Vernehmungen war Broncks die Distanz zwischen den Brüdern aufgefallen. Er glaubte zu wissen, was es damit auf sich hatte. Die beiden jüngeren Brüder waren abgesprungen, während ihr großer Bruder mit Unterstützung seines Vaters weiterhin Banken überfallen hatte und letztlich gefasst worden war. Daraufhin hatten auch die jüngeren Brüder überführt werden können. Vierzehn Tage nach dem Schneesturm, bei dem das Fluchtfahrzeug in den Graben gefahren war, hatten sie auch Felix und Vincent Duvnjac in Göteborg ganz undramatisch festnehmen können. Sie schienen fast darauf gewartet zu haben. Alle Beteiligten hatten die Aussage verweigert, und die beiden jüngeren Brüder hatten gehofft, ungeschoren davonzukommen. Aber dank der medialen Aufmerksamkeit, die durch die Festnahmen nur noch gesteigert wurde, gingen zahlreiche Hinweise aus der Bevölkerung ein. Einer dieser Tipps hatte es Broncks ermöglicht, die Waffen aufzutreiben, die bei einem doppelten Raubüberfall zum Einsatz gekommen waren. Eine Person hatte das von einer Überwachungskamera erfasste Fahrzeug als den Firmenwagen der Brüder wiedererkannt. Der Informant hatte gesehen, wie sie mit dem Wagen in ein Wäldchen gefahren waren, um dann »etwas Schweres« in einem kleinen See zu versenken. Taucher hatten daraufhin in Beton eingegossene Waffenteile geborgen, auf denen sich die DNA und Fingerabdrücke von Leo, Felix und Vincent Duvnjac fanden.

Wenn es dir gelungen wäre, deine Brüder in diese Sache reinzuziehen, dann hättest du mit Sicherheit verhindert, dass einer von ihnen stirbt, dachte Broncks. Du hast eine neue Truppe zusammengestellt, und jetzt ist ein Mitglied tot.

Wenn du der Lastwagenfahrer warst, dann bist du jetzt vielleicht allein. Wenn nicht, dann gibt es noch mindestens einen weiteren Komplizen.

Ein letztes Mal betrachtete John Broncks den Mann, der in den Milchlaster stieg.

Einer von euch, du oder ein Komplize, spaziert eiskalt davon, obwohl ein Mittäter tot ist, spann Broncks den Gedanken weiter.

Seit sechs Jahren ist es mir nicht mehr so gut gegangen wie heute. Denn das, was in meiner Brust brennt, ist Glück.

Ich bekomme die Gelegenheit, dir dein Leben nochmals zur Hölle zu machen, eine Hölle, die diesmal viel länger anhalten wird.

Das schwarze Auto. Zu neu, zu teuer, zu protzig. Langsam glitt es nun schon zum dritten Mal an ihrem Küchenfenster vorbei und drosselte vor ihrer Auffahrt das Tempo.

Britt-Marie konnte die beiden Personen im Auto deutlich erkennen: ein älterer grauhaariger Mann und ein jüngerer mit sehr kurzen Haaren.

Dieses Auto gehörte nicht hierher.

Die eine Seite des Hauses ging auf den breiten und lärmenden Nynäsvägen hinaus. Nur eine kümmerliche Hecke trennte es von dem unablässigen Verkehr. Die andere Seite lag an einer schmalen Straße, die vierzehn Häuschen miteinander verband. Hier waren sonst immer nur die Autos der Nachbarn zu sehen. Aber der schwarze glänzende Wagen, der sich mit seiner stromlinienförmigen Motorhaube anschlich, erinnerte sie an ein lauerndes Raubtier.

Zum ersten Mal fiel ihr der Wagen gegen neun Uhr auf. Schlaftrunken hatte sie sich an ihrem freien Tag die erste Tasse Kaffee gekocht, als das Auto raubkatzenhaft vorbeischlich, zu einem Zeitpunkt, an dem das Eigenheimviertel sonst vollkommen ausgestorben dalag. Sie dachte nicht weiter darüber nach, sondern begann, das Mittagessen vorzubereiten. Sie stellte einen Topf Kartoffeln auf dem Herd bereit. Das Lachsfilet lag rosa und glänzend wie ein riesiges Himbeerweingummi vor ihr. Sie zupfte die wenigen Gräten heraus, obwohl sie sich wie Armierungseisen festzuklammern schienen. Dann stellte sie den Lachs in einer länglichen feuerfesten Form zuoberst in den Kühlschrank. Wenn ihre Söhne kamen, musste sie ihn nur noch zwanzig Minuten in den Ofen stellen, bevor sie Salz, Pfeffer, Dill und Sahne hinzufügte und weitere zehn Minuten garen ließ. Sie wusste, dass es Vincents Lieblingsgericht war – seit seiner Entlassung hatte er sie schon mehrmals besucht. Ob Leo auch Lachs mochte, wusste sie allerdings nicht mehr. Seit seinem letzten Besuch waren einfach zu viele Jahre vergangen.

Endlich würden sie wieder zusammen sein.

Unwillkürlich erschauerte sie und fühlte sich ungewohnt gerührt, was ihr nur selten passierte, aber es kam auch nur selten vor, dass alle ihre Söhne sie gleichzeitig besuchten.

Etwa eine halbe Stunde später schlich das schwarze Raubtierauto erneut vorbei. Ohne zu wissen, warum, empfand sie ein starkes Unbehagen. Und plötzlich dachte sie an ihn. An Ivan. Ob er wohl etwas mit diesem Raubtierauto zu tun hatte? Wie eine Schmeißfliege war er vor dem Gefängnistor herumgeschwirrt. Warum war er eigentlich aufgetaucht? Wollte er sich wieder einmischen und weiterhin von Veränderung, neuen Beschlüssen und Neuanfängen reden?

Wollte er etwa das verändern, was er seiner Umgebung jahrelang eingetrichtert hatte und was sich daher nicht mehr verändern ließ?

Und sich niemals auslöschen lassen würde?

Sechs Jahre lang hatte sie gezielt nicht mehr an ihn gedacht. Eigentlich waren es sogar achtzehn Jahre. Aber vor sechs Jahren hatten sie der Bankraub, der Prozess und das Urteil dazu gezwungen, sich wieder mit ihm auseinanderzusetzen. Wie tickte nur ein Mann, der mit seinem Sohn einen Bankraub verübte und sich einbildete, auf diese Weise Nähe zu erleben und zu geben. Der dies für eine gute Methode hielt, seine Söhne kennenzulernen, die er mit Gewalt und Schlägen von sich gestoßen hatte. Der auch noch die Stirn hatte zu behaupten, Leo wäre ohne ihn längst tot. Ivan, der mit seinen verdammten Ideen Konflikte schuf, wodurch der Klan, den er geschaffen hatte, angeblich zusammenrückte. Sollten diese verdammten Familienbande, die Ivan in ihrer Kindheit so festgezurrt hatte, ihre Söhne weiterhin aneinanderketten? Und zwar jetzt, wo sich ihre Söhne endlich einen eigenen Weg bahnten?

Sie beugte sich vor, um besser auf die Straße blicken zu können. Wieder glitt das Raubtierauto vorbei. Sie ließ es nicht aus den Augen und bewegte sich von einem Fenster zum nächsten, bis es in den brausenden Verkehr des Nynäsvägen einbog. Und verschwand. Alles Einbildung, hervorgerufen durch die nächtliche Panik. Die Bande, die zusammenschweißen, aber auch in den Abgrund ziehen konnten, machten sie nervös und übermäßig empfindlich. Der ärgerliche Umstand, dass Ivan wie ein Raubtier in ihrem Kopf herumschlich und sie bewachte, hatte dazu geführt, dass sie sich übertriebene Gedanken machte.

Ein ausgelassenes Lachen erklang.

Leos und Felix' Stimmen aus dem Esszimmer. Felix lachte wie schon lange nicht mehr, er wirkte fröhlich, fast glücklich, wieder mit seinem großen Bruder zusammen sein zu können. Wie so oft unterhielt Leo ihn gekonnt damit, andere Menschen nachzuahmen. Er hatte immer gewusst, wie sich Felix' abweisende Haltung überwinden ließ.

Britt-Marie schüttelte ihr Unbehagen ab. Jetzt würden sie erst einmal feiern, dass die Familie wieder beisammen war, und zwar so, wie es ihren Vorstellungen entsprach.

Wie sie diesen Moment herbeigesehnt hatte!

Ein Mittagessen – und alle Söhne an ihrem Tisch vereint. Diese Vorstellung hatte ihr vor jedem Gefängnisbesuch neue Kraft gegeben.

Über der Küchenzeile hing das Festnetztelefon, das nicht mehr sonderlich oft klingelte. Nach der Festnahme ihrer Söhne hatte kaum noch jemand angerufen. Eine typische Konsequenz der Schande. Aber auch sie selbst war für diese Stille verantwortlich, denn wer sich schämte, zog sich zurück.

Aber jetzt klingelte es.

»Hallo, Mama.«

»Vincent! Gut, dass du anrufst.«

Mit dem Hörer in der Hand trat sie auf den Kühlschrank zu und nahm die feuerfeste Form heraus.

»Wann bist du hier? Soll ich den Lachs schon in den Ofen schieben? Es dauert eine Weile, bis die Soße so schön dick ist, wie du es gern magst.«

»Ich komme nicht, Mama.«

Mit dem Telefonhörer in der einen und der Glasform in der anderen Hand hielt sie inne.

»Ist … was passiert?«

»Ich habe einfach keine Zeit. Morgen ist Wohnungsabnahme. Zwei Bodenplatten sind gesprungen. Die teuren italienischen, mit denen es in alten Bädern immer Ärger gibt. Das habe ich den Eigentümern von Anfang an gesagt.«

Sie lauschte ihrem sonst eher wortkargen Sohn, der nur selten in Details ging.

»Stimmt das wirklich, Vincent?«

»Mama?«

»Ja?«

»Ich schaff es einfach nicht. Jedenfalls nicht jetzt.«

Eigentlich hätte sie enttäuscht sein müssen. Ihr Wunsch, alle drei Söhne an einem Tisch zu sehen, würde sich nicht erfüllen. Aber sie verspürte nur Erleichterung – denn sie glaubte zu wissen, was ihm solche Mühe bereitete. Es waren die Bande. Dieselben Bande, die sie abgeworfen hatte.

Vincent war auch nicht vor dem Gefängnistor erschienen. Es

freute sie geradezu, dass ihm die Gefahren, die von diesen Banden ausgingen, bewusst zu sein schienen, denn nur so konnte er sich auch dazu verhalten. Selbst wenn er dann seine Mutter anlog.

»Ich hebe dir was auf und stelle es in den Kühlschrank. Komm vorbei, wenn du Hunger hast.«

Sie schob die Glasform in den Ofen, griff sich die Wasserkaraffe mit den Zitronenscheiben und den klimpernden Eiswürfeln und ging auf das ansteckende Gelächter zu. Felix und Leo, genau wie früher. Sie stellte die Karaffe auf den Esstisch und deckte einen Teller ab.

»Das Essen ist gleich fertig, aber wir sind nur zu dritt. Vincent kommt nicht.«

Rasch drehte sie sich um, kam aber nur bis zur Schwelle der Küche, als Leos Frage sie einholte.

»Mama?«

»Ja?«

»Warum?«

»Er hat etwas von beschädigten Platten und einer Wohnungsabnahme erzählt.«

»Nicht zu fassen. Schon wieder die Arbeit.«

Leos Stimme gefiel ihr gar nicht. Er schien die Lüge ebenfalls zu durchschauen, und offenbar war ihm bewusst, dass sie diese Lüge nicht nur weitervermittelte, sondern auch billigte. Er wusste, dass sein kleiner Bruder ihn mied. Als sie die Küche wieder betrat, war das herrliche alberne Gelächter verstummt.

»Mama?«

Sie sahen sich durch die offene Tür an.

»Falls Vincent wieder anruft, kannst du ihm von mir ausrichten, dass ich auch schon auf dem Bau gearbeitet und Badezimmer gefliest habe. Ich weiß also, worauf es bei der Abnahme ankommt.«

Sobald ihre Mutter wieder in der Küche verschwunden war, beugte Felix sich zu seinem Bruder vor.

»Lass ihn, Leo. Er wird sich schon bei dir melden, wenn er so weit ist.«

Leo antwortete nicht, sondern schloss behutsam die Tür. Das Dröhnen des Ofens und der Dunstabzugshaube wurden schwächer, Stille trat ein.

»Jetzt haben wir Zeit für uns.«

»Für uns? Was soll der Scheiß?«

»Na so wie früher, als Mama vom Balkon rief, das Essen sei gleich fertig.«

Die Eiswürfel klimperten, als er einschenkte.

Eine geschlossene Tür, Wasser, zwei Parteien.

Wie bei einer Verhandlung.

»Felix?«

»Ja?«

»Wie willst du dein Leben gestalten? Ich meine, ganz ehrlich?«

»Hör schon auf.«

»Willst du dich weiterhin von einer Studienbeihilfezahlung zur nächsten hangeln? Und dich jagen lassen, weil du deine Geldstrafe nicht schnell genug abstotterst? Nie auch nur den kleinsten Kredit aufnehmen können? Keine Arbeit finden, weil du vorbestraft bist? Oder willst du lieber im Geld schwimmen und diesem Scheißland den Rücken kehren, um woanders neu anzufangen?«

Felix lehnte sich wie bei Verhandlungen üblich zurück, um zu zeigen, wie sehr ihm die Fragen missfielen.

»Das Essen steht gleich auf dem Tisch. Also, was willst du, verdammt?«

»Ich brauche deine Hilfe.«

»Hilfe? Und was heißt das konkret?«

»Ich brauche einen Ersatzmann.«

Ein Schluck Wasser. Es knirschte laut, als Felix einen Eiswürfel zerbiss.

»Ersatzmann? Stimmt, gestern wurde ja ganz schön geschossen. Ich habe einen Fernseher.«

Leo wartete, bis das verdammte Knirschen aufhörte.

»Nur einmal. Kein bewaffneter Raubüberfall, nichts, was wir früher gemacht haben. Ein Coup.«

»Nur einmal, Leo? Ein Coup? Dieselbe Leier wie damals. Weißt du noch? Es ging um die Sache mit dem ICA-Supermarkt. Und um die Dreißigtausend in der Ledertasche. Einmal, dann nie wieder. Wie hast du das damals noch gleich genannt? Einen … Heist?«

»Genau das ist es auch. Ein Heist. Ein supersmarter Coup. Wir marschieren rein, nehmen uns hundert Millionen, ohne dass jemand was sieht. Ich würde dich da nie reinziehen, wenn es nur, sagen wir mal, um zwanzig Millionen ginge. Das würde gerade mal reichen, um zu verschwinden. Nach zwei Jahren wäre das Geld alle. Aber jetzt geht es um hundert Millionen. Und niemand wird etwas merken.«

Leo legte seinem Bruder die Hand auf den Unterarm. Felix zuckte zusammen. Beide bereuten es – Leo die Annäherung, Felix seine Reaktion.

»Außerdem haben wir uns nach dieser Sache ruhig verhalten. Zumindest die folgenden zehn Jahre.«

»Aber ich habe die ganze Zeit gewusst, dass du irgendwann wieder loslegen würdest. So bist du einfach. Seit Papa Mama fast totgeprügelt hat. Als du in seine Fußstapfen getreten bist.«

»Das ist Amateurpsychologie. Davon hatte ich im Knast schon genug.«

»Nenn es, wie du willst. Jedenfalls ist es dir nie ums Geld gegangen, sondern darum … dass du so was durchziehen kannst. Die Planung. Die Flucht. Die totale Kontrolle. Aus einer Bank sind zehn geworden. Auf einen Überfall sollte ein Doppel- und dann ein Dreifachüberfall folgen. Wer weiß, was du dir sonst noch alles überlegt hättest, wenn sie dich nicht gestoppt hätten.«

»Das hier.«

»Was?«

»Das, was ich dir die ganze Zeit einzutrichtern versuche. Es geht um den größten schwedischen Coup aller Zeiten. Mit dem wir gemeinsam zu Ende führen werden, was damals unterbrochen wurde.«

»Weil du dir etwas beweisen willst.«

»Meinetwegen, wenn du meinst. Ich ziehe das Ding jedenfalls durch. Machst du mit oder nicht?«

Felix warf einen Blick auf die geschlossene Tür und flüsterte: »Blutergüsse.«

»Wie bitte?«

»Besser als schwarze Löcher.«

»Brüderchen, alles in Ordnung bei dir?«

»Mir geht es gut, Leo. Aber was ist mit dir? Weißt du eigentlich, was du willst? Ich weiß zumindest, dass ich mich jedes Mal für die Blutergüsse entscheide.«

»Felix … was soll der Unsinn?«

»Erinnerst du dich noch an unsere Kindheit? Du dürftest neun oder zehn gewesen sein … Papa und du, ihr habt zusammen Boxen geübt, diesen verdammten Bärentanz. Das war eure Philosophie, Leo. Eine Philosophie der Gewalt, die er dir beigebracht hat, damit du zurückschlagen konntest, wenn uns jemand angriff. Ich bin mir sicher, du erinnerst dich. Aber ich erinnere mich auch an ganz andere Dinge. Zum Beispiel, dass Papa Mama geschlagen hat, bis sie Blutergüsse hatte. Das waren äußerliche Verletzungen. Die Schläge haben aber auch innerliche Verletzungen hinterlassen, schwarze Löcher. Ich weiß noch, dass die Blutergüsse nach und nach verblasst sind, die Löcher aber sind geblieben.«

Er hätte nicht flüstern müssen. Die Tür war geschlossen, ihre

Mutter konnte sie nicht hören. Aber die Worte durften einfach nicht zu groß werden und womöglich bleiben.

»Kapierst du das, großer Bruder? Meine Philosophie der Gewalt ist ganz simpel: Blutergüsse sind besser als schwarze Löcher.«

Leo lächelte. Höhnisch.

»Jetzt ist mir alles klar! Du warst beim Gefängnispsychologen und hast erfahren ...«

»Warum?«

»... dass alles immer nur mit deiner kaputten Kindheit zu tun hat ...«

»Warum?«

»... und dann hast du in deiner kaputten Kindheit herumgewühlt ...«

»Warum?«

»... und immer nur zurückgeschaut, während ich nach vorne schaue, in die Zukunft ...«

»Leo, hör mir zu, verdammt! *Warum tust du das?*«

Felix erhob sich. Jetzt flüsterte er nicht mehr.

»Leo?«

»Weil das meine einzige Chance ist.«

»Nein. Wir hatten unsere Chance.«

»In zwei Tagen drehen wir ein Ding, ohne dass die Polizei etwas merkt. Wenn bei diesem Broncks der Groschen fällt, sind wir längst über alle Berge.«

»Über alle Berge?«

»Und zwar für immer. Nach so einem Heist kann man nicht bleiben. Deswegen sprechen wir ja jetzt darüber, weil ich nicht ohne dich und Vincent verschwinden will.«

Es wäre Felix leichter gefallen, auf einen spöttischen großen Bruder zu reagieren. Aber Leo meinte es ernst, vollkommen ernst. Und dieser Ernst erforderte eine noch deutlichere Antwort.

»Ich will dein Räubergeld nicht, Leo. Das war mir schon klar, lange bevor du im Knast gelandet bist, und das weißt du.«

Hinter der geschlossenen Esszimmertür war die Türklingel zu hören.

»Mich kannst du bei deinem Heist vergessen«, fuhr Felix fort. »Damals hast du auch von einem einzigen Mal geredet. Genau wie jetzt. Aber du wirst in alle Ewigkeit weitermachen. Das weiß ich. Und du weißt es auch, Leo. Das ist nicht mehr mein Leben.«

Es klingelte von Neuem. Dann hörten sie Mamas Schritte und das Summen der Dunstabzugshaube, als sie die Tür zum Esszimmer öffnete.

»Leo, du hast Besuch.«

Ein Hauch von Fisch in Dillsoße. Der Ausdruck fröhlicher Erwartung war aus ihrem Gesicht verschwunden.

»Die Polizei. Sie wollen mit dir sprechen.«

Durch den offenen Türspalt waren zwei Männer und eine Frau zu sehen. Trotz der zivilen Kleidung ganz offensichtlich Polizeibeamte. Die beiden Männer kamen Leo bekannt vor. Der ältere trug einen grauen Schnurrbart, der jüngere war durchtrainiert und sonnengebräunt. Sie waren am Morgen in einem schwarzen Auto vorbeigefahren, um herauszufinden, ob sich Leo Duvnjac in dem Objekt befand.

Seit der Erschießung des Räubers, der seine Waffe hatte fallenlassen, wusste Leo, dass Broncks früher oder später erscheinen würde. Er hatte sogar damit gerechnet, bei seiner Mutter abgeholt zu werden, da die Wahrscheinlichkeit, dass er Widerstand leisten würde, hier am geringsten war.

Es war erst Mittag. Also noch eine ganze Weile bis zum Abend.

Ihm würde noch genügend Zeit bleiben, den zweiten Schritt des Plans, den *Hausbesuch*, mit kleineren Veränderungen durchzuführen. Der Hausbesuch musste, da Broncks mittlerweile eine der Waffen in Händen hielt, etwas ausgeklügelter umgesetzt werden und würde daher mehr Zeit in Anspruch nehmen. Aber ein geänderter Plan war nicht unbedingt ein schlechterer Plan. Neue Voraussetzungen konnten und sollten immer als Chance gesehen werden. Er wusste auch schon, wie. Er würde die Vernehmung am Nachmittag nutzen, um dieses Schwein John Broncks zu provozieren und in die Irre zu führen. Wenn in zwei Tagen der Schlusscoup stattfand, würde er sich doppelt hintergangen am falschen Ort befinden.

Leo zuckte mit den Achseln und erhob sich. Felix beugte sich vor und zischte: »Ich will von dieser Sache nie wieder etwas hören.« Leo ging an seiner Mutter vorbei, strich ihr über die Wange, so wie sie am Vorabend über die seine gestrichen hatte, und flüsterte: »Es ist alles in Ordnung, Mama.«

Dann schaute er aus dem Fenster. In der Auffahrt standen zwei Fahrzeuge, in dem einen saß ein weiterer Beamter. Aber auch das war nicht Broncks. Wo zum Teufel steckte er?

Er wandte sich an den Grauhaarigen. »Und was wollen Sie von mir?«

Die Frage wurde von der Frau beantwortet, die kaum älter als er selbst war.

»Ich heiße Elisa Cuesta. Es wäre uns recht, wenn Sie uns ins Präsidium begleiten könnten.«

Er betrachtete sie. Groß, schlank, mit einem festen, scheinbar ungerührten Blick. Mit einer ähnlichen Miene, weder vorwurfsvoll noch traurig, pflegte ihn auch seine Mutter anzuschauen. Ihre erwartungsvolle Freude war einem unergründlichen Gesichtsausdruck gewichen, den sie schon in seiner Kindheit bisweilen aufgesetzt hatte. Er signalisierte Gleichgültigkeit und war daher besonders schmerzlich.

Leo nickte seiner Mutter schweigend zu – Worte waren zwecklos – und machte sich bereit, das Haus zu verlassen.

»Wir werden Ihren Sohn vernehmen und bei Ihnen eine Hausdurchsuchung durchführen. Er hat Ihre Adresse als seine Heimatadresse angegeben.«

Britt-Marie sah die junge Polizistin an. Eine Durchsuchung? Hier? In ihrem Häuschen, das sie sich gesucht hatte, um der Schande und dem ständigen Geflüster über ihre kriminelle Familie zu entkommen?

»Das verstehe ich nicht.«

Diese fremden Menschen wollten also in ihrem Haus herumwühlen, während die neuen Nachbarn zuschauten?

»Das hätte ich gerne schriftlich.«

Nicht einmal damals hatten sie in ihren vier Wänden herumgewühlt. Hatte Leo etwas noch Schlimmeres verbrochen? Er war spät nach Hause gekommen. *Ich bin einfach nur durch die Gegend gefahren, Mama.*

Sie wollte gerade ihre Forderung wiederholen, als sie zwei Hände auf ihren Schultern spürte.

»Sie brauchen kein Papier, Mama.«

Arme, die sie umdrehten, um sie zu umarmen. Felix.

»In diesem Land können sie auch ohne ein Papier einfach bei dir reinstiefeln und alles auf den Kopf stellen. Es reicht, dass der zuständige Staatsanwalt einen schlechten Tag hat.«

»Ich vermute, Sie sind Felix Duvnjac.«

Elisa betrachtete den jungen Mann, der etwas größer und kräftiger war als sein älterer Bruder. Er war dunkelhaarig, sein Bruder blond.

»Ja.«

»In diesem Fall wäre es mir recht, wenn Sie mir bestätigen könnten …«

Sie nahm ein Papier aus ihrer Jackentasche.

»… dass dies Ihre korrekte Adresse ist?«

Er nickte.

»Ja, das stimmt.«

»Können Sie auch bestätigen, dass dies die korrekte Adresse Ihres jüngeren Bruders ist?«

»Ja.«

»Danke. Könnten Sie mir jetzt bitte noch aufschreiben, wo Sie und Ihr Bruder tagsüber zu erreichen sind?«

Sie reichte ihm einen Stift. Britt-Marie öffnete den Ofen und nahm den Lachs heraus. Die Sahne war angebrannt. Mit einem dumpfen Knall ließ sie die Form auf den Herd fallen.

»Was soll das alles? Sie nehmen einen meiner Söhne einfach mit und holen Informationen über die beiden anderen ein! Obwohl sie ihre Strafen verbüßt haben und schon seit zwei Jahren wieder auf freiem Fuß sind. In dieser Zeit haben sie doch nichts angestellt!«

Die Polizistin schien es nicht sonderlich zu beeindrucken, dass sie angeschrien wurde.

»Tut mir leid, aber das ist eine reine Formalität und hat hoffentlich zur Folge, dass gegen keinen Ihrer Söhne weiter ermittelt werden muss.«

Britt-Marie konnte sich nicht recht auf ihre Worte konzentrieren, denn sie hörte etwas anderes. In ihrem Schlafzimmer quietschte eine Schranktür, dann klapperten Kleiderbügel, als sie auf ihr Bett fielen. Jemand riss die Schubladen mit ihrer Unterwäsche aus der Kommode. Sie machte einen raschen Schritt auf die Türöffnung zu und konnte gerade noch sehen, wie der Inhalt auf den Fußboden gekippt wurde. Ebenso verfuhr der Beamte mit der Nachttischschublade. Dann riss er Handtücher und Bettwäsche aus dem Eckschrank. Sie wollte gerade protestieren, als die Polizistin zu ihr trat.

»Dürfte ich Sie bitten, sich in die Küche zurückzuziehen? Dann sorge ich dafür, dass die Kollegen etwas behutsamer vorgehen.«

Elisa wartete, bis die Hausbesitzerin in die Küche zurückgekehrt war.

»Aufhören!«

Die beiden Kollegen sahen sie an und wühlten weiter in den Unterhosen und Kopfkissenbezügen herum.

»Ich sagte: *Aufhören*!«

Jetzt befolgten sie ihre Aufforderung.

»Ab jetzt bitte ich um Rücksichtnahme. Wir haben es nicht eilig. Durch ein solches Verhalten zerstören wir nur jegliches Vertrauen. Vielleicht sind wir noch auf die Hilfe der Betroffenen angewiesen.«

Elisa blieb lange genug stehen, um sich davon zu überzeugen, dass die Beamten Folge leisteten, dann kehrte sie zu der Frau zurück, die inzwischen damit beschäftigt war, die verbrannte Kruste vom Lachsfilet zu kratzen.

»Ich entschuldige mich vielmals. Ich weiß, wie Ihnen zumute sein muss. Als würde man einem Einbruch in den eigenen vier Wänden zusehen.«

Britt-Marie antwortete nicht. Obwohl sich die junge Polizistin redlich bemühte, nett zu klingen, drehte sie sich nicht einmal zu ihr um, weil ihr einfach die Kraft fehlte. Stattdessen kratzte sie weiter an dem verbrannten Fisch herum und warf alles Ungenießbare in den Mülleimer. Dann riss sie ein Stück Alufolie ab, um die feuerfeste Form damit abzudecken. Sie hörte, wie die beiden Beamten ihr Schlafzimmer durchsuchten, dabei aber weniger Geräusche verursachten. Durchs Fenster sah sie die Polizistin, die ihr Haus verließ und neben Leo auf dem Rücksitz des Autos Platz nahm.

In diesem Moment begriff Britt-Marie endgültig, dass ihr Versuch, die Familie wieder zusammenzuführen, niemals gelingen würde.

Ein steriles Zimmer. Eng wie ein begehbarer Kleiderschrank. Ein einfacher Tisch in der Mitte, darauf ein 16-Zoll-Bildschirm. Das war alles. Leere Wände. Mäßige Beleuchtung.

Aber eine Tasse heißes Wasser stand bereit.

John Broncks hob die Tasse an die Lippen und nahm den ersten Schluck.

Heißes Wasser. Das wäre in einem früheren Leben undenkbar gewesen. Bis ihm der Betriebsarzt vor etlichen Jahren erklärt hatte, er habe bereits seine Lebensration Kaffee ausgeschöpft. Danach war eine seltsame Leere entstanden. Etwas Triviales wie Kaffee gehörte einfach dazu. Seine Abstinenzbeschwerden wie Müdigkeit, Kopfschmerzen und Händezittern waren nach einigen Wochen verschwunden. Die Gewohnheit, das Regelmäßige hingegen hatte ihm sehr gefehlt. Nicht mehr in einer Tasse rühren, sie in den Händen halten und das wohlige Gefühl in der Magengrube verspüren zu können. Da war ihm plötzlich sein Großvater eingefallen, ein weißhaariger, kluger und gütiger alter Mann. Er hatte jeden Tag mit dem Genuss einer Tasse heißen Wassers begonnen. Wenn er sich etwas Besonderes gönnen wollte, hatte er einen Schuss Sahne dazugegeben. Als Broncks am nächsten Morgen ins Präsidium gekommen war und ihm sein Kaffee gefehlt hatte, war er schnurstracks in den Pausenraum gegangen, hatte den Wasserkocher angeworfen und sich seine erste Tasse zubereitet. Eine Gewohnheit war von einer anderen abgelöst worden. Jetzt konnte er sich wieder an einer heißen Tasse festhalten und das wohlige Gefühl in der Magengrube genießen.

Er stellte die Tasse neben den Bildschirm und überzeugte sich davon, dass das Mikrofon seines Headsets richtig saß.

»Elisa?«

Keine Antwort.

»Elisa, hörst du mich?«

Es rauschte an seinem Ohr, offenbar rückte sie gerade Ohrhörer und Mikro zurecht.

»Jetzt höre ich dich perfekt, John.«

»Sehr gut. Bevor du reingehst, wiederhole ich noch einmal kurz, worauf wir uns geeinigt hatten. Auf keinen Fall darf er erfahren, dass ich die Vernehmung mitverfolge. Er führt etwas Großes im Schilde. Wenn die Vernehmung beendet ist, soll er sich in Sicherheit wähnen und einfach wie geplant fortfahren. Viel Glück.«

Broncks betätigte einen der wenigen Knöpfe an seinem Bildschirm, woraufhin ein kahles Zimmer mit leeren Wänden und einem Tisch erschien. Doch ihn interessierte nur der Mann, der seine Ellbogen auf den Tisch stützte.

Eine Person, die er einerseits sehr gut und andererseits überhaupt nicht kannte. Das blonde Haar, die blauen Augen, die schmalen, zusammengepressten Lippen.

Fast sechs Monate lang hatten sie sich in dem Vernehmungszimmer, in das John Broncks jetzt hineinschaute, gegenübergesessen. In dieser Zeit hatte eine einzige Familie sein Leben beherrscht: erst der große Bruder, dann der mittlere Bruder, der kleine Bruder, der Vater und dann wieder von vorne. Kein unbedachtes Wort war diesen Männern entschlüpft, ihre Reaktionen waren eingeübt und stimmten in allen Punkten überein. Das überlegene Schweigen. Der provokante gesenkte Blick. Das stets von einem Lächeln begleitete »Kein Kommentar«. Die ebenfalls lächelnd geäußerten Sätze: »Das ist mir neu« und: »Den kenne ich nicht, er ist mir noch nie begegnet, wie lautete noch gleich der Name?«

Nach neunundzwanzig Stunden Freiheit wartete dieser Kerl also wieder darauf, dass die Tür aufging und Fragen gestellt wurden, die unbeantwortet verhallen würden.

Broncks beugte sich zum Bildschirm vor.

Leo Duvnjac wirkte äußerst gelassen und erweckte nicht den Eindruck, als hätte er am Tag zuvor zwei Geldboten überfallen und einen Komplizen verloren. Trotzdem: Die Waffe, der Täter, die Flucht und der Zeitpunkt, alles sprach dafür, dass Elisa recht hatte.

Ich schaue dich an.

Weißt du das?

Duvnjac wirkte nicht nur gelassen, sondern auch konzentriert, ja geradezu fröhlich, wie er dasaß und gedankenverloren auf den hässlichen Bürotisch starrte. Bereits beim letzten Durchgang hatte Broncks eingesehen, dass die Dramaturgie des Verhörs sie beide gleichermaßen faszinierte. Leo Duvnjac betrachtete den Tisch und strich erst mit der flachen Hand und dann mit dem Zeigefinger darüber.

Behutsam, fast zärtlich.

Als stellte er in Erwartung der Partie ein unsichtbares Schachspiel auf.

Dieses Mal spiele ich nicht mit!

Kaum hatte John Broncks diesen Gedanken zu Ende gedacht, als sich der Beobachtete vorbeugte und direkt in die Kamera starrte. Ein intensiver Blick, als betrachtete er nicht ein Objektiv, sondern einen Menschen. Dann lächelte er. Beinahe hätte Broncks das Lächeln erwidert.

Jetzt. Das Geräusch einer Tür, leichte, vertraute Schritte. Elisa. Schließlich das Geräusch von Stühlerücken. Auf dem Bildschirm erschien von links eine Schulter, eine Wange und kurzes dunkles Haar.

»Sie haben mich warten lassen. Absichtlich? Soll ich nervös werden? Dabei müssten Sie doch wissen, dass das bei mir nicht funktioniert. Schließlich ist es nicht das erste Mal.«

Wie immer klang Leo Duvnjac gefasst. Damals hatte er sich als Einziger ab und zu auf eine Unterhaltung eingelassen, ohne jedoch dabei jemals etwas preiszugeben. Erzwungene, aber intelligente Kommunikation. Duvnjac hatte sich als erstaunlich belesener Mann erwiesen, dessen Humor auf große gedankliche Beweglichkeit schließen ließ.

»Hören Sie mal, wir sitzen in einem Vernehmungsraum, das weiß ich aus Erfahrung, dabei sollte es doch nur um einige Informationen gehen und nicht um eine *Vernehmung*.«

Elisa schwieg. Schließlich hatte er keine Frage gestellt.

»Haben Sie etwas dagegen, dass ich die Kamera einschalte?«, fragte sie schließlich.

»Ja.«

»Ach? Und warum?«

»Nun, das wäre ein bisschen seltsam, denn sie läuft bereits.«

Wieder schaute er in die Kamera und lächelte Broncks an. Dieser rief sich den Zeitpunkt ins Gedächtnis, als ihm klar geworden war, dass der Mann, der seiner Überzeugung nach zehn Banküberfälle begangen hatte, unberechenbar wie ein Kind war. Wie oft hatte er sich danach gesehnt, seine Gedanken ergründen zu können.

Elisa schob ihren Stuhl zurück, beugte sich vor und sah die rote Lampe. Das Gerät war tatsächlich eingeschaltet.

»Sie haben recht. Die Kamera läuft schon. Das hätte mir der Techniker auch sagen können.«

Der Techniker.

Sie blickte in die Kamera und Broncks direkt ins Gesicht.

Vermutlich hatte sie recht. Er hätte sie informieren müssen, doch seine Neugier war stärker gewesen. Wie bei einem alten Freund, den man nach langer Zeit wiedersieht, fragte er sich, ob Duvnjac wohl gealtert war. Ob sich der Ausdruck seiner Augen verändert hatte. Ob sein Lächeln erstarrt war. Ob er im Gefängnis neue Einsichten gewonnen hatte oder ob der tätliche Umgang mit Schwerverbrechern seine kriminelle Identität nur noch verstärkt hatte. Obwohl vieles an die Begegnung mit einem alten Freund erinnerte, hoffte Broncks, dass dieser sich *nicht* zum Besseren verändert hatte.

Elisa verschwand aus dem Bild. Dann waren wie vorher Schulter und Wange zu sehen.

Vernehmungsleiterin ELISA CUESTA*:* Vernehmung von Leo Ivan Duvnjac, Kriminalpolizei Stockholm City, Polizeipräsidium Kronoberg. Es ist 14.17 Uhr.

Elisa klopfte mit der Unterkante ihrer Aktenmappe fest auf die Tischplatte, als wollte sie die Blätter ordnen. Broncks war sich sicher, dass sie damit eine ganz andere Absicht verfolgte. Dann landete die Mappe ein weiteres Mal auf dem Tisch, mit einem lauten Knall, der schmerzhaft von seinem Ohrhörer übertragen wurde. Sie wusste genau, was sie tat. Broncks vermutete, dass die Demonstration damit beendet war, schaltete aber sein Headset trotzdem sicherheitshalber leiser.

Jetzt klappte Elisa die Mappe auf. Dann schob sie dem Mann, den sie vernehmen wollte, das oberste Foto zu.

Das Foto eines Mannes, der auf einem Parkplatz lag.

EC: Wissen Sie, wer das ist?

LEO DUVNJAC: Nein. Der Typ hat eine Maske auf.

Keine unbeabsichtigte Miene oder Geste.

Er fasste sich auch nicht haltsuchend ins Gesicht und zögerte auch keine Sekunde, um eine Lüge zu erfinden. Stattdessen schaute er nach links oben, wo die Erinnerungen angesiedelt waren.

Obwohl er das Foto eines Toten betrachtet hatte, mit dem ihn möglicherweise etwas verband.

Leo Duvnjac strich mit einer Hand über die Tischplatte und bewegte die Figuren auf dem unsichtbaren Schachbrett.

EC: Vielleicht erkennen Sie ihn ja jetzt. Das hier ist dieselbe Person – diesmal ohne Maske.

Keine Reaktion. Obwohl das zweite Foto wie vereinbart einen Kopf auf einem funkelnden Obduktionstisch zeigte. Tote Augen. Der mürrische Mund erstarrt im Augenblick des Todes. Die blutige Stirn mit einer Austrittswunde, die einer Blüte glich.

LD: Nein.
EC: Nein … was?
LD: Kenne ich nicht.

Das dritte und letzte Foto aus der Mappe.

EC: Wir probieren es nochmal. Dieselbe Person. Ein Foto aus dem Vorstrafenregister.

Sie schob das Foto über den Tisch.

EC: Wissen Sie, wer das ist?
LD: Ja.
EC: Geht das ein bisschen ausführlicher?

LD: Ja, ich weiß, wer das ist.

EC: Okay. Wenn es unbedingt sein muss, dann geht es auch anders. Wer ist dieser Mann?

LD: Jari Ojala.

EC: Woher kennen Sie Jari Ojala?

LD: Aus Österåker. Aber das haben Sie wahrscheinlich schon rausgefunden.

EC: Wie gut kannten Sie ihn?

LD: Wie gut kennen Sie den Mann, der uns beide gerade auf seinem Bildschirm beobachtet? Die Leute, die ihre Tage ein paar Türen weiter zubringen, kennt man nicht immer so gut, oder?

Broncks, der aufmerksam zuhörte, wusste genau, worauf Leo anspielte.

Wie gut kennen Sie den Mann, der uns beide gerade auf seinem Bildschirm beobachtet?

Leo Duvnjac ging davon aus, dass John Broncks der Ermittlungsleiter war. Trotzdem war es ihnen gelungen, ihn zu verunsichern.

EC: Bitte beantworten Sie meine Frage. Ich wüsste gerne, ob Sie nach Ojalas Freilassung Kontakt zu ihm hatten.

LD: Nein.

EC: Gut. Hatten Sie nach Ihrer eigenen Freilassung Kontakt zu ihm?

LD: Nein.

EC: Überhaupt keinen Kontakt?

LD: Hören Sie, Sie Broncks-Marionette …

Broncks-Marionette.

Wieder ein Schuss ins Blaue.

LD: Sollte Ihre Behauptung stimmen, dass auf allen Fotos dieselbe Person zu sehen ist, dann kann ich nur eines sagen. Es ist nicht ganz leicht, Kontakt zu Toten aufzunehmen.

Seine Worte wurden unabhängig von ihrem Inhalt immer mit derselben Miene und denselben sparsamen Bewegungen vorgetragen.

Broncks sah, wie Elisa die drei Fotos zusammenschob, in die Mappe zurücklegte und dann eine Kunstpause einlegte.

EC: Ich wüsste gerne, wo Sie sich gestern um 16.30 Uhr aufgehalten haben.

LD: In einem Auto.

EC: Wo?

LD: Auf dem Weg zum Restaurant Dráva am Skanstull. Dort haben mich mehrere Zeugen gesehen. Mein Vater, der Wirt und seine Frau, die im Übrigen ziemlich viel Geld gekriegt haben für das Essen, und andere Gäste, die Bier gesoffen haben. Aber ich versteh nicht, warum Sie das interessiert – liegt ein Verdacht gegen mich vor?

EC: Die Fragen stelle ich.

LD: Nein, das tut …

Leo beugte sich über den Tisch und klopfte mit einer Fingerspitze auf das Kameraobjektiv.

LD: … der Typ dort drin.

Herausfordernd starrte er in die Kamera. Broncks beglückwünschte sich dazu, Elisa die Vernehmung überlassen zu haben. Denn Duvnjacs Taktik funktionierte. Er fühlte sich provoziert und hätte am liebsten laut gebrüllt.

LD: Da drin!

Leo starrte durchdringend in die Kamera und in das Zimmer, in dem Broncks saß. Dem Polizisten, der ihn eingebuchtet hatte, schlug eine Welle des Hasses entgegen.

EC: Sie waren also auf dem Weg ins Restaurant. Und wo waren Sie vor 16.30 Uhr?

Enttäuschung.

Da war sich Broncks ganz sicher. Über das Gesicht des Vernommenen war ein Ausdruck der Enttäuschung gehuscht.

Die Reaktion, mit der Leo Duvnjac gerechnet hatte, war ausgeblieben.

Elisa hatte sich weder provozieren lassen noch seine Vermutungen bestätigt.

EC: Sie haben meine Frage möglicherweise nicht verstanden. Also wiederhole ich sie langsam und deutlich. Wo waren Sie vor 16.30 Uhr?

LD: Im Gefängnis, und zwar sechs Jahre lang.

Broncks sah, dass Elisa Duvnjac mit demselben Blick bedachte, den auch er abbekommen hatte. Ein eiskalter Blick, mit dem sie sich zu behaupten wusste.

EC: Zum dritten Mal und noch etwas deutlicher. Gemäß den Angaben der Justizvollzugsanstalt Österåker wurden Sie um neun Uhr entlassen. Elf Minuten später verließen Sie das Gelände, wie auf den Überwachungskameras zu sehen ist. In einem Pkw, der von einem jüngeren Mann gefahren wurde, den man als Ihren

Bruder identifiziert hat, in Begleitung einer älteren Frau, Ihrer Mutter. Ich wüsste nun gerne, wo Sie sich zwischen 9.11 Uhr und 16.30 Uhr aufgehalten haben.

LD: Und warum will die Broncks-Marionette das wissen?

EC: Ich möchte das wissen, weil gestern bei einem Überfall auf zwei Geldboten ein AK 4 mit der Seriennummer 10663 eingesetzt wurde. Es handelt sich dabei um eine Waffe, die Sie vor acht Jahren gestohlen haben könnten. Daher stelle ich Ihnen diese Frage.

Dann ging alles sehr schnell. Duvnjac packte das Mikrofon, und das Bild wurde dunkel, als sich sein Brustkorb vor die Kamera schob.

EC: Bitte setzen Sie sich wieder hin!

Tiefe Atemzüge. Sein Mund war jetzt ganz nah.

LD: Broncks?

Mit der flachen Hand schlug er mehrmals auf das Mikro. Dumpfe Geräusche, die an das Knallen einer Peitsche erinnerten.

LD: Hören Sie zu, Broncks, Ihre Marionette und ich unterhalten uns gerade darüber, wie schlecht man manchmal seine Zimmernachbarn kennt und wie viele Geheimnisse sich hinter der nächsten Tür verbergen können. Genauso wie Sie sich jetzt vor mir verbergen wollen. Aber eins sollten Sie wissen – im Gefängnis lernt man sich richtig gut kennen. Man hat viel Zeit und sitzt beisammen: Bankräuber, Drogendealer und sogar der eine oder andere Vatermörder.

Broncks hörte nur noch Leos Stimme.

Eine Vernehmung, die langsam, aber sicher entgleiste und die vorgesehene Route verließ.

LD: Man wird ins Vertrauen gezogen, wenn man es sich verdient hat, Broncks. Hinter Gittern haben mir viele ihr Vertrauen geschenkt.

Der Plan war gewesen, Leo Duvnjac in Sicherheit zu wiegen.

LD: Ein Insasse hat mir erzählt, dass er seinen Vater erstochen hat, in einem Sommerhäuschen. Können Sie sich das vorstellen?

Das würde aber nicht gelingen, wenn sich derjenige, den er aus der Deckung locken wollte, nicht zu erkennen gab.

LD: Mit siebenundzwanzig Messerstichen.

Sie wussten es beide.

Siebenundzwanzig Stiche, die nur den Ermittlern bekannt waren.

Siebenundzwanzig Stiche, die sich gegen John Broncks' Vater gerichtet hatten.

LD: Broncks? Hören Sie? Ich kenne sogar die Einzelheiten.

Wie in Trance erhob sich John Broncks und öffnete die Tür.

Seit Jahren schon hatte er keinen regelmäßigen Kontakt mehr zu Sam.

Damals hatte sein Bruder noch in Kumla eingesessen. Aber die Insassen wurden regelmäßig verlegt. Gedanklich kehrte Broncks zu seinem Besuch bei Sam in Österåker zurück, als er ihn vom Tod ihrer Mutter unterrichtet hatte.

Hatten sie sich dort kennengelernt? Sam – und dieser Psychopath?

LD: Hören Sie, Broncks? Offenbar mit einem Fischmesser, ein Stich nach dem anderen. Wollen Sie mehr hören?

Erst als er Leo Duvnjacs Stimme nicht mehr im Headset hörte und Elisas erstauntem Blick begegnete, wurde Broncks bewusst, dass er das Vernehmungszimmer betreten hatte.

»Ich finde, wir … brechen jetzt ab.«

»Im Ernst?«

Broncks wich Elisas Blick aus und beobachtete ihr Gegenüber.

»Ich begleite Sie zum Ausgang.«

Jetzt.

Jetzt wusste er genau, was er tat. Was sie taten.

Schweigend, Seite an Seite, folgten sie einem Korridor, gingen einige Treppen hinunter und dann durch weitere Korridore.

Jeder hallende Schritt nahm sein Bewusstsein voll und ganz in Anspruch und hinderte ihn daran, sich mit dem zu befassen, was gerade in seinem Innern zerbrach.

Meine Korridore. Meine Welt. Ich wollte ihn durchschauen und in seinen Kopf eindringen. Aber er hat mich durchschaut und ist in meinen Kopf eingedrungen.

Erst als Broncks seine Hand auf die kalte Klinke der schweren Tür legte, hinter der sich das Nachmittagslicht der Bergsgatan befand, vermochte er seinen Widersacher anzusehen. In diesem Moment wurde es ihm klar.

Dieser Psychopath kannte seinen Bruder besser als er selbst. Und er kannte seine Geschichte. Die er so sehr verdrängen wollte, dass er dafür sogar eine Vernehmung abbrach. Und diese Fratze war kein überlegenes Grinsen, sondern nur jahrelang aufgestauter Hass.

»Broncks?«

Sie hatten sich bereits getrennt, und Duvnjac war schon beinahe auf dem Gehsteig. Da begann er wieder zu sprechen, ein erneuter Angriff.

»Schwarzer Faden, Broncks.«

Broncks hielt die schwere Eisentür fest, damit sie nicht ins Schloss fiel, und wandte sich dann mit leiser Stimme dem hasserfüllten Hohnlächeln zu.

»Ich verstehe nicht, wovon Sie reden. Aber das spielt auch keine Rolle. Für heute ist es genug.«

Leo Duvnjac ging weiter, und Broncks sah ihm hinterher, um sich davon zu überzeugen, dass er wirklich verschwand. Zehn Schritte. Dann blieb Duvnjac erneut stehen und bewegte die Arme wie ein Ruderer oder Turner. Eine Geste, die sich nicht deuten ließ, weil ihr jeder Zusammenhang fehlte.

Dann erhob er die Stimme und wiederholte die unbegreiflichen, aber für ihn so selbstverständlichen Worte.

»Der heutige Tag war ein verdammt schwarzer Faden für Sie, John Broncks.«

Leo drehte ein letztes Mal um und sah, wie der Bulle im Präsidium verschwand.

Er folgte der Hantverkargatan und atmete die kühle Luft ein. Die Uhr eines Cafés zeigte Viertel nach drei. Die Vernehmung hatte weniger Zeit beansprucht, als er befürchtet hatte. Der Berufsverkehr hatte gerade eingesetzt, und er beschloss, den ganzen Weg nach Skanstull zu Fuß zurückzulegen. Mit dem Bus kam er um diese Tageszeit nicht schneller voran.

Als er sich dem Stadshuset näherte, dämmerte ihm allmählich, warum er dem Bullenschwein plötzlich »Schwarzer Faden!« zugerufen hatte. Die Worte waren ihm einfach über die Lippen gekommen. Erst das Bild, dann die Worte und jetzt die Erinnerung. Er fühlte sich wie damals, als er in seiner Kindheit ein anderes Polizeigebäude mit ebenso leichten Schritten verlassen hatte. Damals hatte sein Vater dieses Gefühl hervorgerufen, jetzt war es Broncks. Ein Polizeigebäude zu betreten, ganz gleichgültig, ob dort ein Vernehmungsraum oder eine U-Haft-Zelle auf ihn wartete, war niemals leicht, und das Gefühl, die Situation gemeistert und gesiegt zu haben, war einfach überwältigend.

Eine Vernehmung zu Informationszwecken? Dann will ich Sie mal gehörig informieren, Broncks!

Er würde sie jetzt beide benutzen, Broncks und Papa. Seinen Widersacher von damals würde er mit seinem Widersacher von heute zusammenführen. Beide waren für die Festnahme von Leo und seinen Brüdern verantwortlich, wodurch ihr Zusammenhalt zerstört worden war. Mit einem Geschenk für Papa würde er dafür sorgen, dass ihnen niemand in die Quere kam, wenn er jenes Präsidium, das er soeben verlassen hatte, erneut betrat, um den Abschlusscoup durchzuziehen.

Er folgte der Fußgängerbrücke, umrundete Riddarholmen auf der Westseite und betrachtete die dahintreibenden Eisschollen, die Hausboote am Södra Mälarstrand und den Lichtschein über Södermalm. Dieses künstliche Licht, das auf Sams Insel gänzlich fehlte. Dann überquerte er die Schleuse, ging die Fußgängerzone Götgatsbacken hinauf und setzte seinen Weg in südlicher Richtung fort.

Er hatte noch etwas zu erledigen. Im Einkaufszentrum Ringen betrat er gegen seine Gewohnheit einen Handyladen. Sein Kryptohandy, ein Quasar X, kam aus Japan und war laut einem einschlägigen Test das beste Terroristentelefon. Jetzt hingegen wollte er ein Telefon erstehen, das sich mühelos orten ließ.

Zwanzig Minuten später verließ er das Einkaufszentrum mit einem Geschenk in der Jackentasche, überquerte den Ringvägen, ging am Kaufhaus Åhléns vorbei und näherte sich dem Stammlokal seines Vaters. Wie seltsam, dass er einen großen Teil seiner wachen Zeit in einer Kneipe verbrachte, obwohl er keinen Tropfen anrührte. Vielleicht wollte er der Welt damit seine Willensstärke demonstrieren.

An einem erleuchteten Fenster stand der Name Dráva in Grün, Weiß und Rot. Abgesehen von ein paar Trinkern, die sich keinesfalls auf das Parkbankniveau herablassen würden, war das Lokal leer. Sein Vater lehnte am Tresen und starrte auf die Zapfhähne. Wollte er etwa aufgeben und ein großes Bier bestellen? Vielleicht stand es bereits vor ihm?

Gestern hatte es noch anders geklungen.

Zwei Jahre bin ich draußen und habe in der Zeit keinen einzigen Tropfen angerührt.

Er trat ein und klopfte auf die mittlerweile gebeugte, aber immer noch recht muskulöse Schulter.

»Papa.«

Sein Vater drehte ihm nicht einmal den Kopf zu.

»Heute bin ich Papa, gestern war ich noch Ivan«, sagte er und betrachtete die Reihe der süßsäuerlich riechenden Zapfhähne, auf die es offenbar auch die beiden schwebenden schwarzen Punkte abgesehen hatten. Sie waren ihm bereits beim Betreten des Lokals aufgefallen, als er sich nach Dacso umsah.

»Tut mir leid, dass ich bei deinem Anruf gestern so unfreundlich war, Papa.«

Die beiden Pünktchen mit Flügeln trotzten der Schwerkraft. Obwohl seine Augen immer mehr nachließen, konnte er noch zwei winzige, lautlose Fliegen erkennen. Das freute ihn, obwohl er sehr gut wusste, dass sie ein Indiz dafür waren, dass die Sauberkeit in Dacsos Lokal zu wünschen übrigließ.

»Es gab keinen Grund dafür, Papa, ich meine … wo du dir doch solche Mühe gegeben hast.«

»Keinen Grund?«

Ivan drehte sich um. Durch den Ärger spannten sich die Nackenmuskeln an. Sein ältester Sohn log. Das wusste er. Die Lügen legten sich immer unter seinen hinteren Schädelknochen wie die Klinge einer Axt, die seinen Kopf vom Rumpf trennen würde.

»In meinem Alter weiß man, dass es immer einen Grund gibt, Leo. Ich weiß auch, wenn ich plötzlich dringend aufs Klo muss, dann ist es, weil ich irgendeinen Scheiß gegessen habe.«

»Klo? Es ist Jahre her, dass ich ohne Erlaubnis aufs Klo durfte. Aber langsam gewöhne ich mich daran, nicht jedes Mal zu fragen.«

Leo nahm einen harten Gegenstand aus der Jackentasche und legte ihn auf den gefliesten Tresen. Man konnte nicht erkennen, was es war, da seine Hand darauflag.

»Im Gefängnis musste jedes Telefongespräch angemeldet werden. Ich weiß nicht, wie es dir nach deiner Entlassung ergangen ist, aber ich werde wahnsinnig, wenn mich jemand anruft und ich die Nummer nicht kenne.«

Leo schob den Gegenstand zu Ivan hinüber. Dann nahm er die Hand weg. Ein schwarzes Handy mit einem funkelnden Display.

»Mit diesem Handy kannst du mich jederzeit erreichen. Betrachte es als unsere Direktleitung. Wir melden es auf deinen Namen an, du musst nur einen Zettel unterschreiben und einschicken, dann ist es dein eigener Anschluss. Ich zahle die Rechnungen. Wenn du dir Sorgen machst oder einfach nur reden willst, ruf an.«

Ivan hielt das schwarze Telefon zwischen Daumen und Zeigefinger. Es war so schmal wie eine Zigarettenschachtel, etwa zehn Zentimeter lang und wog fast nichts.

»So verdammt klein … solche Gegenstände verschwinden in meinen Taschen einfach. Wenn du anrufst, werde ich es nicht finden.«

»Warte. Du wirst das schon merken.«

Leo drückte auf eine Schnellwahltaste seines eigenen Handys, und im nächsten Augenblick vibrierte der platte schwarze Gegenstand in Ivans Hand wie eine Bohrmaschine und lärmte wie eine Trompete.

»Das kannst du einfach nicht überhören.«

Ivan rieb sich mit der Hand den Nacken. Der Schmerz ließ nach. Die Unterhaltung verlief jetzt so, wie er es sich am Vorabend gewünscht hätte.

»Wenn du mich auf dem Handy anrufst, dann weiß ich, dass du es bist, Papa. Und wenn ich dich anrufe, weißt du, dass ich es bin und sonst niemand.«

Versöhnt wandte sich Ivan jetzt voll und ganz seinem Sohn zu. »Wie wär's mit einem Kaffee?«

»Wer hat dir gestern meine Nummer gegeben?«

»Du willst also keinen Kaffee?«

»Morgen trinken wir unseren Kaffee, versprochen.«

Jetzt war alles anders.

Ivan war von der Aufrichtigkeit seines Sohnes überzeugt.

Leo würde ihn anrufen.

»Vincent hat mir deine Nummer gegeben. Wer sonst?«

Leo nickte. Alles klar, sein Vater hatte keinen Kontakt zu Felix. Vielleicht würde es noch Jahre dauern, vielleicht würden sie auch nie wieder miteinander sprechen.

»Wo finde ich Vincent? Wo wohnt er?«

»Keine Ahnung. Aber ich weiß, wo er arbeitet. Und heute arbeitet er bis spät.«

»Woher … weißt du das?«

»Ich helfe manchmal aus.«

Ivan sah Erstaunen in Leos Zügen und freute sich.

»Ihr … arbeitet zusammen?«

»Hm.«

»Und seit wann …?«

»Seit ein paar Monaten. So genau weiß ich das nicht mehr. Hin und wieder übernehme ich Malerarbeiten.«

Leo nahm eine Papierserviette von Dacsos Servierwagen und einen Stift aus der Schale neben der Kasse.

»Schreib mir bitte auf, wo er gerade arbeitet.«

Ivan begann zu schreiben und erinnerte sich sogar noch, welcher Name an der Tür stand. Als er Leo die Serviette reichte, kam Dacso mit einem blauen Plastikkorb voller klappernder frisch gespülter Tassen aus der Küche. Lächelnd füllte er eine davon mit Kaffee und stellte sie auf den Tresen.

»Und Sie, Leo? So heißen Sie doch? Möchten Sie auch einen Kaffee? Oder etwas zu essen? Bezahlt haben Sie ja schon.«

»Ein andermal.«

»Jederzeit! Willkommen!«

Leo legte seinem Vater eine Hand auf die Schulter.

»Ich ruf dich an, Papa.«

»Auf meinem neuen Handy?«

»Ja, versprochen. Morgen habe ich mehr Zeit.«

Dacso hatte eine Schale geholt, sie mit bräunlichem Würfelzucker gefüllt und neben Ivans dampfende Tasse gestellt.

»Gestern ist mir gar nicht aufgefallen, wie ähnlich ihr euch seid, Ivan. Dein Junge ist ja so blond, und du bist dunkelhaarig. Da hab ich mich gefragt, ob der Briefträger die Post wieder einmal falsch zugestellt hat.«

Zwei Stück Würfelzucker. Dacso ließ sie in die Tasse fallen, aber rührte nicht um, denn er kannte Ivans Gewohnheiten.

»Aber heute ist mir sofort aufgefallen, dass er deinen Blick hat. Dieselbe Energie! Dieselbe Entschlossenheit!«

Ivan nippte an dem Getränk. Dieselbe Brühe wie immer. Dann nickte er Dacsos Frau zu, die durch die Schwingtüren aus der Küche kam.

»Ich habe mich geirrt. Ihr seid keine Hyänen.«

»Wie bitte?«

»Du und deine Frau.«

»Na, das freut uns ja. Wer will schon eine Hyäne sein?«

»Nein, denn du und deine Frau seid der Zunder. Der Zunder, der nie Feuer fängt. Zwischen euch wird es nie funken.«

Ivan betrachtete den Wirt, der sich nicht sicher zu sein schien, ob er sich nicht verhört hatte. Dann nahm er seine Tasse und stellte sich ans Fenster. Inzwischen war es Abend geworden. Als Leo gekommen war, war es noch hell gewesen, und jetzt dämmerte es bereits.

Wie damals, als Leo noch klein gewesen war, hoffte sein Vater, dass er sich noch einmal umdrehen und ihm zuwinken würde.

Mehr denn je war er davon überzeugt, dass Leo einen Kurs eingeschlagen hatte, der in einer Zelle enden würde. Das sah er ebenso deutlich wie die beiden schwarzen Fliegen.

Und jetzt war er auf dem Weg zu Vincent. Mit all seinem Einfluss, den er als Vincents stellvertretender Vater besaß, einem Einfluss, den er, Vincents richtiger Vater, nie besessen hatte.

In diesem Augenblick drehte sich Leo dort drüben in der Dämmerung tatsächlich um und winkte.

Er fühlte sich beobachtet, drehte sich um und winkte. Sein Vater stand mit einer Kaffeetasse in der Hand zwischen den Buchstaben A und V im Fenster des Restaurants. Er wirkte kleiner als sonst, sah traurig aus und ließ die Schultern hängen.

An der Bushaltestelle am Ringvägen rauchte er anderthalb Zigaretten und stieg dann in die Linie 4. Siebzehn Minuten später stand er auf dem Sankt Eriksplan und sah die Rörstrandsgatan vor sich. Er warf einen Blick auf die Serviette mit den krakeligen Buchstaben seines Vaters. Hausnummer 12, Türcode 7543, 3. Stock, Stenberg.

Er klingelte an der Wohnungstür. Trotz des alten Klingelknopfs klang das Signal elektronisch und zu laut. Vermutlich hatte Vincent vor dem Streichen die Plastikabdeckung abgeschraubt.

Als das Klingeln verhallt war, legte Leo sein Ohr an die Tür und hörte die Werbung eines Privatradiosenders. Ein Radio gehörte zur Geräuschkulisse jeder Baustelle. Er öffnete den Briefkastenschlitz, das Radio wurde lauter, und er blickte in das blendend kalte Licht einer Baulampe.

Er klingelte erneut.

Zweimal hatte er seinen jüngsten Bruder erwartet, erst vor dem Gefängnistor, dann beim Mittagessen. Vincent hingegen rechnete nicht damit, dass ihn sein großer Bruder aufsuchte.

Ein drittes Klingeln. Das Radio wurde leiser gedreht, Schritte näherten sich.

»Hallo, Brüderchen.«

Stille.

»Freust du dich nicht, mich zu sehen?«

Als er ihn am Vortag aus dem Wald angerufen hatte, war ihm die Veränderung bereits aufgefallen: Aus einem Teenager war ein Erwachsener geworden. Jetzt sah er es auch. Die Veränderung bestand aber nicht nur darin, dass Vincent gewachsen war und sich sein Gesicht verändert hatte, sondern auch in seiner distanzierten Art.

»Leo?«

»Lässt du mich rein?«

»Was … willst du hier?«

»Wollen wir das wirklich im Treppenhaus besprechen?«

Begleitet von einem hohlen Echo ging Leo in der schönen Wohnung von Zimmer zu Zimmer. Der Parkettboden war frisch geschliffen und lackiert. Hundert tadellos renovierte Quadratmeter mit Stuck und glänzenden breiten Fußleisten.

»Hör mal, Vincent?«

Auch das Badezimmer war neu.

»Das hier sind keine italienischen Fliesen.«

»Wie bitte?«

Vincent war mit der Hand auf der Klinke an der Wohnungstür stehengeblieben.

»Na, die gesprungenen Fliesen, von denen du Mama erzählt hast.«

Leo kehrte in den langen Flur zurück, der bis auf Farbdosen, Fliesenschneider und Werkzeugkästen leer war. Er strich mit der Hand über einen perfekt lackierten Türrahmen.

»Wie ist die Abnahme gelaufen?«

Sie sahen sich an wie zwei Brüder, die wussten, dass Notlügen nur funktionierten, wenn nicht nachgehakt wurde.

»Vincent?«

Leo zog zwei große Werkzeugkisten heran.

»Lass die Klinke los und setz dich. Wir müssen reden.«

»Warum?«

»Weil ich wissen möchte, ob du mir sagen kannst, welches der bislang größte Raubüberfall in Schweden und Skandinavien war.«

Leos unbekümmerte Art, über kriminelle Pläne zu sprechen, hatte sich nicht verändert.

»Komm schon, Vincent! Der größte Raubüberfall?«

Fragen, die in anderen Zusammenhängen vollkommen absurd geklungen hätten, verwunderten seine Brüder nicht im Geringsten.

»Vermutlich der Überfall auf … das Gelddepot.«

»Und du willst ein alter Bankräuber sein? Das waren doch nur 45 lächerliche Millionen.«

»Und Bromma?«

»Das war die bislang höchste Summe. Dreiundfünfzig lausige Millionen.«

»Wir haben den Raubüberfall des Jahrhunderts vergessen.«

»Nein.«

»Doch. Der war um vieles größer.«

»Die Täter wurden aber mit der gesamten Beute gefasst. Der zählt also nicht.«

Leo schob seine Werkzeugkiste näher an seinen Bruder heran.

»Sitzt du gut, Brüderchen?«

»Na, spuck's schon aus.«

»Sitzt du wirklich gut? Hör zu. Stell dir die Beute von Bromma vor. Und dann einen Coup mit einer doppelt so großen Beute.«

»Und?«

»Das ist der Coup, den ich am Donnerstag durchführen werde. Aber ich habe ein kleines Problem. Wir waren zu dritt, und jetzt sind wir nur noch zu zweit. Ich brauche also noch einen Mann.«

Vincent erhob sich von seiner provisorischen Sitzgelegenheit und ging auf und ab. Trotz weicher Gummisohlen hallten seine Schritte in der leeren Wohnung wider.

»Vincent, setz dich.«

Um den Schritten, den Worten seines Bruders und dem ganzen verdammten Elend, das immer alles zerstörte, ein Ende zu bereiten, schlug Vincent mit der rechten Faust so fest gegen die schöne Schlafzimmertür, dass die Farbe Risse bekam.

»Jetzt setz dich hin, ich will ja nur mit dir reden!«

Noch einmal schlug er zu. Jetzt waren auch Risse im Holz zu sehen.

»Begreifst du denn gar nicht …?«

Der frische Lack färbte sich blutrot, wie seine Finger.

»Das ist der Grund, weshalb ich dich nicht treffen wollte! Ich wusste, dass du nach der Entlassung einfach weitermachen würdest!«

Vincent ging ins Bad. Blut tropfte auf den Boden. Dann drehte er den Wasserhahn auf, wartete, bis das Wasser eiskalt war, und wusch seine Finger, sein Handgelenk und seinen Unterarm ab.

»Ich habe vier Jahre hinter Gittern gesessen, Leo. Dann haben sie mich entlassen und mir fünfhundert Kronen und eine Fahrkarte in die Hand gedrückt. Begreifst du, wie schwer es ist, wieder Fuß zu fassen? Ich gebe mir wirklich Mühe. Ich habe die Geldstrafe bezahlt. Trotzdem gibt es Ärger, wenn ich einer Frau erzähle, dass ich eingesessen habe. Sobald ihre Eltern, Geschwister und Freunde davon erfahren, wollen sie, dass sie Schluss macht. Ich werde nie wieder eine Straftat begehen. Kapier das endlich!«

Vincent nahm eine Klopapierrolle und umwickelte seine Hand, bis kein Blut mehr durchsickerte. Dann setzte er sich wieder auf die Werkzeugkiste und hielt das Papier mit der anderen Hand fest.

»Bist du fertig?«

»Ich begreife nicht, wo du die Kraft hernimmst, Leo. Kannst du nicht einfach aufhören?«

»Es wird der größte Coup überhaupt. Gleichzeitig bringen wir Broncks um seinen Stolz und seine Glaubwürdigkeit. Außerdem werden wir wahnsinnig reich.«

Das Klopapier, mit dem Vincent seine verletzte Hand umwickelt hatte, fiel auf den Boden, als er sich verzweifelt auf die Brust schlug.

»Ich habe mir vorgenommen, nie mehr ein Verbrechen zu begehen.«

»Brich ihn.«

»Brich was?«

»Deinen Vorsatz. Du wirst viel gewinnen. Ich trage das Risiko, benötige aber noch einen Mann, um es zu minimieren.«

Die Hand blutete weiter. Die Schläge auf die Brust waren zu heftig gewesen.

»Leo, wie wäre es, wenn du dich für ein normales Leben entscheiden würdest? Mit geregelter Arbeit und so?«

»Normales Leben? Was meinst du damit? Soll ich etwa rumlaufen und dauernd Angst haben? So wie du? Im Grunde geht es doch nicht darum, dass du nicht wieder ins Gefängnis willst, sondern darum, dass dich dieses Bullenschwein kleingekriegt hat. Als er dich gefasst und vernommen hat. Und genau das war seine Absicht. Er wollte einen Keil zwischen uns treiben!«

»Du weißt sehr wohl, was ich meine.«

»Nein.«

»Papa glaubt an dich.«

»Ach, wirklich?«

»Wenn ich mich verändern kann, dann kann Leo das auch, sagt er immer wieder.«

»Ich habe gehört, dass ihr zusammenarbeitet. Da bleibt euch sicher viel Zeit zum Reden.«

Vincent schaute zu Boden. Vielleicht hatte er insgeheim gehofft, ihm selbst davon erzählen zu können.

»Und dann? Was willst du nach dieser verrückten Aktion machen?«

»Dann verschwinde ich. Deswegen liege ich dir damit ja so in den Ohren. Ich will, dass du mitkommst. Ich liebe dich doch, Brüderchen.«

»Und ich liebe dich, aber darum geht es nicht.«

»Wir verschwinden einfach, und zwar zusammen. Wir allein gegen den Rest der Welt, nicht wahr?«

Das Wohnzimmer hatte einen Balkon. Während Vincent noch über die Frage nachsann, die nun im Raum stand, trat Leo in die angenehm kühle Luft hinaus. Er beugte sich über das Geländer und dachte über seinen Bruder nach, der allen Ernstes ein normales Leben anstrebte. Sein Leben bot keinen Raum für Geheimkammern unter dem Fußboden. Er atmete mehrmals tief durch und wollte gerade wieder ins Warme zurückkehren, als er eine Dose mit Zigarettenkippen entdeckte. Vincent rauchte nicht, aber diese Kippen kannte er. Selbstgedrehte. Papa.

»Leo?«

Vincent saß immer noch vornübergebeugt auf seiner Werkzeugkiste.

»Nein.«

»Nein?«

»Nicht nochmal.«

Leo sah es ihm an. Er würde es sich nicht anders überlegen.

»In diesem Fall, kleiner Bruder … sehen wir uns nicht wieder. Unsere Wege trennen sich. Für mich gibt es keine Alternative. Ich kann genauso wenig gegen meine Vorsätze verstoßen wie du.«

Eine Minute. Vielleicht mehr. Dann stand Vincent auf.

»Wenn es dich nicht gäbe, hätte ich nie eine Bank überfallen.«

Er sah seinen großen Bruder mit festem Blick an.

»Jeder Zwanzigjährige hat schon einmal davon geträumt, das

große Ding zu drehen. Für Felix und mich war es immer anders. Es gab dich, Leo. Du hast gesagt, okay, wir ziehen das durch. Und alle haben gemacht, was du wolltest.«

Erwachsene, selbstständige Augen.

»Und heute, Leo? Wie hat sich Mama wohl gefühlt, nachdem sie so lange gewartet hatte? Auf das gemeinsame Mittagessen? Erst komme ich nicht. Dann kommen die Bullen, nehmen dich mit und nehmen alles auseinander. Selbst wenn wir nicht mitmachen, haben deine Taten Auswirkungen auf unser Leben.«

»Okay, Brüderchen. Meinetwegen. Ich überweise dir eine Million.«

»Ich ziehe es vor, mein Geld selber zu verdienen.«

Vincent trat einen Schritt vor und umarmte seinen Bruder. Hinterher blieb er lange in der leeren Diele stehen und presste seine geschwollenen und schmerzenden Finger an die Wange.

Die Situation kam ihm unwirklich vor.

Ohne den Schmerz in seiner Hand wäre er sich gar nicht so sicher gewesen, dass er seinen großen Bruder eben zum ersten Mal seit sechs Jahren und zum letzten Mal in seinem Leben gesehen hatte.

Dunkel, kalt. Die Straßen glatt wie immer, wenn die Temperatur um null pendelte.

»In etwa fünfhundert Metern kommt eine Kreuzung. Da biegen wir ab.«

Sam drosselte das Tempo, mit der Hand auf dem Schalthebel. Eine Fahrt durch den Vorort Tumba, eine vertraute Gegend, in der sie während einiger verrückter Bankräuberjahre ihr Basislager gehabt hatten.

Ein Haus wie viele andere auch.

»Da vorne bei dem blauen Gebäude fahren wir rechts und dann nach nur fünfzig Metern wieder nach rechts.«

Ein Tor in einem drei Meter hohen, mit Stacheldraht gekrönten Maschendrahtzaun. Hier würden sie bleiben. Damals war ihm nie aufgefallen, wie sehr die Umfriedung an ein Gefängnis erinnerte.

Sie parkten neben einem nagelneuen schwarzen BMW. Die anderen Teilnehmer waren offenbar schon eingetroffen.

»Dahinten steht der 3D-Drucker, Leo. Vergiss ihn nachher nicht. Wir haben keine Zeit, noch einen zweiten durch den Zoll zu schmuggeln.«

Sam deutete mit dem Kopf zur Ladefläche des Kleinlasters. Dort lag der Schlüssel, der ihnen den *Hausbesuch* und den abschließenden Coup ermöglichen würde.

»Inspektor Duvnjac dankt vielmals.«

Als sie die Scheinwerfer ausschalteten, verdichtete sich die Dunkelheit. In diesem Haus wohnte niemand. Sie überquerten den Vorplatz mit dem immer noch unebenen Belag. Die Pfützen wiesen eine dünne Eisschicht auf. Sie gingen an der großen Garage vorbei, die früher einmal als Ausstellungshalle eines Gebrauchtwagenhändlers gedient hatte und dann in einen Übungsraum umfunktioniert worden war. Hier hatten sie maßstabgetreue Innenräume der auszuraubenden Banken nachgebaut. Schaufensterpuppen hatten das Personal hinter den Kassentresen aus Pressspan verkörpert. Sie hatten geübt, bis alle Bewegungsabläufe perfekt saßen, denn jeder Überfall durfte nur 180 Sekunden dauern. Jedem fiel eine ganz bestimmte Rolle zu, nichts wurde dem Zufall überlassen.

Hinter der riesigen Garage lag das kleine Haus, in dem er und Anneli zu Hause gewesen waren und in dem die Überfälle geplant worden waren. Es sah immer noch aus wie damals. Neunzig Quadratmeter, verteilt auf zwei Stockwerke, zumindest offiziell, denn er hatte es etwas erweitert.

Eine kurze Pause, ehe sie eintraten. Eine Zigarette, tief inhaliert. Er schaute durch den Zaun auf das Nachbargrundstück mit dem schönen Einfamilienhaus, das Anneli immer so bewundert hatte. So hatte sie sich ihr nächstes gemeinsames Zuhause vorgestellt.

Stattdessen waren sie dann in einer Zelle gelandet.

Viel ließ sich nicht mehr erkennen, denn die Büsche des Nachbarn hatten sich in kleine Bäume verwandelt. In einem Fenster brannte Licht, dort war damals die Küche gewesen. In dem Haus wohnte immer noch dieselbe Familie. Einst war der gefährlichste Bankräuber Schwedens ihr Nachbar gewesen. Sie ahnten nicht, dass dieser Bankräuber gleich ein Geschäft mit der albanischen Mafia abwickeln würde.

Leo drückte seine Zigarette mit dem Absatz aus, nickte Sam zu und ging zum Haus, das einmal seines gewesen war. An der Tür stand immer noch Duvnjac. Ein weißer handgeschriebener Zettel unter der Klingel. Das Fenster in der Tür hatte seit dem Streit mit Felix vor dem letzten Banküberfall einen Sprung.

Im Innern schlug ihm die stehengebliebene Zeit entgegen. Den ausgetrockneten Abflüssen entströmte ein starker Gestank, und die abgestandene, trockene Luft brannte Leo im Hals.

Die beiden Albaner warteten im Zimmer gleich links, das einmal als Gästezimmer gedient hatte. Der ältere, der am Fenster lehnte, entsprach ganz der Beschreibung. Anzug, schütteres Haar und eine markante, eingedrückte Nase, die einen oder mehrere Schläge abgefangen hatte, ohne dass ihm dadurch die Sicherheit in den Augen abhandengekommen wäre. Sein Kumpan sah aus wie der Mann fürs Grobe. Groß, von kräftiger Statur, rasierter Schädel und eine graue ausgebeulte Trainingshose, die förmlich nach einer Wäsche schrie. Unter seinem weiten Hoodie schien er eine Waffe zu tragen. Die hochgeschobenen Ärmel entblößten von Narben übersäte Unterarme. Dieser Mann war offenbar nicht nur für andere gefährlich.

»Sieh mal einer an. Der Hausbesitzer höchstpersönlich!«

Erst als der Mann im Anzug den Mund öffnete, fiel auf, wie sehr sein Nasenbein eingedrückt war. Es war den Worten, die nasal und schleppend ausgestoßen wurden, geradezu im Weg.

»Und anscheinend hat er seinen kleinen Strohmann dabei, was?«

Sam schwieg. Ein halbes Leben im Gefängnis hatte ihn gelehrt, seinen Impulsen nicht nachzugeben. Leo hatte bereits eine giftige Entgegnung auf der Zunge, begriff dann aber, dass die Zeit zu knapp war, um Handlanger zurechtzuweisen. Er war gekommen, um ein langwieriges Geschäft zum Abschluss zu bringen, und zwar so glatt wie möglich.

»Jahmir? Ich habe das Gewünschte dabei. Du auch?«

Leo sah sich suchend im Zimmer und vor allem auf dem Fußboden um, während er auf die Antwort wartete. Alles in dem Haus schien unberührt. Es war ihm gelungen, es während seines fünfjährigen Aufenthalts im Gefängnis zu behalten. Ein Jahr vor seiner Entlassung war ihm das Geld für Zinsen und Tilgung ausgegangen, das Haus war zwangsversteigert worden. Da es für die Zurückeroberung dessen, was es nicht gab, unabdingbar war, hatte er notgedrungen seine Kontakte mobilisiert.

Zu Leuten, denen man nur ungern etwas schuldig blieb.

Es war ihm nichts anderes übriggeblieben.

»Ich habe die notarielle Beurkundung, deinen Kaufvertrag und die Schlüssel. Hast du unser Geld?«

Zweieinhalb Millionen Kronen hatte das Haus die Albaner bei der Zwangsversteigerung gekostet. Sie hatten Sam als Eigentümer eintragen lassen. Gegen weitere zweieinhalb Millionen hatten sie sich ein Jahr bis zur Rückerstattung geduldet.

»Hier sind genau hundert Zentimeter Fünfhunderter in einer Plastiktüte«, erklärte Leo.

Der Mann mit der eingedrückten Nase ratschte mit dem Daumennagel über die pralle Tüte, dabei nickte er und überreichte ihnen die Dokumente und die Schlüssel.

»Außerdem wolltest du ja noch einen ganz speziellen Computer.«

Der Mann im Anzug bedeutete seinem Kollegen mit einem Kopfnicken, die knallrote Sporttasche auf dem Fußboden zu öffnen. Sie schien einen ganz normalen Laptop zu enthalten.

»Diese Sonderanfertigung kostet zwei Zentimeter deiner Fünfhunderter. Für das Kennwort wird noch einmal ein Zentimeter fällig.«

Als die beiden Albaner gegangen waren, wartete Leo ab, bis sie den Hof überquert hatten. Erst als er sich vergewissert hatte, dass die Rücklichter des BMW verschwunden waren, kehrte er in das Gästezimmer zurück.

»Hilf mir mit der Couch.«

Gemeinsam trugen sie die Schlafcouch in die Küche, damit sie nicht im Weg war. Die vier losen Bodenplatten lagen genau in der Mitte des Gästezimmers. Mithilfe eines Schlüssels hob Leo eine davon an und konnte dann mühelos die anderen drei entfernen. Unter den Bodenplatten kam ein Betondeckel mit zwei Handgriffen zum Vorschein. Er hob sie beiseite. Unter dem Betondeckel befand sich die Tür eines Safes. Er drehte am Zahlenschloss und öffnete sie. Das Innere des Tresors war mit schwarzem Samt ausgekleidet. Weiter wäre die Polizei nicht gekommen, wenn sie ihn je entdeckt hätte. Ein Kriminaltechniker hätte jeden Millimeter absuchen können und trotzdem nur gefunden, was er finden sollte: ein paar knittrige Tausender, einen Stapel Papiere, die so aussahen, als wären sie wichtig, und ein paar Patronen, die zu keiner Waffe passten.

»Sam?«

»Ja?«

»Geh zum Fenster, etwa dorthin, wo eben der Mann mit dem Anzug stand. Siehst du die Verteilerdose? Nimm den Deckel ab und halte die losen Kabel aneinander.«

Leo nahm die Scheine, Papiere und Patronen aus dem Safe und wartete. Er war sich nicht sicher, ob alles noch funktionierte.

Ein metallisches Surren ertönte, als die Rückseite des Safes nach unten verschwand. Unter dem samtigen Schwarz tat sich eine noch tiefere Dunkelheit auf.

Ihn überwältigte dasselbe Gefühl, das er in Erinnerung hatte.

Jedes Mal, wenn die Rückwand verschwand und der Geruch von Öl zu ihm aufstieg, war er glücklich.

»Ein Raum unter dem Boden, ein Keller, wo es eigentlich keinen geben kann, weil das Grundwasserniveau zu hoch ist. Hier lag früher einmal ein See.«

Sam schaute über seine Schulter in die rechteckige Öffnung, die es eigentlich nicht geben dürfte. Leo beugte sich vor, griff nach einem Kabel und steckte den Stecker in eine Steckdose im Gästezimmer.

Ein wütender nackter Lichtschein drang von unten herauf und beleuchtete einen geheimen unterirdischen Raum.

»Kannst du dir vorstellen, wie viele Kubikmeter nassen Lehm wir hier rausschaufeln mussten?«

An einer Wand der Geheimkammer lehnte eine Aluleiter. Leo zog sie heran und kletterte nach unten. Er wartete, bis auch Sam herabgeklettert war.

»Dann haben wir unzählige Schubkarren mit Kies hier reingekippt, um den Wasserspiegel abzusenken. Dieser verdammte See wollte sich nämlich den Keller zurückholen. Weißt du, wie mühsam es war, den Safe an den Armierungseisen aufzuhängen und in Beton einzugießen? Anschließend haben wir ein Gewehr nach dem anderen nach unten getragen und ordentlich in die Regale gestellt.«

Leo drehte sich im Keller, den er und seine Brüder mühsam gegraben hatten, einmal um sich selbst. Er brauchte sie nicht zu zählen. 82 AK-4-Sturmgewehre, 113 Maschinenpistolen und vier Maschinengewehre. Das größte private Waffenarsenal des Landes.

»Wenn du wieder hinaufkletterst, Sam, dann reiche ich dir alles Nötige an.«

Sam kniete sich hin und nahm die erste Waffe in Empfang, die Leo ihm durch das Loch im Boden reichte, dann die zweite, dritte, vierte und fünfte. So viele brauchten sie. Er stand auf und ignorierte die sechste, die aus der Öffnung hervorschaute.

»Fünf reichen.«

»Alles soll raus.«

»Fünf. Zwei für die Uniformen und drei für unseren kleinen Coup. Darauf hatten wir uns geeinigt.«

»Alles wird auf den Laster geladen.«

»Fünf. So sieht unser Plan aus.«

»So hat er einmal ausgesehen, Sam. Bis Jari seine Waffe verloren hat und sie deinem verdammten Bruder in die Hände gefallen ist. Jetzt glaubt er, dass er mich drankriegen kann. Er hat mich mithilfe einer Videokamera beobachtet und sich eingebildet, alles im Griff zu haben, weil er mich mit der Waffe überführen kann.«

Leo hielt den Lauf der Waffe immer noch in der Hand. Der Gewehrkolben ragte in die Luft.

»Er soll sie haben. Und zwar alle. Die ganze Waffensammlung. Dein Bruder wird stolz sein und an seinen eigenen Erfolg glauben.«

Aus einem Rohr unter der Geheimkammer gurgelte es. Die Drainagepumpe funktionierte offenbar immer noch einwandfrei.

»Aber wenn sich dein verdammter Bruder dann in seinem Glanz sonnt, nehmen wir ihm ab, was es nicht gibt. Denn es ist genau umgekehrt. Die Kontrolle habe ich.«

»Du?«

»Ja.«

»Ich versteh gar nichts mehr. Wie viele Leute willst du eigentlich bewaffnen? Gibt es Mitspieler, von denen ich nichts weiß? Bislang haben wir alles gemeinsam beschlossen. Und so sollte es auch bleiben, wenn ich weiter mitmachen soll.«

»Verlass dich auf mich, ich erkläre dir gleich alles im Auto, okay? Wenn sich die Voraussetzungen ändern, muss man sich anpassen, sonst landet man wieder im Knast. Außerdem sollte man die veränderte Lage zum eigenen Vorteil nutzen. Ich hätte dich früher informieren sollen, aber es hat sich keine Gelegenheit ergeben.«

Sam betrachtete den Gewehrkolben, der zwischen ihnen in der Luft hing. Dann fasste er einen Entschluss, packte die Waffe und legte sie zu den fünf anderen. Ehe er sich noch umgedreht hatte, reichte Leo ihm bereits die nächste. Und dann die nächste. Vierundzwanzig Minuten lang. Bis das gesamte Arsenal von zweihundert automatischen Waffen auf dem Boden des Gästezimmers lag.

»Hallo, Papa.«

Noch ehe Leo aus dem Versteck geklettert war, hatte er die Nummer seines Vaters gewählt, die des neuen Handys, das sich mühelos orten ließ.

»Leo?«

Jetzt lehnte er am selben Fenster wie eine halbe Stunde zuvor der Albaner und führte eine Unterhaltung, die auch Sam mithören konnte, da Leo das Handy nur locker ans Ohr hielt.

»Ich wollte bloß mal deine Stimme hören, Papa.«

»Meine Stimme?«

Trotz seiner vielen Jahre in Schweden sprach Ivan Duvnjac mit starkem Akzent. Er wirkte beinahe stolz darauf, von seinem ältesten Sohn angerufen zu werden.

»So kurz nach unserem letzten Treffen? Weißt du eigentlich, wie froh mich das macht?«

Der freudige Ton passte so gar nicht zu dem Mann mit den hängenden Schultern, der traurig im Fenster des Dráva gestanden und Leo hinterhergewunken hatte.

»Tut mir leid, Papa, dass ich so schnell gegangen bin. Bis morgen.«

Sam hatte jedes Wort dieser kurzen merkwürdigen Unterhaltung mit angehört.

»Mensch, Leo?«

»Ja?«

»Was soll der Unsinn? Bist du verrückt? Wir sitzen hier auf einem Stapel hochbrisanter Waffen, und du führst ein unsinniges Gespräch, das die Bullen jederzeit orten können.«

Die Verteilerdose hatte Sam offengelassen. Jetzt hielt Leo die beiden losen Kabel wieder aneinander. Die Rückwand des Tresors schloss sich brummend.

»Genau, und das war auch beabsichtigt. Jetzt legen wir die Bodenplatten zurück, aber ein bisschen schief, schließen die Verteilerdose nicht richtig und bringen an der Hutablage auch gleich eine erste Webcam an. Meine Waffensammlung wird uns garantieren, dass wir nicht gestört werden, wenn wir ein letztes Mal zuschlagen und dann für immer verschwinden.«

Blutergüsse

Ein Zerren an seinem rechten Arm.

Riesige Männer schleifen ihn durchs Unterholz und über Felsen. Dann fällt er durch eine verborgene Luke in bodenlose Tiefe.

»Felix, wach auf.«

Trotz allem wird er aufgefangen. Von anderen Männern. Und jetzt prügeln sie sich um ihn, zerren von beiden Seiten an ihm.

»Felix?«

»Was ist?«

Die bodenlose Tiefe ist kohlrabenschwarz.

»Raus aus den Federn, Brüderchen.«

Über ihm die Männer. Helle Konturen in der ewigen Dunkelheit.

»Wer …? Lass mich los!«

»Felix? Ich bin's, Leo. Steh schon auf.«

Das Helle wird deutlicher. Leos Haar. Leos Gesicht. Er ist es tatsächlich.

»Aber … es ist doch … stockdunkel.«

»Pst. Nicht so laut. Du darfst Vincent nicht wecken.«

»Ist … was passiert?«

»Nein. Nichts ist passiert. Noch nicht.«

Sein großer Bruder ist angekleidet. Er trägt sogar schon Jacke und Turnschuhe.

Felix setzt sich auf die Bettkante.

Straßenkleider? Mitten in der Nacht?

Seine Beine und Arme wollen ihm nicht gehorchen.

Da spürt er, wie sein Fuß in einen Schuh geschoben wird. Dann ist der andere Fuß an der Reihe, und schließlich wird ihm seine warme Jacke übergestülpt. Leo verschwindet in die Küche, dreht den Wasserhahn auf und kehrt mit einem Glas voller Blut zurück.

»Trink aus.«

Es ist kein Blut. Himbeersaft. Das Glas ist randvoll.

»Trink. Dann wirst du munter.«

»Munter? Wozu?«

»Wirst du schon noch merken.«

Leo geht noch schnell in Vincents Zimmer und lauscht auf die regelmäßigen Atemzüge seines bandagierten kleinen Bruders.

»Wir können ihn doch nicht einfach dalassen, Leo?«

»Spätestens in einer halben Stunde sind wir zurück.«

Leo schließt die Jalousie und sperrt den Schein des Vollmondes und das zornig gleißende Licht einer Straßenlaterne mit kaputtem Glas aus.

»Aber stell dir vor, er wacht auf und ist ganz allein?«

»Keine Sorge, wenn Vincent einmal schläft, kriegt ihn niemand wach. Du darfst eine Mumie nie wecken, sonst trifft dich ihr Fluch. Wusstest du das nicht, Felix?«

Sie schauen sich den Mund noch einmal an und vergrößern gemeinsam die Öffnung im Verband, damit Vincent genug Luft bekommt. Dann verlassen sie die Wohnung. Felix findet es seltsam, dass Leo seine Schultasche auf dem Rücken hat. Mitten in der Nacht müsste die Schule doch wohl geschlossen sein?

Im Treppenhaus gibt es keine Spuren mehr von Mamas Flucht – als wäre das alles nie passiert. Es ist ihm gelungen, die letzten Flecken wegzuschrubben. Im zweiten Stock schleichen sie an Agnethas Tür vorbei. Eigentlich wollte sie die ersten Nächte bei ihnen verbringen, aber Leo hat sie davon abbringen können und ihr versprochen, sie bei Problemen sofort zu verständigen.

Dunkelheit. Eine lange Reihe von Straßenlaternen. Aus der Ferne sind Musik und rasch beschleunigende und abrupt abbremsende Autos zu hören. Ein Freitagabend in Falun. In der Stadt wartet das Leben. Aber hier auf dem asphaltierten Fußweg zur Schule ist alles still.

Leo atmet tief durch. Es ist viel wärmer als erwartet. Vielleicht liegt es aber auch nur an seiner eigenen Anspannung.

Es ist September, und überall liegen Laubhaufen, die er so gerne mit den Füßen aufwirbelt. Die Schule hat vor einem Monat wieder begonnen. Leo geht in die achte, Felix in die fünfte und ihr kleiner Bruder Vincent in die erste Klasse. Sie besuchen dieselbe Schule.

Er weiß genau, was er für seinen Coup braucht.

Er hat herausgefunden, wo man Perücken kaufen kann. Langhaarige kosten hundertfünfundzwanzig Kronen. Die große graue Jacke mit Kapuze ist bei H&M für knapp hundert Kronen zu haben. Er wird sie mit Textilfarbe schmutziggrün färben. Achselpolster und ein künstlicher Bauch aus Kissenfüllung, die im selben Laden zu haben ist wie die Farbe, werden seine Körperform verändern. Dazu noch die Zigaretten. Er muss rauchen. Filterlose, die stärksten, die zu haben sind, John Silver. Säuferzigaretten.

Ihm ist nicht mehr so warm, und er genießt es, mitten in der Nacht spazieren zu gehen. So ist es nur in Kleinstädten, trotz ausgestorbener Straßen fühlt man sich als Teil einer Gemeinschaft. Das erste Anzeichen von Leben ist das Geräusch eines Fahrrades, das sich von hinten nähert. Sie hören seinen Dynamo, dann ist es auch schon vorbei.

Loser-Lasse. Ein cooler Name. So hat er seine Figur getauft.

Loser-Lasse soll der ICA-Dame die Tasche entreißen.

Aber diesen Loser-Lasse gibt es nicht umsonst. Deswegen hat Leo seinen kleinen Bruder geweckt und gezwungen, nachts um zwei aufzustehen.

»Ich habe heute ein Buch in der Schulbücherei ausgeliehen.«

»Und deswegen sind wir hier?«

Der Faluner Schulweg ist bedeutend länger als der in Stockholm. Ihr Vater schaute ihnen immer vom Balkon hinterher, bis sie schräg über den Parkplatz durch die Büsche verschwanden.

Das war vor vier Jahren. In einem anderen Leben.

»Nein. Aber ich musste etwas aus der Bücherei ausleihen, damit es klappt.«

»Ich kapiere gar nichts.«

»Warte nur ab. Das Buch ist sogar richtig gut. Es handelt von den USA und den Sachen, die dort passiert sind, dem Alkoholverbot und einem Mann namens Al Capone.«

»Den Namen hab ich auch schon mal gehört.«

»Ich musste an Papa denken.«

»Steht auch was über Papa in dem Buch?«

»Natürlich nicht. Aber ich hab mir gedacht, dass Papa es vermutlich genauso machen würde wie Al Capone, wenn sie in Schweden den Schnaps verbieten würden.«

»Was denn?«

»Al Capone hat Schnaps verkauft, ohne sich um die Gesetze zu kümmern.«

Sie nähern sich einer Wiese mit ein paar Bäumen, die ihre Äste in den Himmel strecken. Dahinter liegt, teilweise erleuchtet von den Laternen eines Fahrradwegs, die Schule.

»Nein, Leo, das glaube ich nicht.«

»Was?«

»Dass Papa es machen würde wie Al Capone. Papa verkauft nicht gerne. Er würde den Schnaps selbst trinken und dann Leute verprügeln.«

Sie stehen vor Leos Teil der Schule, der siebten bis neunten Klasse. Hier ist Felix fast nie, denn ein bewachter Grenzübergang muss überwunden werden, den niemand gerne überschreitet. Auf der anderen Seite wartet nur Ärger mit den Großen. Als sie hierhergezogen sind, musste er mitten im Schuljahr anfangen, in der ersten Klasse. Die meisten Kinder hassen Schulwechsel, aber er war froh. Im Gegensatz zu Jonna, die immer eine gelbe Haarspange trug und wahnsinnig heulte, als sie umziehen musste. Sie hasste Veränderungen. Bei Felix war es anders. Ein Umzug passte ihm perfekt, denn niemand in seiner neuen Klasse konnte wissen, was in Stockholm passiert war und dass sein Vater wegen eines Brandanschlags im Gefängnis saß.

Er war sich ganz sicher, dass alle Probleme ein Ende haben würden, sobald Papa verschwunden war. Mama und die Frauen vom Jugendamt hielten einen Umzug für ratsam. Zweihundertzwanzig Kilometer Abstand würden dafür sorgen, dass sie wieder normal waren. Er würde das Unbehagen los sein, das vom Magen und der Brust gegen die Rippen drückte und manchmal bis zum Hals aufstieg.

Jetzt hat ihn der Druck in der Brust wieder eingeholt.

Inzwischen kauern sie hinter einem Verteilerkasten auf dem Schulhof, während ein Radler vorbeifährt.

Die Schule in Skogås bestand aus weißem Kalksandstein, diese hier ist hellgelb verputzt. Zwei Gebäude sind durch einen verglasten Mittelteil verbunden, in dem sich die Schüler in den Pausen aufhalten dürfen.

»Deine Aufgabe ist es, Schmiere zu stehen.«

»Schmiere stehen?«

»Wirst schon sehen. Jetzt aber schnell. Niemand darf uns sehen.«

Plötzlich rennt Leo los. Felix will fragen, wohin, aber es ist zu spät, und er rennt einfach hinterher. Der Asphalt ist feucht, und der Atem steht ihnen wie Rauch vor ihrem Mund. Das letzte Stück bis zum großen Saal mit den Oberlichtern im mittleren Flügel schleichen sie sich an.

»Hör mal, Leo, was meinst du mit Schmiere stehen?«

»Sobald sich jemand auf dem Fahrradweg nähert, klopfst du ans Fenster. Und zwar hiermit.«

Leo hält ihm eine funkelnde Kronenmünze hin.

»Und dann musst du dich verstecken.«

»Verstecken? Und du …?« Felix ist noch immer ganz außer Atem. »Was hast du vor?«

Sein großer Bruder antwortet nicht, lächelt nur und holt einen Kreuzschlitzschraubendreher aus seiner Schultasche. Dann steigt er auf den schmalen Sims des unteren Fensters und streckt die Arme nach dem Oberlicht aus.

Felix schaut von schräg unten zu und versteht nicht ganz, was da geschieht. Offenbar schiebt Leo das Oberlicht zur Hälfte auf und entfernt dann mit dem Schraubendreher die Metallschiene, die verhindern soll, dass das Fenster ganz geöffnet wird. Das dauert eine Weile, denn seine Arbeitsstellung ist alles andere als ideal. Langsam rutscht er von dem glatten Fensterblech ab.

Währenddessen hält Felix hochrot vor Aufregung Wache. Er will nur nach Hause.

Auch Leo ist es warm, noch wärmer als vorhin. Seine Anspannung nimmt immer weiter zu. Er hat alles geplant, und es funktioniert. Hinter dem Fenster liegt der Aufenthaltsraum, in dem er und die anderen aus der 8 B zwischen den Unterrichtsstunden Karten spielen. Um zwei Uhr nachmittags öffnet die Cafeteria, und wenn es nur eklige Sachen zum Mittagessen gegeben hat, werden Unmengen von Zimtschnecken, Schokokuchen, Käsebroten und Trinkpäckchen mit Strohhalm verkauft. Am Vortag hat es Fisch gegeben, und der Umsatz der Cafeteria war enorm.

Das Geld liegt in einer weißen Geldkassette, die täglich um

zwanzig nach vier bis auf ein bisschen Wechselgeld geleert wird. Jeden zweiten Freitag springt allerdings die Turnlehrerin für die Horterzieherin Lena ein und schließt die Geldkassette anschließend einfach in einen der Schränke ein.

Deswegen ist Leo länger in der Schule geblieben, obwohl er sich große Sorgen um Vincent gemacht hat, der sich immer noch weigert, den Verband abzunehmen. Nach der letzten Stunde hat er, statt nach Hause zu laufen, in der Schulbücherei herumgetrödelt, weil man von dort einen guten Blick auf den Aufenthaltsraum hat. Er ist geblieben, bis die Turnlehrerin um zwanzig nach vier die Geldkassette in den Schrank hinter dem Tresen eingeschlossen hat.

Dann hat er von seinem Platz aus dem Hausmeister dabei zugesehen, wie er die Fenster überprüft hat. Seine letzte Station ist immer die Bücherei. Blitzschnell hat sich Leo an einen anderen Tisch gesetzt, bis der Hausmeister gekommen ist und zum Aufbruch gemahnt hat.

Leo hat daraufhin behauptet, sein Mathebuch im Schrank vergessen zu haben.

Danach ist er aber nicht zu seinem Schrank gerannt, sondern in den Aufenthaltsraum, hat einen Stuhl ans Fenster geschoben und die Verriegelung eines Oberlichts geöffnet.

Vor diesem Fenster stehen sie jetzt.

Leo zieht sich hoch, klettert durchs Fenster, springt in den Aufenthaltsraum und schleicht zum Tresen.

Alles wirkt so fremd.

Die Schule liegt wie ausgestorben da. Es gibt nur ihn. Nur er weiß Bescheid. Es ist schön, sich etwas auszudenken und dann planmäßig durchzuziehen.

Mit einem Mal erfüllt ihn eine wilde Freude.

Wie damals, als er im Bewusstsein, Mamas Leben gerettet zu

haben, Blut vom Boden aufwischte und sich nicht einmal davor fürchtete, dass Papa plötzlich zurückkehren könnte.

Weil der Schrank mit einem Vorhängeschloss gesichert ist, hat er Stemmeisen und Hammer dabei. Mit dem Schloss befasst er sich erst gar nicht, weil das zu viel Lärm verursachen würde, sondern er konzentriert sich auf die Scharniere. Zwei Schläge genügen.

Die weiße Kassette steht auf dem unteren Brett.

Er sieht sich in dem dunklen Raum um, während er die Kassette in seine Tasche legt.

Sein Blick bleibt an der großen Tür hängen, hinter der es, das weiß jeder Schüler, nach Schokolade und Kokosflocken duftet.

Wo ich schon mal hier bin.

Eine ganz normale Tür. Er drückt gegen das Scharnier. Mit etwas Kraft müsste sie sich geräuschlos öffnen lassen.

Der Fahrradweg ist menschenleer. Ab und zu kann Felix Leo durch das Fenster sehen. Offenbar hat er zuerst einen Schrank und dann eine Tür aufgebrochen.

Leo hat gesagt, er wolle nur schnell eine Kassette holen. Findet er sie etwa nicht?

Jetzt. Endlich.

Felix sieht, wie sich sein großer Bruder mit einem schwarzen Müllsack nähert und diesen durch das offene Fenster wirft.

»Felix?«

Der leere Müllsack fällt ihm vor die Füße.

»Kannst du ihn füllen?«

Dann wirft er einen Karton aus dem Fenster, der im nassen Gras landet. Schokokugeln.

Der nächste Karton: Schokoküsse.

»Hallo? Das ist keine Kassette. Leo? Du wolltest eine Kassette klauen. Deswegen hast du mich geweckt.«

Leo sieht ihn wortlos an, dann verschwindet er wieder. Felix hört ihn hinter den Tresen rennen.

Felix späht in alle Richtungen. Kein Mensch. Trotzdem zittern seine Hände, während er den leeren Müllsack öffnet und die Kartons hineinlegt.

Wenn jetzt jemand kommt.

Zwei weitere Kartons landen vor seinen Füßen. Birnensaft und Gebäck mit Zuckerguss.

Dann kann ich mich verstecken. Aber den schweren Sack muss ich zurücklassen.

Er fängt die Kartons auf und lässt sie in dem schwarzen Müllsack verschwinden.

Vielleicht sieht der nächste Radfahrer mich und kapiert sofort, was los ist?

Weitere Trinkpäckchen. Weitere Gebäckschachteln. Es fängt an zu regnen. Große Tropfen klatschen auf die Erde.

»Leo! Mach schon!«

»Gleich.«

Leos Lächeln ist deutlich zu erkennen, bevor er wieder im Dunkeln des Gebäudes verschwindet. Felix hat das Gefühl, gleich weinen zu müssen. Scheiße. Er hat eine Heidenangst. Aber das Schlimmste ist, dass Leo nicht auf ihn hört.

Nie, nie, nie wieder helfe ich ihm.

Dann fliegt der letzte Karton aus dem Fenster, und der Einbrecher springt hinterher. Felix' Besorgnis verwandelt sich in Wut. Leo hingegen ist ruhiger, vielleicht sogar fröhlicher denn je.

»Brüderchen, was ist los?«

»Nichts.«

»Stell dir mal vor, ein ganzer Sack voll, Felix. Vincent wird …«

»Wenn man zu viel davon isst, wird einem total schnell schlecht. Egal, wie gut es schmeckt.«

»Vielleicht brauchen wir ja Proviant. Falls etwas passiert, meine ich.«

»Passiert?«

»Man kann nie wissen.«

»Was soll passieren? Sag schon, Leo! Was soll passieren?«

Sie gehen durch dieselbe stille Nacht auf demselben Weg zurück. Trotzdem ist alles anders. Sie haben etwas Neues gewagt. Darum findet Leo den Sack auch so leicht, und darum findet Felix ihn so schwer, als er mit Tragen an der Reihe ist. Die Kartons scheuern gegen seinen Rücken. Jammern kommt aber nicht infrage. Er schweigt, bis sie zu Hause sind.

Fast alle Fenster des Mietshauses sind dunkel. Nur in einem in der Mitte brennt Licht. Hier wohnt der Hausmeister, der nie schläft. Eine leuchtende Nase im grauen Fassadengesicht. Drinnen, im Treppenhaus, ist alles ruhig. Die Neonröhre im zweiten Stock flackert, im dritten Stock knurrt der Schäferhund, und sonst warten alle auf den nächsten Tag.

Auch in der Wohnung herrscht Stille.

Sie schauen in Vincents Zimmer. Wie die Nachbarn schläft auch er tief und atmet regelmäßig.

»Hab ich doch gesagt.« Leo sieht Felix an. »Mumien schlafen immer lange und tief. Vermutlich hat das mit den Mullbinden zu tun.«

Die Blechkassette stellt er auf den Küchentisch, wo Mama den heißen Topf abgesetzt hatte, bevor … bevor …

»Felix, hol ein paar Geschirrhandtücher.«

»Warum?«

Er will es machen wie Mama, wenn sie Schweineschnitzel weich klopft.

»Mach schon.«

Felix verschwindet auf den Flur und kehrt wenig später zurück.

Leo betrachtet das eine Handtuch in Felix' ausgestreckter Hand.

»Nur eines?«

»Ja, und?«

»Alle, Felix, alle, die du finden kannst.«

Felix trottet wieder auf den Flur und in Mamas Schlafzimmer. Mit einem Stapel weißer Geschirrhandtücher kehrt er zurück. In die eine Ecke sind mit rotem Faden Mamas Initialen eingestickt: B.M.A. Britt-Marie Axelsson. Axelsson hieß sie vor ihrer Heirat.

»Gut so?«

Leo legt sechs Handtücher unter die Geldkassette, dann wickelt er ein siebtes um das Stemmeisen aus seinem Rucksack. Er tritt einen Schritt zurück und beschließt, die Geldkassette umzudrehen, weil sie sich dann leichter öffnen lässt.

»Halt fest.«

»Die Kassette?«

»An beiden Seiten.«

»Willst du sie aufbrechen?«

»Ja.«

»Dann halte ich nicht fest.«

»Felix?«

»Und wenn du danebenhaust?«

»Verlass dich auf mich. Ein Schlag reicht.«

Leo setzt die scharfe Klinge des Stemmeisens in dem schmalen Spalt über dem Schloss an. Ein rascher Blick auf Felix. Dieser hat die Augen geschlossen, hält aber fest. Leo zielt, schlägt zu. Treffer! Aber als der Hammer auf das Stemmeisen auftrifft, lässt Felix los, und das Schloss gibt nicht nach. Die Blechkassette rutscht über den Tisch und fällt mit lautem Knall zu Boden.

»Verdammt! Du solltest festhalten!«

»Vielleicht triffst du ja mich und nicht die Kassette.«

Leo streicht mit der Hand die inzwischen zerknitterten Handtücher glatt, hebt die Kassette vom Boden auf und legt sie wieder darauf.

»Felix, beim nächsten Mal wacht Vincent auf. Oder die Nachbarn. Halt einfach fest.«

Felix packt das eiskalte Blech, kneift die Augen zu und hält ganz fest.

Leo zielt und schlägt und trifft das Schloss.

Der winzige Spalt ist jetzt breiter, das Stemmeisen greift. Leo drückt immer fester, bis ein leises Klicken zu hören ist.

Das Schloss gibt nach.

Andächtig klappt er den Deckel auf. Die Fächer im Münzeinsatz sind fast voll.

Er leert die Münzen auf die Handtücher und fängt blitzschnell jene ein, die auf den Fußboden entkommen wollen.

»Felix, kannst du die Münzen sortieren? Alle Fünfziger, alle Einkronen- und Fünfkronenmünzen.«

Den Blick unter den Münzeinsatz hat er ein wenig hinausgezögert. Er weiß, wie viel er ungefähr benötigt. Schließlich sieht er nach und entdeckt tatsächlich Scheine, Fünfer, aber zu wenige, da ist er sich ganz sicher. Er beginnt zu zählen.

Siebenundzwanzig Fünfkronenscheine.

Hundertfünfunddreißig Kronen.

Das genügt nicht. Oder? Die Münzen können doch wohl kaum für den Rest reichen?

Seine eifrigen Hände stoßen mit Felix' langsameren zusammen. Jetzt sortieren sie gemeinsam. Drei Haufen. Er zählt. Siebenundvierzig Kronen und fünfzig Öre.

Insgesamt hundertzweiundachtzig Kronen und fünfzig Öre.

Er läuft in sein Zimmer. Auf der Lautsprecherbox, die er selbst gebaut hat und die ebenso groß ist wie Vincent, liegt ein zusammengefalteter Zettel. Er holt tief Luft und klappt ihn auf: *Jacke*

99,50, Perücke 125, Zigaretten 14, Textilfarbe 28,50, Kissenwatte 20. Diese Dinge kann er nicht einfach klauen. Das ginge zwar, aber ein guter Plan beschränkt das Risiko auf den Hauptcoup. Sein Fluchtfahrzeug, das Fahrrad, kann er gefahrlos in der Nacht davor stehlen.

»Es fehlen noch hundertvier Kronen fünfzig.«

»Wieso fehlen?«

»Ich brauche zweihundertsiebenundachtzig Kronen.«

»Wofür das denn?«

»Für Loser-Lasse. Und ich weiß auch schon, wo ich den Rest hernehme.«

Er misst einen knappen halben Liter Milch ab, mehr als im Rezept, und gibt dann vier Esslöffel Grieß dazu. Am Ende kommt Salz dazu, nicht viel, nur eine Prise. Dann rührt er mit einem Holzlöffel um, ausdauernd und mit ausholenden Bewegungen. Nichts darf anbrennen, sonst essen Felix und Vincent ihren Brei nicht.

Unterdessen deckt Felix den Tisch. Teller, Löffel, Servietten und Gläser. Er schiebt einen Stuhl zu einem der Hängeschränke und nimmt Zucker und Zimt heraus. Wenn sie allein sind, bedienen sie sich großzügig.

»Felix, weck Vincent.«

»Ich habe eben bei ihm reingeschaut. Er sieht noch immer so aus… Wie lange zieht er das wohl durch? Will er sein ganzes Leben eingewickelt rumliegen?«

»Nein, denn ich werde ihn rauslocken.«

Felix geht, aber nicht in Vincents Zimmer, sondern zum Wäschekorb neben der Wohnungstür. Er ist kleiner als der im Bad, damit Mama ihn in die Waschküche tragen kann. Felix wühlt in der schmutzigen Wäsche, bis er ein Paar Jeans findet, die ihm zu klein sind.

»Felix?«

Leo verlässt jetzt doch einen Augenblick lang den Herd und den Topf, in dem er eigentlich rühren sollte.

»Was soll das?«

»Ich dachte, jetzt, wo wir zu Mama gehen, können wir ihn aus seiner Mumie herauslocken.«

Felix geht auf Vincents Zimmer zu. Leo packt das eine Hosenbein.

»Nein.«

»Warum nicht?«

»Weil wir noch abwarten.«

»Ich will es wenigstens probieren.«

Beide ziehen an der Hose. Leo hält Felix außerdem am Handgelenk fest, bis dieser nachgibt und sich losreißt.

»Leo, verdammt, wenn wir ihn mitnehmen, muss er diesen blöden Verband abnehmen. Kapierst du das denn nicht?«

»Und was meinst du, wie Mama aussieht?«

Felix stutzt.

»Wie meinst du das?«

»Ihr Gesicht? Sie hat alles vollgeblutet, oder etwa nicht? Wenn jemand vollkommen zugepflastert ist, dann *sie*. Ich will nicht, dass Vincent sie so sieht. Du etwa?«

Auf einmal begreift Felix, was sein Bruder da eigentlich sagt. Er hat nicht viel gesehen und erinnert sich kaum. Es kommt ihm so vor, als hätten Papas Schläge große schwarze Löcher in seine Erinnerung gerissen.

»Leo?«

»Ja?«

»Wie sieht … sie denn aus?«

Felix wirft seinem älteren Bruder einen scheuen Blick von der Seite zu, als könnte die Antwort dadurch harmloser ausfallen. Schließlich hat Leo die Schläge gesehen und Mamas Blut aufgewischt.

»Das erfahren wir bald.«

Angebrannt.

Es riecht angebrannt.

Der Grießbrei. Die verdammte Milch. Leo reißt den Topf vom

Herd, gießt kaltes Wasser hinein, rührt und kratzt mit dem Holzlöffel und kippt dann den braunen Matsch in die Mülltüte. Er reinigt den Topf mit Stahlwolle, misst noch einmal Grieß, Milch und Salz ab und beginnt wieder zu rühren.

Jetzt hört er, wie die Wohnungstür aufgeschlossen wird.

»Guten Morgen.«

Eine Frauenstimme. Älter.

Agnetha.

Sie muss den Schlüssel von Mama oder der Sozialarbeiterin erhalten haben.

Leo rennt zum Fenster und reißt es auf. Sie soll bloß nicht glauben, dass er keinen Brei kochen kann.

»Ach? Esst ihr schon?«

Sie steht in der Tür und betrachtet den Jungen am Herd und den gedeckten Tisch.

»Noch nicht. Felix wollte Brei kochen, aber das hat nicht funktioniert, weil man die ganze Zeit rühren muss.«

»Ich hatte was zum Frühstücken für euch eingekauft, aber macht nichts, dann habt ihr schon was für morgen. In der anderen Tüte sind das Mittag- und das Abendessen.«

Sie öffnet den Kühlschrank, legt einige Dinge hinein und räumt dann den Rest in die Speisekammer.

»Morgen früh brauchst du nicht zu kommen. Ich mache schon seit Jahren das Frühstück.«

Ein leichtes Klopfen am Türrahmen. Sie drehen sich um.

Felix.

»Er will nichts. Die Mumie will nicht frühstücken.«

»Lass ihn in Ruhe, Felix. Er kann später frühstücken.«

»Er trägt also immer noch … diesen Verband?«

»Ja. Und ich finde, das kann so nicht weitergehen. Leo ist da anderer Meinung.«

»Ich habe nur gesagt, dass wir ihn zu nichts zwingen können. Weder den Verband abzunehmen, noch Mama zu besuchen.«

Agnetha schaut die beiden Brüder abwechselnd an.

»Ich denke, Leo hat recht. Ein Verband soll erst abgenommen werden, wenn der Betroffene dazu bereit ist. Wenn alles … verheilt ist. Ich bleibe bei Vincent, während ihr eure Mutter besucht.«

Jetzt ist der Grießbrei perfekt, und Leo füllt ihn in zwei Schalen auf dem Tisch.

»Ich muss mit euch aber noch über etwas anderes sprechen.«

Sie wartet, bis Leo den Topf abgespült und sich gesetzt hat.

»Heute Nacht.«

Sie wartet auch noch, bis das erste Knäckebrot geschmiert ist.

»Ich bin von Geräuschen im Treppenhaus aufgewacht. Zumindest kam es mir so vor. Schritte, die an meiner Tür vorbeigingen und dann weiter in euer Stockwerk. Kaum war ich wieder eingeschlafen, wurde ich schon wieder von mindestens zwei dumpfen Tönen geweckt. Als hätte jemand an die Wand geklopft. Dann war alles still. Vielleicht bin ich aber auch nur einfach wieder eingeschlafen.«

Beide kauen auf ihrem Käseknäckebrot herum.

Es schmeckt aber nicht wie sonst.

»Habt ihr diesen Lärm gemacht?«

Leo und Felix starren sich an.

»Nein. Ich hab nichts gehört. Du, Felix?«

Felix zögert, was Leo natürlich bemerkt, Agnetha aber nicht. Er spricht ganz leise.

»Nein. Ich hab nichts gehört, überhaupt nichts.«

Bis zum Krankenhaus ist es nicht sonderlich weit. Aber zu Fuß dauert es trotzdem eine Weile. Mit jedem Meter geht Felix langsamer. Leo weiß, woran das liegt.

»Beeil dich.«

Am Anblick, vor dem sie sich beide fürchten.

»Warum? Haben wir es eilig?«

»Mama sieht auch nicht anders aus, wenn wir trödeln.«

Leo hat beschlossen, nicht darüber nachzudenken, wie sie aussieht. Stattdessen konzentriert er sich auf den ICA-Supermarkt, den Platz und den Wachmann mit seinem Gummiknüppel, der ihren Coup vereiteln könnte. Er muss Felix überreden. Ohne ihn geht es nicht. Felix muss Klicken ablenken. Klicken ist der größte Risikofaktor.

Auf der anderen Seite des Parks taucht das Krankenhaus auf. Nur noch wenige Minuten. Felix' Schritte werden noch zögerlicher.

»Brüderchen?«

»Ja?«

»Nur wenn du es wirklich willst.«

»Was?«

»Ich gehe erst einmal alleine zu Mama. Wenn sie zu schlimm aussieht, sage ich dir Bescheid. Dann brauchst du nicht zu gucken.«

Das Faluner Krankenhaus besteht aus drei miteinander verbundenen Gebäuden. Das weiß verputzte ist vierzehn Stockwerke hoch, das dunkle umfasst elf Etagen, und das dazwischen eingekeilte dritte hat sieben Stockwerke, wenn man das fensterlose Sockelgeschoss mitzählt. Drei verschiedene Häuser in verschiedenen Farben. Wie drei Brüder.

Die Schnittblumen im Krankenhauskiosk sind zu teuer. Sie kaufen eine Tüte Geleehimbeeren, die Mama so mag. Leo bezahlt mit den Fünfzig-Öre-Münzen, die vor einigen Stunden noch in einer Geldkassette lagen.

Gänge. Fahrstuhl. Krankenhausgeruch.

Leute in weißer Kleidung – diejenigen mit Namensschildern

sind hier, um zu heilen, und die ohne Namensschilder, um geheilt zu werden.

Ein Dreibettzimmer. Zwei Betten sind frei. Im dritten liegt Mama.

Mit abgewandtem Gesicht liegt sie auf der von Papa unversehrten Seite.

»Wir sind das, Mama.«

Sie zuckt zusammen. Vielleicht hat sie ja geschlafen.

»Vincent kommt ein andermal.«

Leo bleibt in der Tür stehen, aber Felix kann an seiner Schulter vorbeischauen.

»Hallo, Leo.«

Mama dreht sich um, und Leo macht einen raschen Schritt zur Seite, um Felix die Sicht zu nehmen, was bedeutet, dass Mamas Gesicht alles andere als gut aussieht.

»Kommt rein, meine Jungs.«

Mamas Stimme ist schwach, aber es ist eindeutig ihre Stimme.

Leo dreht sich zu seinem Bruder um.

»Kommst du?«

»Nein.«

Leo sieht seine Mutter an und schüttelt den Kopf. Da ruft sie so laut, wie es ihre schwache Stimme erlaubt:

»Felix, ich will, dass du auch reinkommst.«

»Nein.«

»Ich will … deine Hand halten.«

Felix räuspert sich. Noch immer versteckt er sich hinter Leos Rücken.

»Hast du Schmerzen, Mama?«

»Klar hat sie Schmerzen, Felix. Was für eine Frage!«

»Ja, ich habe Schmerzen.«

Stöhnend versucht Mama, sich aufzurichten.

Dann gewinnen ihre Schmerzen die Oberhand, und sie lässt sich wieder in die Kissen sinken.

»Aber wie … siehst du aus?«

»Wie ich aussehe, ist nicht wichtig. Das ist in ein paar Wochen, vielleicht auch einem Monat nicht mehr zu sehen.«

Leo tritt zurück, und Felix begegnet Mamas Gesicht.

Ein dicker Verband um die Stirn. Weiße Pflaster im Gesicht, eines auf dem Nasenrücken, ein weiteres von einem Wangenknochen zum anderen, ein weißes Kreuz auf bläulich-roter Haut.

»Hier, Mama. Für dich.«

Leo tritt als Erster vor und will ihr die Tüte Süßigkeiten auf den Bauch legen, überlegt es sich dann aber anders und legt sie auf das zerknitterte Laken. Ihre Mutter legt die Tüte auf den Nachttisch.

Felix geht hinter seinem Bruder her, und sie nehmen zu beiden Seiten des Bettes Platz. Mama stellt das Kopfteil hoch und verzieht dabei das Gesicht, aber sie will sie beide gleich gut sehen können. Obwohl sie das Gesicht vor Schmerzen verzieht, lächelt sie.

»Wie lieb. Geleehimbeeren. Die esse ich später.«

Ihre Stimme ist kaum zu verstehen. Sie redet leise. Ihre Lippen bewegen sich kaum, und Felix fühlt sich an den Bauchredner erinnert, den er im Fernsehen gesehen hat und bei dem nur der Mundwinkel zuckte, wenn seine Puppe sprach.

Das rechte Auge ist vollkommen zugeschwollen.

Felix sehnt sich danach, sich wieder hinter Leos Rücken verstecken zu können. Wenn er zu lange hinschaut, wird Mama vielleicht blind. Vielleicht verschwindet das Auge dann unter der Schwellung, und es bleibt nur ein schwarzes Loch. Er erinnert sich noch immer nicht an das, was eigentlich passiert ist, aber vielleicht ähnelt dieses Loch ja den schwarzen Löchern in seinem Gedächtnis, die entstanden sind, als Papa Mama geschlagen hat.

»Und Vincent? Geht's ihm gut?«

Sie wendet sich an Leo, weil er der Ältere ist.

»Ja. Agnetha ist bei ihm.«

»Isst er genug?«

»Wie immer. Ich kümmere mich um alles.«

Das andere Auge ist müde. Dort, wo sonst das Weiße ist, ist es jetzt rot, ein Bluterguss. Felix beschließt, nur in dieses Auge zu schauen und nicht in das andere, wenn er mit ihr sprechen muss.

Blutergüsse sind besser als schwarze Löcher.

»Ja. Vincent geht es total gut. Er verdrückt unglaubliche Mengen Schokoküsse.«

Was Felix vorhergesehen hat, ist passiert. Leo durchbohrt ihn mit seinem Blick. Aber er lässt sich nichts anmerken.

»Wir haben ganz viele von denen unter dem Bett.«

Zum ersten Mal wird Mamas Stimme lauter als ein Flüstern. Ihr müdes Auge mit dem Bluterguss sieht ihn durchdringend an.

»Wovon redest du, Felix?«

Da spürt er Leos Turnschuh an seinem Knöchel.

»Nichts, Mama. Felix redet dummes Zeug.«

Zu spät. Sie ist ihre Mutter und kennt sie genau. Sie weiß, warum der eine etwas sagt und warum der andere nicht weiter darüber sprechen will. Und obwohl sie den Tritt nicht gesehen hat, hat sie ihn irgendwie doch gespürt.

»Leo? Felix? Was habt ihr wieder angestellt?«

Zwei Brüder begegnen dem blutunterlaufenen Blick ihrer Mutter mit Schweigen. Leo, weil er nicht darüber sprechen will, und Felix, weil er nicht weiß, warum er überhaupt etwas gesagt hat. Es ist ihm einfach über die Lippen gekommen.

»Lauter Gebäck in Kartons und fast hundert Trinkpäckchen mit Strohhalm. Liegt alles unter Vincents Bett.«

Jetzt redet er schon wieder, denn es fällt ihm leichter, die Worte zu sagen, als sie zurückzuhalten. In dem Augenblick, in dem er sie ausspricht, spielt es auch keine Rolle, wie Mama reagiert. Erst anschließend.

»Leo und Felix, schaut mich an. Was da unter Vincents Bett liegt, habt ihr das … irgendwo gestohlen?«

»Nein.«

»Ja.«

Sie antworten gleichzeitig. Vielleicht ist Leo etwas schneller. Jedenfalls schaut Mama ihn an. Das Auge, das Felix bislang nicht sehen konnte, kommt unter dem geschwollenen, blauverfärbten Lid hervor.

»Leo? Man stiehlt nicht. Das weißt du. Du bist vierzehn und kein Kind mehr.«

Ihre Stimme ist nicht mehr schwach, sondern deutlich und klar. Als ihre Wut sie zwingt, noch lauter zu werden, bemerkt Felix, dass ihr rechts ein Zahn fehlt. Vermutlich hat sie deswegen die Geleehimbeeren nicht probiert.

»Schokoküsse und Trinkpäckchen? Wo hast du die her, Leo?«

Ihr ältester Sohn schaut sie an und weicht ihrem Blick nicht aus, weil er sich das vorgenommen hat.

»Ich gebe alles wieder zurück, was unter Vincents Bett liegt. Versprochen.«

»Wie?«

»Ich lege es vor die Tür. Dann finden sie es.«

Er hätte es nicht für möglich gehalten, aber Mama sieht noch trauriger aus als bei ihrem Kommen.

»Das genügt nicht, hörst du, Leo? Du musst dich entschuldigen.«

»Mama. Die Tür stand offen, und ich bin einfach reingegangen. Die Sachen lagen einfach da rum, und ich habe gedacht, Vincent freut sich.«

Felix hat eine Weile lang nichts gesagt. Er hat schon genug gesagt. Er weiß, dass sein Bruder lügt, und es ist ein seltsames Gefühl, dass Mama dabei kleiner zu werden scheint, genau wie ihre Stimme, die kaum noch zu hören ist.

»Leo, du bist der Älteste. Und das bedeutet, dass du, solange ich hier liege, zu Hause die Verantwortung trägst. Aber das bedeutet nicht, dass du Probleme auf diese Art lösen kannst. Hörst du? Ich ertrage nicht, dass auch du ...«

Mitten im Satz bereut sie es. Aber es ist zu spät. Felix weiß, was sie denkt, wen sie meint, dass Leo Probleme löst wie ... Leo weiß es auch. Felix sieht, dass Leo vor Wut die Lippen zusammenpresst.

»Ich kann mich nicht entschuldigen. Denn dann ... das begreifst du doch auch, oder? Dann würden alle reden. Es ist besser, wenn es so ist wie jetzt. Jetzt weiß es niemand. Kann es nicht so bleiben?«

»Nein. Du musst das tun. So ist das, wenn man der Älteste ist.«

Vierzehn. So alt ist das doch wohl auch wieder nicht? Eigentlich?

Jetzt würde er gerne gehen. Verschwinden. Weg von Mama, die nichts kapiert. Aber er hat Papa versprochen, sich um alles zu kümmern.

»Du, Mama? Was wird die Frau vom Jugendamt sagen?«

Es klingt so, als würde er Mama ... herausfordern. Bedrohen. Vermutlich beabsichtigt er das nicht wirklich, aber es klingt so.

Er versucht es noch einmal anders zu erklären.

»Ich wollte nur, dass Vincent und Felix, dass sie ... Tut mir leid. Das passiert nie wieder.«

»Sicher?«

»Ganz sicher.«

Plötzlich sieht Mama wieder unerhört müde aus, und ihr Auge versinkt wieder unter der Schwellung.

»Wenn ich wieder zu Hause bin, reden wir nochmal darüber.«

Felix umarmt seine Mutter ganz fest, und sie küsst ihn vorsichtig auf die Wange, ehe sie gehen, und flüstert ihm zu, dass sie ihn liebt. Leo umarmt seine Mutter nicht, das geht gar nicht. Er murmelt nur ein Tschüs. Auf dem Weg über die funkelnden Böden der Krankenhauskorridore wechseln sie kein Wort. Im Aufzug stellen sie sich an entgegengesetzte Enden. Zwischen ihnen liegen Kilometer.

»Der Aufzug ist echt riesig. Ungefähr so weit komme ich im Weitsprung.«

Leo sieht Felix nicht an, als er antwortet.

»Im Fahrstuhl muss man die Kranken auf ihren Tragen transportieren können. Und die Toten.«

»Tote?«

»Im Krankenhaus wird auch gestorben. Leichen … liegen auf Bahren. Auf dem Weg in den Kühlraum.«

»Kühl…raum?«

»Ja, im Keller. Dort liegen jede Menge Leichen, die sie aufschneiden, um herauszufinden, woran die Leute gestorben sind.«

Die Fahrstuhltüren öffnen sich, und Leo läuft mit großen Schritten davon. Felix fällt es schwer, mit ihm Schritt zu halten. Außerdem kann er den Keller mit den aufgeschnittenen Leichen nicht vergessen. Die Kranken sollen doch gesund werden und nicht sterben.

»Du, Leo … Und Mama?«

»Ja?«

»Sie stirbt doch nicht, oder?«

»Nein, Brüderchen. Mama stirbt nicht.«

Eigentlich müsste es schön sein, das zu hören. Aber Leo scheint zu zögern, und das ist kein gutes Gefühl. Er darf gerne zögern, wenn es um die ICA-Kohle geht, aber nicht, wenn es um die Frage geht, ob Mama stirbt oder nicht.

»Solange du tust, was ich sage, stirbt sie nicht.«

Leo legt seine Hand auf Felix' Schulter, wie er das immer tut.

»Hör mal zu, Felix. Du kannst mit Mama nicht über das reden, was wir tun, und auch sonst mit niemandem.«

»Ich rede, mit wem es mir gefällt.«

»Über Familienangelegenheiten wird nicht geredet. Das hat Papa gesagt.«

»Sorry. Aber ich tue das, *wenn ich das will.*«

»Du redest nie mehr über diese Sache! Oder über den ICA oder die Ledertasche! Niemand darf was erfahren. Ist dir eigentlich klar, was passiert, wenn jemand davon erfährt? Dann meldet uns die Frau vom Jugendamt, und du landest irgendwo in Norrland, Vincent in Schonen und ich in irgendeiner verdammten Jugendstrafanstalt. Willst du das etwa?«

»Nein.«

»Und Mama geht es dann noch schlechter als jetzt. Willst du das?«

»Nein.«

»Warum hältst du dann nicht den Mund? Warum verpfeifst du mich?«

»Weil Klicken dich schnappen wird!«

Jetzt bekommt Felix die Umarmung, die Leo seiner Mutter vorenthalten hat.

»Wie kommst du darauf? Ich hab doch gesagt, dass wir diesen blöden Klicken reinlegen. Du musst mir helfen, und wir müssen zusammenhalten.«

Dann lächelt er, weil er weiß, dass Felix keine Gegenargumente mehr einfallen.

»Ich muss jetzt kurz weg, höchstens zwei Stunden. Pass solange auf Vincent auf. Sieh zu, dass sein Verband beim Trinken nicht nass wird.«

»Und was hast du vor?«

»Geh einfach nach Hause zu Vincent. Ich koche nachher.«

Es verstreicht eine Minute, dann geht sein kleiner Bruder langsam nach Hause. Leo läuft in die entgegengesetzte Richtung zum Busbahnhof, um zu kaufen, was er für seinen Loser-Lasse braucht. Er hat gute Laune, weil er das Richtige getan hat. Obwohl er wahnsinnig enttäuscht war, als Felix alles ausgeplaudert hat, hat er seine Wut bezwungen. Er muss Felix überreden, denn er braucht ihn. Niemand weiß, was morgen geschehen wird, und alles kann innerhalb von einer Sekunde in die Binsen gehen. Das ist früher schon passiert.

Aber er wird es nicht so machen wie Papa. Da irrt Mama.

Papa ist immer unvorbereitet.

Deswegen macht sein ältester Sohn jetzt auch einen Umweg, um den Parkplatz zu kontrollieren, der zwischen den niedrigen Mietshäusern liegt und von dichtem Gebüsch umgeben ist, in dem man sich leicht verstecken kann. Dort stehen die Parkuhren in Habachtstellung vor den Parklücken. Mehr braucht er nicht.

Wenn es dunkel und der Parkplatz voller Autos ist und ihn niemand sehen kann.

Am Busbahnhof geht es schnell. Der richtige Bus wartet schon, und er kauft mit bereits abgezählten 50-Öre-Münzen aus der Geldkassette eine Rückfahrkarte nach Borlänge. Achtunddreißig Minuten in die Nachbarstadt, eine Fahrt durch einförmigen Nadelwald an ausgestorbenen Rastplätzen vorbei. In Borlänge beginnt er mit dem Laden, in dem Parfüm, Schminke und Perücken verkauft werden, die auf Plastikköpfen ohne Augen ausgestellt sind. Er entscheidet sich für eine, die ihn an den Typen in der Kneipe in Skogås erinnert, dem Papa einmal die Haare abgeschnitten hat. Das Blond ist dunkler als sein eigenes, und sie ist auf hundertfünfundzwanzig Kronen herabgesetzt. Anschließend der Tabakladen. Besser, die Zigaretten nicht zu Hause in Falun zu kaufen, damit keine

Fragen gestellt werden. Eine kleine Schachtel John Silver. Derselbe Name wie der einbeinige Pirat in der Schatzinsel. Wieder zahlt er mit dem Geld aus der Geldkassette. Die Scheine brauchen nicht viel Platz, aber die Münzen beulen seine Jackentasche aus. Jetzt ist fast kein Geld mehr übrig, und er braucht die Parkuhren mehr denn je, um den ganzen Loser-Lasse einkleiden zu können.

Vollmond.

Wie eine riesige Lampe vor dem Fenster. Ein Lichtschein, der zusammen mit dem der Straßenlaterne durch die geschlossene Jalousie dringt. Noch eine halbe Stunde bis Mitternacht. Er hat im Dunkeln gewartet und lauscht jetzt auf das Schnarchen von Felix und Vincent.

Geleehimbeeren, Busticket, Perücke, Zigaretten, vierundzwanzig Kronen übrig. Das reicht nicht. Ihm fehlen hundertvierundzwanzig Kronen, um auch noch den Rest kaufen zu können.

Die will er jetzt beschaffen.

Er steckt Stemmeisen und Hammer in den Rucksack. Von der Diele aus schaut er in Vincents Zimmer. Sein Schnarchen ist in regelmäßige Atemzüge übergegangen. Sein jüngster Bruder träumt nicht, sondern schläft den traumlosen Schlaf, der offenbar der allerbeste ist. Der Verband ist an der Mundpartie hellbraun von den Schokoküssen.

Durch die vom Vollmond erhellte Dunkelheit begibt sich Leo in das Gebüsch am Parkplatz und späht durch die Blätter, bis er sicher ist, allein zu sein. Erst dann kommt er hervor. Nur seine eigenen Bewegungen sind zu hören, das Geräusch von den Sohlen seiner Turnschuhe auf dem Asphalt.

Den Griff des Stemmeisens hat er mit Isolierband umwickelt. Er muss mit dem Hammer mehrmals kräftig daraufschlagen. Jede Parkuhr steht vor zwei Parkplätzen und hat zwei Münzschlitze. Zehn Parkuhren haben zwanzig Geldboxen, die er aufbrechen kann.

Schon früher hat er hin und wieder an Automaten gedacht. Süßigkeiten- und Getränkeautomaten und diese roten, an denen man gegen eine Münze Flummis und sinnlose Spielsachen eintauschen kann. Jedes Mal, wenn er eine Münze in einen solchen Automaten schiebt, überlegt er, wie er auch die Münze wieder zurückbekommen kann. Das ist ein Gedankenspiel. Er denkt sich das Gehäuse weg und versucht, die Mechanik vor sich zu sehen, die durch die Einkronenmünzen oder Fünfziger in Gang gesetzt wird. Doch in keinem Automaten liegen so viele Münzen wie in den Parkuhren. Und was bekommt man dafür? Eine Stunde Parkzeit pro Krone.

Er betrachtet die Parkuhr. Ist die Parkzeit abgelaufen, springt die Scheibe auf Rot. Die Münzen verschwinden in einem Schlitz. Die winzige Klappe zur Entnahme der Münzen lässt sich mit einem Schlüssel öffnen. Diese Klappe unterscheidet die Parkuhren von anderen Automaten, denn sie wird von einer kleinen, wenig widerstandsfähigen Niete gehalten.

Parkuhren enthalten also am meisten Geld und lassen sich am einfachsten aufbrechen.

Das Stemmeisen in der einen, den Hammer in der anderen Hand.

Er holt tief Luft und schlägt zu.

Ein Schlag, und die Niete löst sich.

Er schiebt die Klappe beiseite und greift in die Öffnung. Münzen. Zweiundzwanzig Kronen.

Die zweite Parkuhr enthält achtundzwanzig, die dritte siebzehn Kronen.

Er ist hochkonzentriert, denn er befindet sich allein in einer Welt voller verfügbarer Schatzkisten. Deswegen bemerkt er auch nicht das Licht, dem ein Geräusch folgt. Die Scheinwerfer eines Autos erleuchten den gesamten Parkplatz. Das Motorengeräusch verstummt erst, als der Wagen zwei Plätze von ihm entfernt hält.

Leo wirft sich auf den Asphalt.

Zu spät?

Er hält die Luft an, zählt bis zehn und kriecht dann in die Büsche.

Mit einer Wange liegt er auf der Erde und betrachtet die schwarzen Stiefel des Fahrers. Er schließt die Tür und sucht in seiner Jacke nach Münzen. Drei Stück. Leo hört, wie sie in die Parkuhr fallen, die er gerade geleert hat.

Sein Herz pocht, und sein Oberkörper hebt und senkt sich im Takt.

Der Mann zögert, scheint etwas bemerkt zu haben. Dann geht er, aber nicht auf die Häuser zu, sondern auf die Büsche und auf jemanden, der dort liegt.

Die schwarzen Stiefel nähern sich und halten in einem Abstand von einem Meter inne.

Verdammt.

Es reicht, dass der Mann den Rucksack, das Stemmeisen und den Hammer sieht.

Leo schließt die Augen und hält den Atem an.

Dann muss er beinahe lachen.

Ein Strahl. Ganz deutlich. Er schlägt auf Blätter auf, und ein durchdringender Geruch breitet sich aus.

Das war knapp!

Die vierte Parkuhr enthält acht Kronen, die fünfte und die sechste je zwanzig.

Das reicht, um auch noch die letzten Dinge zu kaufen, die Jacke, die Watte, die Farbe. Dann ist seine Verkleidung komplett.

Die Straßenlaterne leuchtet ihm in die Augen. Der Mond hängt vor seinem Fenster. Er hat vergessen, die Jalousie zu schließen, und der runde Ball schickt sein gleißendes Licht zur Erde, aber davon ist er nicht erwacht. Es ist der Geruch, den er so gut kennt.

Felix richtet sich im Bett auf.

Zigarettenrauch. Es riecht nach Papa.

Er stellt einen nackten Fuß auf den Boden und schleicht auf das andere Licht zu, das aus der Küche. Papa hat immer in der Küche geraucht, und sie konnten ausrechnen, wie lange er aufgeblieben und wie viel schwarzen Wein er getrunken hatte, wie lange er am nächsten Tag schlafen würde, denn jeder Zigarettenstummel bedeutete etwas mehr Ruhe und Frieden.

Der Geruch ist durchdringend.

Er atmet dreimal tief durch und beugt sich dann vor, um einen Blick in die Küche zu erhaschen.

Es *sind* Zigaretten.

Fünf Stück liegen qualmend auf einer von Mamas blaugeblümten Untertassen. Der Rauch vereinigt sich auf dem Weg zur Decke.

Felix beugt sich noch weiter vor.

Da sitzt jemand. Er sieht einen Rücken und einen Nacken.

Aber das ist nicht Papa, sondern jemand … den er noch nie gesehen hat.

Seine Beine ziehen ihn in unterschiedliche Richtungen: Er will in die Küche, aber wagt es nicht. Er will zurück in sein Zimmer und in sein Bett, aber ist erstarrt.

Er kann das Gesicht des Besuchers nicht erkennen. Nur das Lämpchen in der Dunstabzugshaube brennt, und das Licht reicht nicht einmal bis zum Küchentisch. Die halbe Gestalt verschwindet in der Dunkelheit.

Felix versucht, reglos dazustehen, aber das fällt ihm schwer, da Arme und Beine kribbeln.

Ein Mann. Groß. Das Haar schulterlang.

Dann dreht er sich plötzlich um, und sie sehen sich an. Und Felix rennt.

Durch die Diele und auf die Toilette. Er hört, dass ihn der Mann verfolgt. Es gelingt ihm gerade noch, die Tür abzuschließen.

»Felix?«

Der Mann mit dem langen Haar rüttelt an der Türklinke.

»Felix?«

Der Mann mit dem langen Haar weiß, wie er heißt.

»Ich bin das doch, Leo.«

Jetzt behauptet er auch noch, Leo zu sein.

»Komm raus. Ich bin das.«

Er klingt sogar wie Leo.

»Bist … du das?«

»Ja, ich bin das.«

»Was hast du mit deinen Haaren gemacht?«

»Mach schon auf, dann siehst du es.«

Eins. Zwei. Drei. Dann öffnet er. Es ist wirklich Leo, aber mit langem, dunkelblondem Haar.

»Komm in die Küche, dann zeig ich es dir.«

Auf dem Tisch verglimmen fünf Zigaretten. Daneben liegen, was Felix bislang nicht aufgefallen war, haufenweise Münzen. Neue Münzen, da ist er sich sicher, denn es sind nur Einkronenmünzen, bedeutend mehr als in der Geldkassette.

»Felix, stell dir vor, man hat die auf.«

Sein großer Bruder deutet auf die Haare, die nicht seine sind, sondern eine hässliche Perücke, was aus der Nähe deutlich zu sehen ist.

»Dazu trägt man eine große dreckige Jacke mit Kapuze. Und dann hat man noch die.«

Leo meint die qualmenden Zigaretten.

»Hast du angefangen zu rauchen?«

»Täuschung.«

»Täuschung? Das kapiere ich nicht.«

»Loser-Lasse. Ich lasse die Kippen ein Stück vom ICA entfernt liegen, und dort wird die Polizei sie finden.«

»Was für eine Polizei?«

»Ich täusche die Bullen und führe sie in die Irre. Stell dir vor, ich stehe auf dem Platz, und jemand geht vorbei und sieht …«

Er nimmt eine Zigarette, die gerade verglimmt, und schiebt sie wie im Film in den Mundwinkel. Dann senkt er die Stirn und zieht die Schultern ein, und das strähnige Haar fällt ihm ins Gesicht. Seine Stimme ist plötzlich rau:

»Hör mal, Kleiner, ich bin der, den alle nur Loser-Lasse nennen.«

Felix hört, dass Leo das witzig findet, sich selbst witzig findet, aber das ist er nicht.

»Und du, bist du nicht dieser Johnny, der gern zum Nulltarif einkauft? Was sagst du, wollen wir zusammen ein kleines Ding drehen, du und ich?«

Eine bescheuerte Perücke und eine bescheuerte Stimme.

»Leo, die Polizei wird dich suchen.«

Leo reckt sich. Seine Stimme klingt wie immer.

»Nein, Bruder. Sie werden Loser-Lasse suchen. Wir betrügen sie, wir sind einfach schlauer. Ein Vierzehnjähriger und ein Elfjähriger. Niemand wird erraten, dass wir das waren.«

Er legt Felix einen Arm um die Schultern.

»Loser-Lasse braucht einen Komplizen. Er braucht Nulltarif-Johnny, um das hinzukriegen und um hinterher davonzukommen.«

Felix macht sich los.

»Letzte Nacht hast du mich wegen dieser verdammten Mülltüte und der Geldkassette geweckt. Dieses verdammte Geld, diese Münzen, wo kommen die her? Und jetzt findest du also ganz im Ernst, dass wir eine Tasche mit einer Menge Tausender klauen sollen? Was soll das, Leo?«

Ab jetzt trägst du die Verantwortung.

So hatten Papa und er sich nach Mamas Flucht gegenübergestanden. Ungefähr an der Stelle mit dem größten Blutfleck. Es roch nach dem Essen, das Mama gekocht und das sie noch nicht gegessen hatten, nach Spaghetti mit Hackfleischsoße. Dieser Geruch vermischte sich mit dem von Mamas Blut.

Leo hatte ihn daran gehindert, seine Mutter totzuschlagen, und jetzt sahen sie sich an.

In diesem Moment hatte Papa es gesagt.

Verstehst du das? Ab jetzt trägst du die Verantwortung.

»Das hat er zu mir gesagt. Aber du hast es nicht gehört, weil du weggelaufen bist und dich versteckt hast.«

»Hat er auch gesagt, dass wir Geld klauen sollen? Das glaube ich nämlich nicht. Und ich habe auch noch was gehört, was Mama gesagt hat, aber das hast *du* vielleicht überhört.«

»Er hat gesagt, dass ich die Verantwortung übernehmen soll, und das habe ich getan.«

Die Perücke sitzt nicht richtig und lässt sich leicht abnehmen. Leo legt sie auf den Tisch und macht nacheinander die Zigaretten aus. Jetzt, wo er wieder er selbst ist, kann man ihm leichter widersprechen. Felix spürt, wie schnell ihm die Worte über die Lippen sprudeln und dass sie seinen älteren Bruder beeindrucken.

»Vincent ist eine Mumie, Mama liegt im Krankenhaus, und Papa sitzt in Untersuchungshaft. Willst du dich jetzt auch noch festnehmen lassen und verschwinden?«

»Sie werden mich nicht schnappen.«

»Vier Jahre lang war alles gut. Alles war … normal. Dann haben sie Papa rausgelassen, und er ist direkt hierhergefahren und hat Mama halb totgeschlagen. Und jetzt ist alles wieder genauso schlimm wie früher.«

Als seine Worte versiegt sind, kommen die Tränen. Er schluchzt immer heftiger, obwohl er sonst nie weint. Obwohl er nicht einmal geweint hat, als Papa zuschlug. Jetzt kommen alle Tränen auf einmal.

»Ich tue das nicht. Hörst du? Ich weigere mich.«

»Felix, du weißt doch, Nulltarif-Johnny hilft immer seinem Kumpel Loser-Lasse.«

»Ich mach das nicht, weil … das nicht gut ist. So einfach ist das.«

Er dreht sich zum Küchentisch um, erinnert sich an einen anderen Tisch, in einer anderen Wohnung. Damals lag er auf dem Fußboden an der Türschwelle und versteckte sich. Damals befanden sich auf dem Tisch andere seltsame Dinge: ein Benzinkanister, in Streifen gerissene Kopfkissenbezüge und leere Weinflaschen. Papa brachte Leo bei, wie man Molotowcocktails bastelte. Dann steckte er das Haus seiner Schwiegereltern an. Jetzt befinden sich eine Perücke, ein Haufen Münzen und eine Untertasse mit fünf Zigarettenstummeln auf dem Küchentisch.

»Komische Sachen für einen Küchentisch. Es ist mir egal, dass es mehr als vier Jahre her ist. Ich weiß, dass du dich genauso gut daran erinnerst wie ich, Leo. Ich weiß, dass du glaubst, du hast das Sagen, aber Mama hat doch gesagt, du brauchst nicht wieder dasselbe zu tun.«

Er weint noch immer, die Tränen kommen von ganz tief unten.

Schließlich stopft sein Bruder alles, was auf dem Tisch liegt, in eine Konsumtüte.

»Was machst du?«

Leo knotet die Tüte zu und stellt sie neben den Eimer unter die Spüle.

»Du hast recht.«

Mit beiden Händen wischt sich Felix die Tränen ab.

»Was, Leo?«

»Wir lassen es.«

Leo hält seinen kleinen Bruder an beiden Schultern fest.

»Loser-Lasse gibt es nicht mehr.«

»Versprochen?«

Er umarmt ihn.

»Versprochen.«

»Wenn Sie meinen Bruder in die Sache mit reinziehen, dann ziehe ich auch Ihren Bruder mit rein.«

Der Spaten in seiner Hand ist schwer. Vielleicht kann er deswegen so leicht graben. Vielleicht liegt es aber auch daran, dass es keine Wurzeln und großen Steine gibt. Da stößt der Stahl auf etwas Poröses, einen Holzdeckel, der lange in der Erde gelegen hat.

Er weiß genau, wer darin liegt.

Papa.

Langsam öffnet er den Deckel.

Es riecht nach nichts. Nach etwas müsste es doch riechen? Papa liegt genauso wie in der Kapelle des Krankenhauses in seinem besten Anzug, das Haar nach hinten gekämmt und mit aschfahler Haut.

John Broncks knöpft das Jackett seines Nadelstreifenanzugs und sein Hemd auf, löst den Schlipsknoten allerdings nicht, sondern schiebt ihn zur Seite, damit er nicht im Weg ist. Als er sich vorbeugt, stößt er mit der Schulter an die Wand der Grube, und Erde fällt auf Papas Bauch und Brust. John schiebt sie mit der Hand beiseite. Mit der Hand spürt er die Einstiche und beginnt zu zählen. Sechsundzwanzig. Sechsundzwanzig? Im Bericht des Gerichtsmediziners stand siebenundzwanzig.

»Du musst weiter oben suchen.«

Das klingt nach Papas Stimme.

»Über der Rippe unter dem linken Arm war der letzte Stich.«

Er nimmt Papas Arm und hebt ihn hoch, um den siebenundzwanzigsten Stich besser sehen zu können, und hört Papas Herz schlagen. Ganz fest, als würde Papa noch immer kämpfen.

Poch, poch.

Broncks setzte sich im Bett auf.

Poch, poch.

Ein bizarrer Traum, aber es war ihm so real vorgekommen, in dem Grab zu stehen.

Er war erleichtert.

Jetzt pochte es wieder, und zwar an der Wohnungstür.

Sein Handy lag auf dem Fußboden. 5.57 Uhr. Er hatte keine zwei Stunden geschlafen.

Poch, poch.

Wer zum Teufel klopfte um diese Tageszeit?

Barfuß schlich er über den kalten Dielenboden durch den Flur. Es gab einen Spion.

Sie?

»Was willst du hier?«

»Leo Duvnjac.«

»Und?«

»Wir müssen über ihn reden.«

»Ich finde, du hast dich ziemlich eindeutig geäußert, dass du dich nicht mit diesem Fall befassen willst – oder vielleicht wolltest du auch nur nicht mit mir zusammenarbeiten.«

»Broncks?«

»Ja?«

»Ich will weitermachen. Es ist mir egal, dass du ein Psychopath bist. Der Mann, den ich gestern verhört habe, ist noch schlimmer.«

Menschen, die in einen Spion lächeln, sehen total gestört aus. Auch Elisas Lächeln war vollkommen verzerrt. Oder sah sie immer so aus? Vermutlich hatte er sie nicht sonderlich oft lächeln sehen. Jetzt hielt sie etwas Schwarzes vor den Spion. Eine Mappe vermutlich.

»Warte einen Moment.«

Er kehrte ins Schlafzimmer zurück, ignorierte das ungemachte Bett, sammelte die Jeans vom Boden auf und das T-Shirt, das auf dem Sessel lag, und zog sich an. Dann öffnete er die Wohnungstür. Elisa trat ein, hängte ihre Jacke auf und musterte ihn. Sein Haar war zerzaust, und er war barfuß.

»Du siehst es ganz richtig, du hast mich geweckt. Kann ich dir irgendwas anbieten? Ein Glas Wasser? Einen Kaffee?«

»Nein, danke.«

»Ich trinke was.«

Broncks ging in die Küche, und Elisa folgte ihm.

»Du hast die Vernehmung abgebrochen, John.«

Er füllte einen Kessel mit Wasser und zündete den Gasherd an.

»Du hast Duvnjac nach draußen begleitet und bist nicht mehr zurückgekommen.«

Heißes Wasser.

»Seitdem versuche ich, dich anzurufen.«

»Ich dachte, du wolltest über die Arbeit reden und nicht darüber, wie ich meine Zeit verbringe.«

»Ich habe gesagt, dass ich hier bin, um über Leo Duvnjac zu reden.«

Er goss das dampfende Wasser in eine Riesentasse, während sie von ihrem Platz aus den Blick schweifen ließ. Single. Da war sie sich sicher. Nicht schwul, obwohl er sie nie auf die Art angesehen hatte, wie Typen das manchmal taten. Seine neuen, unpersönlichen Möbel stammten vermutlich von IKEA. Es gab keine Fotos, nichts an den Wänden, worauf er stolz war. Nett, aber nichtssagend wie ein Hotelzimmer. Hier konnte jeder ein paar Nächte wohnen und dann weiterreisen.

»Ich habe Duvnjacs Alibi überprüft. Es ist wasserdicht. Er hat sich zum fraglichen Zeitpunkt in besagtem Restaurant mit seinem Vater getroffen. Das bestätigen der Wirt und seine Frau sowie ein nicht ganz nüchterner Stammgast. Unsere Hausdurchsuchung bei der Mutter hat, wie wir schon vermutet hatten, nichts ergeben.«

»Aber ich habe mir sagen lassen, dass du dir dort ein paar Feinde gemacht hast. Offenbar hast du ein paar Kollegen, die im Schlafzimmer gewütet haben, zurechtgewiesen. Mit so etwas machst du dich an unserem Arbeitsplatz unmöglich.«

»Damit habe ich kein Problem, solange ich weiß, dass ich recht habe. Ich bin nicht Polizistin geworden, weil ich allein bin. Ich habe schon Freunde.«

Sie sah ihn mit ihrem ganz speziellen Blick an.

»Aber du scheinst nicht allzu viele Freunde zu haben, John. Also, was hast du gesagt?«

Er trank sein warmes Wasser, das ihm ein angenehmes Gefühl vermittelte.

»Alibi, ohne Ergebnis. Hausdurchsuchung, ohne Ergebnis. Du bist also ganz ohne Grund hergekommen und hast mich geweckt? Dann kannst du ja jetzt nach Hause gehen, und ich kann weiterschlafen.«

Sie machte keine Anstalten zu gehen, sondern nahm stattdessen auf einem der Küchenstühle Platz.

»Wenn ich nicht finde, was ich suche, suche ich einfach weiter. Bis ich es gefunden habe.«

Jetzt öffnete sie die Mappe, mit der sie vor seinem Spion herumgewedelt hatte. Beim ersten Blatt handelte es sich um eine Häftlingsliste der Strafvollzugsbehörde.

»Dass Jari Ojala, der tote Räuber, die letzten sieben Monate seiner Strafe in Österåker verbüßt hat, wussten wir bereits. Zelle 2 der Abteilung H, dasselbe Gefängnis und dieselbe Abteilung wie Leo Duvnjac. Sie kannten sich. Duvnjac konnte vermutlich wie früher planen und entscheiden, ohne sich am Tatort zu befinden.«

Das nächste Blatt wies ebenfalls das Logo der Strafvollzugsbehörde auf.

»Mittlerweile wissen wir, dass weitere vierzehn Personen zusammen mit Duvnjac und Ojala in der Abteilung H einsaßen. Zehn sind noch hinter Gittern, von denen keiner zum Tatzeitpunkt Freigang hatte. Die können wir also vergessen.«

»Und?«

»Vier bleiben übrig. Nummer eins Joaquín Sanchez, zwölf Jahre für schwere Drogendelikte. Mitglied eines bolivianischen Kartells. Wenn man bereit ist, mit einer Reisetasche voller mit Kokain imprägnierter Kleider eine Grenze zu überqueren, überfällt man vielleicht auch mal zwei Geldboten.«

Vier von Büroklammern zusammengehaltene Papierstapel.

»Nummer zwei ist blond.« Sie legte die Dossiers in einem Halbkreis vor sich hin.

»Thor Bernard. Acht Jahre für Entführung, wodurch er in seiner Rockerbande vom Hangaround zum Rang eines Prospect aufzusteigen hoffte. Tut alles, wenn es dem Anführer gefällt. Der Dritte heißt Sam Larsen. Er hat lebenslänglich für Mord bekommen, hat seine Strafe inzwischen aber verbüßt. Obwohl er nicht für einen Raubüberfall verurteilt wurde, hat er lange genug eingesessen, um im Knast kriminell zu werden. Der Letzte heißt Semir Mhamdi. Sechs Jahre für Totschlag. Mitglied einer marokkanischen Bande. Er verachtet die Polizei und schweigt bei der Vernehmung, genau wie Ojala.«

Das Wasser im Kessel war immer noch warm. Broncks goss nach, obwohl er eigentlich nichts mehr trinken wollte.

Sam.

Du schon wieder.

In zwölf Jahren haben wir uns nur viermal gesehen, zuletzt in einem Besucherzimmer, als ich dir mitteilte, dass Mama tot ist. Du wolltest mich nicht einmal anfassen. Dann warst du gestern bei der

Vernehmung plötzlich da. Und heute Nacht, als ich nicht schlafen konnte. Und jetzt taucht dein Name auf einer Liste von Leuten auf, gegen die weiter ermittelt werden soll. Ich kenne dich, du bist kein Räuber. Gleichzeitig kenne ich dich überhaupt nicht.

»Wenn du jetzt auch noch die übrigen Kleider anziehen würdest, könnten wir sie einen nach dem anderen abarbeiten.«

Und noch was, Sam.

Wenn wir uns jetzt unter diesen Umständen bei einer Ermittlung wiedersehen, die dich als möglichen Täter ausschließen soll, dann will ich das nicht in Gesellschaft einer Kollegin tun, die mich als Psychopathen bezeichnet.

»Elisa, wir teilen sie unter uns auf.«

Eine Kollegin, die unseren Hintergrund nicht kennt und ihn auch gar nicht kennenlernen soll.

»Du nimmst die ersten zwei, ich die beiden anderen.«

»Jetzt verstehe ich überhaupt nichts mehr. Du wolltest doch mit mir zusammenarbeiten?«

Es ist wirklich nicht nötig, dass Außenstehende in unserem Familiengrab herumwühlen.

»Das ist besser so, Elisa. Es ist eine Zeitfrage. Wenn es Duvnjac so wichtig war, schon am ersten Tag in Freiheit zuzuschlagen, dann gibt es eine Deadline. Oder?«

Er griff nach zwei der Dossiers.

»Ich nehme … Nummer drei und vier, und du eins und zwei. Okay?«, sagte er und nahm ihr gegenüber Platz.

Sie blätterten die Angaben zur Person und die Vorstrafenlisten ihrer jeweiligen Kandidaten durch. Doch während Elisa methodisch weiterblätterte, blieb sein Blick auf einem Foto des jungen Häftlings hängen, der Sam Larsen hieß.

Broncks hatte vollkommen vergessen, wie er einmal ausgesehen hatte.

Als wäre jede Kindheitserinnerung an seinen großen Bruder von dem Sam überlagert worden, dem er in den Besucherzellen begegnet war. Muskeln, misslungene Knasttattoos und abweisender Blick. Der Sam, der ihn von einer Schwarz-Weiß-Fotografie ansah, war erst achtzehn. Sein Hals war schmal, das Haar etwas zu lang und zerzaust, und seine Augen wussten sehr wohl, dass der siebenundzwanzigste und letzte Stich mit dem Anglermesser mit Sägezahnung hoch oben unter dem linken Arm ihres Vaters eingedrungen war.

Waden waren sehr unterschiedlich.

Daran hatte Leo noch nie gedacht. Doch als er sie durch die beiden ziemlich dreckigen Fenster seiner Kellerräume draußen in der Hallandsgatan vorbeilaufen sah, wurde ihm klar, dass man sich zu den Waden ohne Weiteres den Rest des Körpers vorstellen konnte – Alter, Status, sogar Befindlichkeit, und das alles nur mit Hilfe von Füßen und Waden.

»Leo?«

Sullo sah sich im sechzig Quadratmeter großen Keller am Rosenlundsparken um, den er als sein Büro zu bezeichnen pflegte.

»Leo, bist du's?«

»Ja.«

»Ich sollte nicht fragen, aber hast du alles dabei?«

Leo ließ die Tasche von seiner Schulter gleiten.

»Wie vereinbart zwei Arten von Zahlungsmitteln. Papier und Metall.«

»Ich vertraue dir, Leo, aber für den Verkäufer muss ich das überprüfen, das verstehst du doch?«

Sullos Stimme klang auch noch in der Sekunde, bevor er jemandem den Kiefer brach, freundlich. Es war damals so schnell gegangen, dass die Wärter den Schlag nicht gesehen hatten. Leo hatte seine Geschichte bestätigt: Der russische Vergewaltiger hätte beim Bankdrücken die Langhantel fallen lassen. So wussten zwei Insassen, dass sie einander vertrauen konnten.

»Und du? Hast du alles beschafft?«

Die Decke war limonengrün. Auf dem Boden lagen zerschlissene Perserteppiche, sodass es auch an einem eisigen Frühlingstag noch halbwegs warm war. Nach Sullos Beschreibung hatte sich Leo das Büro etwas ordentlicher vorgestellt. An den Wänden waren die Regale ähnlich wie die Firma etwas zu schnell und unkontrolliert expandiert. Kartons, Schachteln und Plastiktüten mit neuen Handys, Surroundsystemen, Projektoren und Computern und in Kartons Fernseher, Bildschirme und Festplatten.

»Hier drüben, Leo, liegen deine Sachen.«

Sullo deutete in die hintere Ecke. Leo war einer der wenigen, die überhaupt Zugang zum Herzen des Betriebs erhalten hatten. Das lag nicht an dem, was er erreicht hatte, das hatte Sullo betont, denn jeder konnte eine Bank überfallen und ein paar Jahre absitzen. Nein, es lag an den acht Überfällen, die die Polizei Leo Duvnjac nicht hatte nachweisen können. Wer das geleistet hatte, redete mit der Polizei nicht über seine Kollegen.

»Die von dir bestellten Jacken und Hosen sind heute Nacht eingetroffen.«

»Ich hatte aber noch andere Wünsche.«

»Alles da. Es sind mehrere Lieferungen gekommen.«

Sie gingen an zwei Kleiderständern vorbei. Armani, Givenchy, Prada und Hugo Boss, die Anzüge waren in Plastikhüllen irgendwo an der E 4 zwischen Malmö und Stockholm aus dem Lastwagen gefallen. Der Keller war nur ein Zwischenlager und Sullo der Verwalter, der dafür sorgte, dass der Gewinn korrekt verteilt wurde.

So hatte er sich vor vier Jahren in Kumla vorgestellt.

Er vermittelte, wenn Verkäufer und Käufer sich nicht begegnen und anonym bleiben wollten.

»Hier liegt alles, was auf deiner Wunschliste steht.«

Sullo blieb vor dem einzigen aufgeräumten Tisch stehen und hob einen Umzugskarton hoch, aus dem eine Papprolle ragte.

»Aber mit dieser verdammten Kennmarke …«

Er nahm eine blau-rot-goldene Metallmarke aus dem Karton, die untere Hälfte jedes polizeilichen Dienstausweises. Revier und Nummer waren darin eingraviert.

»Das war nicht ganz leicht. Aber das habe ich dir ja schon erklärt. Auf dem ganzen Markt gab es nur eine einzige echte. Der Preis war dementsprechend hoch. Nicht einmal die besten Taschendiebe trauen sich an Bullen ran.«

Leo nahm die Marke in Augenschein. Sie war nur dreißig Gramm schwer.

»Eine reicht. Die andere beschaffe ich selbst. Ich habe schon alles vorbereitet.«

Sullo sah Leo neugierig an, schließlich war er normalerweise derjenige, der Sachen beschaffte.

»Und wie?«

»Mithilfe eines Wunders der Technik. Darf ich jetzt auch den Rest sehen?«

Sullo nahm zwei dunkelblaue Jacken und zwei dunkelblaue Hosen aus dem Karton.

»Die aktuelle Standarduniform.«

Leo betastete die Achselstücke und den Reißverschluss unter dem Klettverschluss und betrachtete die Dienstgradabzeichen.

»Hose, Pullover, Lederhandschuhe, Stiefel? Willst du das auch alles anschauen?«

»Nein, nicht nötig. Aber einen Gürtel würde ich gerne sehen.«

Sullo fischte einen Nylongürtel aus dem Karton, an dem ein ausziehbarer Schlagstock, Handschellen, Pfefferspray, Reservemagazin, Funkgerät und Waffentasche hingen. Vier Kilo, die jeder Polizist ständig mit sich herumschleppte. Leo nahm den schwersten Gegenstand zur Hand, die Dienstwaffe der schwedischen Polizei, eine SIG Sauer P226.

»Na dann, Leo. Du weißt, was das kostet.«

Leo öffnete seine Sporttasche und reichte Sullo zwei Maschinenpistolen.

»Papier und Metall. Wir fangen mit dem Metall an.«

Sullo legte die Waffen beiseite, ohne sie näher anzuschauen.

»Noch was, nur damit du Bescheid weißt, Leo. Die Uniformen mit den dazugehörigen Gürteln wird man spätestens morgen oder, wenn du Glück hast, übermorgen vermissen.«

»Und zwar wo?«

»Bei der Polizei in Örebro.«

»Wichtig ist, dass niemand sie in Stockholm vermisst. Bis sich das von Örebro bis hierher durchgesprochen hat, vergehen ein paar Tage. Und dann habe ich bereits für immer die Kleider gewechselt.«

Die wie ein Schornstein aus dem Karton herausragende Papprolle hatte weiße Plastikdeckel. Sullo öffnete sie und zog einen handgezeichneten Plan im DIN-A3-Format heraus.

»Direkt von der Gebäudereinigungsfirma.«

Leo erkannte in den Linien ein Gebäude wieder, das für ihn eine große Bedeutung besessen hatte und wieder besitzen würde. Korridore, Treppenhäuser. Auf allen Stockwerken waren die wichtigen Räume markiert.

»Und hier ist die dazugehörige Schlüsselkarte für den Eingang zum Tunnel auf der Gerichtsseite. Da sind wir auch beide schon einige Male durchgekommen, oder? Allerdings in Handschellen. Du kommst damit allerdings nur bis zur Asservatenkammer. Hörst du, Leo? Dort unten kannst du dich nicht frei bewegen. Dann geht alles zum Teufel. Asservatenkammer und zurück. Denn wenn jemand diese Plastikkarte findet und begreift, wo sie herkommt, dann …«

»Keine Sorge. Woanders will ich nicht hin. Wenn ich habe, was ich brauche, werde ich ganz brav meiner Wege gehen.«

Sullo hielt ihm die Schlüsselkarte hin, die nicht größer war als eine normale Kreditkarte, ließ sie aber nicht los, als Leo sie an sich nehmen wollte.

»Ich habe das Metall, jetzt will ich auch noch das Papier. Deine Bestellung ist teuer. Der Preis beträgt wie vereinbart sieben Zentimeter Fünfhunderter und zwei Maschinenpistolen.«

Der dicke Umschlag, den Leo auf den Tisch legte, enthielt siebenhundert Fünfhunderter. Obendrauf legte er einen etwas dünneren Umschlag.

»Und das hier, Sullo, ist für die Transportzeiten zur Papierfabrik in Tumba.«

»Diese Infos sind gratis. Das war eine Warenprobe. Zufriedene Kunden kommen zurück.«

»Nein, ich will sie bezahlen. Du hast mir vertraut, obwohl ich damals nicht zahlen konnte. Jetzt fehlt nur noch die Wohnung.«

Sullo wühlte eine Weile in dem Umzugskarton, bis er den Schlüsselbund gefunden hatte.

»In Gamla Sickla, Atlasvägen 24, vierter Stock. In der Nähe der Dieselverkstaden.«

»Ich bin höchstens zwei Nächte dort. Dann werfe ich den Schlüssel in den Briefkasten. Okay?«

Einige Minuten später war alles verpackt, und Leo verließ den Keller. Gleich würde er selbst an den schmutzigen Fenstern in der Hallandsgatan vorbeigehen, durch die nur die Waden zu sehen waren. Anhand seiner Waden würde man sich allerdings nur seine eine Identität vorstellen können, die andere befand sich in einer Tasche, die über seiner Schulter hing.

Ruckartig öffnete sich der rote Schlagbaum und schloss sich wieder, nachdem John Broncks auf die kleine Fähre gefahren war. Er war der Einzige. So war es an Wochentagen vermutlich häufiger. Vom Festland zur Insel im Mälarsee dauerte es fünf Minuten. Er winkte dem Fährmann zu, wie sein Vater das auch immer gemacht hatte, als Sam und er noch klein gewesen waren, denn das taten alle, die auf Arnö wohnten. Das unterschied Touristen von Hausbesitzern. Der Vater war damals immer bis zur Rampe vorgefahren, und bei den beiden Jungen hatte sich in diesem Moment das Gefühl eingestellt, dass sie nie mehr zurückkehren dürften. So war es immer gewesen, wenn sie für ein Wochenende oder die Sommerferien auf die Insel gefahren waren. Sie hatten sich in eine andere Welt begeben, in der sie mit der Gewalt allein waren. Deswegen hatte Sam auch immer geflüstert: *Willkommen auf Alcatraz*, wenn ihr Auto über die Rampe an Land gefahren war.

Und wie damals wurde es Broncks schlecht. Er bekam fast keine Luft mehr. Dann nistete sich die Beklemmung in seinen Eingeweiden ein, als hätte er seine Angst heruntergeschluckt.

Inzwischen bin ich erwachsen, verdammt nochmal.

Doch seine Gedanken halfen nicht, er konnte die Angst nicht abschütteln.

Die Kinder, die er am Morgen getroffen hatte, waren ganz anders gewesen. Fidel, vorlaut, selbstbewusst und ständig in Bewegung. Er hatte eine Wohnung in Fruängen betreten, die überhaupt nicht seinen Vorurteilen entsprochen hatte. Der Vierte auf der Liste, Semir

Mhamdi, hatte zum Glauben und damit zu seiner Frau und seinen Kindern zurückgefunden. Er gab sich wirklich Mühe. Zusammen mit den Eltern hatte Broncks die Töchter zur Schule begleitet, und die Mädchen hatten ihrem Vater unbewusst das Alibi gegeben, das Broncks benötigte. *Gestern und vorgestern waren wir mit Papa nach der Schule im Hallenbad. Er hat jedes Mal eine Wahnsinnsarschbombe gemacht, und es hat total gespritzt.*

So anders als seine Kindheit.

Auf dem Weg von der Fähre winkte er dem Fährmann erneut zu, wie das richtige Inselbewohner taten. Das kam ganz automatisch, obwohl er als Erwachsener nie mehr auf der Insel gewesen war.

Er hatte im Melderegister nachgeschaut, weil er nicht wusste, wo sein Bruder seit seiner Haftentlassung wohnte. Er wusste, dass Sam das Sommerhaus geerbt hatte, da seine Mutter das testamentarisch so verfügt hatte. Das Gefühl von Neid, das sich damals völlig unerwartet eingestellt hatte, war in Gleichgültigkeit übergegangen. Wenn Sam dieses verdammte Haus haben wollte, dann sollte er damit glücklich werden. Aber John Broncks hätte sich nie vorstellen können, dort einzuziehen.

Er fuhr an der Kirche aus dem 13. Jahrhundert vorbei, deren weißer Putz grau geworden war. Auch der Rasen und die Sandwege wirkten verwahrlost. Dort hatten sie sich zuletzt gesehen, hatten aber weder vor noch nach der Beisetzung ihrer Mutter ein Wort gewechselt. Sie hätten wie zwei ganz normale Angehörige auf einer normalen Beerdigung wirken können, wären da nicht die beiden Wärter gewesen, die Sam während des gesamten Trauerakts flankiert hatten. Aber auch diese hatten einen schwarzen Anzug getragen.

Der Asphalt der Straße ging in Kies über, und auf die Äcker folgte dichter Wald, der noch immer so schön war wie in seiner

Kindheit. Vor dem letzten Haus stellte er den Motor ab und ließ den Wagen bis zu dem roten Holzzaun ausrollen.

Dann blieb er im Auto sitzen.

Sommerhäuser wirkten um diese Jahreszeit immer unbewohnt.

Wohnst du hier?

Wie konnte man nur freiwillig bei seinen schlimmsten Erinnerungen einziehen?

Er öffnete die Fahrertür und hörte sie jetzt deutlicher – die Hiebe einer Axt.

Seine Übelkeit nahm zu. Als könnte er seine Angst nicht mehr schlucken, als würde sie ihm zu schnell in die Kehle gestopft. Wenn es ihm möglich gewesen wäre, hätte er seine Erinnerungen ausgekotzt.

Während er langsam über die raureifbedeckte, fast schneefreie Wiese ging, wurden die Axthiebe lauter. Holzfasern jammerten, als sie gespalten wurden. Erst als er um die Laube herumging, sah er ihn. Er hatte ihm den Rücken zugewendet und die Axt über den Kopf gehoben. Mit konzentrierter Kraft schleuderte er die Klinge nach unten. Broncks wartete ab, bis er die Scheite sortiert hatte.

»Hallo.«

Sam zuckte zusammen, drehte sich aber nicht um, als würde es ihn nicht kümmern, dass jemand hinter ihm stand. Noch ein Kloben Birkenholz, die Axt in die Luft, der Knall beim exakten Aufschlag.

»Ich habe Hallo gesagt.«

Er drehte sich um, ihre Blicke begegneten sich kurz, dann beugte sich Sam vor und sammelte die Scheite auf der einen Seite des Hauklotzes auf. Seit dem Tod ihrer Mutter war er gealtert. Broncks rechnete aus, dass sein großer Bruder zweiundvierzig Jahre alt sein musste.

»Ich hätte erwartet, dass du das Haus verkaufst.«

Sam schwieg, sammelte auch noch die Scheite auf der anderen Seite des Hauklotzes auf, trug sie in den Holzschuppen und stapelte sie an der Wand auf.

»Es müsste doch einiges wert sein?«

Ein Scheit sorgfältig auf den anderen, dann verriegelte Sam die Schuppentür mit dem Haken.

»Ganz ehrlich, John, bildest du dir ein, dass sich das Mörderhaus verkaufen lässt? Nach all den Jahren heißt es immer noch so.«

Vom Schuppen zum Haus waren es nur wenige Schritte. Sam öffnete die Tür und ließ sie weit offenstehen, als er in die Diele trat.

»Auf so einer beschissenen Insel wird immer getratscht. Der Klatsch bewegt sich das Ufer entlang im Kreis. Niemand schaut mich auch nur an, alle tuscheln. Der Mörder ist zurück, heißt es, wenn sie glauben, dass ich sie nicht höre.«

Broncks sah durch die offene Tür in die kleine Diele und ins Wohnzimmer, aber seine Füße weigerten sich, ihm zu gehorchen. Er wollte sich der Gewalt nicht stellen, die immer noch in den Wänden des Hauses saß.

»Der Fährmann ist der Einzige, der nichts gegen mich hat. Erinnerst du dich noch an ihn, John? Ich glaube fast, er mag mich. Vermutlich war er der Einzige, der Papa durchschaut hat.«

John blieb stehen und lauschte der Stimme, die, egal wo sie sich befand, distanziert zu ihm sprach. Sie war vollkommen gefühllos und hätte sich in irgendeiner beliebigen Besucherzelle befinden können.

»Du lässt die Kälte ins Haus.«

Broncks sah zu, wie Sam die Scheite in die rostige Blechkiste legte, die schon immer rechts vom Holzherd stand.

»Ich muss die Tür zumachen. Entweder du kommst rein oder du bleibst draußen.«

Diese verdammte Diele.

Als er zuletzt in ihr gestanden hatte, war er nicht einmal erwachsen gewesen.

Jetzt trat er ein, und sie kam ihm so unerhört klein vor, genau wie die Küche. Sam schob ein Holzscheit in den Herd und stocherte mit dem Schürhaken in der Glut. Sein Gesicht hatte inzwischen so viele Falten um die Augen wie ihr Vater damals. So hatte er das noch nie gesehen: Ihr Vater war Anfang vierzig gewesen, als er ermordet wurde – ungefähr so alt wie seine beiden Söhne jetzt.

»Und? Bist du hier, um mich in der Freiheit willkommen zu heißen?« Sam lächelte höhnisch. »Damit kommst du ein paar Monate zu spät.«

»Nein. Als Privatperson wolltest du ja nichts mit mir zu tun haben. Ich bin als Polizist hier.«

John Broncks zog ein Foto aus der Manteltasche und legte es an den Platz auf den Küchentisch, der einmal seiner gewesen war.

»Kennst du ihn?«

Sams schaute sich das Foto, das von der Strafvollzugsbehörde stammte, nicht an.

»Ich verpfeife nach wie vor niemanden.«

»Sam, du bist nicht mehr im Knast.«

»Aber du bist immer noch Polizist, John.«

Broncks schob das Foto in Sams Richtung.

»Ich weiß, dass du ihn kennst, weil ihr zusammen in Österåker eingesessen habt. Jari Ojala ist vorgestern bei einem Raubüberfall erschossen worden. Wir glauben, dass sein Komplize, der entkommen konnte, ebenfalls in Österåker war. Du bist einer von denen, der gleichzeitig mit ihm eingesessen hat, Sam. Ich bin hier, um dich aus dem Kreis der Verdächtigen auszuschließen. Wenn ich das getan habe, brauchst du mich nie mehr wiederzusehen.«

»Dann schließ mich eben aus.«

»Wenn du mir sagst, wo du letzten Montag zwischen vier und fünf Uhr nachmittags warst.«

»Du bist der Polizist. Du wirst das schon herausfinden.«

Broncks legte ein weiteres Foto auf das erste.

»Der hier war auch in deiner Abteilung. Leo Duvnjac.«

»Und?«

»Verdammt, Sam. Ich will die Sache hinter mich bringen. Du willst deine Ruhe, und ich will hier weg. Also rede mit mir.«

Ein weiteres Scheit landete in den Flammen.

»Okay. Schieß los.«

Broncks fiel auf, dass eine Herdplatte gesprungen war. Schwarzer Rauch drang aus dem Sprung, und man bekam kaum Luft.

»Du und Duvnjac habt laut Strafvollzugsbehörde ein gutes Jahr zusammen eingesessen. Gab es in dieser Zeit Leute, die ihm nahestanden?«

»Woher soll ich das wissen?«

Ihr habt miteinander gesprochen, Sam.

»Gab es jemanden, zu dem er besonders viel Kontakt hatte?«

»Wie das halt so ist, wenn man auf demselben Korridor ist.«

Du hast von uns erzählt, Sam.

»So lang ist so ein Gefängniskorridor nicht. Ihr müsst euch dauernd über den Weg gelaufen sein. Du musst gesehen haben, mit wem er Umgang gepflegt hat.«

»Man interessiert sich nicht füreinander, wenn alle sowieso nur rauswollen.«

Ihr habt euch gut gekannt, Sam.

In dem kleinen Haus wurde es still, ebenso still wie draußen. Das Knistern des Feuers war lauter geworden.

»Der Herd qualmt, das hast du gesehen, oder? Du musst die eine Platte austauschen. Ich erinnere mich noch, dass Mama die andere auswechseln musste, als wir klein waren.«

Der graue Rauch lag in Schwaden über dem Herd. John Broncks verfolgte sie mit dem Blick, während sie langsam zur Decke aufstiegen. Dann ging er zum Küchentisch und nahm die Fotos wieder an sich. Er würde keine erschöpfende Antwort erhalten, da konnte er die Fragen noch so oft stellen und noch so sehr variieren.

Er öffnete die Haustür. Die Rauchschwaden spielten Fangen und zogen ihm nach.

Auf der kleinen Treppe blieb er stehen, machte kehrt und ging wieder ins Haus.

»Hast du jemandem von uns erzählt, Sam?«

»Bitte was?«

»Von dem, was hier passiert ist?«

»Will das immer noch der Polizist wissen?«

»Das kannst du sehen, wie du willst.«

Erneut lächelte Sam höhnisch.

»Ob ich es erzählt habe?«

Er trat ins Wohnzimmer und deutete auf die beiden kleinen Schlafzimmer.

»Du meinst, was dort drinnen vorgefallen ist? Komm rein, John, dann erzähle ich auch dir, was damals passiert ist. Komm rein!«

»Ich weiß, was passiert ist.«

»Den Teufel tust du!«

Mit raschen Schritten verschwand Sam in einem der Schlafzimmer. Broncks sah sich gezwungen, ihm zu folgen.

»Ich hatte beschlossen, nichts mehr zu empfinden, du aber nicht. Denn das geht, John. Man kann beschließen, keinen Schmerz mehr zu empfinden. Man kann denken, *das spüre ich nicht*, und dann spürt man es nicht. Ich erinnere mich noch genau an das letzte Mal. Ich habe ihn einfach angesehen und gesagt, schlag nur zu, ich spüre es ja doch nicht. Der Alte ist rot im Gesicht geworden und hat immer wieder zugeschlagen, und ich habe überhaupt nichts gespürt. Das war das letzte Mal. Er konnte mir nichts mehr anhaben, und das wusste er. Wir wussten es beide. Dann hat er angefangen, dich zu schlagen, John, und du hast es gespürt.«

Sam nickte in Richtung des grünen Telefons, das immer noch an der Wand hing.

»Deswegen hast du mich an diesem Abend weinend angerufen und mich gebeten zu kommen.«

Nur das Feuer knisterte.

Der Holzherd verbreitete eine angenehme Wärme.

Broncks wurde klar, dass er seine Übelkeit nicht bei jemandem loswerden konnte, der beschlossen hatte, in einem verdammten Haus voller schlimmer Erinnerungen zu leben.

Es schien so, als würde Sam es geradezu genießen, zum ersten Mal nach vielen Jahren die Oberhand zu haben. Er war frei und nicht in einer Zelle gefangen. Im Unterschied zu seinem Besucher war er hier sicher.

»Komm schon rein, John! Du kannst das Bett probeliegen, in dem er damals gelegen hat. Als Teil deiner verdammten Ermittlung.«

Auf einem kleinen Bord lag zwischen Fotos und Glasschälchen ein Messer auf einem Häkeldeckchen. Sam nahm es zur Hand und fuchtelte damit herum.

Es war *das* Messer. Gezackte Klinge, die Spitze abgebrochen.

»Ich habe es zurückgefordert. Es lag in einem Archivkarton. Siehst du das eingetrocknete Blut, John? Die Spitze fehlt, weil die in seinem Brustbein abgebrochen ist.«

Broncks ging zum zweiten und letzten Mal die abschüssige Wiese hinunter und zu seinem Auto. Auf dem Weg zur Fähre dachte er an nichts. Auch nicht, als er wartete und während der kurzen Überfahrt aus dem Wagen stieg und den Möwen zuschaute, die über das schäumende Wasser jagten.

Er wusste, dass er seine Übelkeit nicht loswerden würde, bis er Stockholm wieder vor sich sah. So war es wohl, wenn man das besuchte, was nie mehr besucht werden sollte.

Doch womit er nicht gerechnet hatte, war der Zweifel. Er hatte seinen Bruder aus dem Kreis der Verdächtigen ausschließen wollen, aber das war jetzt nicht mehr möglich. Es ging nicht um die Schläge, die immer noch von den Wänden widergehallt hatten. Nein, es ging um die Fragen nach Leo Duvnjac. Als er gefragt hatte, wie gut sie sich kannten, war Sam arrogant ausgewichen und hatte Gegenfragen gestellt. Aber zumindest hatte er geantwortet. Doch als er sich in der Tür umgedreht hatte, um die Frage zu stellen, auf die er nach der Vernehmung am Vortag eine Antwort suchte, nämlich ob Sam jemandem von ihrer gemeinsamen Geschichte erzählt hatte, da hatte Sam einfach nur versucht, ihm die Schuld an dem Mord zuzuschieben.

Er hatte gewusst, dass er seinen kleinen Bruder so aus dem Gleichgewicht bringen würde.

Planlos ging Broncks auf dem leeren Deck der Fähre von Reling zu Reling, in die Kabine und zum Rettungsboot. Dann nahm er einen Fahrplan aus einem Ständer. In dem Moment, als er zur Schiffsbrücke und zum Fährmann hochschaute, bemerkte er sie.

Die Überwachungskamera auf dem Dach der Brücke. Die hatte es damals nicht gegeben.

Vielleicht fand sich die Antwort, die ihm Sam nicht geben wollte, ja dort.

Broncks fuhr von der Fähre, hielt hinter dem Schlagbaum und wartete vor dem kleinen Fährhaus auf den Fährmann.

»Entschuldigen Sie.« Er hielt dem Fährmann seinen Ausweis hin. »Ich würde mir gerne die Überwachungsbilder der letzten Tage ansehen.«

»Welche Überwachungsbilder?«

»Die von der Kamera auf der Schiffsbrücke.«

»Die hat noch nie jemand sehen wollen.«

»Dann ist es höchste Zeit. Die letzten achtundvierzig Stunden genügen.«

Der Fährmann trat ins Haus, und Broncks folgte ihm zu einem Computer.

»Sie schauen sich das besser selbst an. Ich kann damit nicht umgehen.«

Broncks nahm vor dem Computer Platz und fand auf dem Monitor das Symbol der Überwachungskamera. Er klickte es an und dann auf das aktuelle Datum.

»Wonach suchen Sie?«

»Ich weiß nicht so recht. Vermutlich suche ich eher nach etwas, was *nicht* dort sein sollte.«

»Das verstehe ich nicht.«

»Ich möchte Sie auch bitten, niemandem zu sagen, dass ich hier war.«

Die Bildqualität entsprach der von Überwachungskameras. Schwarz-weiß, körnig, abgehackte Bewegungen. Es gab keinen Ton. Unten auf dem Bildschirm befand sich die Zeitachse. Mit dem Cursor klickte er auf Montag.

Vierundsechzig Überfahrten. Mehr Fahrzeuge als im Durchschnitt, was aus der Statistik rechts auf dem Monitor hervorging.

Er suchte nach dem Beweis für das, was er hoffte, nicht zu finden: dass Sam die Insel am Montag verlassen hatte. Dabei hätte er beinahe ein Fahrzeug übersehen, das mit der 13-Uhr-Fähre auf der Insel eingetroffen war. Ein kleiner Pkw, wahrscheinlich ein Toyota. Der Fahrer war wegen der getönten Scheiben nicht zu erkennen. Nach zweieinhalb Minuten, auf halber Strecke also, öffnete sich die Fahrertür, ein Mann stieg aus, trat an die Reling und starrte ins Wasser.

Leo Duvnjac.

Auf dem Weg zum Sommerhaus der Broncks.

Ihm war so übel wie noch nie. Er suchte nach einer plausiblen Erklärung. Vielleicht war das im Grunde gar nicht so merkwürdig. Zwei alte Knastkumpanen, die hinter Gittern viel Zeit miteinander verbracht und sich dort angefreundet hatten, so wie man sich nur unter erzwungener Isolation anfreunden konnte. Vielleicht war nichts weiter dabei, dass sie sich am ersten Tag in Freiheit treffen wollten.

»Hören Sie.«

Der Fährmann stand jetzt neben ihm und musterte ihn eingehend.

»Ich kenne Sie doch.«

»Und? Ich bin vor einer Stunde auf die Insel gefahren und eben zurückgekommen.«

»Nein, das meinte ich nicht. Ich habe Sie schon als kleinen Jungen gekannt. Sie müssen Sams jüngerer Bruder sein. John, oder?«

»Stimmt.«

»Ich habe was über Sie gelesen, aber ich war mir nicht sicher, ob Sie das wirklich sind. Was über den Jahrhundertraub. Über diese 103 Millionen. Sie haben die Täter ja eingebuchtet.«

»Ja.«

»Sie haben Ihren Nachnamen also behalten?«

»Ja.«

»Larsen, wo kommt dieser Name eigentlich her?«

»Sie sind ja überhaupt nicht neugierig.«

»Sonst erfährt man schließlich nichts.«

»Das ist der Mädchenname unserer Mutter. Sam hat ihn am Tag seiner Volljährigkeit angenommen.«

»Ich erinnere mich noch, wie es war. Fürchterlich.«

Broncks bewegte den Cursor weiter bis zur 14-Uhr-Überfahrt

aufs Festland. Da sah er den Wagen erneut in der Mitte der Fähre, jetzt allerdings in der entgegengesetzten Richtung. Durch die Windschutzscheibe war Leo Duvnjac deutlich zu erkennen.

Dann kamen die Bilder der Fähre um 14.30 Uhr. Niemand war zur Insel gefahren oder hatte sie verlassen.

Dann kam, was er nicht sehen wollte. Sam verließ die Insel mit der Fähre um 15 Uhr.

John Broncks erhob sich und eilte aus dem Fährhaus. Der Wind hatte zugenommen, und die Möwen kreischten.

Er lehnte sich an den geschlossenen Schlagbaum und schaute auf die Insel.

Angst erfüllte ihn, und er war wütend.

Schließlich musste er sich übergeben, ins Wasser.

So war das mit Erinnerungen.

»Alles in Ordnung?«

Der Fährmann stand in der Tür. Broncks nickte. Er atmete ein paarmal tief durch und kehrte an den Computer zurück. Bis zur letzten Überfahrt am Abend waren weitere 34 Fahrzeuge mitgefahren.

»Sie sind also Polizist geworden?« Der Fährmann hatte sich wieder neben ihn gestellt. »Dann sind Sie ja sehr verschiedene Wege gegangen. Einer hinter Gittern und einer, der Leute hinter Gitter bringt.«

Das Gefühl von Angst und Wut stellte sich noch bei drei weiteren Aufzeichnungen ein.

Bei der um 19 Uhr, als Sam auf die Insel zurückkehrte.

Bei der um 20 Uhr, als Leo auf die Insel zurückkehrte.

Und bei der um 22 Uhr, als Leo mit der vorletzten Überfahrt die Insel verließ.

Als John Broncks dem Fährmann für seine Hilfe dankte, hatte er Ausschnitte aus dem Leben zweier Männer betrachtet, die zu einem sehr schweren Verbrechen passten, das in einer Entfernung von etwa einer Stunde Fahrzeit verübt worden war.

Jetzt wusste er Bescheid.

Er hatte noch keine Beweise, da allein der Umstand, dass beide zur gleichen Zeit wie der mittlerweile erschossene Räuber ihre Gefängnisstrafe verbüßt hatten und mit einer gelben Fähre übergesetzt waren, um zwei Geldboten zu überfallen, vor Gericht nicht ausreichen würde.

Aber er wusste es. Die von Elisa verachtete Intuition genügte ihm.

Sam, was zum Teufel hast du getan?

Und warum ausgerechnet zusammen mit ihm?

Als Leo die Wohnung betrat, lagen siebenundzwanzig Werbesendungen und die Gratiszeitungen von drei Wochen unter dem Briefschlitz auf dem Fußboden der Diele. Einige Rechnungen waren an Fredrik Söderberg c/o Larsson adressiert. Die Wohnung gehörte zu Sullos Imperium. Hier konnte er einige Tage untertauchen.

Er stellte die Pumasporttasche auf den Teppich in der Diele. Sie enthielt alles, was er sich von Sullo gewünscht hatte. Daneben stellte er die Adidastasche, die ihm einen Tag zuvor der albanische Schläger in seiner ausgeleierten Trainingshose überreicht hatte. Darin befand sich ein 100 000 Kronen teures Notebook. Er stellte es auf die Arbeitsplatte in der Küche und gab das Kennwort ein, das ihn weitere 50 000 Kronen, 10 000 Kronen pro Buchstabe, gekostet hatte. SMART rückwärts, TRAMS.

Er brauchte siebeneinhalb Minuten, um das benötigte Formular für Bestellungen zu finden. Er kopierte es und suchte dann die Informationen heraus, um es korrekt ausfüllen zu können. Er musste wissen, welcher Beamte Dienst hatte, und außerdem brauchte er die Liste der für die laufenden Ermittlungen beschlagnahmten Gegenstände.

Der Wind erfasste die Präsidiumstür, und Elisa Cuesta musste sie festhalten, damit sie nicht an die Wand knallte. Sie zog ihre Lederhandschuhe an. Von der Kungsholmsgatan bis zur Fleminggatan, Ecke Sankt Eriksgatan dauerte es zu Fuß nur zehn Minuten. Auf dem Bürgersteig war nicht gestreut worden, und es war ziemlich glatt. Schilder warnten vor Eiszapfen, die trotz des nahenden Frühlings immer noch von den Dachrinnen hingen. Sie konnten sich jederzeit in tödliche Speere verwandeln.

Sie hatte Sánchez und Bernard schon bald aus dem Kreis der Verdächtigen ausschließen können. Joaquín Sánchez war laut der bolivianischen Polizei nach verbüßter Strafe in seine Heimat zurückgekehrt und wartete im El penal de San Pedro auf einen Prozess wegen eines dreifachen Mordes im Drogenmilieu. Thor Bernard besaß ein wasserdichtes Alibi. Mehrere Zeugen hatten ausgesagt, dass er sich zum fraglichen Zeitpunkt auf der Fähre von Gdańsk nach Nynäshamn befunden habe. Sie wartete darauf, dass Broncks sie über die anderen beiden Kandidaten informieren würde. Er hatte recht kläglich gewirkt, als er vor dem Gasherd seiner winzigen Küche gestanden hatte. Vielleicht hätte sie ihn ja doch nicht nach nur zwei Stunden Schlaf wecken und auch nicht erneut als Psychopathen bezeichnen sollen. Das erste Mal hatte sie ihn in die Schranken weisen wollen, beim zweiten Mal war es ein Scherz gewesen, aber wahrscheinlich hatte er den Scherz ebenso wenig verstanden wie beim ersten Mal die Zurechtweisung. Einen ganz kurzen Moment hatte sie sogar erwogen, ihn in den Arm zu nehmen, ehe sie gegangen war. Aber das hätte sie inzwischen vermutlich ebenfalls bereut.

Sie ging über die Sankt-Eriks-Brücke zur Rörstrandsgatan, blieb vor einem Haus stehen und schaute zu den Eiszapfen hoch, um sich zu überzeugen, dass sie nicht herabfallen würden. Dieses Gebäude hatte Felix Duvnjac als Arbeitsplatz seines jüngsten Bruders angegeben.

Es hatte einen schönen Eingangsbereich mit hellen Wänden, breiten, etwas ausgetretenen Treppenstufen und Blumentöpfen auf den Fensterbänken. Die Wohnungen hier waren ebenso teuer wie in den besseren Vierteln von London und Paris.

An einer angelehnten Tür im dritten Stock, durch deren Spalt einige leere Farbdosen zu sehen waren, blieb sie stehen. Sie klingelte und hörte, wie das Läuten in der Hitparadenmusik unterging, die laut aus einem Radio plärrte. Da sie niemand gehört zu haben schien, öffnete sie die Tür ganz. In der Diele standen Werkzeugkoffer an frisch gestrichenen Wänden. Eine Totalsanierung. Sie erinnerte sich daran, wie in ihrer Wohnung die Abflussrohre ausgetauscht worden waren. Vier Wochen lang Staub – morgens, abends und nachts.

»Hallo?«

Ihre Stimme tanzte wie die Musik durch die Wohnung und landete ungehört wieder vor ihren Füßen. Sie ging ins Wohnzimmer. Kalt. Vermutlich waren die Heizungen abgedreht. Auch dieses Zimmer war fast fertig. In dieser Wohnung würde er nicht mehr sonderlich lange arbeiten.

Dann sah sie zwei Männer, die mit dem Rücken zu ihr auf dem Balkon standen und rauchten. Erst als sie an die offene Balkontür klopfte, drehten sie sich um, ein Mann Mitte zwanzig und ein Mann Mitte fünfzig. Der Jüngere im Blaumann, der Ältere in weißen Anstreicherhosen. Sie kannte beide. Vater und Sohn Duvnjac.

»Ich bin Elisa Cuesta von der Polizei. Ich habe ein paar Fragen an Sie, Vincent.«

Der Jüngere nickte, drückte seine Zigarette aus und trat ins Wohnzimmer.

»Ich würde gerne wissen, wo Sie sich am Montag zwischen sechzehn und siebzehn Uhr aufgehalten haben.«

»Hier. Denn hier ist rund um die Uhr zu tun, wenn alles rechtzeitig fertig werden soll.«

»Kann das jemand bestätigen?«

»Er war hier!«, rief der Ältere vom Balkon und gesellte sich zu ihnen. »Wir haben beide hier gearbeitet.«

Sie betrachtete ihn so lange, dass es ihm unangenehm wurde.

»Das ist merkwürdig, denn das Paar, das Ihr Stammlokal betreibt, das Restaurant Dráva, behauptet, dass Sie zu diesem Zeitpunkt mit Ihrem *ältesten* Sohn dort gewesen seien. Dadurch besitzen praktischerweise Sie und er ein Alibi.«

»Etwas anderes behaupte ich auch gar nicht. Ich bin hier … Wie spät mag das gewesen sein, Vincent? … gegen Viertel nach vier aufgebrochen. Ich kann also *beiden* Söhnen ein Alibi geben.«

»Die beiden haben ausgesagt, Sie seien an diesem Tag bereits um halb vier im Dráva gewesen, weil Sie mit Ihrem ältesten Sohn essen gehen wollten. Irgendwas stimmt da nicht.«

Sie wandte sich erneut an den jüngeren Mann.

»Gibt es sonst noch jemanden, Vincent, der bestätigen könnte, dass Sie hier waren?«

»Ich war hier. Es gibt schließlich eine Deadline, und man arbeitet rund um die Uhr, damit alles bis zum Umzugstermin fertig wird. Gutes Geld, aber recht stressig.«

»Und wer kann das bestätigen?«

»Keine Ahnung. Papa war offenbar recht früh fertig. Die Pizzeria vielleicht, ich hole dort immer eine Capricciosa, aber ich weiß nicht mehr, wie spät es war. Vielleicht die Nachbarin? Sie hat sich wie jeden Nachmittag irgendwann über den Lärm beschwert. Wissen *Sie* denn noch so genau, wo Sie am Montag waren? Könnten Sie diese Frage beantworten? Und wüssten Sie noch, ob Sie jemand gesehen hat?«

»Also kein Alibi. Und haben Sie Ihren großen Bruder Leo seit seiner Haftentlassung getroffen?«

»Und was geht Sie das an?«

Der Alte brüllte, obwohl er direkt neben ihr stand. Jetzt trat er noch näher, schob sein Kinn vor und runzelte die Stirn. Vermutlich wollte er ihr Angst einjagen oder sie zumindest verunsichern.

»Was geht Sie das an? Sie sagen doch selbst, dass Leo ein Alibi hat. Warum liegen Sie uns dann noch mit Leo in den Ohren? Verschwinden Sie endlich und lassen Sie meine Familie in Frieden.«

Sie bekam keine Angst und wurde auch nicht unsicher. Sie wurde wütend.

»Apropos Familie – ich habe mich gestern mit Ihrer geschiedenen Frau unterhalten. Sie war *sehr* kooperativ.«

»Das ist sie immer. Sie redet immer zu viel mit den Bullen.«

»Zu viel? Das kommt auf die Perspektive an. Ich habe alle Urteile gegen Sie gelesen, auch die wegen Körperverletzung.«

»Ich habe mich verändert.«

Elisa schloss nicht die Tür hinter sich, als sie ging, sie ließ sie wieder einen Spalt offenstehen. Verändert. Als er zum dritten Mal mit demselben Satz geantwortet hatte, war ihr klar geworden, dass sie nicht weiterkommen würde und dass sie ihren Besuch in der fast fertigrenovierten Wohnung beenden konnte.

Sie öffnete die schwere Haustür zur Rörstrandsgatan, und der Wind fuhr ihr ins Gesicht.

Nein.

Du hast dich überhaupt nicht verändert.

Dein jüngster Sohn vielleicht. Er besitzt zwar kein Alibi, aber nichts spricht bislang gegen die Einschätzung deiner Exfrau, dass er nie mehr eine Straftat begehen wird.

Sie ging wieder Richtung Präsidium.

Eiszapfen über ihrem Kopf und Glatteis unter ihren Sohlen, eine Jahreszeit, ebenso unberechenbar wie die Männer, gegen die sie ermittelte.

Gestern hatte sie zwei der Brüder und ihre Mutter in einem Haus getroffen, in dem es nach Lachs in Dillsoße duftete. Sie hatten wie eine ganz normale Familie gewirkt. Jetzt war sie dem dritten Bruder und dem Vater begegnet und spürte etwas anderes. Der Vater war die schadhafte Nabe der Familie Duvnjac. Der Vater gab den Takt an, indem er sie herausforderte. Im Vergleich zu ihm war sein ältester Sohn kultiviert.

Sie hatte die Kreuzung Sankt Eriksgatan, Fleminggatan erreicht, als die Ampel plötzlich auf Rot sprang und sie warten musste.

Ivan Duvnjac hatte sich in die Unterhaltung eingemischt. Er hatte versucht, seinen Sohn zu schützen, damit aber nur das Gegenteil erreicht. Ihr war aufgefallen, dass Vincent jedes Mal, wenn der Vater sie unterbrochen hatte, peinlich berührt weggeschaut hatte. Als würde er seinen Vater noch immer nicht kennen und wüsste nicht, womit er zu rechnen hatte. Er war verletzlich und wusste nicht, was er tun sollte.

Es wurde grün. Wie immer, wenn sie etwas Zeit hatte, ging sie durch den Kronobergsparken. Die Mütter auf dem Spielplatz waren in ihrem Alter, aber solch ein Leben interessierte sie nicht, und sie fragte sich, ob sich in dieser Hinsicht jemals etwas verändern würde.

Vincent und sein Vater waren wie ein Duo aufgetreten, das nicht geprobt hatte, was aber erst aufgefallen war, als sie ihrem

Publikum – ihr – gegenübergetreten waren. Sie gehörten nicht zusammen. Sie waren ein Unklang. Dieses Wort existierte zwar nicht, passte aber sehr gut auf die beiden.

Sie betrat das Präsidium durch den Eingang an der Polhemsgatan und durchquerte den gesamten Gebäudekomplex, um zur Kriminalpolizei und zum Büro von John Broncks zu gelangen.

Unklang.

Dieses Wort passte auch, wenn man sich mit jemandem in seinem Flur, mit dem man plötzlich zusammenarbeiten sollte, nicht verstand, weil man nie mit ihm gesprochen hatte.

Ohne zu klopfen, trat sie bei Broncks ein.

Er saß an seinem Computer und sah sich die Filmsequenz einer Überwachungskamera an, dieselbe wie am Vortag. Die Laderampe des Einkaufszentrums, der Rücken des Flüchtenden und der Milchlaster.

Sie wartete, bis er sich jedes Bild angesehen hatte, und beobachtete ihn dabei. Als sie auseinandergegangen waren, hatte er recht kläglich gewirkt, jetzt war er wie immer. Unnahbar. Aber er lächelte sie an, was er sonst nie tat. Auch dieses Lächeln war ein Unklang.

»Dieser Rücken …«

Sie deutete auf den Monitor und auf den Mann im Overall, der von einer Laderampe sprang.

»… der schließt ihn als Verdächtigen aus.«

Der Rücken rannte auf die Fahrertür des Lastwagens zu.

»Vincent Duvnjac ist der Vierte, den ich heute von der Liste der Verdächtigen streiche. Sánchez und Bernard hatten Alibis und Felix Duvnjac ebenfalls. Der jüngste Bruder besitzt zwar kein Alibi, aber alles spricht gegen seine Täterschaft. Er ist derjenige von den Brüdern, der sich am deutlichsten von der Kriminalität abgewandt hat. Er hat seine Strafe verbüßt und besitzt eine Firma, deren Umsatz stetig steigt. Als Einziger hat er seinen großen Bruder nicht am Gefängnistor erwartet, so als hätte er sich von ihm losgesagt. Er hat ganz einfach kein Motiv, außerdem fehlen ihm dreißig Kilo Muskeln, wenn man sich diesen Rücken anschaut. Die Personenbeschreibung passt nicht auf ihn.«

Sie wartete darauf, dass Broncks berichten würde, was er herausgefunden hatte, aber er schien dazu noch nicht bereit zu sein, also fuhr sie fort: »Mal abgesehen von den reinen Fakten, wirkt der jüngste Bruder auf mich auch verletzlicher als die anderen beiden.«

»Verletzlicher?«

»Ja. Offener. Man würde zu ihm durchdringen, falls das für uns wichtig sein könnte.«

Sie wartete erneut.

»John? Jetzt hätte ich gerne gewusst, was du heute herausgefunden hast.«

Vergebens wartete sie auf Antwort.

»Bei Nummer drei und vier.«

Sie stellte fest, dass er sich auf einem großen Blatt Papier Notizen machte.

Deswegen hatte er nicht geantwortet.

Sie trat näher.

Er schrieb nicht, er kritzelte auf dem Papier herum. Striche, vielleicht eine Blume oder ein Stern.

»Wie ist es bei Sam Larsen und Semir Mhamdi gelaufen, John?«

Er legte den Stift beiseite und hielt den Film an. Der Rücken verschwand gerade in der Fahrerkabine.

»Alibi.«

Mit diesem seltsamen Unklang-Lächeln sah er sie an.

»Beide, leider.«

Die Haarbüschel, die im Waschbecken landeten, entsprachen so gar nicht seinem inneren Bild von sich selbst. Er war immer der Bruder gewesen, der die Haarfarbe seiner Mutter geerbt hatte. Er war der Blonde. Der erwachsene Leo Duvnjac war jedoch viel dunkelhaariger.

Den Rasierapparat hatte er auf null Millimeter eingestellt, zurück blieb nur nackte Haut. Immer wieder fuhr er über seinen Schädel, bis sein Spiegelbild einem anderen hätte gehören können, wären nicht seine hellblauen Augen gewesen.

Die dunkelbraunen Kontaktlinsen lagen in einer grauen Box. Er legte die Linsen nacheinander auf die Fingerspitze und setzte sie auf die Hornhaut. Dann schaute er nicht mehr in den Spiegel, weil er sich nicht um den Gesamteindruck der Komplettveränderung bringen wollte.

Leo ging ins einzige Zimmer der so gut wie unmöblierten Wohnung. Vom obersten Stockwerk aus hätte er Aussicht auf Nacka und die Stockholmer Innenstadt gehabt, aber er zog es vor, dass sämtliche Jalousien geschlossen waren.

Im Zimmer stand nur ein Bett, und an der Decke hing eine Glühbirne. Uniform und Gürtel lagen auf der Bettdecke. Unter dem Bett stand ein Paar Stiefel.

Er kleidete sich an.

Als er zum Spiegel zurückkehren wollte, hielt er sich am Türrahmen fest und schloss die Augen. Er tastete sich den letzten Schritt vor und lehnte sich mit der Hüfte ans Waschbecken. Die Linsen scheuerten. Gleich würde er die Augen öffnen. Der richtige Abstand war wichtig. Er stellte sich auf die hohe Schwelle, denn nur der Oberkörper sollte sichtbar sein.

Dann reckte er sich und öffnete die Augen.

Der Polizist lächelte. Sein Schädel glänzte, und seine dunklen Augen blitzten freundlich. Die Uniform sorgte für die Illusion und ein Gleichgewicht zwischen Kopf und Rumpf.

Er war mit seinem Spiegelbild mehr als zufrieden.

Jetzt fehlte nur noch der beschlagnahmte Gegenstand 4572/56, eine Sonnenbrille.

Ich habe sie angelogen.

John Broncks verkroch sich hinter seinem Computerbildschirm und starrte hinein, bis sich die Ränder des Bildes auflösten und verschwammen. Er hoffte, dass Elisa ihn nicht sah, wenn sie auf dem Korridor vorbeiging.

Er hoffte, dass sie nicht begriffen hatte, was in ihm vorging.

Alibi. Beide.

Es war ihm gelungen, Normalität vorzutäuschen.

Dazu hatte er sich nach einem Tag mit allsehenden Überwachungskameras gezwungen gesehen. Die Bilder enthüllten, was einstweilen nur *er* wusste, dass sein eigener Bruder involviert war.

Er reckte sich und lehnte sich zurück. Das verschwommene Bild wurde wieder klar. Es zeigte den Rücken des schwarzmaskierten Räubers, dem er nicht entkommen würde. Vor wenigen Stunden hatte er diesen Rücken in natura betrachtet, die Axt, die er hoch erhoben hatte, während er die Klinge auf einen Hauklotz richtete.

Broncks zoomte auf den fliehenden Räuber. Die Auflösung war zu schlecht, um eine Identifikation zu ermöglichen. Das Bewegungsmuster hingegen war deutlich zu erkennen. Es ließ sich bei einer Flucht weder maskieren noch verändern. Instinkt verwandelte sich in Bewegung und entlarvte die Persönlichkeit.

Er sah, was er bereits wusste.

Es war Sam.

John Broncks hatte, während die Filmsequenz lief, ein leises Geräusch wahrgenommen. Die Kaffeemühle des Automaten auf dem

Gang und Wasser, das in einen Pappbecher lief. Jetzt sah er Elisa zurück in ihr Büro gehen. Es war das erste Mal, dass er jemanden aufgefordert hatte, an einer Ermittlung teilzunehmen und mit ihm zusammenzuarbeiten, aber jetzt hatten sich die Voraussetzungen vollkommen verändert. Zum ersten Mal musste er unbedingt alleine arbeiten.

Ich habe gelogen, Sam, und ich werde weiterhin lügen.

Denn in dem Augenblick, in dem alle erfahren, dass du mein Bruder bist, wird man mir den Fall wegnehmen.

Ich werde Leo Duvnjac einbuchten. Und zwar für alles.

Und um das tun zu können, muss ich auch dich festnehmen, Sam. Ihr gehört zusammen. Ich opfere dich, weil ich dir verdammt nochmal nichts mehr schuldig bin.

Du wolltest mir wieder einmal die Schuld aufbürden, und noch dazu vor Papas Bett!

Dabei bin ich dir überhaupt nichts schuldig.

Es war nicht meine Schuld, dass er geschlagen hat.

Es war nicht meine Schuld, dass du ihn umgebracht hast.

Niemand soll jemals wieder in unserer gemeinsamen Geschichte herumwühlen und irgendeine Schuld zutage fördern.

Deswegen arbeite ich ab jetzt allein.

Deswegen werde ich euch beide auch alleine festnehmen.

Das Paket war viermal konfisziert worden. Jedes Mal war es im Zoll am Flughafen Arlanda hängengeblieben, obwohl sie verschiedene Empfänger angegeben hatten. Schließlich hatten sie begriffen, dass das an der Versandform lag. Eine Ware, die per UPS von Shanghai nach Stockholm transportiert werden sollte, wurde in Schweden verzollt. Bei der fünften Bestellung desselben 3D-Druckers hatte es schließlich geklappt, da sie dieses Mal den deutschen Kurierdienst DHL beauftragt hatten, der das Paket über Leipzig anlieferte. So musste es in Schweden nicht verzollt werden, denn ein Paket, das schon eine EU-Grenze passiert hatte, wurde kein zweites Mal kontrolliert.

Leo betrachtete die seltsame Maschine, die auf dem Tisch vor ihm arbeitete. Gedankenverloren strich er sich durch das Haar, das er nicht mehr hatte, denn er hatte sich noch nicht daran gewöhnt, dass diese Bewegung inzwischen überflüssig war.

Das Haar.

Die Kontaktlinsen.

Die Uniformen.

Die Bestellungen.

Die Asservatennummer.

Der Dienstplan.

Es fehlte nur noch eines, um den dritten Schritt, den *Test*, durchführen zu können: die Dienstmarke.

Er schaute auf die Uhr. Die Maschine würde noch eine halbe Stunde brauchen. Dann war die neue Kennmarke fertig.

Das schwarze Lederetui, das er ebenfalls brauchte, lag auf der Spüle. Daneben lagen zwei Dienstausweise. Das eine Foto zeigte einen dunkelhaarigen Sam, das andere ihn selbst mit rasiertem Schädel und braunen Augen. Sie trugen andere Namen, darunter stand in großen Druckbuchstaben POLIZEI und darunter ein wenig kleiner: *Polizeibehörde Bezirk Stockholm*. Vor seinem letzten Einsatz hatte Jari diese beiden Ausweise ebenso zuverlässig hergestellt wie die Ausweise der beiden Molkereimitarbeiter.

Sullo hatte nur eine einzige Dienstmarke beschaffen können, deswegen musste Leo mit einer Maschine, die zum Zeitpunkt seiner Verurteilung nicht einmal erfunden worden war, eine zweite herstellen.

In den wenigen Jahren hatte sich viel verändert.

Leo trat näher an den Kasten heran, der leise zischte und brummte.

Er hatte Sullos echtes Wappen eingescannt, den Rest, einschließlich Farben, erledigte der Drucker. Liquid metal printing nannte sich das. Innerhalb von anderthalb Stunden entstand eine perfekte Kopie. Damit verfügten sie über zwei identische Kennmarken mit einer goldenen Krone auf blauem Grund und der Nummer »STOCKHOLM 4312«.

Er nahm das Lederetui und schob den Ausweis und die Dienstmarke hinein. Dann steckte er es in die Innentasche der Uniformjacke. Jetzt hatte er einen Dienstausweis wie alle, die im Polizeipräsidium Kronoberg arbeiteten. Er würde ihm alle Türen öffnen.

Nachdem er die Abdeckpappe im Wohnzimmer zusammengerollt hatte, kam das schöne Fischgrätparkett zum Vorschein. Trotz starker Schmerzen in der Hand verstaute Vincent die Pappe in einem stabilen Müllsack und trug sie ins Treppenhaus. Auf dem Rückweg schaute er ins Schlafzimmer, wo Ivan den Hochglanzlack der Fensterrahmen nachbesserte. Wortlos sahen sie sich aus den Augenwinkeln an. Die Stille, die die Polizistin zurückgelassen hatte, war in ein verkrampftes Schweigen übergegangen. Sein Vater hatte mehrere Versuche unternommen, einen Dialog in Gang zu bringen, und Vincent war diesem ebenso oft ausgewichen. Er wollte nicht, dass sein Vater erfuhr, was sein ältester Sohn plante.

»Vincent?«

Schon wieder diese zudringliche Stimme, die von den Schlafzimmerwänden widerhallte.

»Ich mag dich doch auch.«

Vincent stutzte.

»Was hast du gesagt?«

»Mir ist klar, was das soll, Vincent, und warum du rumläufst und genauso wenig redest wie meine Farbeimer.«

»Und was genau ist dir klar?«

»Erst habe ich dir nicht erzählt, dass ich ihn am Gefängnistor erwartet habe, und auch nicht, dass wir uns gleich am selben Abend wiedergesehen haben. Und jetzt muss ich dir noch etwas gestehen: Leo und ich haben miteinander telefoniert. Du weißt schon. Wie geht es dir, mir geht es gut. Was man als Vater wissen will.«

Ivan lächelte zufrieden.

»Ich verstehe also durchaus, warum mein jüngster Sohn ein wenig eifersüchtig ist.«

Vincent sah ihn an. Wenn du wüsstest, Papa! Wenn du dir vorstellen könntest, wie es hier heute Morgen um fünf aussah, was ich für eine Mühe hatte, die Tür zu reparieren, die ich wegen Leo zerschlagen hatte.

»Aber du weißt doch, dass ich dich auch mag, Vincent?«

Jetzt klopfte er zufrieden mit der Hand auf seine Brust.

»Hier drin ist für alle meine Söhne Platz.«

»Du, Papa, jetzt arbeiten wir doch schon seit … ich glaube … knapp zwei Monaten zusammen. Das reicht nicht, um eifersüchtig zu werden. Leo ist mehr mein Papa, als du es je gewesen bist. Er hat mich beschützt und mir Dinge beigebracht. Er war mein Vorbild.«

»Das bedeutet nicht, dass es mir gleichgültig wäre, wie es euch geht. Wie es dir geht.«

»Um mich brauchst du dir keine Sorgen zu machen.«

Seine Hand schmerzte.

Leo hätte nie sein Vorbild werden sollen und war es seit dem Vorabend nicht mehr. Er hatte Felix gefragt, und als der abgelehnt hatte, war er zu ihm gekommen, aber nicht als Bruder, sondern ganz einfach nur, weil ihm für seinen nächsten verdammten Überfall ein Mann fehlte.

»Du, Papa?«

»Ja?«

»Ist dir noch nicht der Gedanke gekommen, dass er in dieses Restaurant gekommen sein könnte, um dich zu benutzen? Er sagt am Telefon: Wie geht's dir, mir geht's gut, um dich auszunutzen, so wie er uns andere ausnutzt.«

»Was meinst du? Warum sollte er mich ausnutzen?«

»Vielleicht weil er ein Alibi braucht.«

»Vincent, hör auf. Sä keine Zwietracht. Was soll das? Willst du einen Konflikt provozieren? So wie deine verdammte Mutter es immer getan hat?«

Die letzte Rolle Abdeckpappe wurde unförmig, und Vincent musste sich anstrengen, sie in den Müllsack zu stopfen. Seine Hand schmerzte noch stärker. Solange er arbeitete, brauchte er seinen Vater nicht anzuschauen.

»Hör mal, Papa. Damals hat Leo alle diese Banküberfälle in seiner Garage geplant. Auf dem Tisch lag immer eine Landkarte.«

Vincent hatte nicht mehr die Kraft, sich diesem durchdringenden Blick zu stellen, der sie bereits gejagt hatte, als sie klein waren. Sein Vater forderte Wahrheit und Loyalität. Er würde durchschauen, dass sein jüngster Sohn sehr viel mehr über die Pläne seines ältesten Sohnes wusste, als er preisgeben wollte.

»Dann hat er eine Zehnkronenmünze genommen, die die Bank darstellen sollte, manchmal waren es auch mehrere. Die Fluchtfahrzeuge waren Spielzeugautos. Und weißt du, was wir waren? Kleine grüne Plastiksoldaten, du weißt schon, diese Modellbaufiguren. Für ihn waren wir nichts anderes. Und so wird es immer sein. Das gilt auch für dich, Papa. Wenn er das nächste große Ding dreht, sind wir in seinem Plan nur winzige Figuren.«

Das Gerichtsgebäude glich einem Palast. Zwei Flügel mit Ziegeldächern und ein breiter Turm mit grünem Kupferdach und der Patina von hundert Jahren.

Sein Parkplatz auf dem Kungsholmstorg lag nur ein paar Minuten entfernt. Weiter konnte er sich dem prächtigen Bauwerk nicht nähern, wenn er nicht direkt vor der Nase der Polizei aussteigen und zugleich die Zeit, die er sich auf der Straße bewegte, auf ein Minimum begrenzen wollte. Leo machte sich nur selten Sorgen, denn das löste auch keine Probleme, aber jetzt war er unruhig. Gleich würde er im Präsidium seinen ersten Schritt als Polizist tun. Er trug die korrekte Uniform und besaß den korrekten Dienstausweis und die korrekte Kennmarke. Die korrekte Bestellung war vom korrekten Diensthabenden unterschrieben worden und hatte die richtige Asservatennummer. Er hatte sein Aussehen verändert. Er wusste, wo die Asservatenkammer lag, und hatte sich den Weg dorthin eingeprägt. Die Fassade war perfekt. Aber er musste sich auch korrekt benehmen. Die Illusion musste dadurch perfekt werden, dass er zu dem Polizist wurde, in dessen Kleidern er steckte. Jetzt war er allein. Der ursprüngliche Plan war gewesen, dass Sam ihn begleiten würde, um seine Glaubwürdigkeit zu verstärken, und nicht, um den toten Jari zu ersetzen. Jetzt würde sich entscheiden, was die einjährige Planung wert war, jetzt würde sich seine Zukunft entscheiden, denn wenn er an einem der drei Kontrollpunkte scheiterte oder sich verlief, würde er auch am nächsten Tag scheitern.

Vor dem Haupteingang des Amtsgerichts an der Scheelegatan parkten drei Streifenwagen und zwei Gefangenentransporter. Damit hatte er gerechnet. Hier wurde täglich über Haftstrafen verhandelt. Richter, Staatsanwälte, Strafverteidiger, Anwälte der Nebenkläger, Bullen, Wärter und Journalisten versammelten sich in den Gerichtssälen. Alle lebten von den Angeklagten.

Er öffnete die Tür, die ebenso schwer war, wie sie aussah, und betrat ein Gebäude, in dem Seufzer unablässig aus den Wänden zu dringen schienen. Die Böden der dunklen Korridore und die Treppenstufen waren abgetreten. Er meinte, sich in einer freudlosen Kirche zu befinden, die auf einem Fundament aus Gesetzestexten ruhte. Jeder Schritt hallte wider, die staubige Luft enthielt kaum Sauerstoff.

Eine Lautsprecherdurchsage kündigte den nächsten Prozessbeginn an. Unbewusst schaute er an die Decke. Der alte Sicherheitssaal, in dem er während seines mehrmonatigen Prozesses immer wieder gesessen hatte, lag weiter oben. Kein einziges Mal hatte er das Gebäude durch den öffentlichen Haupteingang betreten, sondern immer nur von vier Wärtern begleitet und in Handschellen durch den Keller.

Dorthin wollte er jetzt.

Zum unterirdischen Eingang.

Dort befand sich der Tunnel zum Polizeipräsidium.

Vorsichtig schaute er sich im Korridor um, erst in Richtung Sekretariat, dann geradeaus den Gang hinunter. Er betrachtete die Loge der Hausmeister und die kurze Schlange vor der Toilette. Niemand schien sich um einen beliebigen Polizisten zu kümmern.

Seine Schritte hallten auf der Treppe wider, obwohl er sich Mühe gab, mit seinen Stiefeln nicht zu fest aufzutreten. Die Tür zum Tunnel sah so aus, wie er sie in Erinnerung hatte. Damals hatte immer jemand anderes mit seiner Plastikkarte geöffnet. Jetzt nahm er die

Karte aus der Brusttasche, die Sullo ihm verkauft hatte, schob sie in den Kartenleser und wartete auf das Klicken.

Die Metalltür ließ sich öffnen. Es hatte funktioniert.

Er hatte den ersten Kontrollpunkt passiert.

Er aktivierte die Stoppuhr seines Handys und betrat den Tunnel.

Es war ein anderes Gefühl, sich ohne Wachen, Gefängniskleidung und Handschellen zu bewegen.

Bis zur ersten Verzweigung des Tunnels waren es etwa fünfzig Meter. Hier musste er nach rechts, und von dort hörte er sie, die Absätze, von zwei, vielleicht sogar drei Paar Stiefeln.

Als er um die Ecke bog, sah er, dass es noch bedeutend mehr waren. Zwei Gefangene kamen ihm entgegen, begleitet von vier Wärtern und einem Polizisten, dem er als Letztem begegnen würde.

Er durfte nicht schneller werden, aber auch nicht langsamer, nicht wegschauen, aber auch keinen Blickkontakt suchen.

Gleich.

Nur noch wenige Meter, dann war er auf ihrer Höhe.

Er nickte den Gefangenen zu, die nicht zurücknickten. Eine Tausendstelsekunde lang kam es ihm vor, als sei etwas fürchterlich schiefgegangen, dann kam er darauf, dass Gefangene keine Bullen grüßten. Die Wärter nickten höflich. Der Bulle würde ihn, musste ihn einfach für einen Kollegen halten.

Ein kurzes Nicken.

Das kurze Nicken wurde erwidert.

Mehr war nicht nötig, denn manchmal war der Unterschied zwischen Weitermachen und Aufgeben nicht größer.

Der andere hatte gezögert.

Oder las er etwas in das Nicken hinein, was nicht dagewesen war?

Ein Nicken von jemandem, der sich überlegt hatte, ob er den Kollegen mit dem rasierten Schädel kennen müsste. Vielleicht tat er das sogar. Vielleicht war ihm etwas bekannt vorgekommen, ohne genau zu wissen, was.

Dann war der Augenblick vorüber.

Leo wollte sich umdrehen, um sich zu vergewissern, dass die anderen weitergingen, aber das war das Einzige, was er jetzt nicht tun durfte. Die Schritte verhallten langsam in der Ferne.

Leute, die jeden Tag hier herumliefen, hatten ihm seine Verkleidung abgekauft.

Der gefährlichste Bankräuber des Landes hatte sich nicht nur als Polizist verkleidet, er war zum Polizisten geworden, und alle begegneten ihm wie einem Polizisten.

Er hatte den zweiten Kontrollpunkt passiert.

Fünfundsechzig Meter später musste er sich wieder entscheiden. Der Tunnel nahm ein Ende, und für ihn ging es nach links. In diesem Korridor lag auf halbem Weg die Asservatenkammer, der dritte und entscheidende Kontrollpunkt. Hinter dieser Metalltür würde ein Beamter seine Papiere prüfen. Am Ende des Regenbogens erwartete einen immer eine Schatztruhe.

Er klingelte und hielt seinen Ausweis vor die Kamera. Während er wartete, schaute er auf die Stoppuhr seines Handys. Vom Amtsgericht zur Asservatenkammer hatte er eine Minute und fünfzehn Sekunden gebraucht. Es vergingen zehn Sekunden, bis ihn jemand mit seinem zusammengefalteten Papier eintreten ließ.

Die Luft hier drin war womöglich noch staubiger und stickiger als die des Tunnels. Tausende Gegenstände, die als Beweismittel für laufende Prozesse oder noch nicht rechtskräftige Verurteilungen benötigt wurden. Unzählige Umschläge in zahllosen Regalen.

Der Mann hinter dem Holztresen, vermutlich derselbe, der ihn durch die Kamera gemustert hatte, war Anfang sechzig und sah aus, wie Leo es erwartet hatte. Graues Jackett, ein kariertes Hemd in derselben Farbe, gelichtetes Haar und so übergewichtig, dass er den Ganoven nicht mehr hinterherrennen konnte. Die letzte Station eines Polizisten, der seine Pflicht an der Front erfüllt hatte und bald Zivilist werden würde.

»Eine Bestellung …«

Leo legte das Papier auf den Tresen.

»Es geht um einen beschlagnahmten Gegenstand.«

Durch seine Lesebrille betrachtete der ältere Polizist die Bestellung des beschlagnahmten Gegenstands 2017-0310-BG4743.

»Ausweis?«

Der Besucher in Uniform reichte ihm das schwarze Lederetui mit dem Dienstausweis.

»Wir sind uns doch schon mal begegnet?«

Der Ältere hielt das Lederetui noch in der Hand und betrachtete abwechselnd den Dienstausweis eines gewissen Peter Eriksson und Leos Gesicht.

»Vermutlich nicht … Ich war bisher in Örebro.«

»Örebro? Dann müsstest du Zacke kennen!«

»Zacke?«

»Ja?«

Leo überlegte, wie er auf eine Frage antworten sollte, die in einem Vernehmungsraum dazu gedient hätte, ihn einer Lüge zu überführen.

»Zacke … der ist doch in deinem Alter, oder?«

Jetzt ging es nur darum, Konversation zu machen, damit etwas Zeit verging, ehe der braune Umschlag mit der richtigen Nummer ausgehändigt werden würde.

»Wir sind in den Achtzigern oft zusammen Streife gegangen.«

Der Mann, der nach seiner Tätigkeit als Streifenbeamter mit ständigem Kontakt zu Menschen in einen fensterlosen Keller abgestiegen war, verschwand zwischen den Regalen. Leo vermutete, dass dort auch die Rosengren-Tresore mit den wertvolleren Asservaten standen. In einem von ihnen lag, was es eigentlich nicht gab und was am nächsten Tag nur innerhalb eines zehnminütigen Zeitfensters zu haben sein würde.

»In diesem Umschlag ist kaum was drin.«

Der ältere Mann wog ihn in seiner Hand und legte ihn dann auf den Tresen.

»Hier musst du unterschreiben.«

Ein Formular. Datum und Asservatennummer links, Dienstgrad und Unterschrift rechts. Leo warf einen raschen Blick auf die von richtigen Polizisten unterschriebenen Zeilen darüber, um es genauso zu machen. Dann reichte er dem Lagerverwalter die Hand.

»Wenn ich Zacke zufällig treffen sollte …«

»Ja?«

Für den einen war die nette Unterhaltung ein bloßer Zeitvertreib, für den anderen hingegen eine Strategie, damit man sich an ihn erinnern würde.

»… von wem soll ich dann grüßen?«

»Nein, bloß nicht. Ich will nicht, dass er erfährt, dass ich hier unten gelandet bin.«

Leo lächelte.

»Okay. Von wem soll ich also *nicht* grüßen?«

Der Verwalter hielt ihm den leichten, in der Mitte etwas ausbuchtenden Umschlag hin.

»Oscarsson.«

»Schönen Tag noch, Oscarsson.«

Laut Stoppuhr hatte es vier Minuten und zwanzig Sekunden gedauert, den beschlagnahmten Gegenstand abzuholen, ohne dass er hatte warten müssen. Eine Minute und zehn Sekunden benötigte er für den Rückweg durch den Tunnel bis zur Kellertür im Amtsgericht. Zwei Minuten und fünfunddreißig Sekunden brauchte er zum Kungsholmstorg, wo sein Mietwagen stand.

Neben seinem Auto befand sich ein Mülleimer. Er öffnete den Umschlag und warf die Versace-Sonnenbrille weg, die sich darin befunden hatte. Sie landete zwischen ein paar leeren Bierdosen und einer Bananenschale. Ein Beweisstück aus einer laufenden Ermittlung, das er mithilfe des Computers, den ihm die Albaner organisiert hatten, vollkommen willkürlich ausgewählt hatte. Es diente lediglich als letzter Kontrollpunkt.

Alles hatte geklappt.

Jetzt konnte der zweite Teil des Plans beginnen. Er würde die falschen Spuren auslegen, um Broncks wegzulocken und morgen um zehn vor zwei in aller Ruhe das richtige Beweismaterial abholen zu können.

Tumba 1:21.

Das Ergebnis auf seinem Bildschirm war ebenso einfach zu lesen wie schwer zu deuten.

Es war das Einzige, was Broncks nach mehrstündiger Suche in frei zugänglichen und in internen Datenbanken herausgefunden hatte.

Er hatte Sam aufgesucht, der erst gelogen und ihm dann die Schuld zugeschoben hatte. Er hatte beim Fährmann angeklopft und war zu dem Schluss gekommen, dass die Überfahrten zu dem schweren Raubüberfall mit tödlichem Ausgang passten. Weiterhin war er zu dem Schluss gekommen, dass Familienbande einer Ermittlung unterzuordnen waren und dass Sams und Leo Duvnjacs gemeinsame kriminelle Karriere bereits im Gefängnis begonnen haben musste. Nach Sams Entlassung hatte der eine die Planung hinter Gittern fortgesetzt und der andere in Freiheit. Wer so lange plante, musste früher oder später eine Spur hinterlassen.

Jetzt sah er diese Spur auf dem Bildschirm. Es handelte sich um einen Eintrag ins Grundbuch. Eine Immobilie in Tumba, etwa zehn Kilometer südlich von Stockholm, stellte die Verbindung dar.

Er hatte zwar gewusst, dass Sam das Haus auf Arnö besaß, aber nicht, dass er Besitzer einer weiteren Immobilie war. Die Liegenschaft Tumba 1:21 hatte er erworben, als er noch im Gefängnis saß.

KÄUFER: Sam George Larsen.

VERKÄUFER: Gerichtsvollzieher/Zwangsversteigerung.

BISHERIGER BESITZER: Leo Ivan Duvnjac.

In diesem Haus hatte Leo Duvnjac während der gesamten Serie

von Banküberfällen nicht nur gewohnt, nein, hier hatte er die Verbrechen auch geplant. Als Tarnung hatte eine Baufirma gedient.

Wenn Broncks aus dem Fenster des Restaurants schaute, fiel sein Blick auf eben dieses kleine Haus mit der großen Garage. Seinen Kaffee hatte er noch nicht angerührt, denn er war nicht zu Robbans Pizzeria in Tumba gefahren, um Kaffee zu trinken, sondern um sich davon zu überzeugen, dass sich niemand in dem Haus gegenüber aufhielt. Nachdem er das Haus eine Dreiviertelstunde lang über eine Ausfallstraße hinweg beobachtet hatte, war er sich so gut wie sicher. Hinter den Fenstern ohne Gardinen regte sich nichts, keinerlei Fahrzeuge waren vorgefahren.

Broncks klappte sein Notebook zu, legte dreißig Kronen für den Kaffee auf den Tisch und trat auf den Parkplatz des kleinen Einkaufszentrums. Er versteckte sein Notebook unter dem Fahrersitz, denn ein Polizeicomputer in den Händen von Kriminellen war gefährlicher als eine geladene Waffe, und wartete dann auf eine Lücke im dichten Verkehr. Dann rannte er über die Straße. Er ging an einem gepflegten grünen Einfamilienhaus vorbei und trat durch ein mit Stacheldraht gekröntes Tor auf einen Parkplatz mit schadhaftem Asphalt. Hier sah es immer noch so aus wie all die Jahre zuvor, als er die Duvnjacs festgenommen hatte. Die riesige Garage war abgeschlossen. Er kletterte auf einen Stapel alter Autoreifen, um durch das Seitenfenster schauen zu können, doch niemand war zu sehen. Auch das Wohnhaus war leer gewesen, nur in der Küche hatte vor dem Herd eine Bettcouch gestanden. Ganz offenbar hatte hier schon sehr lange niemand mehr gewohnt.

Wieso war Sam dann als Eigentümer eingetragen?

Der Glaseinsatz der Haustür hatte einen Sprung. Er schlug die kleine Scheibe mit einem Stein ein und konnte anschließend das Schloss von innen öffnen.

In der winzigen Diele gab es Spuren von Besuchern.

Die Abdrücke von mindestens zwei Paar nasser Schuhsohlen wirkten recht frisch. Alle Spuren führten ins Gästezimmer.

Broncks knipste die Glühbirne an der Decke an und bemerkte den Spalt, noch ehe er eintrat. Eine der Linoleumplatten war verschoben.

Er beugte sich vor, hob sie an, sah, dass auch die nächste sowie die zwei gegenüber lose waren, und entfernte daraufhin zwei weiße und zwei schwarze Quadrate.

Darunter waren zwei Metallösen in den Beton eingelassen. Er zog an ihnen und hielt eine Betonplatte in den Händen, die ebenso groß war wie die vier Bodenplatten.

Darunter kam die Tür eines Safes zum Vorschein.

Jemand hatte einen Tresor in den Fußboden eingelassen.

Bei seinem letzten Besuch war er nicht da gewesen. Oder hatten sie ihn einfach übersehen?

Er betätigte den Griff.

Nicht abgeschlossen.

Er öffnete den Safe. Leer. Er fuhr mit den Fingern über die mit schwarzem Samt ausgekleideten Wände und hörte von unten ein Geräusch. Ein kurzes Brummen wie aus einem Keller in einem nicht unterkellerten Haus.

Broncks schlug mit der Faust auf den Boden des Safes. Es geschah nichts. Dann stemmte er sich mit seinem ganzen Gewicht dagegen. Es geschah immer noch nichts.

Es brummte erneut.

Ein Geräusch, das in einer Art Husten endete.

Dort unten war etwas.

Irgendwo in dem kleinen Haus musste eine Geheimtür zu einem Keller existieren. Als Broncks das Zimmer verlassen wollte, um nach der Tür zu suchen, sah er zwei Kabel, die aus einer Verteilerdose über dem Fenster hingen. Er schob sie vorsichtig beiseite.

Nichts.

Als sich die beiden glänzenden Kupferenden jedoch zufällig berührten, hörte er ein Geräusch, ein Surren, das sofort verstummte, als er die Kabelenden voneinander trennte.

Das Surren kam aus dem Tresor.

Sein Boden hatte sich einige Zentimeter gesenkt. Darunter befand sich also ein Hohlraum. Erneut hielt er die Kabel aneinander.

Abermaliges Surren.

Der Boden des Safes versank in der Dunkelheit.

Als Erstes stieg ihm der Geruch in die Nase. Waffenöl. Er war sich ganz sicher.

Mit der Taschenlampen-App seines Smartphones leuchtete er in das Loch und entdeckte eine Aluleiter. Über der obersten Sprosse hing ein Kabel mit einem Stecker, den Broncks in eine Steckdose steckte.

Ein greller Lichtschein, der ihn in einen unterirdischen Raum führte. Lange stand er einfach da und schaute sich um.

An allen vier Wänden waren ein Bord und darüber zwei breite Leisten mit Hunderten von Kerben im Abstand von drei Zentimetern montiert. Langsam ging ihm auf, was er da eigentlich vor sich hatte: ein Waffenregal.

Hier hatten sie gestanden, AK 4s an die obere, Maschinenpistolen an die untere Leiste gelehnt, die Läufe in den Kerben.

Unter unseren Füßen, während wir die Hausdurchsuchung durchführten.

John Broncks dachte an den Geruch von frischem Waffenöl und an die neuen Fußspuren in der Diele.

Er befand sich in einer Geheimkammer, in der sich noch vor Kurzem genügend Waffen befunden haben mussten, um eine Privatarmee auszurüsten.

Was zum Teufel hatten sie mit diesen Waffen vor?

Terrakotta. Ein Schild aus Ton, das seit tausend Jahren vor Hitze und Feuer schützte. Die braunen Platten, so groß wie Dachziegel, lagen nebeneinander, um die Ladefläche, die Seitenwände und die Ladeklappe des Lastwagens zu schützen, während auf den Platten alles in den Thermitflammen schmelzen würde. Die Waffen, die die Banküberfälle erst möglich gemacht hatten, zweihundert AK-4-Sturmgewehre, die Maschinengewehre und die Maschinenpistolen.

Er würde seine Vergangenheit zerstören.

Damit diese Vergangenheit seine beiden Brüder nicht zerstören konnte, wenn er selbst weg war. Es durften keine Beweise zurückbleiben.

Leo ging um den Lastwagen herum, den er in der Scheune geparkt hatte, in der es nach Heu und nach etwas anderem roch, was an den Gestank alter Mullbinden erinnerte.

Auf einem Klappstuhl neben einer Holzplatte, die als Arbeitstisch gedient hatte, lag sein Handy. Es hatte im Abstand von wenigen Minuten gepiepst. Dieses Mal hoffte er, dass jemand angebissen hatte, und zwar ein Mensch und nicht wieder dieser verdammte Vogel, der die empfindliche Kamera bereits mitten in der Nacht ausgelöst hatte.

Er betrachtete die erste Sequenz, die auf seinem kleinen Display zu sehen war.

Es war ein Mensch.

Ein Polizist ohne Begleitung.

Die Bilder waren schräg von oben aufgenommen. John Broncks

spähte durch das Küchenfenster des kleinen Hauses, in dem die Waffen versteckt gewesen waren, die Leo gerade in die Scheune gebracht hatte. Broncks hob einen Stein vom Boden auf, schlug den kleinen Glaseinsatz der Haustür ein und öffnete.

Die zweite Kamera zeigte den Bullen, wie er die ausgelegten Spuren entdeckte. Die losen Fußbodenplatten, den Safe und die Verteilerdose.

Wie geplant hatte Broncks die leere Geheimkammer gefunden.

Die hattest du doch die ganze Zeit unter deinen Füßen, du Idiot.

Leo hielt die Videoaufzeichnung an, um sich stattdessen in der Scheune und in einer anderen Wirklichkeit umzusehen.

Zwei Kameras hatten genügt, um sein altes Waffenversteck zu überwachen. Auch hier im neuen Versteck genügten zwei – die eine würde er über dem Tor in der Scheune anbringen, die andere draußen an der Zufahrt. Wenn sein früheres Haus Broncks' Startplatz darstellte, dann würde die Scheune sein letztes Ziel sein.

Mitten auf der Ladefläche des Lastwagens stand ein mit grauem Klebeband umwickelter Schuhkarton, auf dem ein rotes Handy befestigt war. Leo beugte sich so weit wie möglich in den Laderaum vor und überprüfte die drei Kabel, ein gelb-grünes, ein rotes und ein blaues, die vom Telefon in den Karton führten, in dem sie über ein Relais mit einer Batterie verbunden waren.

Was von außen wie eine selbstgebastelte Bombe wirkte, war eigentlich nur ein Adapter, der von der Person aktiviert wurde, die die richtige Telefonnummer wählte. Der Strom wurde mithilfe des Relais eingeschaltet und in einen Behälter auf der Fahrerkabine geleitet.

Dann würde ein Draht zu glühen beginnen und den Inhalt des Behälters entzünden: fünfundzwanzig Kilo Thermit.

Er hatte im Vorfeld einen Testlauf durchgeführt: mit einem halben Kilo Thermit und zwei Maschinenpistolen, die er zerlegt und in einen großen Blumentopf gepackt hatte. Innerhalb weniger Sekunden war das Metall geschmolzen und hatte geleuchtet wie eine riesige Wunderkerze. Das weiße Licht hatte ihn geblendet, ohne Verletzungen hervorzurufen.

Er betrachtete die zweihundert automatischen Waffen auf der Ladefläche. Das Thermit würde wie flüssiges Feuer herabregnen, und die Kriminaltechniker würden nur noch einen Klumpen geschmolzenen Metalls in Händen halten, auf dem sie keine Fingerabdrücke sicherstellen konnten.

Diese Bombe würde nicht explodieren und töten, diese Bombe musste man erleben.

Eine unterirdische Kammer.

Seit fast einer Stunde saß John Broncks auf einer Sprosse der Alu-leiter. Es war kühl, feucht und stickig, doch das merkte er gar nicht. Er versuchte, sich an die Einsicht zu gewöhnen, dass Leo Duvnjac in dieser Kammer jahrelang über zweihundert automatische Waffen aufbewahrt hatte, dass das Haus in Sams Besitz übergegangen war und dass die beiden deswegen vermutlich gerade erst das Waffenarsenal geleert hatten. Einstweilen würde er offiziell noch keine Ermittlung einleiten, damit er auf eigene Faust agieren konnte, bis er wusste, wie sehr sein Bruder in die Sache verwickelt war.

Als Erstes rief er seine Kontaktpersonen bei den größten Telefonanbietern an.

»Könntest du das Telefon orten, von dem aus ich gerade anrufe?« Beim dritten Versuch gelang es. »Jetzt hast du meine Position. Ich hätte gerne gewusst, ob von hier aus in den letzten Tagen weitere Gespräche geführt worden sind.« Es gab einen Treffer. Mit einem Prepaidhandy war von seiner Position aus ein Anruf getätigt worden. Der Angerufene war allerdings nicht anonym, sondern Ivan Duvnjac, der sich zum Zeitpunkt des Anrufs in seinem ungarischen Stammlokal am Skanstull aufgehalten hatte.

Ivan Duvnjac.

Leo hatte seinen Vater angerufen, den Mann, mit dem er die letzte Bank überfallen hatte, und zwar während er Nordeuropas größtes Waffenarsenal ausgeräumt hatte.

Das war kein Zufall.

Sie hatten Kontakt, waren irgendwohin auf dem Weg, und Sam begleitete sie.

John Broncks beschloss, das Handy von Ivan Duvnjac abhören zu lassen. Über ihn würde er den Waffen, Leo und Sam auf die Spur kommen. Er konnte so noch eine Weile weitermachen, ohne seine Kollegen hinzuziehen zu müssen.

Dann tätigte er einen weiteren Anruf. »Könntest du bitte noch einmal einen Abhörbeschluss unterschreiben, ohne dass ganz klar ist, worin die Straftat besteht und wie schwerwiegend der Verdacht ist?« Er hatte den Staatsanwalt in der Leitung, den er einige Jahre zuvor zu einem Abhörbeschluss überredet hatte, um die Mitarbeiterin des Geldtransportunternehmens abzuhören, die eine größere Geldsumme von der Reichsbankzentrale abgeholt hatte, ohne dass er konkret etwas gegen sie in der Hand gehabt hätte. »Damals hast du das getan, weil du mir vertraut hast. Dadurch haben wir 103 Millionen sicherstellen können, was deiner Karriere sicher ungemein zuträglich war.«

Broncks erhob sich von der Aluleiter und reckte seine Arme zur Decke der Geheimkammer. Er wartete auf die Entscheidung des Staatsanwalts, der zurückrufen wollte.

Wieder klang es so, als würde unter ihm jemand laut husten.

Das war die Pumpe, die dafür gesorgt hatte, dass das Grundwasser den Waffen in all den Jahren nichts hatte anhaben können. Eine unerhört gewitzte Konstruktion.

Er kletterte durch die Rückwand des Tresors, zog den Stecker der Lampe heraus, ließ das Lampenkabel zurück in das Loch fallen und schloss die Klappe dann mithilfe der Kabel in der Verteilerdose. Dann wuchtete er den Betondeckel auf die Tresortür und schob die vier schwarzen und weißen Fußbodenplatten wieder an ihren Platz. Niemand sollte sehen, dass er dort gewesen war. Niemand sollte vor ihm etwas herausfinden.

»Broncks?«

Der Staatsanwalt rief zurück.

»Ja?«

John Broncks begab sich in die Diele und zur Haustür.

»Okay. Ich unterschreibe. Aber sieh verdammt nochmal zu, dass das auch zu was führt.«

»Du bekommst deine Festnahme, und die ist deiner Karriere sicher ebenso zuträglich wie letztes Mal.«

Broncks ging über den unebenen Asphalt auf das Tor zu, das mit seinem Stacheldraht an das eines Gefängnisses erinnerte. Er hatte seinen Gerichtsbeschluss. Er durfte Ivan Duvnjac abhören.

Er besaß einen direkten Zugang zu Leo Duvnjacs kriminellem Gehirn.

Der Verantwortliche der Abhörsektion hatte ihn verständigt, sobald vom angezapften Handy aus ein Gespräch geführt worden war. John Broncks eilte von der Kriminalpolizei Stockholm City durch unzählige Korridore zur Reichspolizeibehörde an der Polhemsgatan. Dort nahm er den Fahrstuhl in die neunte Etage.

»Hallo, Papa, ich bin's. Hast du Zeit für einen kleinen Ausflug?«

Der ältere Kollege saß wie immer in seinem Kabuff und hörte Gespräche mit. Auf dem elektronischen Stadtplan blinkte am Skanstull eine rote Leuchtdiode.

»Zeit? Ich habe Zeit, ich sitze hier wie immer und trinke eine Tasse schwarzen Kaffee.«

Jetzt hielt der Abhörspezialist die Aufnahme an und sah Broncks an.
»Du wolltest doch, dass ich mich jedes Mal melde. Das erste Gespräch hat insgesamt 48 Sekunden gedauert.« Der Kriminalinspektor deutete auf die Zeitachse am Bildschirm. »Der Angerufene befindet sich in einem der letzten Häuser an der Götgatan.«

»Hörst du, Leo? Nichts anderes. Keinen verdammten Tropfen.«
»Super, Papa. Ich hole dich in ein paar Stunden ab.«
»Und wohin fahren wir?«

»Ich will dir was zeigen.«

»Was?«

»Unsere Zukunft. Punkt sieben stehe ich vor der Tür.«

John Broncks nickte. »Ist er noch dort?«

»Wer?«

»Der Mann, der das Gespräch entgegengenommen hat.«

Der Abhörexperte lächelte. »Der Gerichtsbeschluss erlaubt nur, seine Gespräche abzuhören, nicht aber den Standort seines Handys zu orten.«

»Aber du kannst ihn sehen?«

»Natürlich.«

»Wo?«

»In einem anderen Zimmer. Von dort aus könnte ich, wenn die richtige Genehmigung vorliegt, die Bewegungen dieses Handys in Echtzeit verfolgen.«

Broncks lächelte ebenfalls. So war es immer. Sein Kollege war einmal ein sehr guter Beamter in der Wirklichkeit gewesen, an der er jetzt nur noch von kleinen fensterlosen Räumen aus über Kopfhörer teilnahm. Es war offensichtlich, dass er sich dorthin zurücksehnte, hätten es sein Rücken und seine Knie nur zugelassen.

»Es ist das Zimmer drei Türen weiter links. Nur falls du zufällig auf dem Weg nach draußen dort vorbeikommen solltest. Der Monitor in der Mitte. Ich weiß von nichts und bin hier auch noch eine Weile beschäftigt.«

»Das würde mir im Traum nicht einfallen.«

John Broncks hatte bereits den halben Weg zurückgelegt, als ihn ein »Viel Glück, Broncks!« einholte. Der Spur Ivan Duvnjacs zu folgen war genau der Zugang zu Leo Duvnjacs kriminellem Gehirn gewesen, nach dem er so lange gesucht hatte.

Er kam den verdammten Waffen immer näher.

Zehn Minuten.

Elf Minuten.

Zwölf Minuten.

Sein Vater verspätete sich, obwohl er mit dem Treffpunkt und dem Zeitpunkt keine Mühe haben sollte. *Punkt sieben stehe ich vor der Tür.* Für jeden Außenstehenden wäre das eine Bagatelle gewesen. Er wurde fast wahnsinnig. Außerdem juckte es ihn unter seiner engen Mütze.

Leo versuchte, durch die beschlagene Windschutzscheibe des Mietwagens ins Halbdunkel des Restaurants Dráva zu schauen. Er sah den neugierigen Wirt und seine ebenso neugierige Frau. Am Fenstertisch aß ein jüngeres Paar, und am Tresen wartete ein älterer Mann auf ein Bier.

Von Papa keine Spur.

Dreizehn Minuten zum Teufel, obwohl bis zu dem Augenblick, in dem er sich zurückholen wollte, was es nicht gab, nicht einmal mehr vierundzwanzig Stunden vergehen würden.

Stress.

Obwohl er keinen Stress kannte, wenn es nur um ihn ging und er alles im Griff hatte.

Er wurde fast wahnsinnig, als ihm klar wurde, dass das Gelingen seines Plans von Faktoren abhängig war, die er nicht vollkommen kontrollieren konnte. Wie Papa.

Er hatte sich ihrer direkten Verbindung nur zweimal bedient.

Die falsche Spur eingerichtet und aktiviert.

Ihm war klar gewesen, dass Broncks sein Waffenversteck mithilfe einiger Routinekontrollen bald finden würde. Schließlich war Sam als Besitzer des Hauses eingetragen. Broncks war auch tatsächlich dort eingebrochen und hatte den Köder geschluckt.

Vor einigen Stunden, als er davon ausgehen konnte, dass das Telefon seines Vaters abgehört wurde, hatte er die falsche Spur gelegt.

Leo schaute auf die Digitaluhr, die in einiger Entfernung an einem Haus angebracht war. Jetzt wartete er bereits seit vierzehn Minuten auf jemanden, der keine Ahnung hatte, wie wichtig er für das Funktionieren der falschen Spur war. Denn mit ihrer Hilfe sollte Broncks von hier weggelockt werden, damit er zuschauen konnte, wie seine Beweise in Flammen aufgingen. Denn das war entscheidend dafür, dass morgen etwas anderes an einem ganz anderen Ort glücken würde.

Plötzlich hörte es auf zu jucken, und der Druck in seiner Brust ließ nach.

Sein Vater tauchte wie aus dem Nichts aus dem Dráva auf. Sein Mantel flatterte im Wind, und er hatte eine brennende Zigarette zwischen den Lippen.

Leo blinkte ihn zweimal an.

Sein Vater blinzelte und ließ die Zigarette in den Gulli fallen.

»Du kommst vierzehneinhalb Minuten zu spät.«

»Kaffee, mein Sohn. Weißt du das denn nicht? Erst muss man scheißen, und dann muss man zahlen. Ich war auf dem Klo. Und dann wollte mir dieser verdammte Dacso auch noch eine Quittung für die paar Kronen ausstellen.«

Ivan ließ sich auf den Beifahrersitz fallen, die Tür jedoch offenstehen, als wolle er deutlich machen, dass er nicht auf seinen ältesten Sohn angewiesen war.

»Vierzehneinhalb Minuten? Was soll das? Haben wir es etwa eilig?«

»Mach schon die Tür zu.«

»Du willst mich sehen. Gut. Darüber freut sich ein Vater, aber noch mehr freuen würde ich mich, wenn du mir sagen könntest, warum Zeit wieder so eine verdammt große Rolle spielt.«

»Wovon redest du?«

»Ich rede von einer Polizistin, die in der Wohnung herumrennt, die dein kleiner Bruder und ich renovieren. Sie hat nach dir gefragt, Leo. Wo du wann warst und mit wem, und, und, und. Du kannst dir doch denken, dass sich Vincent dann Sorgen macht! Und wer sich Sorgen macht, bildet sich alles Mögliche ein.«

Ivan legte die Hand auf den Türgriff, schloss die Tür aber weiterhin nicht.

»Und wer sich was einbildet, bildet sich auch leicht mal was Falsches ein. Er glaubt …«

»Es wird kalt. Mach schon zu.«

»… dass Dinge anders sind als in Wirklichkeit. Er kann sich sogar … *ausgenutzt* vorkommen. Verstehst du?«

Leo beugte sich über seinen Vater und schloss selbst die Beifahrertür.

»Jetzt fahren wir los.«

»Wieso ist dir überhaupt kalt? Du hast doch eine Mütze auf! Noch dazu im Auto! Habe ich dir nicht beigebracht, dass ein richtiger Mann nie kurze Hosen und in geschlossenen Räumen nie eine Kopfbedeckung trägt?«

Leo zuckte mit den Achseln und schob dann seine graue Wollmütze nach hinten. Sein rasierter Schädel kam zum Vorschein.

»Deswegen die Mütze. Zufrieden? Können wir jetzt endlich aufhören, uns zu streiten, und losfahren? Ich meine, falls du überhaupt mit mir zusammen sein willst.«

Ivan sah ihn lange schweigend an.

»Was soll das, Leo, verdammt nochmal? Hast du dir die Haare

abrasiert? Die Männer in unserer Familie, dein Großvater und dein Urgroßvater in Kroatien hatten alle volles Haar. Bis ins hohe Alter. Gute Gene, Leo! Wir sind keine Glatzköpfe. Nur durch Bestrahlung und Propaganda verlieren die Leute ihre Haare. Bist du etwa krank, oder hast du *Mein Kampf* gelesen?«

Den Zündschlüssel umdrehen, den ersten Gang einlegen, das Gaspedal treten, dann wenden, trotz der durchgezogenen Linie. Sie waren auf dem Weg nach Süden. Ivan schwieg. Erst als sie in Västberga von der E 4 abbogen, wendete er seinen Blick von dem kahlen Kopf seines Sohns ab.

»Und wohin fährst du mit deinem rasierten Schädel?«

Sich alles Mögliche einbilden.

Leo hatte die Frage, die sein Vater gestellt hatte, ohne sie auszusprechen, deutlich verstanden.

»Das habe ich dir doch am Telefon gesagt.«

Wenn du wüsstest, wie recht du hast, Papa.

»Ich will dir unsere Zukunft zeigen.«

Aber manchmal ist es besser, wenn man nicht Bescheid weiß.

»Und was soll das heißen, Leo? Soll ich mir etwa auch die Haare abrasieren?«

Denn du brauchst deine Rolle nicht zu kennen, um mitmachen zu können.

»Die Zukunft, Papa, die wir zusammen aufbauen werden. Du verstehst es, wenn wir dort sind.«

Denn deine eigentliche Aufgabe in diesem Auto und an dem Ort, zu dem wir unterwegs sind, ist die des Lockvogels.

Der Kies knirschte unter den Reifen, als der Mietwagen zwölf Minuten später auf den Hof fuhr. Auf dem letzten Stück war die Dunkelheit so intensiv gewesen wie auf Sams Insel. Das zweistöckige Wohnhaus und die große rote Scheune waren jedoch beleuchtet, und sie konnten sich gut orientieren.

Bis zum nächsten Nachbarn waren es mehrere Hundert Meter, und der Zufahrtsweg führte durch dichten Wald. Leo fand, dass sich die Abgeschiedenheit für seine Zwecke perfekt eignete. Wenn es so weit war, würde niemand zu Schaden kommen.

»Wir sind da.«

Ein kurzer Blick auf seinen Vater, der durch die Windschutzscheibe starrte und keine Anstalten machte auszusteigen.

»Das hier wollte ich dir zeigen, Papa.«

»Einen verdammten … Bauernhof?«

»Ja. Wenn man ihn sich nur von außen ansieht. Aber wenn du mich begleitest, dann zeige ich dir, was das hier alles eigentlich sein könnte.«

Ivan stieg langsam aus, stützte sich am Autodach ab und reckte sich.

Leo hatte das Zögern seines Vaters während der ganzen Fahrt gespürt. Die Langsamkeit, das Sich-Recken und das Schlurfen über den Hofplatz waren seine Art, sein Desinteresse zu bekunden.

»Komm schon, Papa! Wie findest du es?«

Sein Vater antwortete nicht, in Gedanken schien er ganz woanders zu sein als bei dem Gebäude, auf das Leo deutete.

»Du und ich, Papa. Zusammen. Wie du es immer gewollt hast. Ein Renovierungsobjekt – genau das, was wir brauchen.«

So war er aufgewachsen. Sein Vater hatte als Tischler und Maler gearbeitet und – vorzugsweise schwarz – Einfamilienhäuser und Wohnungen renoviert. Vor dem letzten Konflikt hatten sie sogar einige Jahre lang gemeinsam eine Baufirma besessen. Für jemanden, dessen einzige Aufgabe es war, unwissentlich als Köder zu dienen, müsste das der perfekte Köder sein.

»Papa, verdammt, davon redest du doch schon seit Jahren, und davon hast du auch schon vor diesem Bankraub geredet, den wir nie hätten begehen dürfen. Diesen kleinen Hof habe ich unseretwegen gekauft. Ich dachte, du freust dich.«

Abwartendes Schweigen.

»Du und ich renovieren zusammen. Genau wie damals. Dann verkaufen wir den Kasten mit Gewinn. Ich habe auch schon einen Käufer. Er will uns hier treffen, um sich sicher zu sein, dass wir das auch stemmen können. Du hattest doch immer ein Gespür für ein gutes Geschäft, oder etwa nicht, Papa?«

Mit der Stille wuchs das Misstrauen.

Leo betrachtete seinen Vater.

Damit hatte er nicht gerechnet, ein Köder, der seinen Köder nicht schlucken wollte. Sein Vater, der seit zwei Jahren keinen Tropfen getrunken hatte, war so nüchtern, dass seine Sinne kristallklar waren.

»Ein Geschäft? Was soll das, Leo?«

»Was das soll? Ich plane unsere Zukunft. Du hast doch selbst gesagt, dass ich mich verändern kann, wenn du das kannst.«

Grell fiel das Licht der Außenbeleuchtung auf die verfallene, früher rotgestrichene Scheune. Sein Vater ließ sich Zeit, sie genau in Augenschein zu nehmen.

»Du zeigst mir hier also ein verdammtes Haus mit einer verdammten Scheune, das wir monatelang renovieren sollen?«

Als Kind hatte Leo gelernt, den Augen seines Vaters auszuweichen, wenn sie hin und wieder einmal nüchtern waren. Es war besser abzuwarten und dann die glasigen Augen herauszufordern. Gegen einen betrunkenen Papa kam er an. Aber das hier war eine neue Version, mit der er keine Erfahrung hatte.

»Mitten im Nichts, Leo? Wer will hier schon wohnen? Was willst du mir eigentlich unterjubeln?«

Sein Vater fuhr mit den Fingern über die rissige Holzfassade des Wohnhauses. Rote Farbe blätterte ab. Die Bretterwand war ebenso vernachlässigt wie die Obstbäume im Garten. Dann spähte er durch eines der schmutzigen Fenster des Wohnhauses. Es hingen keine Gardinen davor, das Haus stand leer.

»Komm schon, Papa.«

Kies knirschte unter den Sohlen, als beide auf die riesige Scheune zugingen. Die ganze Zeit hielt sich Leo im Licht der vier starken Lampen auf, denn sie sollten gut zu sehen sein. Zwischendurch spähte er in die Dunkelheit, als fragte er sich, ob sie jemand beobachtete. Deswegen mussten sie auch das große Tor öffnen, um möglichst alle Blicke auf sich zu ziehen.

»Komm mit rein. Ich will ihn dir zeigen.«

Leo hielt den Schlüssel des schweren Vorhängeschlosses in der Hand, das die Türflügel zusammenhielt. Die Scheune schien wesentlich älter zu sein als das Wohnhaus.

»Anschließend werden wir die Scheune umbauen.« Leo deutete in die riesige Halle. »Zwei Stockwerke, Maisonette, Treppe, Schlafzimmer oben, Wohnzimmer unten.«

Nach wenigen Schritten schlug ihnen der Geruch von Getreide und Heu entgegen. Von innen wirkte das Dach bedeutend höher und der Lastwagen, der in der Mitte der Scheune stand, bedeutend kleiner.

»Ein Lastwagen, Leo? Was soll der hier?«

»Der ist voll mit dem Werkzeug, das wir brauchen.«

»Du hast das Werkzeug schon gekauft? Mit welchem Geld, bitte schön? Und was ist, wenn der Deal nicht klappt?«

»Wenn du dabei bist, klappt das, Papa. Vielleicht sogar schon morgen.«

Ivan blieb abrupt stehen, und Leo spürte seinen kritischen Blick im Rücken. Offenbar gedachte er nicht, sich dem Lastwagen oder etwas anderem in der leeren Scheune zu nähern.

»Weißt du, Leo, wenn in meiner Heimatstadt Karlovac im Frühling das Wasser des Flusses stieg …«

Jetzt gesellte sich zu Papas Blick in seinem Rücken seine Stimme.

»… da haben die Welse gelaicht. Das waren große, glitschige Fische. Das Wasser war warm, und wir Kinder sind von den Ästen der Weiden am Flussufer hineingesprungen.«

Sie standen lange so da – Leo ein paar Meter vor seinem Vater in einer riesigen Scheune. Ein Sohn, der den eigentlichen Grund des Ausflugs nicht erklären konnte, und ein Vater, der sich nach Versöhnung sehnte und gleichzeitig im Ohr hatte: Er nutzt dich aus.

»Kopfüber sind wir in das seichte grünliche Wasser gesprungen. Das war gar nicht so einfach, denn wir mussten gleich wieder auftauchen, sonst wären wir auf dem Grund aufgeschlagen.«

Leo spürte, dass sein Vater einen Schritt näher kam. Aus den Augenwinkeln sah er, wie er seine Erzählung mit Gesten untermalte. Hinein und wieder hoch.

»In meiner Heimatstadt lebte ein Polizist, der immer schmutzige Stiefel trug. An seiner zu großen Mütze steckte die Dienstmarke, die nie poliert war. Sein Hemd war knittrig wie eine Morchel. Er besaß Kräfte für zwei, aber nur wenig Willenskraft. Wir Kinder machten uns über ihn lustig. Er jagte uns mit seinem Schlagstock und drohte uns mit Prügeln, aber wir waren schneller. Wir rannten weg, sprangen in den Fluss, und er fuchtelte mit seinem blöden

Schlagstock. ›Spring, spring!‹, riefen wir vom Wasser aus. ›Traust du dich etwa nicht?‹«

Sein Vater machte noch ein paar Schritte und baute sich neben ihm auf.

»Eines Tages, Leo, hatte er genug. Er zog seine zerknitterte Uniform aus, behielt seine schmutzigen Stiefel aber an. Dann kletterte er auf den schönsten Baum und balancierte auf dem dicksten Ast über den Fluss.«

Sein Vater immer mit seinen verdammten Geschichten, mit denen er ihm irgendwelche Wahrheiten verkaufen wollte. Das hatte er damals schon immer getan, als er und seine beiden Brüder noch Kinder gewesen waren. Immer wenn er glaubte, sie bei einer Lüge ertappt zu haben. Mit seinen Märchen und seltsamen Bildern hatte er versucht, ihren Widerstand zu überwinden.

»Als der blöde Polizist das Ende des Astes erreicht hatte, bekam er Angst. Das sahen wir, aber wir feuerten ihn weiter an. Wir schwammen im Kreis und riefen, er solle springen. Wir riefen ihm zu, er würde sich wohl nicht trauen und er sei genauso feige wie dumm.«

Ivan verstummte und sah Leo mit einem vollkommen nüchternen Blick an.

»Schließlich sprang er kopfüber hinein. Die schmutzigen Stiefel ragten aus dem Wasser auf. Er hat sich das Genick gebrochen, wie ein Küken, obwohl er groß und stark war. Der Idiot hatte keinen Willen. Er hat auf Kinder gehört, statt seinem eigenen Willen zu folgen.«

Leos Handy vibrierte in seiner Jackentasche. Einen Augenblick lang verschwand die Stimme seines Vaters aus seinem Bewusstsein. Gerne hätte er sein Handy aus der Tasche gezogen, um zu kontrollieren, ob das, was er vermutete, wirklich geschah.

»Leo, hörst du mir zu? Ich bin nicht so wie dieser Polizist. Verstehst du?«

Die App, die mit den beiden von ihm installierten Überwachungskameras verbunden war, hatte sich gemeldet. Die Kamera A, die in einem Kilometer Entfernung an der Zufahrt zum Bauernhof angebracht war, hatte Alarm geschlagen.

»Leo, so dumm bin ich nicht.«

Da sah er es auf dem Display seines Handys, allerdings nicht sonderlich deutlich, weil es mit einem recht einfachen Objektiv aufgenommen worden war. Mit ausgeschaltetem Licht fuhr ein Auto vorbei.

Perfekt.

Jetzt sind wir komplett.

»Wenn du mich aufforderst zu springen, dann hast du dabei einen Hintergedanken. Oder, Leo?«

Papas Augen betrachteten ihn. Jagten ihn. Er hatte nicht die Kraft, dem Blick seines Vaters in diesem Augenblick zu begegnen.

»Leo, nutzt du mich aus?«

»Bitte?«

»Das ist eine einfache Frage. Nutzt *du* mich aus?«

Seine Stimme war gefasst. Leo dachte nur daran, dass seine Worte ankommen mussten.

»Papa, *du* bist zu *mir* gekommen. Du hast gesagt, wenn du dich verändern kannst, dann kann ich es auch. Jetzt versuche ich das.«

Ihre Blicke begegneten sich.

Die Worte mussten ankommen.

Nur das.

»Sogar Felix und Vincent machen mit.«

Papas Zweifel, seit er das Scheunentor geöffnet hatte, verebbten jetzt zum ersten Mal.

»Was hast du gesagt? Felix auch?«

»Ja.«

»Und Vincent?«

Leo wagte zum ersten Mal, seinen Vater durchdringend anzusehen.

Er wagte es, seinem Vater eine Lüge aufzutischen.

»Ich habe beide gefragt. Beide machen mit.«

Jetzt war alles sehr viel einfacher. Was er hatte erreichen wollen, schien er geschafft zu haben, zumindest zum Teil. Wer sie hatte verfolgen sollen, war ihnen gefolgt und würde gleich zusehen, wie Vater und Sohn Duvnjac eine geheimnisvolle Scheune mitten im Nichts verließen. Wenn sein Vater Ja sagte und den Köder schluckte und zu dem Köder wurde, als der er dienen sollte, dann würde diese falsche Spur morgen immer noch funktionieren.

»Soll das heißen … alle vier? Vater und Söhne in einer Baufirma?«

»Ja.«

»Leo, ich weiß nicht … meinst du das ernst?«

Leo zögerte ganz kurz und streckte dann die Arme aus. Er wusste nicht, ob er seinen Vater jemals von sich aus umarmt hatte.

»Ja, das meine ich ernst.«

Der Brustkorb seines Vaters erschien ihm auf einmal so schmal.

Im Gefängnis war sein Vater kleiner geworden.

»Du brauchst dich nicht jetzt zu entscheiden, Papa. Du kannst darüber nachdenken, wenn wir nach Hause fahren.«

Vielleicht hatte ihn aber auch nur diese verdammte Lüge kleiner erscheinen lassen?

Leo betrachtete den Mann, der ihm einmal beigebracht hatte, wie man um einen Bären herumtanzen musste, um ihn zu besiegen, und er zwang sich dazu, seine Skrupel zu unterdrücken.

Im Schutz der nächtlichen Bäume und Büsche beobachtete er, wie Vater und Sohn aus der großen Scheune auf den Platz vor dem Wohnhaus traten. Sie unterhielten sich leise und vertraulich. John Broncks verstand kein einziges Wort. Dann stiegen sie ins Auto und fuhren davon.

Nach einem kurzen kryptischen Telefonat waren der bekannteste Bankräuber Schwedens und sein Vater zusammen auf den einsamen Hof gekommen.

»Ich will dir was zeigen.«
»Was?«
»Unsere Zukunft.«

Der Mann von der Abhörabteilung hatte Broncks auch nach seinem Besuch in der neunten Etage geholfen. Obwohl kein Gerichtsbeschluss vorlag, hatte er die Bewegungen von Ivan Duvnjacs Handy verfolgt. In Norsborg hatte er Broncks von der E4 gelotst, dann ging es in Botkyrka an der Kirche vorbei und weiter auf Nebenstraßen. Für Broncks war es ein merkwürdiges Gefühl gewesen, sich nur gute zehn Kilometer von der schwedischen Hauptstadt entfernt und trotzdem mitten auf dem Land zu befinden. Der Kriminalinspektor von der Abhörabteilung hatte in Erfahrung gebracht, wem der Bauernhof gehörte – einem Kriminellen, der gerade eine Strafe in Österåker verbüßte. Duvnjac hatte also ein Anwesen gefunden, das garantiert unbewohnt war.

Als sich Broncks sicher war, dass die Beschatteten den Hof verlassen hatten, begab er sich zu seinem Auto und fuhr zur Scheune. Auf dem Rücksitz lag die Tasche, die er immer dann benutzte, wenn er nicht auf die Hilfe seiner Kollegen zurückgreifen konnte.

Das war ein seltsames Gefühl. Als würde er sich selbst hintergehen und seinem Beruf untreu werden.

Aber es blieb ihm keine Wahl, er konnte weder Elisa noch seinen anderen Kollegen etwas erzählen. Jedenfalls nicht, solange er nicht wusste, wie die Verbindung zwischen seinem eigenen Bruder und Leo Duvnjac aussah.

Er nahm eine Taschenlampe aus dem Kofferraum, knipste sie an und leuchtete die Scheune entlang, bis der Lichtschein auf eine Tür mit Vorhängeschloss fiel. Einige Meter entfernt lag ein rostiges Armierungseisen.

Es war einfacher, als er es sich vorgestellt hatte. Mit dem Armierungseisen hebelte er den Bügel des Vorhängeschlosses auf und öffnete die Tür. Anschließend würde er den Bügel wieder befestigen, um den Einbruch zu verschleiern.

Der riesige Raum war leer – bis auf einen kleineren Lastwagen, einen Arbeitstisch und einen Klappstuhl. Die Ladefläche des Lastwagens war mit einer Plane abgedeckt. Darunter lagen sie, die gestohlenen Waffen.

Oben auf dem Stapel befand sich etwas, das ihn kurz zurückweichen ließ. Er wusste, was drei Kabel, die von einem Handy in einen Karton führten, zu bedeuten hatten.

Eine Bombe.

Sie wurde gezündet, wenn es Leo Duvnjac in den Kram passte.

Bei Geschäften unter Schwerverbrechern hatte John Broncks das hin und wieder erlebt. Eine Bombe garantierte die Zahlung.

Darum ging es also. Er hatte einen Käufer gefunden, und die Waffen würden den Besitzer wechseln.

Broncks nahm ein paar dünne Gummihandschuhe aus seiner Tasche.

Ihm bot sich jetzt eine einzigartige Chance. Er würde Duvnjac beim Verkauf festnehmen und ihn so einer weiteren Straftat überführen. Umfassende Waffendiebstähle wurden als Terrorstraftaten geahndet. Mit etwas Glück würde man Duvnjac zu lebenslänglich verurteilen, also zu einer noch strengeren Strafe als für sämtliche Banküberfälle. Broncks war sich recht sicher, dass von der »ernsthaften Einschüchterung und Verängstigung der Bevölkerung« auszugehen war, von der im Paragrafen zu Terrorstraftaten die Rede war, würden diese Waffen einmal auf den Schwarzmarkt gelangen.

Broncks lehnte seine Taschenlampe an den Rand der Ladefläche, hob vorsichtig ein AK-4-Sturmgewehr vom Stapel und legte es auf den Arbeitstisch hinter dem Lastwagen. Dann nahm er einen Zephyrpinsel und eine Dose Rußpuder aus seiner Tasche. Er schlug den Schaft des Pinsels einige Male an den Rand des Tisches, weil es wichtig war, dass die Glasfaserborsten gleichmäßig abstanden, und tauchte sie dann in das Pulver. Anschließend bepinselte er Kolben, Schaft und Lauf der Waffe mit Ruß. Deutlich waren etliche Fingerabdrücke zu erkennen, die er auf Folien übertrug. Ein Forensiker würde einige Stunden brauchen, um die Folien mit den etwa 100 000 Abdrücken abzugleichen, die sich in ihrem Register fanden.

Er legte die Waffe an ihren Platz zurück und verschloss die Plane wieder. Dann trat er einen Schritt zurück, um sich das Kennzeichen des Lastwagens einzuprägen.

Du hast ja keine Ahnung, Duvnjac, wie nahe ich dir bin.

Eine Reise durch die Stille.

Von einem kleineren unbefestigten Weg auf einen größeren. Dann auf einen noch größeren, bei dem man dem Gegenverkehr schon nicht mehr auszuweichen brauchte. Anschließend ging es auf die vierspurige Autobahn, die E4, auf der sie wieder zurück nach Stockholm gelangten. Schweigend saßen sie nebeneinander, bis Leo auf einen Rastplatz einbog.

»Wieso halten wir hier?«

Menschenleer und recht schön am Waldrand gelegen, gut beleuchtet mit einem Toilettenhäuschen und etlichen Bänken und Tischen.

»Ich muss pinkeln, Papa. Ich komm gleich.«

Er hatte das Toilettenhäuschen schon fast erreicht, da öffnete sein Vater die Seitenscheibe.

»Leo?«

Er blieb stehen und drehte sich zu seinem Vater um, der seinen Kopf aus dem Seitenfenster streckte.

»Ja?«

»Hast du wirklich gemeint, was du in dieser verdammten Scheune gesagt hast?«

»Papa, darüber sprechen wir nicht mehr. Wenn du nicht willst, dann akzeptiere ich das.«

»Aber ich will doch.«

Leo war zu weit weg, und sein Vater konnte sein zufriedenes Lächeln nicht sehen.

»Das habe ich doch gewusst, Papa.«

»Gemeinsam werden wir diesen runtergekommenen Hof schon auf Vordermann bringen. Du und ich. Und Felix. Und Vincent.«

Sein Vater war plötzlich ganz eifrig.

»Die ganze Familie! Ich muss zugeben, dass mich das freut, Leo!«

In der Toilette stank es, die Beleuchtung war schlecht, und durch das kleine Fenster pfiff der Wind.

Leo begab sich in die einzige abschließbare Kabine.

Das Display seines Handys hatte ihm bereits in der Scheune verraten, dass ein Auto mit abgeschalteten Scheinwerfern an der Kamera A an der Zufahrt zum Bauernhof vorbeigefahren war. Vor einer Weile hatte ihm das Handy signalisiert, dass auch Kamera B aktiviert worden war. Das war ein gutes Gefühl. Was er jetzt auf seinem Display in einer stinkenden Toilette im Niemandsland der Autobahn beobachten konnte, übertraf seine kühnsten Erwartungen. Die Falle schnappte zu. Die Kamera im Innern der Scheune war so weit oben an der Wand angebracht, dass er alles von schräg oben sah. Eine Taschenlampe irrte in der Dunkelheit des verfallenen Gebäudes umher. Der Lichtkegel näherte sich einem Fahrzeug. Als der Lichtschein dem Mann, der die Taschenlampe hielt, einen Augenblick lang ins Gesicht fiel, sah Leo direkt in die Augen von John Broncks.

Er lachte, und sein Lachen hallte von den Wänden der Toilette wider.

Broncks würde seine Planung nicht mehr stören. Während er seinen Vater vor dem ungarischen Restaurant absetzte und anschließend Sam abholte, würde das Bullenschwein tun, was von einem Polizisten zu erwarten war. Er würde einen Einsatz vorbereiten und Beamte der Einsatztruppe hinter jedem Busch in der Nähe des heruntergekommenen Bauernhofs aufstellen und dann auf eine Festnahme beim größten illegalen Waffengeschäft der modernen Zeit warten.

Er konnte nicht ahnen, dass ihn der Verkäufer, Leo Duvnjac, selbst dorthin gelotst hatte.

Der Zeitpunkt der Festnahme würde von einem Anruf bei seinem Vater abhängen, der davon überzeugt war, dass es bei dem Geschäft um etwas ganz anderes ging.

Der eigentliche Coup würde ganz woanders stattfinden.

Auf der Abfahrt nach Västberga stand der Verkehr vollkommen still, ein trotziger Stau zwischen der E4 und dem ersten Kreisverkehr. Es war eine der wenigen Gelegenheiten, bei der sich Broncks wünschte, in einem Streifenwagen und nicht in einem ihrer diskreten Zivilfahrzeuge unterwegs zu sein. Er hatte es eilig, und von wütendem Hupen begleitet fuhr er halb im Graben innen an der Schlange vorbei. Die Tankstelle war das erste Gebäude hinter der Abfahrt. Ohne zu tanken, parkte er an einer freien Zapfsäule. An der Kasse eine weitere Schlange, an der er sich jedoch weder rechts noch links vorbeidrängen konnte. Ein junger Mann hatte eine DVD ausgeliehen und wollte jetzt noch eine Bockwurst. Eine ältere Frau hatte die Arme voller Lebensmittel, die vermutlich zum Abendessen und zum Frühstück reichen sollten.

Um seine Ungeduld zu zügeln, zwang er sich dazu, weder an die Schlange noch an seine Eile zu denken. Das klappte nicht. Jeder neue Gedanke war ein alter Gedanke und kreiste um die Tatsache, dass er in all den Jahren nach dem riesigen Waffendiebstahl lauter wertlose Spuren verfolgt hatte. Er war einem gesichtslosen Schatten gefolgt, der Leo Duvnjac gewesen war. Er war der Kopf, davon war Broncks überzeugt. Was auch der Kontakt nahelegte, als Duvnjac versucht hatte, ihm die Waffen zu verkaufen. Als Punkt der Anklage war das seinerzeit als »schwere Erpressung der Polizeibehörde« aufgetaucht. Damals hatte Duvnjac damit gedroht, die über zweihundert automatischen Waffen an die Kriminellen Schwedens zu verkaufen oder zu verschenken, wenn die Polizei sie nicht erwarb. Damit hätte sich die Zahl der schweren Waffen, die im Umlauf waren, vervielfacht.

Als der junge Mann ganz vorn in der Schlange ein zweites Mal um mehr Senf bat, riss Broncks der Geduldsfaden. Er forderte ihn auf, endlich den nächsten Kunden vorzulassen. Die Frau vor ihm legte Butter, Käse, Brot, Leberwurst, Servietten, Kerzen und tiefgefrorene Kohlrouladen auf den Tresen und warf ihm einen dankbaren Blick zu.

Nach dem Prozess hatte John Broncks natürlich versucht, den gestohlenen Waffen auf die Spur zu kommen. Die Akten verwahrte er in seinem Büro, das nur wenige Minuten vom Gerichtssaal entfernt lag, aber auf die Lösung hatte er trotzdem jahrelang warten müssen. Bis heute. Erst jetzt hatte er das Versteck gefunden, in dem die Waffen vermutlich die ganze Zeit gelegen hatten. Es hatte noch nach Waffenfett gerochen, und die Fußspuren waren frisch gewesen. Eben hatte er diese Waffen in einer verlassenen Scheune vor Augen gehabt. Endlich würde er Leo Duvnjac fassen.

Und trotzdem fühlte er sich schrecklich. Seine Sehnsucht, sein ganzer Eifer war von einer gewaltigen Trauer darüber abgelöst worden, dass sein großer Bruder in die Sache verwickelt war. Er wusste noch nicht, wie sehr Sam mit drin hing und was das für Konsequenzen für sie beide haben würde. Deswegen wartete er ungeduldig darauf, dass die Frau vor ihm ihre Lebensmittel bezahlte, damit er endlich an die Reihe kam.

»Welche Zapfsäule?«

»Ich habe nicht getankt, ich wollte mir nur …«

»Aber Sie stehen doch an der Vier?«

»Ich wollte mir nur bestätigen lassen, dass …«

»Bockwurst? Ein Getränk? Wenn Sie Kaffee nehmen, kostet die Zimtschnecke nur die Hälfte.«

»… dass der Mietlaster mit dem Kennzeichen BGY 397 aus Ihrem Fuhrpark stammt.«

»Das verstehe ich jetzt nicht. Wollen Sie einen Lastwagen mieten?«

»Ich wollte wissen, ob der Laster Ihnen gehört. Ob er hier gemietet worden ist.«

»Das kann ich Ihnen nicht sagen.«

»Laut Zulassungsstelle ist es Ihrer.«

»Hören Sie mal, Sie …«

Während der Tankstellenmitarbeiter weitersprach, durchsuchte John Broncks seine Taschen nach der Dienstmarke. Schließlich fand er sie in einer Innentasche seiner Lederjacke und legte sie auf den Kassentresen.

»Wären Sie jetzt bitte so freundlich?«

Der Mann nahm das Lederetui mit dem Ausweis und der Dienstmarke in die Hand und betrachtete es skeptisch, dann hielt er es Broncks hin. Er öffnete einen Schlüsselschrank aus grau lackiertem Blech, in dem Haken mit und Haken ohne Schlüssel zum Vorschein kamen. Über jedem Haken stand ein Kennzeichen.

»Stimmt, BGY 397 ist unser Fahrzeug.«

»Und wer hat es gemietet?«

»Darüber darf ich Ihnen keine Auskunft geben.«

Erst jetzt nahm Broncks seinen Ausweis zurück.

»Ich bitte Sie jetzt zum letzten Mal in aller Freundlichkeit, mir zu sagen, wer diesen Lastwagen gemietet hat.«

Der Angestellte sah Broncks an, dann den Ausweis, dann wieder Broncks. Anschließend schaute er auf einen Papierstapel in einem Regal. Während er die Papiere durchblätterte, betrachtete er den Mann, der von sich behauptete, Polizist zu sein, von der Seite.

»Lesen Sie selbst.«

John Broncks nahm das Papier. Ein zweiseitiger Mietvertrag.

Auf der ersten Seite standen Lastwagenmodell und Kennzeichen, etwas weiter unten tauchte eine Zahl auf, die ihm bekannt vorkam, eine zehnstellige Personenkennziffer. Ganz unten stand etwas Handschriftliches, mit schwarzem Kugelschreiber.

Sams Unterschrift.

Ein schwacher, aber deutlicher Rauchgeruch hing in der Luft. Er kam vom Haus. Einen Augenblick lang meinte er, ihn sich nur einzubilden, denn dieser Geruch hatte Sam und ihn hier immer umgeben. Mama verbrannte Laub und Papa alles andere, was er nicht zur Müllkippe nach Strängnäs bringen wollte.

John Broncks hielt vor dem roten Lattenzaun inne. Um diese Jahreszeit waren hier alle Abende stockdunkel. Er leuchtete mit der Taschenlampe auf die Pforte, die ausnahmsweise ordentlich geschlossen war.

Sam Larsen hatte auf dem Vertrag der Autovermietung gestanden.

Eine Unterschrift, die zusammen mit der Tatsache, dass Sam Eigentümer des Hauses in Tumba war, nur den einen Schluss zuließ, dass sein Bruder etwas mit den über zweihundert automatischen Waffen zu tun hatte. Wenn sie Leo Duvnjac festnahmen, dann würde ihm nichts anderes übrigbleiben, als auch Sam festzunehmen.

Bereits als er die Tankstelle verließ, begann er, Sam anzurufen, aber der ging nicht ans Telefon. Hinter Södertälje erreichte er endlich einen Nachbarn auf der Insel. Sam sei am Vormittag mit dem Frühjahrsputz beschäftigt gewesen, aber jetzt unauffindbar. Auch der Fährmann, der John zuliebe eine Extraüberfahrt einlegte, hatte Sam nicht gesehen.

Frühjahrsputz.

Deswegen roch es also nach Rauch.

Jetzt sah er es, als er den Hang zu dem einzigen Relikt seiner Kindheit hinaufging. Er folgte dem wirbelnden Wind auf die Rückseite des Hauses. Rote, beinahe orangefarbene Glut, wo seine Mutter immer die Gartenabfälle verbrannt hatte.

Das Haus war ebenso dunkel wie der Abend.

Und nicht abgeschlossen.

»Sam?«, rief Broncks ins Haus hinein. Seine Stimme stieß auf keinerlei Widerstand. Er wollte erst in der Diele, dann in der Küche Licht machen, aber der Strom war abgestellt. Es war so still wie immer dann, wenn nicht einmal der Kühlschrank brummte.

Er knipste seine Taschenlampe an und rief erneut.

»Sam? Ich bin das, John.«

Jetzt sah er es.

Alles war weg.

Die Grafiken im Eingangsbereich, die immer dort gehangen hatten, Bilder von Mauern, waren weg. Die Diele war vollkommen leer. Auch das Tischchen und der Schuhlöffel aus rotem Plastik fehlten. Nur der Staub, der sich unter dem Tisch gesammelt hatte, war noch da.

In der Küche dasselbe.

Leer.

Weder Küchenstühle noch Klapptisch. Nur die hellen Flecken auf den Dielen, die die Tischbeine hinterlassen hatten.

Im winzigen Wohnzimmer fehlten der dreieckige Couchtisch aus den 1960er-Jahren, der Fernseher, die beiden Stehlampen, der Sessel, die Flickenteppiche und das kleine Zweiersofa, dessen Cordbezug auf der rechten Seite verschlissen war, weil dort Mama immer gesessen hatte, wenn sie Nachrichten und Talkshows gesehen hatten. Die Tapeten waren fleckig und die Dielen ungleichmäßig abgetreten.

Sein erster Gedanke war nicht sonderlich logisch.

Sam wollte verkaufen.

Nichts sollte die Fantasie potenzieller Käufer ablenken.

Sein zweiter Gedanke war plausibler.

Langsam begriff er, was Sam eigentlich verbrannt hatte: sämtliche Möbel. Er hatte sich geirrt. Sam hatte keineswegs vorgehabt, in den Erinnerungen zu leben, er hatte nur Abschied genommen, um dann alles hinter sich lassen zu können.

Alle Erinnerungen außer einer waren verschwunden.

Im dunklen Schlafzimmer stand ein einziges Möbelstück.

Broncks richtete das Licht seiner Taschenlampe darauf.

Papas Bett.

Das Licht fiel auf das ungemachte Bett und den Gegenstand, der darauflag.

Das Anglermesser.

Abgebrochene Spitze, blutbefleckte Klinge.

Er sah Sams jungen, sehnigen Rücken vor seinem inneren Auge, wie er das Messer hob und immer wieder in Papas Brust, in Muskeln und gegen Rippen stieß.

Wut, die sich bei seinem letzten Besuch in Übelkeit verwandelt hatte. Wut, die er lange unterdrückt, ja bewusst von sich geschoben hatte, weil sie gefährlich war. Wut beeinträchtigte die Impulskontrolle und veranlasste einen zu Handlungen, die einem das ganze Leben zu schaffen machten.

Jetzt ließ er diese Wut zu.

John Broncks lief in das enge Schlafzimmer und packte den Bettrahmen. Das Messer fiel zu Boden. Dann schleifte er die Matratze zu dem schwelenden Feuer und warf sie darauf. Anschließend ging er zurück, trat gegen den Holzrahmen und warf diesen ebenfalls auf das aufflammende Feuer.

Jetzt war nur noch das Anglermesser übrig.

Es lag gut in der Hand.

Funken stiegen über der Matratze und dem Bettrahmen auf, und eine plötzliche Wärme schlug ihm entgegen.

Damals hatte er seinen großen Bruder angefleht, ihn zu retten. Dabei hatte er Sam allerdings nicht aufgefordert, ihren Vater zu erstechen. Beide hatten fürchten müssen, dass ihr Vater früher oder später zu weit gehen und seinen jüngeren Sohn erschlagen würde.

Sam hatte seinen eigenen Beschluss gefasst.

Zu töten.

Damit sein kleiner Bruder nicht getötet wurde.

Aber anschließend war er, John, der Gerettete, zu dem grünen Telefon gelaufen, das jetzt ebenfalls im Feuer lag, und hatte die Polizei verständigt. Er hatte seinen großen Bruder angezeigt und ihm keine Chance gegeben. Ohne es selbst zu begreifen, hatte er Sam zu lebenslänglich verurteilt.

Jetzt musste er dafür sorgen, dass er nicht ein weiteres Mal zu lebenslänglich verurteilt wurde.

Er musste, ehe er die Festnahme in der Scheune veranlasste, mit Sam sprechen, damit dieser begriff, dass morgen alles vorbei sein konnte.

Wenn er dann trotz Warnung weitermachte, war das seine eigene Entscheidung, und er musste die Konsequenzen tragen.

Aber *ich* muss ihm die Chance geben, sich zu entscheiden. Das ist *meine* Verantwortung, dachte Broncks. Und falls das hier eine Sackgasse ist, muss ich es mit einem anderen Weg versuchen. Dieser führt über einen Menschen, von dem ich mich eigentlich nie mehr demütigen lassen wollte.

Das Anglermesser lag in seiner Hand.

Er warf es ins Feuer.

Ein hübsches Wohnviertel zwischen Tallkrogen und der stark befahrenen Landstraße nach Nynäshamn. Ein gutbürgerlicher Stockholmer Vorort aus den Fünfzigerjahren. Limousinen in den Auffahrten, gepflegte Gärten, Lampen in den Fenstern. Er hätte auch gerne in einer solchen Welt gelebt, wenn er nur die Kraft dazu besessen hätte. Aber so war er nicht. Dort gab es keinen Platz für ihn. Wenn alles so wohlgeordnet war, vergaß er zu leben.

John Broncks klingelte an einer Haustür mit ovalem Messingschild, das den Namen Axelsson trug. Ein dreifaches monotones Summen.

Er lauschte. Nichts. Er schaute ins Küchenfenster. Es brannte Licht. Neben einem Blumentopf und einer Katze aus Porzellan standen zwei silberne Kerzenhalter. Immer noch nichts.

Ein Haufen Asche hinter dem Sommerhaus ihrer Kindheit. Das war alles gewesen.

Sam war verschwunden.

Für immer.

Das war die Botschaft gewesen.

Broncks versuchte, sich zusammenzunehmen, aber sein Körper wurde von einem seltsamen Beben erfasst. Eine so kalte Einsamkeit hatte er noch nie empfunden.

Sam hatte die Taktik der verbrannten Erde angewendet, indem er alles zerstört und nur das zurückgelassen hatte, was den Feind schwächte und demoralisierte. Er hatte das Brunnenwasser und alle Nahrung vergiftet.

Indem er ein Anglermesser auf einem Bett zurückgelassen hatte.

Sam war erfüllt von diesem verdammten Hass. Broncks begriff nicht, warum er seinen kleinen Bruder als Feind betrachtete.

Erneut spürte er das Beben, das eiskalt durch seine Brust fuhr.

Doch obwohl Sam alles versucht hatte, um ihn zu verstoßen, obwohl er ihn offenbar so hasste – das alles reichte nicht. John Broncks wusste einfach, dass sie sich noch einmal begegnen mussten, er musste Sam die Gelegenheit geben, sich zu entscheiden. Und dazu blieb ihm keine andere Wahl, als ein weiteres Mal zu klingeln.

Jetzt hörte er leise Schritte.

Jemand schaute durch das kleine Fenster neben der Tür und schloss auf.

Die Frau hatte rötliches, gelocktes Haar und wachsame Augen.

»Guten Abend. Entschuldigen Sie die Störung. Ich heiße John Broncks und …«

»Ich weiß, wer Sie sind. Ich kann mich noch vom Prozess an Sie erinnern.«

Weder vorwurfsvoll noch gekränkt. Eine Feststellung.

»Es ist spät. Was wollen Sie?«

Er hatte sagen wollen: Ich erinnere mich auch an Sie, denn Sie haben jeden Tag ganz vorne auf der Besucherbank gesessen und sich die Anklage gegen Ihre drei Söhne angehört. Außerdem hätte er ihr sagen wollen, dass er das schon häufiger erlebt hatte, dass die Angehörigen ganz vorne saßen, damit ihnen die neugierigen Blicke erspart blieben.

»Ich suche Ihren Sohn Leo. Er ist hier gemeldet.«

»Er ist nicht zu Hause.«

»Dann möchte ich Sie bitten, ihn anzurufen. Sie haben doch seine Nummer? Können Sie ihm ausrichten, dass ich mit ihm sprechen möchte?«

Die Frau hielt die Türklinke fest. Ihr sachlicher Blick besagte: Es passt mir nicht, dass Sie hier sind, aber Sie werden mich auch nicht aus der Fassung bringen, denn wenn Sie wie ich alles erlebt hätten, wüssten Sie, dass Sie niemand und nichts mehr erschüttern kann.

Oder war das alles nur Fassade? Hatte sie deswegen in der ersten Reihe gesessen? Weil sie sich, nachdem sie einen Schläger verlassen hatte, nicht von der Tatsache unterkriegen lassen wollte, dass ihre Söhne Schwerverbrecher waren und bald mehrere Jahre im Gefängnis verbringen würden? Wer die Reaktion der anderen ignoriert, die abschätzigen Blicke, ist weniger verletzlich.

»Ihre Kollegen waren doch schon gestern Mittag hier, an seinem zweiten Tag in Freiheit, und haben ihn zum Verhör mitgenommen. Außerdem haben sie hier bei mir alles auf den Kopf gestellt. Worum geht es denn jetzt noch? Liegt ein Verdacht gegen ihn vor?«

Jetzt tat sie es wieder. Sie schrie ihn nicht an, verlangte keinen Ausweis und knallte die Tür nicht zu. Sie betrachtete ihn nur und versuchte, gleichmütig zu begreifen, was vorging.

Sie weigerte sich, die Fassung zu verlieren.

»Wenn ich vorgehabt hätte, Ihren Sohn festzunehmen, wäre ich nicht allein gekommen. Dann wäre Ihr Haus jetzt von bewaffneten Kollegen umstellt, weil wir Ihren Sohn für sehr gefährlich halten. Offiziell wird also noch nicht gegen ihn ermittelt. Ich bin nicht als Polizist hier, sondern als Privatperson.«

Anfang April und später Abend, zu kalt, um in einer offenen Tür zu stehen. Sie verschränkte jedoch nicht die Arme vor der Brust, weil sie fror, da war sich Broncks sicher.

»Als Privatperson? Dann begreife ich noch weniger, warum ich ihn verständigen sollte. Sie werden doch nicht plötzlich beste Freunde geworden sein?«

Er sah sie an. Er verstand sie.

Es gab keine plausible Antwort.

Da es bei seinem kurzen Besuch nicht um ihren Sohn, sondern um einen ganz anderen großen Bruder ging. Um seine eigene Familie, von der nur noch Sam übrig war, von dem er immer noch hoffte, dass er nichts mit einem bewaffneten Raubüberfall zu tun hatte. Er wollte verhindern, dass sich Sam an Leo Duvnjacs Waffengeschäft beteiligte, damit ihm eine weitere lebenslängliche Strafe erspart blieb.

»Folgendermaßen, Britt-Marie. Ich darf doch Britt-Marie zu Ihnen sagen? Wenn es mir nicht gelingt, Ihren Sohn zu erreichen, dann wird sich Ihr Unbehagen, das Sie gestern bei der Hausdurchsuchung empfunden haben, in die reinste Hölle verwandeln – wenn nämlich Ihr Sohn die schwere Straftat begeht, die er plant.«

»Ich verbitte mir, dass Sie mich Britt-Marie nennen, denn Sie kennen mich nicht. Wenn Sie mich kennen würden, wüssten Sie, dass ich Ihnen nicht helfen kann. Ich bin seine Mutter und werde Ihnen nicht dabei helfen, ihn festzunehmen.«

»Sie sollen mir auch gar nicht helfen, ihn festzunehmen, sondern *verhindern*, dass es zu einer Festnahme kommt.«

Er log erneut. Er ließ sie in dem Glauben, dass es um die Festnahme ihres Sohnes ging. Er log sie Sams wegen an, so wie er eine andere kluge Frau und Kollegin angelogen hatte. In diesem Moment verachtete er sich selbst.

»Ich bitte Sie, mir zu vertrauen, Britt-Marie.«

»Ich kann niemandem vertrauen, dessen Absichten ich nicht verstehe.«

»Absichten?«

»Alle beabsichtigen etwas.«

Verzweiflung war eine Kraft, die Absichten beeinflusste. Sie hätte seine Mutter sein können, die versuchte, einen ihrer Söhne zu beschützen. Ihm blieb keine Wahl. Er musste tun, was er hatte vermeiden wollen: Er musste die beiden anderen Brüder als Druckmittel benutzen. Mit ihrer Hilfe würde er zu ihr durchdringen. Und sie würde Leo verständigen.

»Es gibt weitere Beteiligte.«

»Weitere?«

»Ihr Sohn Leo zieht weitere Brüder in die Sache rein. Das hat er schon früher getan. Wollen Sie, dass das wieder geschieht?«

»Felix?«

Broncks sah ihr an, wie seine eigene Verzweiflung auf sie übersprang. Er verachtete sich noch mehr.

»Ist das Ihr Ernst? Felix? Oder, nein, ich … Vincent? Sollte er …«

»Weitere Brüder, mehr kann ich Ihnen nicht sagen.«

Er hätte es ihr gerne ins Gesicht geschleudert.

Weitere Brüder bedeutet: Meinen Bruder.

Er wollte, konnte aber nicht. Und jetzt sah er, dass ihre Fassade bröckelte. Vielleicht würde er ja doch zu ihr durchdringen.

»Rufen Sie ihn an.«

Er reichte ihr sein Handy.

»Nein.«

Sie besaß keine Kraft mehr, war aber noch stark genug, trotzig den Kopf zu schütteln.

»Hören Sie zu, Britt-Marie, Sie müssen …«

»Hören Sie nicht, was ich sage?«, schrie sie. »Vincent wird nie wieder eine Straftat begehen! Das weiß ich! Ich bin seine Mutter – *ich weiß das einfach!* Ich werde also nicht anrufen!«

Sie deutete auf die Straße.

»Könnten Sie jetzt bitte gehen?«

Sie schrie nicht mehr. Ihre Stimme war leise und scharf.

»Oder soll ich die Polizisten verständigen, die heute Abend im Dienst sind?«

Es war ein zwiespältiges Gefühl, seinen Vater vor dem Dráva abzusetzen, nachdem sie einige Stunden ziellos auf leeren Landstraßen herumgefahren waren und ihre vielleicht erste vernünftige Unterhaltung unter Erwachsenen geführt hatten. Damit ihm alles glücken würde, musste er jeden Störfaktor eliminieren. Und zwiespältige Gefühle störten ihn. Natürlich gab es einen Grund zur Freude: Sowohl Broncks als auch Papa hatten angebissen. Aber als er vom Auto aus durch die Fenster ins Restaurant schaute, kam er sich schäbig vor. Beschwingt ging sein Vater auf den Tresen zu, sprach mit dem Wirt, bestellte einen letzten Kaffee vor Feierabend und sah … hochzufrieden aus. Regelrecht hoffnungsvoll. Er hoffte auf etwas, das ihm sein ältester Sohn sofort wieder nehmen würde.

Schäbig.

Genauso schäbig wie alles, was sein Vater früher getan hatte. Er hatte seine drei Söhne hoffen lassen und ihnen die Hoffnung wieder genommen.

Aber das war alles nötig, damit sein Plan funktionieren würde. Broncks musste zwanzig Kilometer entfernt sein, wenn er morgen seinen eigenen Bau plünderte.

Natürlich würde Papa wahnsinnig enttäuscht sein. Gekränkt. Aber ihm würde nichts zustoßen. Er musste noch einen weiteren Anruf entgegennehmen, dann würde er nicht weiter involviert sein. Eine Verurteilung musste er nicht fürchten, da später offensichtlich werden würde, dass er nur eine Marionette in der Intrige war, die er bei ihrem Gespräch in der Scheune bereits vermutet hatte.

Sein Vater lachte über eine Bemerkung des Wirts, als Leo seinen Blick abwandte. Er bog auf den Ringvägen ein und fuhr in den Tunnel und von dort direkt in die Tiefgarage des großen Hotels. Dort wartete Sam. Zusammen wollten sie zu Sullos Wohnung in Sickla fahren, um dort die letzten Vorbereitungen zu treffen.

Da summte das kryptierte Telefon in seiner Jackentasche, dessen Nummer nur ganz wenige hatten. Er schaute auf das Display. Mama. Ihre Festnetznummer. Er wollte nicht antworten, sich nicht von ihr verabschieden, denn es war bequemer, einfach zu verschwinden, aber er wollte auch nicht, dass sie sich Sorgen machte.

»Hallo, Mama.«

Wenn sie ihn auf dieser Nummer anrief, war es wichtig.

»Leo, kannst du sprechen?«

»Ich kann sprechen.«

»Eben stand …«

Sie hatte keine Angst.

Sie war aufgebracht.

Vielleicht sogar wütend.

»… ein Polizist auf meiner Treppe. John Broncks. Ich kenne ihn von früher.«

Broncks?

»Er hat gesagt, dass er als Privatperson mit dir sprechen muss. Er will sich mit dir verständigen, damit nicht noch mehr Leute, weitere Brüder, in die Sache hineingezogen werden. Genau das hat er gesagt.«

Bei ihr?

»Weitere Brüder, Leo. Ich habe keine Ahnung, was oder wen oder ob er Felix und Vincent meinte. Aber ich glaube, du weißt das.«

»Ich kümmere mich drum, Mama. Mach dir keine Sorgen.«

Er beendete das Gespräch. Verdammt – würden das wirklich seine letzten Worte sein?

»Deine Mutter?«

Sam lächelte, Leo verzog keine Miene.

»Nein. Dein verdammter Bullenbruder.«

Als er die kurze Unterhaltung wiedergab, schien Sam gar nicht zuzuhören. Mit jedem Wort igelte er sich mehr ein.

»Nur noch John und ich sind von unserer Familie übrig. Wusstest du das, Leo?«

Als hätte er sich bereits verabschiedet.

»Das spielt keine Rolle. Ich sehe in ihm einen Gegner, und so ist es schon seit Jahren.«

Als würde er über jemanden sprechen, der nicht existierte.

Leo machte sich bewusst, dass Sam ihm von allen am nächsten stand, und er war überzeugt davon, dass er bei Sam denselben Platz einnahm. Zusammen befanden sie sich auf dem Weg in die nächste Phase ihres Lebens. Dorthin würde ihnen niemand folgen. Aber Sam hatte etwas vergessen. Er konnte sich noch so sehr bemühen, Broncks aus seinem Bewusstsein zu verbannen, deswegen hatte dieser ihn noch lange nicht verbannt. Eine plausible Erklärung gab es nicht. Broncks hoffte auf eine Versöhnung. Er wollte ihn warnen, weil er glaubte, dass eine Festnahme unmittelbar bevorstand. Er wollte, wenn es an der Zeit war, die Scheune zu umstellen, dort nur Leo Duvnjac antreffen und nicht seinen eigenen Bruder.

Leo zog sein Telefon erneut aus seiner Innentasche, weil er ein schlechtes Gewissen hatte.

Sie war sofort dran.

»Bist du das, Leo?«

»Ja, ich bin's, Mama. Ich wollte nur sagen, dass ich morgen früh vorbeikomme. Um mich davon zu überzeugen, dass alles okay ist.«

Er schob das Telefon und das, was er nicht zu sagen vermochte, zurück in die Innentasche.

Und um mich richtig zu verabschieden, Mama.

Sie näherten sich Sickla, Tallbacken 25, Sullos Wohnung. Leo hielt zwischen zwei geparkten Autos und ließ Sam aussteigen.

»Ich komme gleich nach. Ich muss mich noch um eine Kleinigkeit wegen morgen kümmern. Genau wie du muss ich jemanden aus meinem Bewusstsein verbannen.«

Er nickte Sam zu und rollte den Hügel hinunter. Bis Södermalm und zur Högalidsgatan war es nicht weit. Höchstens eine Viertelstunde.

Du hast einen verdammten Fehler begangen, Broncks.

Langsam ging seine Wut in Raserei über, die er Sam jedoch am Tag vor dem großen Coup, an dem alle Gefühle gezügelt werden mussten, nicht eingestehen wollte. Jetzt war er außer sich.

Du hast meine Familie mit reingezogen.

Die Raserei stieg in ihm hoch, und im Schutz des Autos schrie er sie laut hinaus.

Du hast meiner Mutter angedroht, die Zukunft meiner Brüder zu zerstören, zumindest indirekt.

Erneut schrie er. Mit geöffneten Seitenfenstern war das beinahe angenehm.

Wenn er den Wagen vor ihm und den hinter ihm etwas mit der Stoßstange anstupste, konnte er sein Auto in den einzigen freien Parkplatz Södermalms klemmen. So war es immer, wenn er kurz vor Mitternacht nach Hause kam. Dann drehte er in den ausgestorbenen, mit Autos vollgestellten Straßen seine Runden. Diese einzige Parklücke befand sich in der Lundagatan. Er ging die Varvsgatan entlang nach Hause. Als er in die Högalidsgatan einbog, überkam ihn die Müdigkeit. Er sehnte sich nach Schlaf. Eine kurze, gute Nacht, und er würde morgen früh erholt aufwachen und weiterkämpfen können.

John Broncks kam an vierstöckigen Häusern vorbei, die zu Beginn des 20. Jahrhunderts gebaut worden waren und aus winzigen Wohnungen bestanden. Es war ungewöhnlich dunkel, denn die Straße war schlecht beleuchtet. Das fiel ihm erst auf, als er sich seiner eigenen Haustür näherte. Als hätte jemand alle Straßenlaternen abgeschaltet. Nur die große Kirche mit ihren Doppeltürmen auf der anderen Straßenseite war erleuchtet und schien Wache zu halten. Es läutete dreimal, Viertel vor zwölf. Als er gegenüber der Kirche eingezogen war, hatte ihn das Läuten viermal in der Stunde fast in den Wahnsinn getrieben, und er hatte ständig auf das nächste Läuten gewartet. Inzwischen gefiel ihm diese Regelmäßigkeit und Verlässlichkeit, die bedeutete, dass alles seinen geregelten und normalen Gang nahm.

Dabei war nichts normal.

Seine Verzweiflung war in nagende Selbstverachtung übergegangen. Er befand sich auf bestem Wege, zu weit zu gehen. Vielleicht war er auch schon zu weit gegangen. Er war kein unbeschwerter Mensch, niemand, den die Menschen in ihr Herz schlossen, aber bislang hatte ein innerer moralischer Kompass ihn in die richtige Richtung gewiesen. Inzwischen hatte er das Gefühl, als wäre er zwischen zwei starke Magnetfelder geraten, zwischen Leo Duvnjac und seinen eigenen Bruder – die Kompassnadel hatte so lange gezittert, bis sie zerstört hatte, was ihn selbst ausmachte. Er hatte sich als »Privatperson« bezeichnet, hatte gelogen und gedroht. War Sam, der keinen Kontakt wünschte, das wert? War er das wert, ganz gleichgültig, wer damals das Anglermesser gehalten hatte und warum?

Bislang hatte John Broncks keine Antworten. Bis auf eine. Er hatte nicht die Kraft, sehr viel länger dieser Mensch zu sein.

Der Schlüsselbund in seiner Hosentasche war warm. Glänzendes Metall berührte die kalte Nacht. Als er nach dem richtigen Schlüssel suchte, fiel ihm auf, dass auch die Lampe über der Haustür defekt war.

Plötzlich hielt er inne.

Ein unbehagliches Gefühl.

Er war nicht mehr allein.

Jemand stand hinter ihm. Er hatte sich lautlos angeschlichen.

»Sie und ich, Broncks, werden in unserem Verhältnis zueinander nie Privatpersonen sein.«

Seine Stimme.

John Broncks schielte in den Glaseinsatz der Haustür, in dem sich der andere spiegelte. Er war es.

»Nächstes Mal, wenn Sie jemanden von meiner Familie aufsuchen, dann bitte als Polizist.«

Ich habe dich erreicht, aber du hast den Ort gewählt.

Langsam drehte Broncks sich um, ohne missverständliche Bewegungen zu machen. Mit dem Rücken zum Angreifer musste man vorsichtig sein.

»Genau das habe ich gestern im Vernehmungsraum versucht. Sie haben das Gespräch auf die private Ebene gebracht, Leo, als Sie ungebeten Sams und meine Geschichte gegen mich verwenden wollten.«

»Ungebeten? Sam hat mir von sich aus und im Vertrauen davon erzählt.«

Dann ging alles sehr schnell.

Der Mann ihm gegenüber griff hinter seinen Rücken, zog eine Pistole und drückte sie ihm an die Schläfe.

»Das hier ist *mein* Vernehmungsraum, Broncks. Was Sie heute Nacht getan haben, war etwas anderes. Sie haben meine Mutter aufgesucht und sie eingeschüchtert. Sie haben ihr erzählt, ich würde meine Brüder in irgendeine Sache reinziehen!«

Obwohl die Mündung die dünne Haut aufschürfte, empfand er weder Furcht noch Entsetzen.

»Ich verstehe Ihre Frage nicht, Leo. Ich darf Sie doch Leo nennen? Ihre Mutter hatte für Vornamen nicht viel übrig. Ihnen geht es vielleicht genauso? Ich verstehe Ihre Frage nicht, da Sie keine gestellt haben.«

Leere. Nur das.

Er dachte nichts und starrte in ein Augenpaar, das anscheinend nichts mit dem zu tun hatte, was gerade geschah. Leo Duvnjac meinte das, was er tat, nicht ernst. Es handelte sich um eine leere Drohung.

»Das tut man in einem Vernehmungsraum, Leo. Man stellt Fragen, um Antworten zu erhalten. Wollen Sie nicht wissen, warum ich Ihre verdammte Mutter aufgesucht habe?«

Er drückte die Pistole noch fester auf seine Haut. Blut floss ihm die Wange herunter.

»Was haben Sie gesagt?«

»Ich gebe Ihnen jetzt die Antwort auf die Frage, die Sie mir nicht gestellt haben, Leo. Ich habe Ihre Mutter aufgesucht, damit Sie mich aufsuchen.«

Genauso plötzlich, wie der Druck begonnen hatte, der signalisiert hatte, dass ihn nur eine minimale Bewegung des Abzugs vom unmittelbaren Tod trennte, hörte er ganz auf. Leo ließ die Waffe sinken.

»Das habe ich getan. Aber nächstes Mal lasse ich es nicht bei einem roten Kreis an Ihrer Schläfe bewenden, Bulle. Nächstes Mal schieße ich.«

Leo Duvnjac lächelte und ging.

»Sie wissen, wo Sam ist!«

Leo Duvnjac hatte die Straße schon halb überquert, als ihn John Broncks' Stimme einholte.

»Sorgen Sie verdammt nochmal dafür, dass ich ihn treffen kann!«

Mitten auf der Straße blieb Duvnjac stehen.

Und drehte sich um.

»Scheren Sie sich zum Teufel, Bulle.«

Dann ging Leo Duvnjac davon.

»Rufen Sie ihn an, verdammt! Rufen Sie ihn an und sagen Sie ihm, dass …«

John Broncks rannte seiner Stimme und dem entschwindenden Rücken hinterher.

»… ich ihn treffen muss!«

Auf der Långholmsgatan hatte er den anderen eingeholt und ging neben ihm her.

»Rufen Sie ihn an! Helfen Sie mir, dass dieses Treffen zustande kommt!«

»Broncks, hören Sie eigentlich selbst, was Sie sagen? Warum sollte ausgerechnet ich Ihnen helfen?«

Broncks hatte bereits eingesehen, dass er die Kontrolle verloren hatte. Beinahe hätte er es herausgeschrien.

Du musst mir helfen, weil du nicht weißt, dass ich deine Waffen gefunden habe. Weil du nicht weißt, dass mir bewusst ist, wofür sie verwendet werden sollen.

Aber das tat er nicht. Er schrie auch nicht heraus, warum es ihm so wichtig war, mit Sam zu sprechen, warum ihm das jede Erniedrigung wert war.

Weil ich dich einbuchten werde, du Idiot. Und weil ich dann auch meinen eigenen Bruder festnehmen muss.

»Sie kennen Sam nicht, Bulle.«

Beinahe wäre Broncks über die Bordsteinkante gestolpert.

Sein Hals schmerzte.

Offenbar hatte er die letzten Worte doch geschrien.

»Sie kennen ihn nicht so gut wie ich, Broncks. Denn wenn Sie das täten, wüssten Sie auch, dass er sich eher die Kugel geben, als sich wieder einbuchten lassen würde.«

Leo bog Richtung Hornsplan ab, und John Broncks folgte ihm. Sie gingen nebeneinander her. Broncks neben dem Mann, den er am meisten hasste. Vermutlich beruhte das auf Gegenseitigkeit.

»Okay. Meinetwegen.«

Hier war die Straße belebter. Man sah sie neugierig an, und Broncks hätte leiser sprechen sollen, aber das gelang ihm nicht.

»Dann sagen wir Folgendes … wenn es Ihnen gleichgültig ist, wie es *meinem* Bruder ergeht, dann ist es Ihnen vielleicht auch gleichgültig, was aus *Ihren* Brüdern wird?«

Beide blieben stehen.

»Was soll das heißen, Bulle?«

Eine Straßenlaterne, die im Unterschied zu den anderen zu funktionieren schien, leuchtete vor ihnen auf den Asphalt. Genau zwischen Licht und Dunkel hielten sie inne. Vielleicht musste Leo

Duvnjac endlich auf seine Drohungen Taten folgen lassen. Vielleicht würde aber auch John Broncks zu weit gehen und die Befugnisse eines Polizisten überschreiten.

»Was das heißen soll, Leo? Wenn Sie in das Licht der Laterne treten, damit ich Sie sehen kann, sage ich Ihnen, was ich meine.«

Broncks trat ins Licht der Straßenlaterne und deutete nach unten.

»Treten Sie vor!«

»Und ich hatte gedacht, Sie hätten keine Würde mehr zu verlieren. Gehen Sie nach Hause und legen Sie sich schlafen, Broncks.«

»Treten Sie ins Licht, verdammt nochmal!«

»Na, na. Gehen Sie nach Hause und schonen Sie Ihre Kräfte. Ich suche Sie wieder auf, wenn Sie es am wenigsten ahnen. Dann nehme ich Ihnen das weg, worauf Sie am stolzesten sind.«

Es klang fast so, als würde Leo lachen, als er auf die Straße trat und mit raschen Schritten in der Dunkelheit verschwand.

»Es ist Ihre Wahl, Leo! Denn eines muss Ihnen doch klar sein: Wenn Sie meinen Bruder in die Sache mit reinziehen, dann ziehe ich auch Ihre Brüder mit rein.«

Vor ihrem Fenster war Nacht.

Elisa ging zwischen ihrem Regal und dem Fenster auf und ab.

Sie hatte viele Regeln formuliert, wie sie ihre Arbeit ausführen wollte, denn eine feste Struktur machte sie ganz einfach zu einer besseren Polizistin. Im Privatleben hingegen gab es nur eine Regel: Nie zu einem Konflikt zurückkehren. Frauen und Männer, die sich nahegekommen und diese Nähe missbraucht hatten, verletzten sich beim nächsten Mal nur noch stärker.

Vermutlich war das eher eine menschliche Regel als eine Regel über Beziehungen und Kränkungen. Deswegen ließ sie sich mühelos aufs Arbeitsleben übertragen.

Es war eine Regel, die ihr Kollege John Broncks nicht kannte.

Deswegen tigerte sie in ihrem Büro im Präsidium herum, während eine Kirchenglocke in der Ferne drei Mal schlug. Sie verhielt sich wie das Klischee einer Polizistin, dem sie nie hatte entsprechen wollen. Sie war am Arbeitsplatz geblieben, statt sich mit Menschen zu treffen, die ihr etwas bedeuteten. Sie konnte die Ermittlung nicht einmal ruhen lassen, um zu schlafen. Das lag daran, dass es diesmal nicht nur um einen üblen Kriminellen von der gegnerischen Seite ging, sondern auch um einen Kollegen.

Elisa umrundete den Schreibtisch mit den drei Stapeln, den drei Pfeilern ihrer Ermittlung. Mit jeder Runde nahm ihre Frustration zu. Sie fühlte sich verhöhnt. *Alibi. Beide, leider*. Er hatte sie mit diesem verdammten Lächeln angeschaut, das nicht recht passte. Dabei hatte sie diesen falschen Ton, auf den sie sich noch keinen Reim hatte machen können, zum ersten Mal bemerkt.

LD: Hören Sie zu, Broncks, Ihre Marionette und ich unterhalten uns gerade darüber, wie schlecht man manchmal seine Zimmernachbarn kennt.

Sie blieb vor dem linken Stapel stehen, den sie »*Du hast zuerst zugeschlagen, du Schwein*« getauft hatte. Darin lag das Transkript der Vernehmung von Leo Duvnjac.

LD: Ein Insasse hat mir erzählt, dass er seinen Vater erstochen hat, in einem Sommerhäuschen. Können Sie sich das vorstellen?

Sie las erneut. Er hatte mit der Fingerspitze an das Kameraobjektiv geklopft und mit der Handfläche auf das Mikrofon geschlagen. Er hatte sich direkt an den Mann im Nebenzimmer gewandt, der mithilfe eines Monitors alles überwacht hatte.

LD: Mit siebenundzwanzig Messerstichen.

Plötzlich war Broncks ins Zimmer gestürmt und hatte die Vernehmung abgebrochen. Leo Duvnjac war es gelungen, ihn zu provozieren. Sie hatte Broncks anschließend mehrfach gefragt, was eigentlich vorgefallen sei und wovon Duvnjac gesprochen habe. Jedes Mal hatte sie nur sein falsches Lächeln geerntet.

Intuition gefiel ihr nicht.

Die Abschrift der Vernehmung, die vor ihr lag, war jedoch eine Tatsache.

Mit John Broncks stimmte etwas nicht, und ihre Aufgabe war es herauszufinden, was es war.

Eine weitere Runde durchs Zimmer, während ihre Frustration langsam abnahm. Das war immer so, wenn die Richtung klarer wurde. Ab jetzt musste sie der Broncks-Spur folgen, da dieser die Regeln nicht befolgte. Nie zu einem Konflikt zurückzukehren bedeutete für einen Polizisten, denselben Kriminellen nicht zweimal festzunehmen. Zumindest nicht, wenn man schon einmal wegen einer Serie von Banküberfällen gegen ihn ermittelt und ihn monatelang vernommen hatte. Dabei entstand eine Beziehung, und man war nicht mehr objektiv. Man war dem Verdächtigen nahegekommen, und einer von beiden konnte diese Nähe missbrauchen.

Elisa hielt erneut vor den Stapeln inne.

Auf das Blatt mit den Verdächtigen notierte sie neben Leo Duvnjacs Namen mit Bleistift den ihres Kollegen John Broncks und legte das Papier dann auf den mittleren Stapel mit dem Titel *You fucked up.*

Bis sie eine plausible Erklärung für das Verhalten ihres Kollegen bei der Vernehmung erhalten hatte, würde auch er dort liegen. Und wenn er ihr keine Erklärung liefern wollte, dann musste sie jemanden aufsuchen, der das mit Sicherheit konnte: Leo Duvnjac.

Lebewohl.

Dieses Wort war ihm vermutlich noch nie in den Sinn gekommen. Altertümlich, hochtrabend, distanziert. Trotzdem war er deswegen hier. Um Lebewohl zu sagen und nicht: »Tschüs, bis später.« Um etwas abzuschließen und nicht, um sich etwas offenzuhalten.

Für immer Abschied nehmen.

Leo hatte den Schlüssel bereits ins Schloss geschoben und halb umgedreht, als er innehielt. Vor wenigen Stunden hatte auf dieser Treppe das Bullenschwein seine Mutter bedroht. Er starrte auf die geschlossene Haustür, während er im Kopf noch einmal die Schlussphase seines Plans durchging, die den Arbeitsnamen *Präsidium* trug und in wenigen Stunden beginnen würde. Acht Etappen, deren letzte bedeutete, dass sie um Punkt neunzehn Uhr das Land verlassen würden. Die erste war der Abschied, ganz gleichgültig, wie fürchterlich sich das anfühlte. Nur durch den Abschied konnte er alle Störfaktoren ausblenden, um sich voll und ganz auf seine Aufgabe zu konzentrieren: sich das zurückzuholen, was es nicht gab.

Während der langen Überfallserie war es ihm nie schwergefallen, die Tür einer Bank mit einer geladenen Waffe aufzustoßen, die Aufmerksamkeit aller auf sich zu lenken, ohne auch nur einen Augenblick zu zögern – selbst wenn ihm klar war, dass gleich andere Waffen auf ihn selbst gerichtet werden könnten.

Aber hier gleich der Frau gegenüberzustehen, die in einer anderen Welt Liebe und Geborgenheit garantiert hatte und nicht begreifen würde, dass dies ihre letzte Begegnung war …

Ein rascher Blick auf Sam, der im Auto wartete. Dann noch einmal tief Luft holen, den Schlüssel ganz umdrehen und die Tür einen Spaltbreit öffnen. In der Diele und in der Küche brannte Licht, und es duftete nach Kaffee, obwohl es noch früh war. Als sie klein gewesen waren, hatte ihre Mutter abends Butterbrote geschmiert und war zur Arbeit ins Pflegeheim gegangen. Wenn ihre drei Söhne in der Schule waren, hatte sie geschlafen. Inzwischen arbeitete sie tagsüber. Leo hörte das Rascheln einer Zeitung. Früher hatte sie keine Zeit für sich gehabt.

»Hallo, Mama.«

Sie saß am Küchentisch, auf dem Fensterplatz an der Heizung, wo sie immer gesessen hatte. Sie war bereits angezogen. Die Schale mit Haferbrei und Blaubeeren war leer. Sie nahm die rote Lesebrille ab, um ihn zu betrachten.

»Leo? Ich habe dich gar nicht kommen hören.«

Der Kaffee in der Kaffeemaschine war kalt. Er goss sich eine halbe Tasse ein.

»Darf ich den letzten Schluck nehmen?«

»Bitte. Ich muss ohnehin in ein paar Minuten gehen.«

»Wir können zusammen gehen. Ich habe einiges zu erledigen.«

Er lehnte sich gegen einen Küchenschrank. So hatte er oft dagestanden und rasch noch eine Tasse Kaffee getrunken, aber heute war es anders als sonst. Es war unbequem, und die Kante des Schranks schnitt in seinen Rücken.

»Mama?«

»Ja?«

»Die Sache gestern Abend tut mir leid. Mit diesem Idioten, der dir Angst eingejagt hat.«

Seine Mutter nahm ihre Lesebrille ab und legte sie in ein schwarzes Etui. Dann schob sie mit der Hand die Krümel auf dem Tisch zusammen und warf sie auf den Teller.

»Ich hatte keine Angst, Leo, ich bin nur nachdenklich geworden.«

»Mach dir keine Gedanken. Der Bulle hat Unsinn erzählt. Hörst du, Mama? Mach dir keine Sorgen.«

Sie schlug die Zeitung auf und blätterte am Feuilleton vorbei, am Sport- und Lokalteil.

»Weißt du, wie ich neuerdings immer die Zeitung lese, Leo?«

Sie blätterte bis zu den Inlandsnachrichten.

»Damit fange ich immer an. Nicht mit dem Feuilleton, dem Sport, den Auslandsnachrichten oder dem Regionalteil. Das hat einen Grund. Um halbwegs ruhig zu sein, muss ich wissen, ob ein größerer Raubüberfall begangen worden ist, und ob es irgendwo eine Schießerei gab. Diese Meldungen haben mich früher nie gekümmert. Das hat angefangen, als ihr in Untersuchungshaft kamt. Damals, nach den Banküberfällen.«

Sie fuhr mit den Fingerspitzen über die Seiten sechs, sieben und acht.

»Jeden Tag gab es was Neues. Neue Vorwürfe, neue Beweise, neue Zeugen. Als ich dich nach ein paar Monaten endlich besuchen durfte und dich gefragt habe, was Sache war, ob alles stimmte, was in den Zeitungen stand, weißt du, was du damals geantwortet hast, Leo? Du hast gesagt: ›Mach dir keine Sorgen, Mama.‹ Genau wie eben.«

Sie hielt ihm die Zeitung hin, als sollte er sich darum kümmern und die Verantwortung dafür übernehmen.

»Mama, Felix und Vincent wird nichts passieren. Das verspreche ich.«

»Und dir?«

Er breitete die Arme aus und lächelte sein herzliches, etwas schiefes Lächeln, von dem er wusste, dass es sie dahinschmelzen ließ.

»Ich komm schon klar, Mama.«

»Schau mich an, Leo. Warum war die Polizei schon zweimal hier, obwohl du erst seit drei Tagen in Freiheit bist?«

»Die sind so.«

Er hatte den Eindruck, als wollte sie noch etwas fragen, aber dann überlegte sie es sich anders und stand mit dem Brillenetui in der Hand auf. Sie lächelte ihn mütterlich an, schaltete die Kaffeemaschine aus und ging an ihm vorbei in die Diele. Dort zog sie Mantel, Schal und ein Paar Stiefeletten an.

Jetzt.

Jetzt, verdammt.

Dachte er.

»Leo, ich muss gehen. Ich muss fast schon rennen. Es ist Berufsverkehr, und ich fange um acht an.«

Jetzt musste er es sagen.

Das, weswegen er gekommen war.

»Mama?«

»Ja?«

»Ich … du …«

»Ja?«

»Ich begleite dich nach draußen.«

Sie griff nach ihrer Handtasche auf der Kommode und ließ die Hand dann auf der Klinke der Haustür ruhen.

»Du gehst also, Leo?«

»Ja.«

»Und warum bist du hergekommen?«

»Weil ich nachsehen wollte, dass alles in Ordnung ist. Das habe ich doch gestern Abend schon gesagt.«

»Nein, Leo. Warum bist du *eigentlich* hier?«

Sie wartete auf eine Antwort, erhielt aber keine. Dann öffnete sie die Tür, ließ ihn vorbeigehen, schloss ab und ging auf das Auto zu, mit dem sie zum großen Krankenhaus in Huddinge fahren würde. Gerade als sie einsteigen wollte, fiel ihr der andere Wagen auf, der ihr auf der Straße beinahe im Weg stand.

»Wer ist das?«

Ein großer blonder Mann am Steuer. Sie schätzte ihn auf vierzig, vielleicht auch fünfundvierzig. Sie sah ihn an, und er nickte ihr vorsichtig zu. Vor ein paar Tagen hatte sie das Raubtierauto mit den Polizisten beobachtet, die Leo abgeholt hatten, als sie gerade mit dem Mittagessen fertig gewesen war. Dieses Auto hatte irgendwie auch mit ihrem ältesten Sohn zu tun, da war sie sich sicher. Genauso sicher war sie, dass der Mann, der auf Leo wartete, nicht sein Feind war.

»Wer ist das, Leo?«

»Sam.«

»Und wer ist Sam?«

»Ein guter Freund.«

Britt-Marie begriff, dass sie weiter nichts erfahren würde. Sie setzte sich in ihr Auto und ließ den Motor an. Als sie die Tür schließen wollte, hielt Leo diese fest.

»Also dann, Mama …«

Ratlos stand er da und fingerte am Rahmen des Seitenfensters herum.

»Also dann, einen schönen Tag.«

Sie drückte leicht aufs Gaspedal, um den Motor in Gang zu halten.

»Mach dir keine Sorgen, Mama.«

Sie sah ihn lange an.

Ihr Blick war weder vorwurfsvoll noch resigniert.

»Leo?«

»Ja, Mama?«

Sie sah aus, als wüsste sie, dass ihr auch am nächsten Morgen nichts anderes übrigbleiben würde, als die Nachrichtenseiten der Zeitung zu lesen.

»Ich liebe dich.«

Zwei Tassen schwarzer Kaffee und zwei Brote mit Käse und Schinken an einem hübschen Metalltischchen. Ein kleines Café – leer bis auf die Besitzerin hinter Bergen von Zimtschnecken und die beiden Gäste am Fenster.

»Du solltest was essen, Sam.«

»Ich krieg nichts runter.«

Sam schob das Brot und seine Kaffeetasse hin und her. So nervös hatte Leo ihn noch nie erlebt, nicht einmal vor dem Überfall auf die Geldboten.

»Ich weiß, dass nur wenig Zeit ist, aber mehr Zeit haben wir nicht.«

»Leo, darum geht es nicht.«

»Warte.«

Leo holte sich ein Glas Wasser. Die Karaffe stand auf einem Tischchen, von dem aus er einen noch besseren Blick auf die Gebäude gegenüber hatte. Der riesige Komplex des Präsidiums war nur wenige Schritte entfernt und bildete das pochende Herz der schwedischen Polizei, während Polizisten und Streifenwagen dafür sorgten, dass der Blutkreislauf des Rechtswesens aufrechterhalten wurde. Niemand ahnte, dass er sich in wenigen Stunden frei dort drinnen bewegen würde.

Leo stellte Sam ein randvolles Wasserglas hin.

»Trink wenigstens einen Schluck.«

»Wir hätten zu dritt sein sollen, Leo. Du wolltest einen Ersatzmann für Jari stellen. Einen deiner Brüder.«

Beide hatten die Fernsehnachrichten über den Raubüberfall des Jahrhunderts ein Jahr lang im Gemeinschaftsraum des Gefängnisses verfolgt. Leo hatte gehofft, dass es länger dauern würde, bis das Urteil rechtskräftig werden würde. Aber zwei Wochen vor seiner Entlassung war der verdammte Bescheid gekommen. Der Oberste Gerichtshof hatte das Urteil nicht zur Revision zugelassen. Damit hatte sich alles verändert. Sie hatten eine Deadline. Von Sullo wusste er, dass die Transporte vom Präsidium nur an jedem zweiten Donnerstag um vierzehn Uhr stattfanden. Der nächste geplante Transport war einzigartig: Die beschlagnahmten Geldscheine vom größten Bankraub der schwedischen Geschichte sollten zur Papierfabrik in Tumba gebracht und dort verbrannt werden. Die Geldscheine hatten ihre Aufgabe als Beweismittel erfüllt und wurden nun vernichtet.

Eine einzigartige Chance.

»Sie haben Nein gesagt. Sonst gibt es niemanden, dem ich vertraue. Wir beide kriegen das auch alleine hin.«

»Es war geplant, dass draußen jemand ein Auge auf die echten Bullen hat, während sich die beiden falschen im Präsidium befinden. Jetzt bist du allein da drinnen, und das fühlt sich nicht gut an.«

»Deswegen war es umso wichtiger, dass ich den Testlauf gestern alleine durchgeführt habe. Ich habe mir eine Sonnenbrille geholt, die zu irgendeiner Bagatellermittlung gehört. Dabei habe ich ausprobiert, ob ich die Asservatenkammer überhaupt finde, und die Zeit gestoppt. Der Typ dort hat mich auf alle Fälle schon mal gesehen und wird deshalb nicht misstrauisch werden. Der Test ist einwandfrei verlaufen, Sam! Weißt du, die Polizei kann sich einfach nicht vorstellen, dass jemand so dreist ist, sich bei ihnen ins Gebäude einzuschleichen. Und das, während die Polizisten ein paar Stockwerke höher darüber nachgrübeln, wo wir wohl draußen ein Ding drehen werden, damit sie uns *dort* festnehmen können.«

Er beugte sich über den Tisch und deutete aus dem Fenster.

»Siehst du, Sam?«

Sam versuchte, Leos Zeigefinger zu folgen, sah aber nur Autos mit Polizisten.

»Zwei Kleinbusse mit Beamten. Sie fahren weg, weil sie glauben, dass ihnen niemand hier etwas anhaben kann. Jetzt verlassen vier Beamte in Uniform das Präsidium durch den Haupteingang. Sie lachen, der mit dem Schnurrbart sagt etwas wahnsinnig Lustiges, und seine Kollegin krümmt sich förmlich. Superstimmung. Und weißt du, warum, Leo? Weil das, was nur ein paar Meter hinter ihnen liegt, ihre Sicherheit darstellt. Um diese Sicherheit werden wir sie bringen. Für immer!«

Er schob Sam das Wasserglas hin, doch dieser schüttelte den Kopf.

Das war gar nicht gut.

Für diese Art von Nervosität hatten sie keine Zeit.

Eine gewisse Unruhe vor einem Banküberfall oder einem Überfall auf einen Geldtransport war nützlich, denn sie schärfte die Aufmerksamkeit. Es durfte aber nicht zu weit gehen, denn dann wurde man unkonzentriert und mutlos.

»Sam, du sollst doch nur dafür sorgen, dass die leeren Reisetaschen auch wirklich im Auto liegen, und auf mich warten, wenn ich mit der Sackkarre und den vollen Kartons komme. Von deinem Posten aus sollst du außerdem den Eingangsbereich des Präsidiums in der Kungsholmsgatan und das des Gerichts in der Scheelegatan im Auge behalten.«

Leo legte Sam eine Hand auf die Schulter, was er gelegentlich auch bei Vincent getan hatte, wenn dieser gezaudert hatte.

»Du riskierst nichts, Sam, bevor wir hier fertig sind und uns von hier entfernen. Nur mich können sie dort drinnen festnehmen.«

Jedes Mal, wenn die Tür geöffnet wurde, ertönte eine Kuhschelle. Sie hing an einer Schnur von der Decke und schlug an die Türkante, wenn Gäste kamen oder gingen. Jetzt betraten vier neue Gäste das Café. Die vier gut gelaunten Beamten von eben. Sie waren offenbar nicht auf dem Weg zu einer Festnahme gewesen, sondern wollten Kaffee trinken und Zimtschnecken essen.

»Okay. Noch mal für alle Fälle: Haben wir an alles gedacht?«

Leo hatte die Stimme gesenkt, obwohl die Uniformierten vor dem Tresen am anderen Ende des Lokals Platz genommen hatten. Er lächelte.

Wir sitzen direkt neben euch, und trotzdem gehe ich jetzt noch einmal die Checkliste des dreistesten Coups durch, der euch je untergekommen ist.

»Die Bestellung ist ausgefüllt und mit der Unterschrift des richtigen Diensthabenden versehen. Die Asservatennummer stimmt auch. Es handelt sich um zehn Teile, die 25 cm hoch, 32 cm lang und 30 cm breit sind und problemlos in zwei größere Umzugskartons passen. Die Uniformen: Ich trage die eine, und du legst die andere zusammen mit der echten Dienstmarke an der vorgesehenen Stelle ab, nachdem du mich am Rathaus abgesetzt hast.«

Dann schwiegen sie eine Weile und hörten sich das Lachen der Polizisten und das laute Ticken der Wanduhr an. Schließlich nahm Sam das Wasserglas und trank die Hälfte. Er aß sogar einen Bissen von seinem Brot.

»Gut, Sam. Dann ziehen wir das jetzt durch.«

Leo hatte seine Lederjacke auf die Lehne eines freien Stuhls gehängt und zog jetzt das Handy aus der Tasche, das nur dafür verwendet werden sollte, eine einzige eingespeicherte Nummer zu wählen. Er verließ einen Augenblick lang das Café. Während er darauf wartete, dass die Verbindung zustande kam, betrachtete er die gelben, ahnungslosen Mauern des Präsidiums.

Ein einziger Polizist durfte sich dort um 13.45 Uhr *nicht* aufhalten.

Du hast mich damals festgenommen, du Bullenschwein, und nur du könntest Sam und auch mich trotz Kontaktlinsen und rasiertem Schädel erkennen.

Deswegen sollst du weit weg sein. Deswegen lege ich jetzt diese falsche Spur.

Er hörte, wie es am anderen Ende klingelte, dann antwortete eine wohlbekannte Stimme.

Zum ersten Mal war John seinem eigenen Tod begegnet, dem Gedanken, dass er in diesem Augenblick sterben könnte. Dabei hatte er nichts empfunden. Er war sich nicht sicher, ob das gut oder schlecht war. Leo Duvnjac hatte ihm im Dunkeln eine Sig Sauer an die Schläfe gedrückt, und zwar so fest, dass ein roter Abdruck zurückgeblieben war.

Er reckte sich. Die Nacht auf einem Zweiersofa zu verbringen war unbequem.

Er hatte sich im Bett herumgewälzt, geschwitzt und sich im Laken verknotet, bevor er nach einer guten Stunde hellwach aufgegeben hatte. Das hatte allerdings nichts damit zu tun, dass Leo Duvnjac ihn bedroht hatte. Weder die Mündung der Pistole noch Duvnjac hatten ihm Angst gemacht, sondern Sam. Sein Leben hatte sich in ein Häuflein Asche verwandelt. Von einer Familie und einem Sommerhaus war nur noch qualmende Glut übriggeblieben. Es machte ihm Angst, dass sich sein Bruder weigerte, mit ihm zu sprechen und ihn zu treffen, dass er ihn hasste und dass nichts übriggeblieben war.

Er hatte sich in sein verschwitztes Laken gewickelt, ein großes Glas Wasser geholt, sich aufs Sofa gelegt und den Fernseher eingeschaltet: Diktatoren, Seeschlachten und Könige, die Psychopathen glichen. In einer Szene, in der ein Adliger, der Ehebruch begangen hatte, gerade seinen Kopf verlor, holte er, obwohl er nie alleine trank, die ungeöffnete Flasche Whisky, die ihm seine Kollegen nach der Aufklärung des Bankraubs des Jahrhunderts geschenkt hatten. Nachdem noch ein paar Männer enthauptet worden waren, schlief er ein.

Er schlief, bis sein Handy klingelte.

Der Mann aus der neunten Etage. Der Kriminalinspektor, der für das Abhören zuständig war.

Er gab Bescheid, dass er ihm gleich eine Audiodatei schicken würde. Das überwachte Telefon war gerade ein zweites Mal verwendet worden.

»Ich hole dich in drei Stunden ab, Papa, okay?«

Die beiden Stimmen waren Broncks wohlbekannt.

»Am Skanstull. Vor dem Restaurant.«

Der Ältere mit seinem deutlichen Akzent. Der Jüngere, der klar und mit Nachdruck artikulierte, obwohl er sehr leise sprach.

»Der Käufer erwartet uns dort um Viertel vor zwei. Wie ich gestern schon gesagt habe, will er wissen, was Sache ist.«

»Noch was, ehe du auflegst, Leo.«

»Ja?«

»Ich will nur, dass du das weißt. Es stimmt schon, dass mir diese Idee erst nicht eingeleuchtet hat. Aber heute Nacht habe ich es mir vorstellen können. Es ist wirklich ein gutes Geschäft, und die ganze Familie wird davon profitieren.«

»Schön, dass du keine Zweifel mehr hast, denn ich brauche deine Hilfe wirklich.«

Das war noch nicht die ganze Aufnahme. Der Anruf hatte, wie auf dem Bildschirm ersichtlich war, um 9.12 Uhr begonnen und 87 Sekunden gedauert. Die Stille war also nicht elektronisch, sondern vermutlich einer gewissen Nachdenklichkeit geschuldet, die einige Stunden vor dem Verkauf des größten privaten Waffenarsenals des Landes schon einmal aufkommen konnte.

»Papa? Ich muss doch nicht extra betonen, wie wichtig es ist, dass du pünktlich bist, oder? Nicht dass du so spät kommst wie letztens.«

Broncks schaute auf die Uhr über dem Fernseher. Viertel vor zehn. Nur noch vier Stunden bis zum Treffen der Duvnjacs mit dem Käufer.

Kaum noch Zeit, sich ein Bild zu machen, wie sehr Sam in die Sache verwickelt war.

Vor allen Dingen, weil er die Zeit benötigte zu planen, was geschehen würde, wenn Leo Duvnjac das Geld für die Waffen entgegennahm.

John Broncks gähnte und reckte sich.

Wenn er am nächsten Abend wieder auf diesem Sofa saß, wusste er, ob er sein einziges Familienmitglied für immer verloren hatte.

Nirgends verging die Zeit so langsam wie in einem Krankenhauskorridor.

Elisa zählte erst die Sekunden, dann die Schritte, schließlich die Atemzüge.

Welche Methode sie auch verwendete, ihre Bewegungen waren wie erstarrt, und es kam ihr unmöglich vor, ans Ende des ewig langen Ganges zu gelangen.

Das mochte auch daran liegen, dass alles gleich aussah. Weiße Wände lösten einander ab, gelbe Linoleumböden gingen ineinander über. Es gab keine Punkte, auf die der Blick sich konzentrieren konnte. Nirgends konnte sie sich orientieren. Vielleicht ging es dabei auch um ihre inneren Fixpunkte – die Strecke, die zurückzulegen war, bevor man den Bescheid erhielt, den man fürchtete. Die Hilflosigkeit, die aufkam, wenn man auf eine Information wartete, bei der die Wahrscheinlichkeit von Leben oder Tod gleich hoch war. Ein Zustand, der sie einmal für immer verändert hatte und den sie nie wieder erleben wollte.

Schließlich erreichte sie doch das Ende des ewig langen Korridors, von wo aus man durch eine automatische Tür zur Orthopädischen Station K 83 gelangte. Hier war es sehr viel ruhiger als auf der Station, auf der sie einmal gelegen hatte. Hier wurde geheilt und Lebensqualität verbessert. Hier wurden die Patienten meist in besserem Zustand entlassen, als sie eingeliefert worden waren. Die Frau, die Elisa treffen wollte, stand in einem viel kürzeren, bunteren und angenehmeren Korridor und unterhielt sich mit einer

Kollegin. Beide trugen weiße Kittel und weiße Schuhe mit dicken Gummisohlen.

»Guten Tag. Es tut mir leid, dass ich Sie an Ihrem Arbeitsplatz stören muss…«

Britt-Marie ließ ihre Kollegin sofort stehen und kam auf Elisa zu.

»Sie hatten das Krankenhaus als Adresse angegeben, wo Sie tagsüber zu erreichen sind. Und da ich Sie zu Hause und telefonisch nicht erwischt habe…«

»Ich habe gesehen, dass Sie angerufen haben, konnte aber nicht zurückrufen, solange ich bei der Arbeit bin. Das hier ist meine Privatsphäre. Was mein ältester Sohn tut, ist hier ohne Belang, und ich werde mich hier auf gar keinen Fall mit der Polizei unterhalten.«

»Ich habe nur eine Frage.«

»Gut. Die können Sie stellen, während ich Sie nach draußen begleite.«

Sie gingen an den Patientenzimmern vorbei. Überall standen Rollstühle und Krücken herum. Sobald sie durch die automatische Tür gegangen waren, wandte sich Britt-Marie wieder an Elisa.

»Und wie lautet Ihre Frage?«

»Leo.«

»Das ist keine Frage.«

»Ich muss mit ihm sprechen. Das ist wichtig. Sonst wäre ich nicht hier.«

Die eben noch so abweisenden Augen wirkten plötzlich müde.

»Ich weiß nicht, wo er ist.«

»Wann haben Sie ihn zuletzt gesehen? Er ist doch bei Ihnen gemeldet?«

»Das war bereits Ihre zweite Frage.«

Elisa versuchte, diese Ablehnung zu verstehen.

Sie verstand die Frustration darüber, welche Wendung das Leben ihrer Söhne genommen hatte, ihre Trauer darüber, dass sie sich statt auf Enkelkinder auf neue Gerichtsverhandlungen und Gefängnisbesuche vorbereiten musste. Sie begriff aber nicht recht, warum diese Ablehnung jetzt noch größer war als vor zwei Tagen, als sie unangemeldet bei ihr hineingestiefelt waren und ihr Haus auf den Kopf gestellt hatten.

»Ich leite eine Ermittlung, deswegen bitte ich Sie zu antworten. Wann haben Sie ihn zuletzt gesehen?«

Der Blick der Frau wirkte noch müder.

»Heute Morgen.«

»Heute Morgen?«

»Ja. Er ist gekommen, als ich gerade zur Arbeit fahren wollte. Dann sind wir zusammen aus dem Haus gegangen.«

»Habe ich Sie richtig verstanden? Er hat Sie heute Morgen aufgesucht, ist aber nur einige Minuten geblieben? Wo wollte er anschließend hin?«

Britt-Maries Blick verlor sich im Nichts.

»Keine Ahnung. Es mag komisch klingen, aber ich glaube, er kommt nicht mehr zurück. Dieses Gefühl hatte ich jedenfalls. Dass es ein Abschied war. Er hat mir das vermittelt, ohne es auszusprechen.«

Weißer Kittel, weiße Schuhe, ein Namensschild mit der Aufschrift »Britt-Marie Axelsson, Krankenschwester«. Ihre Gesten und ihre Ausstrahlung hatten bislang nur zu der Sicherheit gepasst, die ihr Äußeres vermittelte. Von der war nichts mehr übrig. Ihr Gesicht war gerötet. Sie war verzweifelt. Entrüstet.

»Und jetzt habe ich eine Frage an Sie und verlange, dass Sie antworten. Geht es um dieselbe Angelegenheit, wegen der mich Ihr Kollege gestern Nacht aufgesucht hat? Ist das der Grund, warum Sie mich die ganze Zeit belästigen?«

»Hat mein Kollege Sie aufgesucht?«

»Ja. Ist was passiert? Bitte sagen Sie es mir!«

»*Wer* war bei Ihnen zu Hause?«

»Broncks. Der Mann, der bei den Banküberfällen die Ermittlung geleitet hat. Ist was passiert?«

Elisa schwieg.

Nicht etwa, weil sie der Frau vor sich die Antwort verweigern wollte, sondern weil sie keine hatte.

»Antworten Sie mir!«

John Broncks? Schon wieder?

Ohne mich zu informieren?

»Was wollte er von Ihnen?«

»Jetzt bin ich mit dem Fragen an der Reihe.«

»Helfen Sie mir bitte. Was wollte er?«

»Ehrlich gesagt ist mir nicht recht klar geworden, was Ihr Kollege eigentlich von mir wollte. Klar war nur, dass er Leo gesucht hat. Und ich sollte den Kontakt vermitteln. Warum fragen Sie ihn denn nicht selbst? Er arbeitet doch bei Ihnen, oder etwa nicht?«

Broncks.

Was zum Teufel soll das?

»Es tut mir leid, ich kann Ihnen nicht erklären, was das alles soll, aber ich brauche trotzdem irgendeinen Anhaltspunkt, der mir weiterhilft. Ich weiß jetzt, dass Leo heute Morgen bei Ihnen war. Aber wie ist er zu Ihnen gekommen?«

»Mit dem Auto.«

»Was für einem Auto?«

»Das weiß ich nicht. Einem Auto eben. Vermutlich sein eigenes. Jemand hat ihn gefahren.«

»Wer?«

»Ein Mann. Ein Freund, hat er gesagt. Sam.«

Wut war eine unzureichende Beschreibung.

Es war Raserei.

Sie kam von tief unten.

Ein Freund. Ein Freund, der Sam hieß. Sie selbst hatte die Liste mit den vier Namen zusammengestellt, die sie sich näher ansehen sollten. Vier Leute, die zusammen mit Leo Duvnjac gesessen hatten und sich wieder auf freiem Fuß befanden. Einer von ihnen hieß Sam Larsen. Einer der beiden, um die sich Broncks ausdrücklich selbst hatte kümmern wollen.

Elisa hatte auf ihrem Handy Teile der aktuellen Ermittlung gespeichert. Sie suchte nach dem richtigen Foto und hielt Britt-Marie das Display hin.

»Könnten Sie sich das bitte mal ansehen?«

Ein Foto der Strafvollzugsbehörde. Das neueste, das sie hatte.

»War es dieser Mann?«

Britt-Marie setzte ihre rote Lesebrille auf.

»War er das? Der Freund im Auto?«

Britt-Marie nickte.

»Ja. So sah er aus.«

Auf dem Rückweg kam Elisa der ewig lange Korridor gar nicht mehr so lang vor, weil sie an etwas anderes dachte als an weiße Wände und gelbe Linoleumböden. Sie hatte gerade drei neue Dinge in Erfahrung gebracht.

Ihr Kollege verschwieg ihr weiterhin etwas.

Ein Abschied von der Mutter deutete auf eine große Veränderung hin.

Da sie davon überzeugt war, dass beides zusammengehörte, ergab sich ein dritter Punkt, nämlich dass es ihre Aufgabe war herauszufinden, um was für eine Veränderung es eigentlich ging.

Die Baumrinde war rau, als er seine Wange daran lehnte. Eine Kiefer. Daneben standen Birken, Fichten und vereinzelte Eichen. Der verlassene Bauernhof lag hundertfünfzig Meter entfernt, das Wohnhaus auf der Westseite und die verfallene Scheune auf der Ostseite des Grundstücks, dazwischen wuchsen ein paar verwilderte Obstbäume.

Von seinem Standort aus hatte er genau wie bei seinem vorigen Besuch alles bestens im Blick, ohne selbst gesehen werden zu können.

Seinen eigenen Wagen hatte er in einigen Kilometern Entfernung auf einem einsamen Waldweg abgestellt und war anschließend zu Fuß gegangen. Er hatte beschlossen, Sam während der Wartezeit nur alle zehn Minuten anzurufen. Jedes Mal hörte er nichts als die elektronische Stimme, die verkündete, dass der Anschluss nicht zu erreichen sei. Fünfmal hatte er Sams Nachbarn auf der Insel angerufen, der Sam jedoch nicht gesehen hatte. Er hatte auf Broncks Bitte hin ins Haus hineingeschaut, doch dieses machte einen leeren Eindruck. Dreimal hatte er den Fährmann angerufen, der bei seinem letzten Anruf ebenso besorgt gewirkt hatte wie er selbst. Ein weiteres Mal hatte er erklärt, dass Sam die Fähre während der letzten vierundzwanzig Stunden nicht benutzt habe.

Er musste weitersuchen.

Irgendwie musste er ihn erreichen.

Wenn Leo Duvnjac das Geschäft abwickelte, war es zu spät.

Seine Wange begann zu jucken, und er lehnte sich stattdessen mit der Schulter an einen anderen Baum. Bei Tageslicht wirkte alles ganz anders und noch trostloser. Obwohl er nur zwanzig Kilometer von der Stadt entfernt war, war er hier vollkommen allein.

Beim Warten hatte er ein weiteres Gespräch mit dem Chef des Anti-Terror-Einsatzkommandos geführt, dem er vor sieben Jahren bei der Festnahme von Vater und Sohn Duvnjac in einem verschneiten und verlassenen Sommerhaus begegnet war.

Broncks erkundigte sich, mit welcher Unterstützung er bei einem Einsatz am Nachmittag rechnen könnte. Die Truppe konnte innerhalb einer halben Stunde an Ort und Stelle sein, während sich die normale Polizei um Straßensperren kümmerte.

Er ließ den Blick über den Hof schweifen und blieb an der Scheune hängen, von der die Farbe abblätterte und die einmal voller Vieh und Leben gewesen war. Jetzt stand in ihr ein potenziell tödlicher Kleinlaster. Zweihundert automatische Waffen und eine Bombe, die sich mit einem Anruf auslösen ließ.

John Broncks schaute erneut auf die Uhr.

Verkäufer und Käufer mussten bald auftauchen.

Jetzt noch ein letzter Anruf.

Er musste an den Sommer nach der neunten Klasse denken. Damals hatte Sam seinen kleinen Bruder am Apparat gehabt, der außer sich vor Angst gewesen war. Er hatte Sam angefleht, ihm zu helfen. Dieser Anruf hatte zu einer Katastrophe geführt. Wenn er ihn jetzt erreichte, würde das Ergebnis ganz anders ausfallen. Er konnte verhindern, dass die Katastrophe sich wiederholte.

Er wählte, es klingelte, und er hielt den Atem an.

Bis wieder die mechanische Stimme erklang, die erklärte, dass der Teilnehmer nicht zu erreichen sei. Broncks begann zu zittern, als würde er frieren.

Er wusste Bescheid. Mehr konnte er nicht tun.

Er konnte nur hoffen, dass Sam Leo Duvnjac und seinen Vater nicht begleiten würde, wenn diese in einigen Minuten eintrafen und er den Alarm beim Anti-Terror-Einsatzkommando auslöste.

Gerichtssaal 12. Geschworene, Richter, Staatsanwalt, Verteidiger und nur zwei Zuschauer. Er selbst und eine ältere Dame, die entweder die Großmutter des jungen Angeklagten war oder aber zu den Leuten gehörte, für die Gerichtsverhandlungen ein Gratisvergnügen darstellten.

Leo lehnte sich auf der unbequemen Holzbank in dem kleinen, schmucklosen Saal zurück, der ganz anders aussah als der Sicherheitssaal, in dem er und seine Brüder monatelang gesessen hatten. Von der Zuschauerbank aus hatte er noch nie einen Prozess erlebt. Noch dazu in der Uniform eines Polizisten. Der Teenager war angeklagt, ein paar Autos geklaut zu haben, offenbar hatte er überall Fingerabdrücke hinterlassen. Er hatte wegen desselben Delikts schon einmal vor Gericht gestanden.

Die düsteren Wände waren mit Eichenholz getäfelt, die großen Fenster gingen auf die Scheelegatan. Die Akustik verstärkte jedes Scharren mit den Füßen und jedes nervöse Räuspern.

Der perfekte Ort zum Warten.

Denn hier, im Stockholmer Amtsgericht, würde alles beginnen, hier würde in drei Minuten und dreißig Sekunden die Schlussphase dessen beginnen, was sie ein Jahr lang geplant hatten.

Sein Handy lag neben ihm auf der Bank. Während der vergangenen Stunden hatte er den Ort überwacht, an dem er die falsche Spur gelegt hatte. Kamera A an der Zufahrt zum Bauernhof hatte einen Pkw mit Broncks am Steuer aufgenommen. Das lief ganz nach Plan. Nicht plangemäß war, dass er noch immer keine Verstärkung angefordert hatte. Kein einziger Bulle von irgendeiner Elitetruppe stand ihm bei. Hinter jedem verdammten Busch hätte einer stehen sollen, um jemanden festzunehmen, der nicht die geringste Absicht hatte, an diesem Nachmittag dort zu erscheinen. Er begriff nicht, warum das so war, konnte aber auch nicht länger warten. Er musste beginnen, um bei dem, was es nicht gab, so spät wie möglich einzutreffen – ohne irgendeinen Verdacht zu erregen und auch früh genug, um dem normalen Transport um vierzehn Uhr zuvorzukommen.

Leo erhob sich, während der Staatanwalt in seinem Schlussplädoyer zwölf Monate Gefängnis für den Teenager forderte. Er begab sich auf den Korridor, ging die breite Treppe hinunter ins Erdgeschoss, von dort weiter in den Keller und zu der Metalltür, die er bereits am Vortag passiert hatte, als er zum ersten Mal ohne Handschellen durch den Tunnel zum Präsidium gegangen war.

Broncks war nicht in seinem Büro. Das war auch gut so, denn für Fragen war es ohnehin zu früh. Erst musste sie herausfinden, was es für eine Verbindung zwischen dem Polizisten und dem Kriminellen gab, zwischen John Broncks, der in seinem Büro hätte sein sollen, und Sam Larsen, der offenbar mit Leo Duvnjac befreundet war.

Elisa ging in ihr eigenes Büro und schaltete den Computer ein. Sie hatte sich ein belegtes Brot und einen Becher frischgepressten Orangensaft mitgebracht, obwohl sie sonst immer in dem kleinen Café auf der gegenüberliegenden Seite der Bergsgatan zu Mittag aß. So viel Zeit hatte sie heute nicht, denn sie konnte Gefühle, für die sie keine Gründe fand, nicht ausstehen. Sie hatte den Eindruck, dass ihr Kollege ihr Informationen vorenthielt, und musste den Grund dafür herausfinden. Sie wollte ein Motiv für Broncks verdammten Unklang finden. Sie musste etwas in der Hand haben, ehe sie ihm gegenübertrat.

Genauso wie wenn man seinen Freund der Untreue verdächtigt und ihn mit seinem Verdacht konfrontieren will, braucht man erst mal Beweise – eine Hotelrechnung, eine Liste von eingegangenen Telefonaten oder einen Kreditkartenauszug. Elisa hatte einen früheren Freund mit einem größeren Wäschekauf bei Victoria's Secret konfrontiert, den sie auf seiner Kreditkartenabrechnung entdeckt hatte. Doch er hatte alles abgestritten. Sie würde sich nicht noch einmal von einer Lüge unterkriegen lassen.

Wenn sie Broncks gegenüberstand, würde sie nicht im Affekt

reagieren wie damals bei dem Idioten mit der Spitzenwäsche. Den Idioten Broncks würde sie gefasst und professionell zur Rede stellen, und er würde ganz sicher nicht mit einer wohlformulierten Lüge davonkommen.

Sie aß die Hälfte des Käsebrots und trank die Hälfte des Orangensafts.

Endlich hatte ihr langsamer Computer das Fenster zur Suche im Vorstrafenregister geöffnet, und sie gab die Personenkennziffer von Sam Larsen ein.

Und wartete.

Ihr Computer war unglaublich langsam.

Schließlich tauchte ein Treffer auf, und sie beugte sich vor.

Eine Vorstrafe.

MORD LT § 1, KAP. 3 STRAFGESETZBUCH
LEBENSLÄNGLICHE HAFTSTRAFE.
STRAFE ANGETRETEN.

Eine Straftat. Ein ganzes erwachsenes Leben.

STRAFE AUF 34 JAHRE UND 6 MONATE FESTGESETZT.
AUF BEWÄHRUNG FREIGELASSEN.
RESTSTRAFE 11 JAHRE, 6 MONATE.

Sie klickte zur ersten Seite des eingescannten Urteils weiter, denn sonst gab es nichts. Das Urteil war am Amtsgericht Eskilstuna ergangen.

Einige Zeilen darunter stand:

Angeklagter: Larsen, Sam George.

Einige Zeilen weiter:

Nebenklägerin: Broncks, Gunilla Ewa.

Sie hatte das Gefühl, als könne sie gar nicht begreifen, was sie da las. Denn das, was auf dem Bildschirm stand, wirkte so deplatziert und falsch. Einen Augenblick lang war sie überzeugt davon, dass sich ihre Frustration über das Verhalten ihres Kollegen in eine so große Wut verwandelt hatte, dass sie nicht mehr klar sah und überall seinen Namen las.

Dann las Elisa es erneut:

Broncks, Gunilla Ewa.

Jetzt dämmerte es ihr.

Sie hatte sich den Namen nicht eingebildet. Broncks hatte ihr tatsächlich Informationen vorenthalten.

Sam Larsen, der seine Strafe in Österåker in derselben Abteilung verbüßt hatte wie Leo Duvnjac, hatte jemanden ermordet, der etwas mit einer Nebenklägerin namens Broncks zu tun hatte.

Wen?

Warum?

Die Akten lagerten im Archiv im Keller des Präsidiums.

Sie erhob sich.

Dort musste sie hin.

Wenn eine Schlüsselkarte durch ein Lesegerät gleitet, schaudert es einen bisweilen bei dem knirschenden Geräusch, das dabei erzeugt wird.

Vielleicht bekam er aber auch nur deswegen eine Gänsehaut, weil die Karte, die er von Sullo gekauft hatte, noch immer funktionierte. Eigentlich gehörte sie einer Reinigungsfirma. Nun ermöglichte sie ihm den Zugang zu dem Tunnel, der das Amtsgericht mit dem Präsidium verband.

13.35.00 Uhr

Er hatte 25 Minuten Zeit, denn um 14 Uhr, wenn der normale Transport in der Asservatenkammer eintraf, musste er den Komplex wieder durch den Eingang Scheelegatan verlassen und alles ins Auto verladen haben.

Die beiden stabilen Umzugskartons, die er hier abgestellt hatte, bevor er im Gerichtssaal den richtigen Zeitpunkt abgewartet hatte, rollte er nun mithilfe einer Sackkarre in den Tunnel. Wie am Vortag herrschte auch heute grelles Licht aus Neonröhren und trockene Wärme. Hier unten existierten keine Jahreszeiten. Nach fünfzig Metern bei der ersten Tunnelkreuzung nach rechts, dann nach weiteren fünfundsechzig Metern nach links. Für diese Strecke hatte er bei seinem Testlauf am Vortag eine Minute und zehn Sekunden gebraucht. Zehn Sekunden hatte er vor der Asservatenkammer warten müssen. Auf dem Weg war er zwei Gefangenen, vier Wärtern und einem Beamten in Uniform begegnet. Jetzt war nur das Quietschen seiner Sackkarre zu hören. Er hätte die beiden Räder ölen müssen.

Noch hundert Meter bis zu einem Coup, der niemandem eingefallen war, obwohl er die ganze Zeit vorstellbar gewesen war. Er würde Geldscheine stehlen, die eigentlich in der Papierfabrik in Tumba verbrannt werden sollten. Gesperrte Geldscheine, die als Beweismittel bei einem Prozess gedient hatten und die von der Reichsbank bereits durch neue Scheine ersetzt worden waren. Sie waren aber immer noch echt und hatten den aufgedruckten Wert. Darya von der russischen Sberbank Rossii würde sie mit Rabatt erwerben, an die schwedische Reichsbank verkaufen und hundert Prozent des Wertes erhalten.

Noch fünfzig Meter.

Ein Gefühl der Unwirklichkeit.

Einer der bekanntesten Kriminellen des Landes, der bis zu seiner Freilassung am vergangenen Montagmorgen auch als einer der gefährlichsten gegolten hatte, konnte ungehindert im Machtzentrum der schwedischen Polizei herumspazieren – mit einem korrekten Ausweis und in einer ihrer eigenen Uniformen.

Fast hätte er laut herausgelacht.

An der Tunnelkreuzung bog Leo rechts ab. Niemand kam ihm entgegen. Es ging einfacher, als er zu hoffen gewagt hatte.

Er wusste, dass das Prinzip funktionierte und die Mängel des Systems diejenigen begünstigten, die weiter dachten. Über den ewigen Wert des Geldes war vor wenigen Jahren in Belgien gestritten worden, mit dem Ergebnis, dass die Zentralbank eines Staates stets für den Wert des Geldes einstand.

Die belgische Zentralbank hatte eine Milliarde Zweieuromünzen zerstören lassen wollen, um sie durch neue zu ersetzen. Diese Münzen hatten eine goldene Mitte und einen silbernen Rand. Eine Maschine entfernte die Mitte, und beides wurde als Schrott verkauft. Ein chinesisches Unternehmen dachte weiter und kaufte beide Partien. Arbeiter setzten die Münzen per Hand wieder zusammen. Zwei Milliarden Euro! Der Schrott hatte fast nichts gekostet. Dann schickten die Chinesen die Münzen an die Belgische Nationalbank und verlangten: »Wir hätten gerne unser Wechselgeld in Scheine getauscht.«

Fünfundsechzig Meter und die nächste Abzweigung. Diesmal nach links.

An diesem Gang lag die Asservatenkammer.

Plötzlich verwandelte sich das Gefühl von Unwirklichkeit in Wirklichkeit. Vom anderen Ende des Ganges kam ihm eine Frau in Zivil entgegen. Zielstrebig und im Präsidium zu Hause. Behielten sie beide ihr Tempo bei, würden sie sich vor der Kamera neben der Tür seines Zieles begegnen.

Leo fuhr sich mit der Hand über seinen rasierten, inzwischen stoppeligen Schädel. Dann blinzelte er, um sich zu vergewissern, dass er noch seine Kontaktlinsen trug. Er wich mit der Sackkarre aus, damit sie mühelos aneinander vorbeikamen.

In wenigen Sekunden würden sie sich ansehen, nicken und weitergehen. Aber – zivil? Ohne irgendetwas, was sie als Polizistin auswies? Vielleicht machte er sich ganz umsonst Sorgen und sie war gar keine Polizistin?

Er hatte sich nicht umsonst Sorgen gemacht.

Sie war Polizistin.

Ausgerechnet … *sie*?

Dunkles, lockiges Haar, silberne Ohrringe und ein Blick, der in einem Vernehmungsraum keiner Provokation auswich.

Elisa. Den Nachnamen hatte er vergessen.

Er hatte Broncks weit weg gelockt und so dafür gesorgt, dass er dem Polizisten, der ihn am besten kannte, nicht über den Weg laufen würde.

Dabei hatte er nicht damit gerechnet, ihr zu begegnen. Sie hatte ihn bei seiner eigenen Mutter in der Küche abgeholt und ihm gegenübergesessen, als er absichtlich unhöflich geworden war, um Broncks zu provozieren. Er hatte einen bleibenden Eindruck hinterlassen, und sie würde sich an ihn erinnern.

Zum ersten Mal zweifelte er an seiner Verkleidung.

Nur noch drei, höchstens vier Schritte trennten sie.

Würde sie ihn nach einem Nicken oder einem kollegialen Hallo wiedererkennen?

Was würde er für 103 Millionen Kronen tun?

Alles.

Dann begegneten sie sich und sahen sich von der Seite an. Es war, als würde sie ihn sehen, ohne ihn richtig wahrzunehmen. Sie wirkte konzentriert und hatte es eilig. Er nickte. Sie erwiderte sein Nicken kaum.

Dann war der Augenblick vorüber.

Sie war in dem Moment vorbei, in dem das Quietschen des einen Rads endlich aufhörte und er vor der Klingel der Asservatenkammer stehenblieb.

Ein letzter Blick in ihre Richtung.

Sie blieb ebenfalls stehen.

Verdammt.

Und drehte sich um.

Verdammt! Verdammt!

Sie sah ihn aber nicht an, sondern schob ihre Schlüsselkarte in das Lesegerät der nächsten Tür, des Archivs.

Sie war nicht seinetwegen stehengeblieben.

Sie hatte ihn nicht wiedererkannt.

Er atmete übertrieben langsam und regelmäßig, um sich zur Ruhe zu zwingen, schaute in die Kamera und hielt seinen Ausweis hoch. Dann hörte er das Surren und trat ein.

13.36.40 Uhr

Er schaute auf die Uhr. Eine Minute und vierzig Sekunden hatte er gebraucht, um in die Asservatenkammer zu kommen, und damit zwanzig Sekunden gewonnen.

Lauter braune Umschläge und Kartons, niemand vor ihm, aber auch niemand hinter dem Tresen. Er suchte den Kellerraum ab, der ebenso stickig und staubig war wie am Vortag. Da hörte er ein Geräusch aus dem angrenzenden größeren Lager, wo der größte Teil der Umschläge aufbewahrt wurde. Kartons wurden hin und her geschoben, als würde jemand einen Speicher aufräumen, um Platz für neues Gerümpel zu schaffen.

»Entschuldige, aber ich habe hier drinnen einiges zu tun. Brauchst du heute schon wieder was?«

Dasselbe Jackett wie am Vortag, dazu ein rotkariertes Hemd – eine Farbe, die besser zu seinen geröteten Wangen passte. Oscarsson. Leo hatte nicht auf den Dienstplan der Asservatenkammer zugreifen können, war aber erleichtert, wieder demselben Gesicht zu begegnen.

»Ja. Ich bin heute schon wieder hier.«

»Eriksson? Stimmt doch, oder?«

Leo nickte.

»Peter Eriksson. Und ich habe …«

»Alte Straftaten, Eriksson. Wir brauchen Platz für neue. Weißt du, mit wie vielen Beweismitteln wir es im Schnitt pro Ermittlung inzwischen zu tun haben?«

»Vermutlich kommt es ganz darauf an, wie viel geschossen wird, wie viele Leute beteiligt waren, wie viele …«

»Genau, Eriksson! Ganz genau. Hier häufen sich die Sachen, die jeder Ermittler bei seinem Fall für entscheidend hält. Vom Tatort, aus der Wohnung des Täters, aus der Wohnung des Opfers … kein Wunder, dass ich inzwischen die meiste Zeit damit verbringe, Kartons hin und her zu räumen, um mehr Platz zu schaffen.«

Leo ließ den entrüsteten und hart arbeitenden Mann reden und versuchte, nicht gestresst zu wirken. Auf gar keinen Fall durfte er riskieren, dass seine Bestellung angezweifelt wurde. Er legte das Blatt auf den Tresen, das er an demselben gestohlenen Computer ausgedruckt hatte wie für den Testlauf am Vortag. Oben stand der Name des Vorgesetzten, der an diesem Tag die Einsatzleitung hatte, darunter die Nummern der Beweismittel.

»Ich verstehe natürlich, dass bei der Arbeitsbelastung heutzutage niemand mehr Zeit hat, hier runterzukommen und Beweismittel auszusortieren, für die niemand mehr Verwendung hat.«

Vorsichtig schob Leo den Zettel auf den Verwalter der Asservatenkammer zu und deutete auf die Nummern.

»Dann mache ich dir ja heute eine echte Freude, Oscarsson. Ich hole gleich zehn Pakete auf einmal und schaffe damit ordentlich Platz.«

Oscarsson ließ seinen Finger von Nummer 2016-0407-BG1713 bis Nummer 2016-0407-BG1722 wandern und schaute fast schuldbewusst hoch.

»Ich habe dich zwar gestern schon mal gesehen, aber der Ordnung halber muss ich dich noch einmal um deinen Ausweis bitten.«

Leo schob ihm das Lederetui über den Tisch. Der Dienstausweis von Peter Eriksson auf der einen, die Dienstmarke auf der anderen Seite.

»Danke, Eriksson. Die liegen alle … in den Rosengren-Tresoren. Muss also ziemlich wertvolles Zeug sein!«

»Das ist ja die Pointe. Keiner von uns beiden weiß, was die Umschläge und Pakete enthalten. Du händigst mir die verschlossenen

Umschläge aus, und ich transportiere sie. So macht keiner von uns beiden irgendwelche Dummheiten, nicht wahr?«

Endlich nahm Oscarsson den Zettel und begab sich leicht hinkend in den einen Gang. Als er in dem größeren Raum mit den Tresoren verschwunden war, warf Leo einen Blick auf die Stoppuhr.

13.38.50 Uhr

Einundzwanzig Minuten im Präsidium waren ihm bei der Planung wie eine Ewigkeit vorgekommen. Jetzt nicht mehr. Die Erleichterung darüber, dass er es mit Oscarsson zu tun hatte, der ihn erkannte und bei dem er sich nicht umständlich ausweisen musste, hatte sich während der Klagen des alten Mannes über seine Arbeitsbelastung in Stress verwandelt. Was in dreißig Sekunden hätte erledigt sein sollen, hatte gute zwei Minuten in Anspruch genommen.

In der Stille, die entstand, nachdem der Verwalter der Asservatenkammer verstummt war, lauschte Leo auf ein wohlbekanntes Geräusch: das Öffnen eines Rosengren-Safes. Diese Tresore hatten in allen Banken gestanden, zu einer Zeit, als er noch wesentlich mehr Gewalt hatte aufwenden müssen, um an wesentlich weniger Geld zu kommen. Das Zurückschieben der Riegel war das Symbol für einen Coup, von dem er sein ganzes Leben lang geträumt und den er sein ganzes Leben lang geplant hatte.

Er empfand so etwas wie vollkommenes Glück.

Er war vollkommen eins mit sich.

Er befand sich in einem Adrenalinrausch.

»Hier kommt das erste Paket. Verdammt schwer. Mindestens zwanzig Kilo.«

Oscarsson ging mit einem Paket auf den Tresen zu, das die Größe eines Neugeborenen hatte. Und so trug er es auch.

»Was ist da drin, Eriksson?«

Gebündelte Geldscheine.

Weißt du das nicht?

»Ich habe doch gesagt, dass ich nicht den blassesten Schimmer habe.«

Zwanzig Kilo. Wenn jeder Fünfhunderter 0,96 Gramm wiegt, dann sind das rund zehn Millionen Kronen. Das macht bei zehn Paketen gut hundert Millionen.

Oscarsson ließ das Paket auf den Tresen fallen und ging zurück.

»Ich kann immer nur ein Paket auf einmal tragen.«

Die Pakete waren in braunem Papier verpackt und mit braunem Paketklebeband umwickelt.

Leo streckte die Hände danach aus und holte sich zurück, was es nicht gab.

Diese Geldscheine sollten eigentlich verbrannt werden. Sie stellten das Beweismittel in einem Fall dar, den Broncks gelöst hatte. Dafür hatten seine Kollegen ihn gefeiert. Die Geldscheine waren bereits durch neue ersetzt worden, besaßen aber immer noch den aufgedruckten Wert.

Leo legte das Paket in einen seiner beiden Kartons. Er hatte richtig gerechnet, die anderen neun Pakete würden in den Kartons noch Platz finden.

13.41.40 Uhr

Er schaute wieder auf die Uhr.

Noch sechzehn Minuten. Und das bei einem älteren Mann, der sich bei jedem neuen Paket langsamer bewegte und immer mehr Selbstgespräche führte. Es bestand die Gefahr, dass der normale Transport, der die zehn Pakete abholen und zur Papierfabrik bringen sollte, ihn hier antreffen würde.

Aber vielleicht hatte er Glück.

Bestenfalls würde er sich im Tunnel befinden und ein paar Minuten Vorsprung haben, wenn der Alarm ausgelöst wurde. Dazu eine Sackkarre mit einem quietschenden Rad, die von zweihundert Kilo Geldscheinen beschwert wurde. Er würde nicht sonderlich schnell vom Fleck kommen, wenn sie ihm durch die Unterwelt hinterherjagten.

Die deckenhohen Regale mit den abgeschlossenen Ermittlungen ließen sich hin und her schieben.

Eine solche Stille wie hier kannte Elisa im Präsidium sonst nicht.

Mappen, Kartons und Aktenordner, Fälle in chronologischer Reihenfolge. Sie suchte in einem Regal, an dessen Schmalseite auf einer mit Schreibmaschine beschriebenen Karte »März 93 – Juni 93« stand. Sie schob sich in den engen Zwischenraum zwischen den Regalen, und ihr Ärger versiegte allmählich. Er hatte mit Broncks' Doppelspiel begonnen und war durch das Quietschen der Sackkarre des Kollegen auf dem Weg in die Asservatenkammer nur noch verstärkt worden. Hier unten war sie immer hochkonzentriert und hellwach. Andere klagten über die schlechte Luft, darüber, dass es kein Tageslicht gab, aber sie erlebte etwas anderes: Harmonie. Das Archiv des Präsidiums strahlte Ruhe und Geborgenheit aus – Ermittlungsakten, die Ordnung in ein oft fürchterliches Geschehen brachten.

Jedes Regal hatte sieben Fächer. Sie suchte nach dem Aktenzeichen B 347/9317, das sie schließlich fast ganz hinten und ziemlich weit oben entdeckte.

Sie holte eine Trittleiter, hob die schwere hellbeige Archivbox auf einen der beiden Lesetische und begann, in dem Protokoll der Spurensicherung zu lesen, das obenauf lag. Es begann mit einer Skizze eines siebenundvierzig Quadratmeter großen Sommerhauses. Es folgten achtundzwanzig Seiten mit grobkörnigen Schwarzweißfotos. Zwei davon weckten ihr Interesse. Das eine hatte folgende Unterschrift:

Foto Nr. 5: Blick vom Wohnzimmer ins Schlafzimmer 1. An der hinteren Schlafzimmerwand steht ein Bett. Laken, Decke, Matratze und Kissen sind vom Blut des Opfers getränkt.

Das andere war eine Nahaufnahme eines kleineren Gegenstands. Der Text lautete:

Foto Nr. 14: Anglermesser der Marke Rapala, aufgefunden auf dem Fußboden. Geriffelter Griff mit Fingerschutz. Die Spitze des Messers ist abgebrochen.

Elisa schob die Lampe beiseite. Das Licht war zu grell. Das Messer erinnerte sie an das, das sie als Kind gesehen hatte, nachdem sie nach mehrstündigem Angeln den einzigen Barsch geschuppt hatten.

Hatte Sam Larsen mit diesem Messer gemordet?

Und warum? Welche Verbindung hatte er zum Opfer und zu der Nebenklägerin Gunilla Broncks?

Das Gutachten des Gerichtsmediziners umfasste nur sieben Seiten.

Todesursache: Multiples Organversagen aufgrund von direktem spitzem Trauma der inneren Organe sowie massiver innerer und äußerer Blutungen.

Die explizite Sprache des Obduzenten, die dem Bild Inhalt gab.

Der Rumpf weist insgesamt 27 Stich- bzw. Schnittwunden auf, 21 mit geraden Wundrändern sowie 6 Lazerationen mit ausgefransten Wundrändern.

Es ging um einen Mörder, der immer wieder zugestochen hatte.

In einer der Stichwunden fand sich ein scharfer Gegenstand – verhakt in der 6. Rippe links lateral – die abgebrochene Spitze eines messerähnlichen Gegenstandes. Diese Spitze ist 2,5 x 3 cm groß.

Was hatte Sam Larsen zu dieser Wut veranlasst?

Die Lektüre des eigentlichen Urteils, das 230 Seiten umfasste, ersparte sie sich. Sie hatte die Zusammenfassung in ihrem Büro liegen, und die genügte ihr einstweilen. Die Ermittlungsakte, die fast ebenso dick war, konnte jedoch weitere Antworten enthalten. Sie las nur die Einleitung und das Transkript eines Notrufs. Es enthielt die Antwort, warum ihr engster Kollege konsequent gegen den Ehrenkodex der Polizei verstoßen und durch Lügen und Handlungen ihre gemeinsame Ermittlung erschwert hatte.

»Hallo. Ich heiße John Broncks. Ich will einen Mord anzeigen.«

Fast gleichzeitig waren zwei Notrufe wegen desselben Vorfalls eingegangen. Der eine war von der Nebenklägerin Gunilla Ewa Broncks gekommen, die sich in ein Nachbarhaus geflüchtet und von dort aus angerufen hatte. Der andere Notruf war am Tatort abgesetzt worden, von einem Jungen, der noch keine sechzehn war.

»Ich verstehe. Ich helfe Ihnen. Von welcher Nummer rufen Sie an?«
»Null, eins, sieben, eins. Dann acht, vier, null, acht, vier.«
»Und Sie sind sicher, dass die Person tot ist?«
»Ja, das ganze Bett ist voller Blut.«
»Wissen Sie, wer der Tote ist?«
»Mein Papa.«

Elisa ließ die dicke Akte einen Augenblick lang ruhen.

Plötzlich sah sie alles, was ihr immer an ihm gefehlt hatte.

Sein neutrales Aussehen, mit dem er die Gewalt auf Abstand hielt. Die Augen, die Stimme und die Bewegungen eines Ermittlers, die nichts von dem spiegelten, womit er jeden Tag arbeitete.

Erst jetzt begriff sie es.

Broncks hatte den Entschluss gefasst, es nie an sich heranzulassen.

»Bist du allein?«

»Meine Mutter ist zum Nachbarn gerannt. Aber mein großer Bruder ist irgendwo. Er hat auf meinen Papa eingestochen. Mehrere Male.«

»Ich will, dass du mir jetzt gut zuhörst, John. Ich will, dass du sofort zum Nachbarn rennst. Dort wartest du, bis die Polizei kommt.«

»Ich brauche mich nicht mehr zu verstecken. Papa ist tot.«

Einmal war es ihm also nicht geglückt.

Die Gewalt hatte ihn eingeholt.

Elisa klappte die dicke Akte zu und legte sie zum Urteil und zu den Berichten des Gerichtsmediziners und der Spurensicherung in den Karton zurück. Manches begriff sie jetzt besser. Aber das spielte keine Rolle. Broncks hatte sie trotzdem bewusst betrogen und ihre Ermittlung sabotiert. Warum, war vollkommen uninteressant. Die Tatsache, dass er ein Motiv hatte, befreite ihn nicht von seiner Verantwortung.

Sie kletterte auf die Trittleiter und schob die Archivbox wieder an ihren Platz auf dem obersten Brett zurück. Der Keller, den sie so sehr mochte, hatte wieder einmal ihre Perspektive erweitert. Sie verließ ihn, um eine Ermittlung fortzusetzen, bei der sie zum ersten Mal gegen zwei Seiten kämpfte: gegen die Täter, die den Überfall begangen hatten, und gegen ihren Kollegen, der ein in ihren Augen ebenso schweres Verbrechen begangen hatte – Verrat aufgrund von Illoyalität.

Elisa ging, während Oscarsson gerade das achte Paket holte, in entgegengesetzter Richtung auf dem Kellergang vorbei. Leo hätte ihre energischen Schritte auf dem Monitor verfolgen können, der auf einem Stuhl hinter dem Tresen stand. Was immer sie hatte tun wollen, hatte sie erledigt. Sie war abgesehen von Broncks die Einzige, die ihn erkennen konnte. Er befand sich weiterhin als einziger Besucher in der Asservatenkammer. Außer ihm brauchte offenbar gerade niemand einen der braunen Umschläge und Kartons.

Jetzt hörte er wieder die lauten Atemzüge.

Oscarsson näherte sich. Er hatte den größeren Raum mit den Tresoren verlassen und trug den neunten Karton durch einen engen Gang zwischen übervollen Regalen. Sein Gesicht war hochrot und schweißnass. Er ließ das braune Paket auf den Tresen neben sein Jackett fallen, das dort lag, seit er das vierte Paket geholt hatte.

»Das war das vor…« Der Lagerverwalter atmete so heftig, als würde die trockene Luft für diese Worte nicht ausreichen. »… letzte.«

Trotz seines Alters hatte er ein ziemlich erfreuliches und gleichmäßiges Tempo gehalten. Nachdem er aufgehört hatte, sich darüber zu beschweren, wie mühsam es war, sich anzustrengen, hatte er sich wirklich angestrengt und für jedes Paket genau eine Minute und fünfundvierzig Sekunden gebraucht.

13.55.30 Uhr

Von den einundzwanzig Minuten, die Leo für das Abholen veranschlagt hatte, waren neunzehn verbraucht.

»Gut, Oscarsson, dann kannst du das letzte Paket ja auch gleich holen.«

Wenn der Lagerverwalter nicht plötzlich eine Pause einlegte, war die Zeit zwar überschritten, aber nicht so sehr, dass Leo dem tatsächlichen Transport begegnen würde.

Der Coup war noch immer möglich.

»Wenn du schon mal dabei bist, meine ich«, fuhr Leo fort. »Danach ist es meine Sache, alles weiterzuschleppen.«

»Klar. Das … letzte. Das … zehnte. Wenn ich …«

Auf dem Tresen stand eine Wasserflasche. Der Lagerverwalter strahlte, als er sie entdeckte.

»… die hier leergetrunken habe.«

Er trank. Die Sekunden vergingen, und Leo wurde immer nervöser. Er hatte versucht, nicht zu ungeduldig zu wirken, damit Oscarsson nicht misstrauisch wurde, und konnte ihn natürlich schlecht auffordern, nichts zu trinken.

»Flüssigkeit rein, Flüssigkeit raus, nicht wahr, Eriksson?«

Der Lagerverwalter blinzelte ihm zu und verschwand ein letztes Mal. Leo merkte, dass es in der Innentasche seiner Uniformjacke vibrierte. Er ging dran.

»Leo. Sie kommen!« Sam. Gestresst. »Sie sind zu früh dran. Du musst raus, Leo! Sofort!«

Ganz hinten hörte er Oscarsson keuchend herumwühlen.

Du musst raus.

Nein.

Noch nicht.

Wenn er mit neun Paketen ohne Unterschrift verschwand, würde Oscarsson direkt Alarm schlagen. Das Risiko war sogar größer, als noch auf das zehnte Paket zu warten. Er wandte sich vom Tresen ab und flüsterte:

»Ich warte noch auf das letzte Paket, das bekomme ich gleich.«

Er drehte sich wieder zu dem Gang zwischen den Regalen um. Oscarsson war nicht zu sehen. Er hatte Sam angelogen, um ihn zu beruhigen.

»Okay, Leo, dann gehe ich jetzt runter in die U-Bahn.«

Er hörte, dass Oscarsson den Tresor erreicht hatte. Und er wusste, wie lange er brauchen würde, um das Paket aus dem Safe zu heben und zum Tresen zu tragen.

Trotzdem flüsterte er Sam zu: »Wir sehen uns am Treffpunkt. Viel Glück.«

Dann zählte er die Sekunden, um nicht innerlich zu zerreißen. Dreiundsechzig Sekunden, bis er das Keuchen bis zum Tresen hörte. Mit einem Knall ließ Oscarsson das Zwanzigkilopaket, zehn Millionen in Fünfhundertern, auf die Holzplatte fallen.

»Dann unterschreibe ich hier irgendwo, oder?«

Leo hatte bereits den Stift in der Hand. Der Lagerverwalter keuchte so heftig, dass er überhaupt nicht mehr sprechen konnte. Er hielt Leo ein Papier hin und deutete mit zitterndem Zeigefinger auf eine leere Zeile.

Peter Eriksson.

Die Unterschrift sah in etwa so aus wie beim letzten Mal.

Er hob das zehnte Paket vom Tresen in den oberen Umzugskarton und klappte ihn zu. Dann schaute er auf die Uhr.

13.59.10 Uhr

Er hatte die Zeit anderthalb Minuten überschritten, und der normale Transport war fünf Minuten zu früh eingetroffen.

Er musste weg.

»Könntest du so nett sein und mich rauslassen?«

Oscarsson nickte müde. Er drückte auf einen Knopf an der Wand, woraufhin das Schloss der schweren Stahltür klickte. Die beiden Kartons standen sicher aufeinander, und ihr Gewicht sorgte dafür, dass das Rad nicht mehr quietschte. Leo drückte mit dem Rücken die Tür auf, zog die Sackkarre mit einem kräftigen Ruck über die Schwelle und warf einen letzten Blick auf Oscarsson, der erschöpft am Tresen lehnte.

Er war wieder allein.

Mitten im Gang auf der ersten der drei Teilstrecken.

In etwa vierzig Metern kam die erste Kreuzung, danach würde ihn niemand mehr sehen. Der richtige Transport kam immer aus der anderen Richtung, vom westlichen Eingang. Er kam gut voran und hatte schon einmal eine Sackkarre mit einem vierhundert Kilo schweren Holzherd durch einen unebenen Garten geschleift, das hier war nur das halbe Gewicht, und die Reifen waren fest aufgepumpt. Auf dem glatten Betonboden flog er förmlich dahin.

Bis er die Schritte hörte.

Gerade als er abbiegen wollte, um auf der nächsten Teilstrecke zu verschwinden.

Er vermutete, dass sie achtzig Meter entfernt waren.

Zwei Polizisten in Uniform ebenfalls mit einer Sackkarre auf dem Weg zur Asservatenkammer.

Sie würden in einer knappen Minute dort sein. Nach einer weiteren Minute, wenn die Bestellung der identischen zehn Zwanzigkilopakete auf dem Tresen lag, würden sie den Alarm auslösen.

Vorsichtig bewegte sich John Broncks drei, vier, fünf Baumstämme vorwärts. Er befand sich noch immer in Deckung. Fünfzehn Minuten zuvor hatten Unruhe, Spannung und Erwartung sein Herz unregelmäßig schlagen lassen. Seine Brust hatte sich regelrecht verkrampft. Vor einer Viertelstunde hätten Leo Duvnjac und sein Vater an der Scheune eintreffen sollen, und er hätte erfahren, ob Sam wirklich in dem Maße verwickelt war, wie er befürchtete. Dann hätte er den Chef des Anti-Terror-Einsatzkommandos angerufen und sofortige Unterstützung angefordert.

Nun empfand er nichts als Leere und Enttäuschung.

Wie ein Kind, das voller Erwartung ein in glänzendes Papier eingepacktes Geschenk auspackt und feststellen muss, dass der Inhalt ganz und gar nicht den Vorstellungen entspricht.

Etwas stimmte nicht.

Der Leo Duvnjac, den er jetzt schon so lange jagte und der die gesamte schwedische Polizei an der Nase herumgeführt hatte, hatte seine Banküberfälle immer zu einer ganz bestimmten Uhrzeit begonnen und jeden Coup in einer genau festgelegten Zeit durchgezogen. In der Scheune lagen Waffen, mit denen man eine ganze Armee ausrüsten konnte und die ihm ein Vermögen einbringen würden. Der Leo Duvnjac, den er kannte und den er vernommen hatte, würde nie unvorbereitet erscheinen oder einen Käufer warten lassen.

Da hörte er ein Piepen aus seinem Ohrhörer, der ans Funkgerät an seinem Gürtel angeschlossen war.

»An alle Einheiten! Verdacht auf Raubüberfall in der Asservatenkammer von Kronoberg.«

Er erstarrte. Ein Raubüberfall im Präsidium?

Langsam fügte sich alles zu einem Ganzen.

»Der Täter ist Anfang dreißig und einen Meter neunzig groß. Er hat einen rasierten Schädel und braune Augen.«

Eine schwere Straftat zwanzig Kilometer entfernt.

Die begangen worden war, während Leo Duvnjac hier eine andere schwere Straftat hätte begehen wollen.

Broncks kannte diesen Modus Operandi.

»Trägt möglicherweise eine Polizeiuniform und besitzt einen gefälschten Dienstausweis auf den Namen Peter Eriksson.«

Er war zu diesem Coup nicht rechtzeitig gekommen, weil er pünktlich zu einem anderen erscheinen musste. Ich habe nur davon erfahren, weil er das wollte, dachte Broncks. Die Waffen liegen nur in dieser Scheune, damit ich hier bin und nicht im Präsidium.

Ein Ablenkungsmanöver. Eine falsche Spur. Ein Köder.

Genau wie damals, als er im Hauptbahnhof eine Bombe platziert hatte, um in einigen Dutzend Kilometern Entfernung zwei Banken hintereinander überfallen zu können.

Braune Augen, rasierter Schädel, Uniform, Dienstausweis?

Verkleidung, Fassade. Perfekt geplante Flucht.

Wie damals, als er zwei identische Autos an entgegengesetzten Enden eines Ortes geparkt hatte, um die Polizei zu zwingen, in zwei Richtungen zu suchen.

Es war Leo Duvnjac.

Der letzte Schritt auf die Metalltür zu. Leo stellte die Sackkarre ab und zog die Schlüsselkarte durchs Lesegerät.

Nichts.

Keine Lampe blinkte grün, kein Schloss klickte.

Scheiße.

Er zog die Karte ein weiteres Mal durch das Lesegerät, aber die Tür, die den Tunnel zum Präsidium vom Amtsgericht trennte, blieb verschlossen. Er polierte die Plastikkarte an seiner Uniformjacke und versuchte es ein drittes Mal.

Scheiße. Scheiße. Scheiße.

Die verdammte Karte musste einfach funktionieren.

Er drehte sich um. Noch immer niemand hinter ihm. Auf den letzten beiden Teilstrecken des Tunnels war ihm niemand begegnet.

Ein neuer Versuch.

Schlüsselkarte in den Spalt des Lesegeräts. Ziehen.

Jetzt blinkte das grüne Lämpchen.

Es klickte.

Den Rücken gegen die schwere Tür, die Sackkarre mit beiden Händen über die Schwelle, die etwas breiter war als die der Asservatenkammer. Jetzt war er auf der richtigen Seite und im Amtsgericht.

Der Fahrstuhl war nicht sonderlich groß, und mit den beiden Riesenkartons wurde es richtig eng, als er seine Uniform auszog. Darunter kam ein blauer Overall zum Vorschein, in dessen Tasche eine Mütze mit dem Logo einer Umzugsfirma lag.

Zwischen Keller und Haupteingang des Amtsgerichts lagen zwei Stockwerke. Die Zeit reichte, um die Uniform im oberen Karton zu verstecken. Er begab sich auf einen düsteren Korridor, öffnete die schwere, eisenbeschlagene Tür und trat hinaus ins Tageslicht und an die frische Luft. Ein tiefer, erleichterter Atemzug, als er sich nach dem Lieferwagen umschaute. Er hatte den Treffpunkt erreicht.

Aber niemand erwartete ihn.

Rasche Blicke, erst Richtung Kungsholmsgatan und U-Bahn-Eingang, dann Richtung Bergsgatan.

Sam. Wo zum Teufel steckst du?

Die letzten Grasbüschel, dann ein großer Schritt über einen sumpfigen Graben und über einen schlichten Holzzaun auf den Kiesweg.

Er versuchte, den Gedanken abzuschütteln, der ihm bei jedem Schritt zu schaffen machte. *Verdacht auf Raubüberfall in der Asservatenkammer von Kronoberg.* Ausgerechnet an diesem Donnerstag um vierzehn Uhr. Ausgerechnet zwei Wochen, nachdem die Verurteilung der Männer, die den Raubüberfall des Jahrhunderts begangen hatten, rechtskräftig geworden war. Das war kein Zufall. Die 103 Millionen Kronen wurden jetzt nicht mehr als Beweismaterial benötigt und sollten in wenigen Stunden zerstört werden.

Du Schwein.

Du hast meinen Bruder manipuliert, damit er eine Straftat begeht, für die er lebenslänglich bekommt. Du hast die Beute gestohlen, die mich als Ermittler rehabilitiert hat.

Du hast mich hierhergelockt und dann – als Polizist verkleidet – meine Selbstachtung zerstört und gleichzeitig meine Familie und meine berufliche Identität zerschlagen.

Jetzt konnte John Broncks nicht mehr gelassen weitergehen.

Er begann, auf die verdammte Scheune zuzurennen.

Das monotone und eintönige Tuten nahm zu, je näher der Lieferwagen rückwärts an die Fassade des Stockholmer Amtsgerichts heranfuhr. Während Sam die Laderampe herabließ, packte Leo die beiden Handgriffe der Sackkarre, rollte sie in den Laderaum und klappte die Rampe hoch. Die beiden Umzugskartons mit den Fünfhundertern unterschieden sich durch nichts von den anderen, die bereits im Laderaum standen. Anschließend schloss Leo die Türen und nahm auf dem Beifahrersitz Platz.

»Fahr.«

Gemächlich fuhr Sam die Scheelegatan entlang und bog an der ersten Kreuzung links Richtung Innenstadt in die Hantverkargatan ab. Bis zum Parkhaus würde er etwa zwanzig Minuten brauchen und bis zum Värta-Hafen noch einmal so lange.

»Du bist zu spät gekommen, Sam.«

»Die U-Bahn hatte Verspätung. Ein Zug stand am Bahnsteig, und der nächste hat im Tunnel gewartet. Ich konnte die Tüte mit der Uniform erst in den Tunnel werfen, als beide weg waren.«

Vor ihnen fuhr ein bereits vollbesetzter Bus. An der Haltestelle dauerte es eine Weile, bis die neuen Fahrgäste eingestiegen waren. Sam blieb gelassen und wartete.

»Und du? Wie ist es bei dir gelaufen?«

Endlich schloss der Fahrer die Türen, und der Bus fuhr weiter.

»Wie es gelaufen ist?«

»Ja?«

»Hinten liegen zweihundert Kilo Geldscheine.«

John Broncks rannte einen unbefestigten Weg entlang. Leo Duvnjac hatte ihn hierhergelockt. Die Waffen in der roten Scheune hatten nur als Köder gedient. Er wählte genau wie beim vorigen Mal die kleine Seitentür der Scheune. Wieder hebelte er mit dem Armierungseisen, das noch immer auf der Erde lag, den Metallbügel mit dem Vorhängeschloss auf.

Alles sah aus wie am Vortag. Nichts schien verändert.

Er näherte sich dem Lastwagen und öffnete die Plane. Auch die Ladung war unverändert. Die zweihundert automatischen Waffen lagen einschließlich der Bombe noch immer auf den Terrakottaplatten.

»U-Bahn-Station am Amtsgericht vorübergehend gesperrt.«

Eine neue Durchsage.

Er zog den Ohrhörer heraus und nahm das Funkgerät vom Gürtel, um besser hören zu können.

Schließlich war er allein.

»Die Uniform des Täters lag auf den Gleisen neben dem Bahnsteig. Wahrscheinlich befindet sich der Täter auf der Flucht im U-Bahn-Tunnel.«

Nicht nur er war betrogen worden, sondern auch diejenigen, die die Uniform gefunden und den U-Bahn-Betrieb eingestellt hatten. Sie wussten nicht, was er wusste: wie das kriminelle Gehirn von

Leo Duvnjac funktionierte. Sie jagten nicht einen Räuber auf der Flucht in der U-Bahn, sondern einen, der sich gehäutet und gerade das getan hatte, wovon er vermutlich immer geträumt hatte. Er hatte das ganz große Ding gedreht. Die Kollegen suchten am falschen Ort, und zwar dort, wo sie suchen sollten, dort, wo er seine falsche Haut für sie zurückgelassen hatte.

Broncks zog sein Handy aus der Tasche, um den Leitern der Einsatztruppen Bescheid zu geben, wen sie suchen mussten.

Doch er kam nicht dazu zu wählen, da sein Handy vorher klingelte.

Für einen Moment verwandelte sich seine innere Leere in Kränkung und Wut, dann wieder in Leere.

Er? Jetzt?

»Sam!«

Doch er bekam keine Antwort.

»Sam, verdammt, sag was! Ich sehe doch, dass du es bist! Du glaubst gar nicht, wie froh ich bin. Ich habe unzählige Male bei dir angerufen und …«

»Das sehe ich. Das sieht man auf dem Display, Broncks. Dreiundvierzig Anrufe.«

Diese Stimme?

»Sie begreifen also noch immer nicht, dass Ihr Bruder nicht mit Ihnen sprechen will?«

Die Stimme von Leo Duvnjac.

»Und wenn er das nicht will, muss ich es wohl tun.«

Er hörte Stadtverkehr im Hintergrund.

John Broncks presste das Handy fester ans Ohr.

Das andere Handy befand sich in einem Fahrzeug, denn die Umgebungsgeräusche wurden von einer schlecht isolierten Karosserie gedämpft.

»Ach ja, Broncks, wo wir schon miteinander sprechen, sollten wir uns doch auch anschauen. Augenkontakt, Sie wissen schon. Wenn Sie sich nach links drehen, sehen Sie in der Ecke über der Einfahrt eine Kamera.«

John Broncks drehte sich um und entdeckte das Objektiv einer winzigen Webcam.

»Jetzt sehe ich Sie, Broncks. Sie scheinen … abgenommen zu haben. Und verdammt unrasiert sind Sie auch. Geht's Ihnen nicht gut? Sie haben wohl gerade viel um die Ohren?«

Diese Provokationen waren ihm gleichgültig. Er konnte es sich nicht leisten, sich provozieren zu lassen. Er wusste, dass er seine Kraft noch brauchen würde und dass der Anruf nicht dazu diente, ihn zu verspotten, jedenfalls nicht primär.

»Da Sie jetzt schon bei meinem Kleinlaster sind, ist Ihnen vermutlich klar geworden, dass ich heute nicht mehr zu Ihnen rauskomme, dass ich etwas anderes vorhatte und dass Sie dagegen nichts mehr unternehmen können.«

John Broncks starrte in das Objektiv, ein Auge, das ein anderes Auge vertrat. Das Kameragehäuse hatte dasselbe Rot wie die Scheunenwand.

»Aber machen Sie sich nichts draus, Broncks. Obwohl Sie mich nicht angetroffen haben, dürfen Sie alle Waffen behalten. Vorausgesetzt, ich sehe und höre nichts, was ich nicht sehen und hören will, weder in der Kamera noch im Polizeifunk.«

Er fragte sich, ob Sam neben Duvnjac im Auto saß, das Gespräch mithörte und ihn ebenfalls beobachtete.

»Ich will weder meinen noch Sams Namen im Polizeifunk hören. Falls wir zur Fahndung ausgeschrieben werden, zerstöre ich sämtliche Waffen. Wenn Sie die Kamera abstellen und mein Monitor schwarz wird, zerstöre ich sämtliche Waffen. Falls ich plötzlich einen Bombenroboter in der Scheune entdecke, zerstöre ich sämtliche Waffen.«

Seine Stimme war unangenehm ruhig. Sie strahlte dieselbe Ruhe aus, die alle Wachleute und Bankangestellten beschrieben hatten, die er bei den Überfällen mit der Waffe bedroht hatte.

»Sie tun also wieder, was Sie bislang schon so gerne getan haben, Broncks. Sie handeln als Privatperson und nicht als Polizist.«

Ein Klicken. Stille. Er hatte aufgelegt.

Mit dem Handy in der Hand starrte John Broncks auf die Scheunenwand. Er hätte sich so am Boden zerstört fühlen sollen, wie es die gelassene Stimme vorausgesetzt hatte.

Aber das tat er nicht.

Denn während dieses absurden Monologs hatte sich in seinem Kopf ein ganz neuer Gedanke geformt. Er wusste jetzt, wie er reagieren würde. Er würde ganz einfach nicht das tun, was der Mann, der ihn durch die Webcam beobachtete, von ihm erwartete.

Der Kühler des Lieferwagens stand dicht an der Betonmauer des Parkhauses. Durch die breiten Schlitze der Mauer konnte man nicht nur die braune Fassade des Warenhauses NK sehen, sondern auch die Straße und die Gehsteige.

Sie befanden sich im sechsten Stock des Parkdecks. Je weiter oben, desto weniger Fahrzeuge und Zeugen. Im Schutz des Lieferwagens tauschten sie die Overalls gegen Jeans, Hemden und Jacketts, die angemessene Kleidung für eine Überfahrt auf der Ostseefähre. Den Inhalt der beiden Umzugskartons verteilten sie auf vier größere Reisetaschen und luden diese in einen grauen Volvo. Dieser Wagen würde auf der Fahrt von der Innenstadt zum Värta-Hafen nicht weiter auffallen.

Während Sam die spiralförmige Rampe hinunterfuhr, sah sich Leo die Bilder der Überwachungskameras an. Broncks hatte den Hof vor dreizehn Minuten verlassen und war spurlos verschwunden. Der Bulle hatte das getan, was er hatte tun sollen. Er hatte keine Namen über Polizeifunk durchgegeben, keine Verstärkung angefordert und die Webcam hängenlassen.

Es waren noch viereinhalb Stunden bis zum Ablegen des Schiffes.

Vier Stunden bis zum Beginn eines neuen Lebens.

Den frisch lackierten Parkettboden hatte noch niemand betreten. Die mattweiße Decke absorbierte das Licht auf angenehme Weise. Die frisch verputzten Wände hatten noch nichts erlebt.

Vincent hielt sich gerne in frisch renovierten Wohnungen auf und verhalf anderen gerne zu einem Neuanfang. So ein Neuanfang war natürlich etwas ganz anderes als der Umzug in eine Übergangswohnung nach der Entlassung aus dem Gefängnis.

Er hatte ein letztes Mal kontrollieren wollen, dass er nichts vergessen hatte, und anschließend die Zeit vergessen. Bald würde diese Wohnung von Leben erfüllt sein, die Zimmer, denen Liebe und Konflikte bislang nichts hatten anhaben können.

Er wusste, warum ihm das Gehen so schwerfiel.

Draußen, hinter den Fenstern der Wohnung, war alles gerade ganz anders.

Eben hatte er im Radio gehört, dass *im* Präsidium ein einzigartiger Raubüberfall verübt worden war, vermutlich mit einer umfangreichen Beute. Ein Heist. Davon hatte Leo immer gesprochen, und in den letzten Tagen hatte er versucht, seine Brüder zum Mitmachen zu überreden. Sogar hier. Er hatte auf einer Werkzeugkiste gesessen und ihm damit in den Ohren gelegen.

Mit zwei Fingerspitzen fuhr sich Vincent über die Knöchel seiner Rechten, die immer noch verfärbt waren und schmerzten.

Ein letzter Blick auf die frisch lackierte Tür, dann schloss er sie mit dem Wohnungsschlüssel ab, den er morgen zurückgeben würde. Als er die Treppe hinunterging, hörte er Schritte, die ihm entgegenkamen. Er ärgerte sich, dass er so lange geblieben war und jetzt vermutlich dem Paar begegnen würde, dem die Wohnung gehörte. Er war wirklich nicht in Laune, Konversation zu machen. Nicht heute.

Es war aber nicht das ältere kinderlose Paar, sondern der Mann aus der Nachbarwohnung mit Pferdeschwanz, der immer nach Terpentin und Ölfarbe roch. Sie hatten sich während seines Auftrags fast jeden Tag gesehen und kein Wort gewechselt. Jetzt nickten sie sich vermutlich zum letzten Mal stumm zu.

Sein Lieferwagen stand auf einem für Hausbewohner reservierten Platz. Als er näher kam, sah er jemanden an der Motorhaube lehnen. Einen Mann. Anfang vierzig, in Lederjacke und Jeans und mit einem Gesicht, das er nur zu gut kannte, obwohl er es seit über sechs Jahren nicht gesehen hatte.

»Hallo, Vincent. Ich habe versucht, Sie telefonisch zu erreichen. Sie sind aber nicht drangegangen. Deswegen bin ich hergekommen.«

John Broncks.

Der Bulle, der die Ermittlung gegen die Bankräuber geleitet hatte, die der Volksmund Militärliga getauft hatte.

»Wenn mir die Nummer nichts sagt, gehe ich nicht dran. Sie machen mein Auto schmutzig.«

»Das macht nichts, weil wir es jetzt nicht benutzen werden. Sie fahren in meinem mit.«

»Ich fahre nicht mit. Ich habe meine Strafe abgesessen und mir seither nichts zuschulden kommen lassen. Das wissen Sie. Zumindest weiß das Ihre Kollegin, die sich hier nach irgendwelchen Alibis erkundigt hat.«

Broncks klopfte ein paarmal auf die Seite des Lieferwagens.

»Arbeiten Sie hier?«

»Ja.«

»Und alles läuft gut, ja? Bei Ihnen? Und bei der Firma?«

»Ja, wieso?«

»Nun, dann begreife ich nicht, warum es Ihnen lieber sein sollte, dass wir Sie mit Leuten in Uniform und Streifenwagen abholen. Kennen Ihre Kunden Ihre Vorgeschichte?«

Verdammter Idiot.

Lass mich in Frieden.

Am liebsten hätte er den verdammten Bullen angeschrien, sich in seinen Lieferwagen gesetzt und ihn überfahren. Er drohte mit dem, was in einem Job, bei dem es auf Empfehlungen ankam, nicht geschehen durfte: dass die Kunden mitbekamen, dass er sich mit einem Bullen unterhielt und worum es ging.

»Was soll das denn? Das ist nicht okay.«

»Das müssen Sie aushalten. Als ehemaliger Strafgefangener kommt es schon mal vor, dass man mit dem Streifenwagen mitfahren darf, um Fragen zu beantworten. Reine Routine. Fragen Sie Ihre Knastbrüder.«

Ihn überfahren und dann noch ein weiteres Mal über ihn drüberfahren.

»Worum geht es?«

»Das besprechen wir besser im Auto.«

»Ich will es aber jetzt wissen.«

»Es geht um Ihren Bruder Leo.«

Ein Skandal am nächsten Morgen bei der Übergabe war wenig erstrebenswert.

»Ich muss nur kurz telefonieren.«

Vincent trat einen Schritt beiseite und wählte.

»Ihren Bruder anzurufen wäre strafbar, das ist Ihnen sicher klar?«

Er hielt Broncks das Handy hin, auf dessen Display »Mama« stand.

»Ist das auch strafbar?«

Dann wandte er sich wieder ab und wartete, bis am anderen Ende jemand abhob.

»Mama?«

»Ja?«

»Ich glaube nicht, dass ich es heute zum Abendessen schaffe.«

»Nicht? Warum nicht, Vincent?«

»Es tut mir leid.«

»Aber ich habe doch gesagt, dass Leo nicht kommt, dass es nicht so ist wie bei diesem Mittagessen. Ich habe Verständnis dafür, und deswegen essen wir beide heute allein.«

Noch ein Schritt weg. Jetzt flüsterte er.

»Mama, ich habe kein gutes Gefühl.«

Sie blieb stumm. Vielleicht hatte sie ihn nicht gehört.

»Du, Mama, ich habe bei der Sache wirklich kein gutes …«

»Was, Vincent? Wobei hast du kein gutes Gefühl?«

»Ich stehe gerade mit einem Polizisten vor meiner Baustelle. Deswegen kann ich nicht kommen. Er holt mich zur Vernehmung ab.«

»Was für ein Polizist?«

»Derselbe wie bei den Banküberfällen.«

Sie schwieg, und er hörte ihre Atemzüge. Er wusste, dass sie sich Sorgen machte, denn dann klang es so.

»Jetzt verstehe ich überhaupt nichts mehr. Du hast doch alles getan, du hast die Geldstrafe gezahlt und die Gefängnisstrafe abgesessen. Können sie dich nicht einfach in Ruhe lassen?«

»Es geht nicht um mich.«

Jetzt zögerte er.

»Es geht um Leo.«

Die riesige Fähre lag am neuen Anleger des Värta-Hafens. Bis zum Ablegen würden noch vier Stunden vergehen, und erst in drei

Stunden konnten sie an Bord gehen und ihre Luxuskabine auf dem Oberdeck beziehen. Die Wartezeit wollten sie in dem schicken, nur einige Hundert Meter entfernten Hotel verbringen. Jetzt am Nachmittag war der Empfang wie ausgestorben. Sie holten den Schlüssel und gingen zum Fahrstuhl. Auf dem Weg nach oben kribbelte es angenehm in der Magengrube, aber auch beim Gedanken an die vier Reisetaschen mit Geldscheinen.

Das Auto bog nach rechts auf den Drottningholmsvägen ab und nicht, wie zu erwarten gewesen wäre, nach links zum Präsidium.

»Wohin fahren wir, verdammt nochmal?«

»Das habe ich doch gesagt. Sie sollen ein paar Fragen beantworten.«

Vincent sah sich um. Zum ersten Mal saß er in einem Polizeifahrzeug auf dem Beifahrersitz. Sonst hatte er immer in Handschellen auf der Rückbank gesessen.

Vorne zu sitzen war aber auch keine Freude.

»Sie wollten mich vernehmen, und zwar *im Präsidium.*«

John Broncks zuckte mit den Achseln.

»Wie Sie vielleicht wissen, ist heute im Präsidium einiges vorgefallen. Dort ist alles abgesperrt, und es geht ziemlich chaotisch zu.«

»Natürlich habe ich das im Radio gehört. Aber wir fahren gerade aus der Stadt raus.«

»Das stimmt.«

Hinter dem Thorildsplan bogen sie auf die Autobahn Richtung Süden ab.

»Das kann doch alles nicht sein! Was soll ich denn angestellt haben? Sagen Sie schon! Dann antworte ich! Über jede Stunde meiner Bewährungsstrafe habe ich Buch geführt. Die Bewährung endet in weniger als einem Monat. Auch anschließend werde ich weiter Buch führen, nur damit Sie mir nichts anhaben können!«

Seit sie losgefahren waren, hatte Broncks schweigend geradeaus gestarrt.

»Das ist gut, Vincent. Das ist clever.«

Hinter dem ersten Tunnel beschleunigte Broncks.

»Das hilft Ihnen jetzt aber auch nichts, denn es geht um Straftaten, die Sie begangen haben, ehe Sie begonnen haben, Tagebuch zu führen.«

Das Hotelzimmer war nichts anderes als ein Warteraum, ein Schutz auf ihrer Flucht nach dem Raubüberfall. Die Schlussphase. Sie warteten darauf, dass die große Fähre, die sie durchs Fenster betrachteten, endlich ablegen würde.

Leo setzte sich auf das orangene Sofa zwischen dem Kleiderschrank und der riesigen Stehlampe. Aus der Innentasche seines unauffälligen Sakkos nahm er die beiden Fährtickets und legte sie auf den Couchtisch. Auf dem ersten Ticket stand Johan Martin Erik Lundberg, wie auf dem Führerschein des Milchlasterfahrers, auf dem zweiten Peter Eriksson wie auf dem Dienstausweis des Polizisten, der am Nachmittag zehn Kartons mit Beweismitteln in der Asservatenkammer des Präsidiums abgeholt hatte. Aus dem Hosenbund zog er eine Dienstpistole der schwedischen Polizei, die er in einem feuchtkalten Keller von einem Mittelsmann namens Sullo erworben, einem Bullen namens Broncks gegen Mitternacht an die Schläfe gedrückt und während des Diebstahls sichtbar getragen hatte.

Während Sam die schweren Vorhänge zuzog, damit niemand zu ihnen hereinschauen konnte, öffnete Leo eine der Reisetaschen, nahm den Polizeifunkempfänger heraus, der zwischen zwei Geldpaketen lag, und schaltete ihn ein. Es ging um den Coup im Präsidium. Die ganze Umgebung war abgesperrt, und die Jagd konzentrierte sich auf den U-Bahn-Tunnel, weil auf den Gleisen Richtung Osten eine Uniform gefunden worden war.

Die Zeit bis zum Ablegen war kürzer geworden. Der Abstand zur Fähre ebenfalls.

Bald würden sie den Champagner in die Kabine 571 stellen. Diese Flasche würden sie öffnen und anstoßen.

»Hierher, Vincent. Hier sollen Sie stehen.«

John Broncks gab Vincent mit beiden Händen ein Zeichen. Dieser war in der Tür der Scheune stehengeblieben.

»Sie packen die Lastwagenplane auf der einen Seite und ich auf der anderen. Dann klappen wir sie zusammen zurück.«

»Ich begreife noch immer nicht, was wir hier verloren haben. Was soll das eigentlich? Das ist doch keine normale Polizeiarbeit, verdammt nochmal?«

»Doch. Es ist verdammt gute Arbeit, wenn man sogar die Beweise in der Hand hat, um den Straftäter überführen zu können.«

»Dass Sie mich auf einem verdammten Bauernhof vernehmen wollen, leuchtet mir ja zur Not noch ein, meinetwegen. Aber dann legen Sie endlich los, damit ich nach Hause fahren kann. Ich bin zum Abendessen eingeladen.«

Das Licht des Spätnachmittags drang durch die vielen Ritzen in den Bretterwänden, trotzdem war es in den Ecken der Scheune vollkommen dunkel. Broncks schaltete die Deckenbeleuchtung ein.

»Kommen Sie schon, Vincent. Ein wenig neugierig werden Sie doch sein, was sich unter der Plane verbirgt? Nur deswegen sind wir hier. Das wollte ich Ihnen zeigen.«

»Halten Sie mich für blöd? Ich gedenke nicht, irgendwo meine Fingerabdrücke zu hinterlassen.«

Broncks lächelte, während er das Gummiseil löste und den hinteren Teil der Plane hochschlug, als würde er den Vorhang einer Bühne öffnen. Da Vincent in Blickrichtung stand, konnte er seine

Reaktion deutlich sehen. Er begriff sofort, was auf der Ladefläche aufgestapelt war.

»Zweihundert automatische Waffen, Vincent, die Ihre Brüder und Sie gestohlen haben. Dafür sind Sie nie verurteilt worden. Jetzt liegen sie … hier. Und wissen Sie was? Als ich auf fünf zufällig ausgewählten Waffen die Fingerabdrücke gesichert habe, stellte sich heraus, dass sich überall auch welche von Ihnen befinden! Wegen der Abdrücke brauchen Sie sich also nicht den Kopf zu zerbrechen. Die haben wir schon.«

Stille. Kein Wort.

Vincent schien vollkommen entspannt zu sein, nur seine Augen verrieten, was ihm jetzt dämmerte. Dass der schwache Geruch, den er bereits in der Tür der Scheune wahrgenommen hatte, von Waffen stammte, die jemand gegen Feuchtigkeit und den Zahn der Zeit eingeölt hatte.

»Und jetzt, Vincent, werden wir die Fragen stellen, derentwegen Sie gekommen sind. Aber nicht Ihnen, sondern Ihrem Bruder.«

Leo stellte den Polizeifunkempfänger leiser, die herumirrenden Stimmen aus dem Tunnel, in den er die Beamten gelotst hatte. Dann warf er über sein Handy einen Blick auf die Aufzeichnungen der Überwachungskameras. Kamera A hatte ein Fahrzeug auf dem Weg zur Scheune registriert. Er spielte die Sequenz noch einmal ab. Es war Broncks' Wagen. Broncks am Steuer und neben ihm eine weitere Person.

Ein weiterer Bulle.

Broncks, verdammt, es ist egal, wie viele Kollegen du holst. Du hast mich schon verloren, und jetzt wirst du auch noch deinen Waffenfund verlieren.

Er hielt sein Handy in der Hand und wählte die achtstellige Nummer des Handys, das sich am selben Ort befand wie dieser

Idiot Broncks und das mit einer Batterie gekoppelt war, die eine Thermitbombe zünden konnte. Jetzt brauchte er nur noch die grüne Wähltaste zu drücken. Ehe er die Explosion auslöste, warf er noch einen letzten Blick auf das Bild von Kamera 2, um zu sehen, wo genau sich die beiden Bullen befanden. Schließlich wollte er sie nicht verletzen.

Broncks.

Er stand neben dem Lastwagen und hatte gerade das eine Gummiseil gelöst und die Ladefläche geöffnet. Er sprach mit jemandem, wahrscheinlich dem anderen Bullen, der aus irgendeinem Grund bei der Tür stehengeblieben und nicht zu sehen war.

Broncks stand zu dicht neben der Bombe.

Leo hielt inne. Er musste warten, bis Broncks beiseitetrat. Jetzt ging er auf den anderen Bullen zu und verschwand aus dem Bild.

Jetzt, Broncks, wirst du erleben, wie zweihundert automatische Waffen bei dreitausend Grad schmelzen.

Der letzte Knopfdruck. Da klingelte das Handy.

Auf dem Display war jetzt nicht mehr das Bild der Überwachungskamera zu sehen, sondern ein Name, der dort nichts zu suchen hatte.

Er?

Er meinte die Umarmung in der frisch renovierten Wohnung zu spüren, von jemandem, der sich die Knöchel blutig geschlagen hatte.

»Vincent?«

Es waren nur Atemzüge zu hören.

»Vincent? Brüderchen? Hallo? Sag doch was. Warum rufst du jetzt an?«

»Hier ist nicht Vincent.«

Diese Stimme an Vincents Handy?

»Ich habe doch gesagt …« Es war die Stimme von John Broncks.

»… dass ich Ihren Bruder in die Sache reinziehen werde, wenn Sie meinen in die Sache reinziehen.«

Leo sah Broncks wieder im Bild auftauchen. Er drückte jemandem eine schwarze Pistole zwischen die Schulterblätter.

Vincent.

»Wie Sie vielleicht in Ihrer Kamera sehen, Leo, stehe ich hier mit Ihrem Bruder. Ich habe ihn gerade wegen einer Terrorstraftat festgenommen, auf die lebenslänglich steht.«

Schätzungsweise trennten Broncks und Vincent noch vier Meter von dem Lastwagen.

Der Sicherheitsabstand ist groß genug für die Detonation.

»Sie müssen wissen, Leo, dass sich Vincents Fingerabdrücke auf sämtlichen Waffen finden. Ihre natürlich auch und die Ihres Bruders Felix.«

In zehn Sekunden wird es keine Beweise mehr geben.

»Von diesem Bauernhof wissen meine Kollegen nichts, Leo. Sie wissen auch nicht, dass wir hier sind. Ich könnte mir also vorstellen, Leo, die Fingerabdrücke Ihrer Brüder zu entfernen und nur Ihre zu behalten.«

Jetzt, Broncks, halte ich meinen Finger wieder über die Wähltaste.

»Wenn Sie herkommen und sich stellen.«

»Hören Sie, Broncks?«

»Wenn Sie herkommen, lasse ich Ihren kleinen Bruder laufen.«

»Sie wissen doch, dass sich eine Bombe auf dem Lastwagen befindet, oder?«

»Ja. Und ich bin mir ziemlich sicher, dass Sie sie nicht hochgehen lassen, solange ich mit Ihrem kleinen Bruder danebenstehe.«

Jetzt drücke ich, Broncks, denn es ist keine normale Bombe, wie Sie glauben, sondern ein Schmelzofen, eine Bombe, die man erleben muss und die nicht tötet.

Er drückte den grünen Wählknopf.

Betrachtete das Bild auf dem Display.

Nichts geschah.

Er drückte immer wieder. Aber der Lastwagen stand unverändert da. Kein Lichtschein blendete ihn, kein glühend heißes Thermit regnete auf die Waffen herab.

Die einzige Veränderung war, dass sich John Broncks der Kamera näherte und hineinschaute.

»Sie müssen sich entscheiden, Leo. Ihre Brüder oder Sie.«

»Leo?«

Ein Blindgänger.

»Leo, verdammt, was soll das?«

Die Bombe hätte hochgehen müssen. Die chemische Reaktion von Aluminium und Eisenoxid hätte genug Hitze erzeugen müssen, um die falsche Spur zu beseitigen.

Irgendetwas war komplett schiefgegangen.

»Du, Leo? Wir wollten bis zum Ablegen der Fähre hierbleiben.«

Sam holte ihn kurz hinter der Tür ein.

»Ich muss da hinfahren, Sam.«

Beide hatten die Bilder gesehen, und Leo brauchte Sam nichts zu erklären.

»Ich muss hinfahren und die Bombe manuell auslösen.«

Mama hatte gewollt, dass die Bande rissen. Er hatte sich verabschiedet, und trotzdem waren die Bande nicht gerissen.

Sie würden nie reißen.

»Sonst landen meine Brüder lebenslänglich hinter Gittern.«

»Du kannst jetzt nicht weg!«

»Noch ist genug Zeit.«

»Mir ist klar, was *mein* verdammter Bruder vorhat. Er will dich mit den Waffen kriegen, wenn du dich gerade mit der Kohle vom Raubüberfall des Jahrhunderts aus dem Staub machst. Klar, dass er deine Brüder als Druckmittel einsetzt. Wenn du jetzt fährst, Leo, geht alles zum Teufel, und du kommst nicht zurück!«

Leo schaute an Sams breiten Schultern vorbei ins Hotelzimmer. Auf dem Tisch lag, was er brauchte.

»Du hast recht, Sam.«

Einige rasche Schritte. Er nahm Ticket und Pistole.

»Du gehst sobald wie möglich an Bord. Ich verspreche dir zurückzukommen und an die Tür der Kabine zu klopfen.«

Er ging. Sam versuchte nicht mehr, ihn aufzuhalten. Im Flur drehte Leo sich nochmal um, weil er das Gefühl hatte, noch etwas sagen zu müssen.

»Sam?«

»Ja?«

»Es tut mir leid, aber ich kann dir nicht garantieren, dass dein Bruder hinterher noch lebt.«

Sobald Leo den verlassenen Hof vom Weg aus sehen konnte, hielt er an, um die Kameras zu überprüfen. Kamera A an der Zufahrt zeigte nichts Bemerkenswertes. Ganz offenbar war keine Verstärkung eingetroffen. Das Bild von Kamera B in der Scheune war schwarz. Broncks hatte die Webcam entweder abmontiert oder abgedeckt. In dem Augenblick, in dem Broncks Vincent vorgeführt hatte, hatte Leo seinen Vorsprung verloren.

Er stieg aus, um das letzte Stück zu Fuß zu gehen. Er näherte sich der Scheune von hinten, um sicherzugehen, dass auch aus dieser Richtung keine Verstärkung eingetroffen war.

Er würde die Vergangenheit zerstören.

Damit die Vergangenheit nicht die Zukunft seiner beiden Brüder zerstörte.

Die letzten Schritte führten auf den Teil der Scheune zu, der weder Türen noch Fenster aufwies. Inzwischen war er überzeugt davon, dass Broncks auf eigene Faust handelte, und zwar nicht nur, weil keiner von seinen Kollegen aufgetaucht war, sondern auch weil die Polizeiführung nie erlaubt hätte, seinen Bruder als Druckmittel zu verwenden, um ihn festnehmen zu können.

Es war ganz still. Er legte sein Ohr an die Holzwand. Auch drinnen war es ganz still.

Dieser Einsatz war zu hundert Prozent John Broncks' eigene Idee. Leo war überzeugt davon, dass er allein, Mann gegen Mann sogar ohne Waffen siegen würde. Aber da Vincent Broncks' Lebensversicherung darstellte und die Bombe manuell ausgelöst werden musste, damit es keine Spuren gab, war der Ausgang ungewisser, als er Sam vermittelt hatte. Außerdem näherte sich langsam, aber sicher die Abfahrtszeit der Fähre, und er hatte keine Muße, um weitere Pläne zu schmieden. Er ging um die Scheune herum und öffnete die Seitentür.

»Jetzt bin ich da, Broncks.«

Drinnen sah es genauso aus wie beim letzten Mal, als er die Scheune verlassen hatte, damals noch in dem Glauben, es sei sein letzter Besuch. Eine riesige Halle mit einem Heuboden an einem Ende und einem Kleinlaster in der Mitte.

»Ich warte hier – hinter dem Lastwagen«, erklang die Stimme des Bullen.

Leo griff nach der Pistole, die er unter der Jacke im Hosenbund stecken hatte. Während er langsam weiterging, schnitt die Mündung in seine Haut.

»Wo ist mein Bruder, verdammt?«

»Wenn Sie um den Laster herumgehen, sehen Sie ihn.«

Sein Blick fiel zuerst auf Broncks. Er saß auf dem Klappstuhl, auf dem er selbst die Bombe gebastelt hatte. Leo ging ein paar Meter weiter und um die Fahrerkabine herum. Vincent stand reglos neben der Beifahrertür. Er war mit der Rechten an den Türgriff des Lasters gefesselt.

An die Beweise, die Leo zerstören wollte.

»Tun Sie einfach, was ich sage, dann geht alles glatt.«

Broncks' Stimme wirkte völlig entspannt. Einstweilen hatte er noch die Oberhand. Vincent starrte auf die ramponierten Bohlen der Scheune. Er wich dem Blick seines Bruders aus und ließ keinerlei Gefühle erkennen.

»Legen Sie Ihre Hände hinter den Kopf, Duvnjac, und kommen Sie dann langsam auf mich zu.«

Der Scheißbulle hielt seine Dienstwaffe in der Hand und über den Kopf erhoben. Eine deutliche Geste. Er wollte seinem Besucher vermitteln, dass er nichts Unüberlegtes tun sollte.

»Vincent, alles klar?«

Leo suchte den Blick seines jüngeren Bruders, bis dieser schließlich aufsah.

»Gleich hast du es hinter dir.«

Resignation und Wut waren in Vincents Augen zu lesen und hinderten ihn am Reden. Wut, nicht Angst.

»Versprochen, Vincent.«

Dann wandte sich Leo wieder an Broncks.

»Und wie soll das Ganze Ihrer Meinung nach ablaufen?«

Während er auf die Antwort wartete, betrachtete er seinen kleinen Bruder und den Laster vorsichtig von der Seite. Die Handschellen ließen sich ohne Werkzeug nicht kappen, der Türgriff jedoch würde relativ mühelos zu entfernen sein.

Er suchte nach einem Schwachpunkt, der eine neue Möglichkeit eröffnen konnte.

»Sie haben mir versprochen, dass mein kleiner Bruder davonkommt. Können Sie mir das garantieren, Broncks?«

Wortlos richtete der Polizist seine Pistole auf Leos Brustkorb.

»Broncks, verdammt … wollen Sie mich erschießen? Dann müssen Sie Vincent auch erschießen. Es ist ja schon so einiges passiert, was Sie kaum erklären können. Legen Sie etwa Wert auf zwei weitere Leichen?«

John Broncks lächelte, als er aus seiner Jackentasche ein weiteres Paar Handschellen zog.

»Hier wird niemand erschossen, sofern Sie so nett sind, sich diese Handschellen am rechten Handgelenk anzulegen.«

Er warf sie in einem weiten Bogen durch die Luft.

»Die andere Seite befestigen Sie dann an dem Türgriff, an dem auch Vincent steht.«

Zwei Brüder, die an einen Laster mit einem Blindgänger gekettet waren. Ein einziger elektrischer Impuls war nötig, und alles würde brennen. Sie auch.

»Falls Sie mich lebend wollen, Broncks …«

Leo ließ die Handschellen zu Boden fallen.

»… dann lassen Sie meinen Bruder laufen und erklären mir, wie Sie es anstellen wollen, ihn aus der Ermittlung rauszuhalten.«

John Broncks ging ein paar Schritte auf Vincent zu.

»Sobald Sie angekettet sind, lasse ich ihn frei. Er kann nicht sofort gehen, denn er muss mir erst noch dabei helfen, sämtliche Waffen abzuladen und abzuwischen, Lauf, Kolben und Abzug. Auf der letzten Waffe werden sich dann nur noch Ihre Abdrücke finden. Ich gebe Ihnen mein Wort, Duvnjac.«

»Ihr … *Wort*?«

»Mein Wort. Und meinen Bruder. Nicht wahr? Sie wissen, dass ich allein hier bin. Sie wissen auch, warum. Weil ich bis zum Schluss geglaubt habe, ich könnte Sam daran hindern, mit Ihnen gemeinsame Sache zu machen. Nur deswegen habe ich eine Menge Dienstvergehen begangen.«

»Sie meinen, Fehler?«

»Nennen Sie es, wie Sie wollen.«

»Diese Fehler können Sie Ihren Job kosten, und Sie wollen sie jetzt gegen meinen kleinen Bruder eintauschen? Mein Schweigen gegen Ihr Schweigen?«

Leo hob die Handschellen auf.

»Finden Sie das gerecht, Broncks? Dass ich lebenslänglich bekomme und Sie Ihre Arbeit behalten dürfen?«

Er warf John Broncks die Handschellen zurück, aber nicht in einem Bogen, sondern in gerader Linie und als Geschoss ins Gesicht. Automatisch hob Broncks die Hände. Das war die Chance, auf die Leo seit Betreten der Scheune gewartet hatte.

Er warf sich nach vorn, um die Beine des Polizisten zu packen. Er wollte den Mann, der gerade seinen Fluchtplan vereitelte, zu Boden reißen und gleichzeitig unter der Schusslinie wegtauchen.

Alle Bewegungen ergaben sich von selbst.

Er schlug dem Polizisten die Waffe aus der Hand und knallte ihn dann mit dem Kopf auf die Dielen, bis er das Bewusstsein verlor. Dann stand er auf, zog seine eigene Pistole und drückte sie dem bewusstlosen Broncks an die Stirn.

Er hatte einen Beschluss gefasst. Er würde schießen.

»Nein!«

Wie ein Kettenhund zerrte Vincent an der Tür. Die Handschellen klapperten.

»Hör auf, verdammt!«

»Er muss weg, Vincent! Er wird nie aufhören. Nie! *Seinetwegen* werde ich nicht lebenslänglich hinter Gitter wandern.«

Vincent zerrte, um seinem Bruder in den Arm zu fallen.

»Leo, es ist egal, was du tust! *Wir* müssen es immer ausbaden! Felix, Mama und ich und sogar Ivan! Was du getan hast, lässt sich nicht dadurch auslöschen, dass du vor deinen Taten davonläufst. Denn dann erwischt es uns, hast du das immer noch nicht begriffen? Du schießt nicht! Denn dann würdest du mich zwingen, dein Komplize zu werden, und ich mache nicht mehr mit!«

Vincent zerrte so fest an dem Türgriff, dass der Kleinlaster schaukelte.

»Hör auf, Vincent, ich habe noch nie jemanden zu etwas gezwungen.«

»Wir sind in derselben verdammten Familie zur Welt gekommen! Uns hat auch niemand gezwungen! Niemand!«

Tränen liefen Vincent die Wangen herunter.

»Ich versuche doch einfach nur, den ganzen Scheiß abzuwaschen, kapierst du das denn nicht? Aber diese Sache hier lässt sich nicht mehr abwaschen. Nicht, wenn du ihn erschießt.«

Sein kleiner Bruder zerrte an der Kette, kam aber nicht los.

Da pflanzte sich die Vibration zu einer kleinen Batterie und zwei mit ihr verbundenen Kabeln fort.

Ein Anruf und ein Relais hätten diese Kabel verbinden sollen, was aus irgendeinem Grund nicht funktioniert hatte. Dafür sorgten nun Vincents Wut und Trauer und sein Zerren an der Kette.

Leo hörte nicht das Aufglühen des Drahts, der die Thermitmischung aus Eisenoxid und Aluminium auf dem Dach erhitzte. Doch das weiße, blendende Licht ließ die Plane innerhalb weniger Sekunden verdampfen. Das zischende Geräusch wurde stärker, während weißgelbes Feuer auf den Waffenberg herabregnete.

Er warf sich beiseite. Ein Hitzetsunami schlug ihm entgegen.

Nach der ersten Welle schaute er hoch.

Schwer und reglos hing Vincent da, festgekettet am Türgriff. Wie ein Behältnis voller Organe, zu nichts mehr nütze.

Die Wärme nahm ebenso schnell ab, wie sie entstanden war. Zwischen den Waffenteilen auf der Ladefläche zischte es noch.

Er suchte den Boden der Scheune mit den Augen ab. Unter dem Arbeitstisch lag ein Metallgegenstand, der sicher einmal ein wichtiger Bestandteil von irgendetwas gewesen war. So mühelos, wie er vermutet hatte, brach er den Türgriff ab und trug seinen kleinen Bruder aus der Scheune.

Vincents warme Haut. Die Finger waren nass und klebrig.

Vorsichtig legte Leo seinen Bruder ins Gras und suchte nach Lebenszeichen. Vincents Nacken war weich, wie gekocht.

Dann hörte er den Knall.

Das Thermit war bis zum Benzintank vorgedrungen, ein weniger intensiver Lichtblitz und ein schwächeres Feuer, aber der Lärm nahm zu.

Deswegen hörte er auch nicht die Schritte, bevor er aus dem Augenwinkel eine Hand sah, die hinter ihm gehoben wurde.

Es war John Broncks' Hand mit einer Pistole.

Der Kolben traf seinen Hinterkopf.

Er spürte nichts.

Von einer Sekunde zur nächsten wurde aus wütendem Feuer gedämpfte Dunkelheit.

Der goldene Faden

Der Korridor der Schule erinnert an den des Krankenhauses, der zu Mamas Zimmer und ihrem Krankenbett führt. Daran hat er noch nie gedacht. Das kalte Licht, der gebohnerte Fußboden und die gleichmäßig widerhallenden Schritte, insbesondere die des stellvertretenden Rektors, die sich wichtig nehmen. Er trägt den Spitznamen Mönch und ist eigentlich Lehrer in Werken. Er ist unnachgiebig und streng, und er trägt den grauen Haarkranz eines Mönchs. Ansonsten ist sein Schädel kahl.

Leo fand ihn eigentlich immer ganz okay, was daran liegen mag, dass er in Werken immer die beste Note bekommt. In Werken und in Englisch. Beim Elterngespräch mit dem Mönch ist immer davon die Rede, dass Leo manuell geschickt ist und kreative Problemlösungsstrategien entwickelt. Das hört Leo gern. Der Mönch ist der einzige Lehrer, den er nicht enttäuschen will.

Allerdings wird ihm das heute wohl kaum erspart bleiben. Der Mönch hat während der Physikstunde an die Tür des Klassenzimmers geklopft und Leo Duvnjac gebeten mitzukommen, weil jemand auf ihn warte. Bestimmt ist dem Mönch klar, dass nur einer seiner Schüler ein so geschickter Problemlöser ist, dass er mit Hammer und Stemmeisen in das Pausenzimmer der Schule einbrechen kann, um die Kasse zu stehlen.

Jeder Schritt hallt wider. Das ist gut, denn sie schweigen beide, und es ist so still, wie es in einer Schule nur sein kann, wenn überall Unterricht ist. Sie nähern sich dem Pausenzimmer.

Dort sitzt ein Polizist und wartet auf ihn.

Leo hat sie bereits am Morgen gesehen, zwei Bullen in Uniform, die ein Fenster im Aufenthaltsraum untersucht haben. Als er beim Mittagessen dort vorbeiging, sah er, wie der Hausmeister das Schloss des Vorratsraums auswechselte und den gesprungenen Türrahmen durch einen aus Metall ersetzte. Die Tür würde sich jetzt nicht mehr aufhebeln lassen. Die Horterzieherin hatte einen Zettel aufgehängt, dass das Café wegen eines Einbruchs geschlossen sei.

Wie zum Teufel können sie wissen, dass ich das war?

Der Mann sitzt an einem der langen Tische ganz hinten im Aufenthaltsraum. Er trägt einen grauen Anzug und dazu einen blauen Schlips. Auf seinen Knien steht eine geöffnete Aktentasche. Keine Uniform. Leo ist dieser Sorte früher schon begegnet. Sie haben damals wegen der Brandstiftung ermittelt und Papa eingesperrt. So sehen Kommissare und Inspektoren aus.

Felix! Das Schwein muss ihn verpfiffen haben.

»Ich habe mit Agnetha gesprochen.«

Der Anzugmann hält ihm eine magere Hand hin.

»Sie hat mir verraten, dass ich dich hier finden kann, obwohl ihr ja alle drei freibekommen habt. Ich heiße Per Lindh und bin Rechtsanwalt.«

Brauche ich einen Anwalt?

»Das kann ich mir nicht leisten.«

»Wie bitte?«

»Einen Anwalt.«

»Darüber brauchst du dir nicht den Kopf zu zerbrechen. Der Staat bezahlt mich dafür, deinen Vater zu vertreten.«

Papas Anwalt? Also nicht meiner?

Also hat Felix den Mund gehalten.

»Ich lasse dich hier bei Herrn Lindh, Leo«, erklärt der Mönch. »Dann könnt ihr euch ungestört unterhalten. Anschließend solltest du vielleicht nach Hause zu deinen kleinen Brüdern gehen. Nach allem, was passiert ist, brauchst du nicht zur Schule zu gehen. Jedenfalls nicht diese Woche. Okay?«

Leo nickt, und der Mönch verschwindet mit lauten Schritten.

»Dein Papa hat mich gebeten, dich aufzusuchen.«

Sie sind allein in dem großen Aufenthaltsraum und sitzen sich an einem der Tische gegenüber, an denen sie in den Pausen immer Karten spielen. Poker. Damit haben sie schon in der Siebten angefangen. Jetzt kommt es ihm hier fast noch einsamer vor als in der Nacht, als sie die Vorräte des Cafés noch nicht geplündert hatten.

»Euer Papa will euch treffen.«

»Uns? Alle drei?«

»Ja. Er hat mich gebeten, dir das auszurichten. Du sollst das Treffen organisieren.«

»Das geht nicht. Felix kommt keinesfalls mit. Und Vincent checkt ohnehin nicht, was eigentlich passiert ist.«

»Und du, Leo?«

Eine Perücke und Zigaretten in einer Tüte unter der Spüle.

»Wirst du ihn besuchen?«

Sie werden dort liegenbleiben, weil ich es Felix versprochen habe.

»Ehrlich gesagt glaube ich, dass er dich treffen will, Leo. Er will dir erklären, warum er es getan hat.«

»Das ist nicht nötig. Ich habe gesehen, was er getan hat, ich war dabei.«

Der Anwalt nickt, wühlt in seiner Aktentasche, als würde er etwas Wichtiges suchen, und findet es nach einer Weile. Es ist ein Paket Kaugummi.

»Willst du?«

Leo schüttelt den Kopf. Per Lindh nimmt zwei und beginnt zu kauen.

»Dein Papa hat detailliert ausgesagt, was geschehen ist, als er zu euch nach Hause kam, und dass es gut war, dass du da warst, Leo.«

»Ich bin dazwischengegangen.«

»Ich glaube, dass er dir das sagen will, damit du das weißt.«

»Ich habe ihr das Leben gerettet.«

»Wenn du willst, dass er dir das sagt, dann darfst du keine Zeit verlieren, weil dein Papa bald in ein anderes Untersuchungsgefängnis in einer anderen Stadt verlegt wird.«

Die Polizeiwache in Falun hat die Form eines halben Hufeisens und ist schwarz. Das Innere erinnert ihn ans Krankenhaus und an die Schule, da alle öffentlichen Einrichtungen gleich aussehen. Auch die Akustik und die Gerüche sind gleich. In ihnen herrschen dieselbe Temperatur und derselbe verdammte Luftdruck. Das ist wertloses Wissen, für das er nie eine Eins bekommen wird, aber das hat er in diesen Tagen gelernt.

Lange gebohnerte Korridore. Graue Türen.

Nur dass die Kleider der Angestellten, die Krankenhauskittel und die Sakkos und Blusen in der Schule hier Uniformen gewichen sind. Schwarzen Uniformen. Nachdem man ihn durch das gesamte Gebäude zum Zellentrakt eskortiert hat, stellt Leo fest, dass es vollkommen still ist. Aus den Zellen ist kein Laut zu hören. Das Besucherzimmer, in das ihn eine freundliche Gefängniswärterin begleitet, ist ebenfalls geräuschisoliert.

Eigentlich gefallen ihm Zimmer, in denen er sich verstecken kann. Dort kann er sich vor der Welt abschotten, wenn er selbst es will und braucht.

Aber hier ist es anders. Jemand hat von außen abgeschlossen. Er muss auf einen roten Knopf drücken, wenn er aufs Klo muss. Das hat ihm die Angestellte erklärt, ehe sie den Schlüssel umgedreht hat. Andere diktieren die Bedingungen in diesem verschlossenen Raum, nicht er selbst.

Ein kleines Zimmer wird dann besonders klein, wenn du es dir nicht selbst ausgesucht hast.

Leo hat auch früher schon in Besucherzimmern gewartet. Vor der Strafe für die Brandstiftung hat sein Vater bereits zweimal eingesessen, wegen schwerer Körperverletzung von irgendwelchen Leuten außerhalb der Familie. Er hat ihn jedes Mal besucht, aber nie schon in der Untersuchungshaft. Das fällt ihm jetzt auf, weil der Unterschied beträchtlich ist. Das Untersuchungsgefängnis ist düsterer und klaustrophobischer. Dieses Zimmer ist zu klein, die Farbe blättert von den Wänden, und an der Decke hängt eine nackte Leuchtstoffröhre. Vermutlich kommt ihm deswegen alles so anders vor. Oder besteht der Unterschied womöglich darin, dass hier noch niemand verurteilt ist? Dass die Eingesperrten noch hoffen können? Dass sie sich deswegen noch stärker nach draußen sehnen? Das könnte dieses Gefühl erzeugen, dass alles hässlich und eng ist. In einem Gefängnis herrschen klare Verhältnisse. Es geht darum, sich anzupassen und alles zu ertragen, damit die Zeit vergeht.

Zwei Plastikstühle, ein Holztisch und eine Tür mit einem großen Fenster, Panzerglas, durch das die Wärter hineinschauen können. Er kann auch die Gefängniswärter dort draußen sehen, ohne sie zu hören. Die Geräusche bleiben draußen. Deswegen hört er auch nicht die Schritte, die ihm so vertraut sind, Papas Schritte vor denen des Wärters.

Frisch rasiert. Ein Blick klar wie Wasser. So sah er früher manchmal aus, wenn alles gut war und er Mama versprochen hatte, weder zu trinken noch sich zu prügeln.

Er riecht nach Seife.

Aber in seinem klaren Blick verbirgt sich Trauer. Papa kann traurig aussehen, ohne deswegen kleiner zu wirken. Die meisten anderen Leute sinken in sich zusammen. Jetzt betrachtet er seinen Sohn, der bereits Platz genommen hat. Er lächelt. Das ist irgendwie falsch, denn das passt nicht in diese enge Zelle.

»Wo steckt Vincent?«

Papa trägt eine blaue Hose und ein weißes T-Shirt mit zu langen Ärmeln. Dazu irgendwelche Schlappen, obwohl er sonst immer nur braune Halbschuhe trägt.

»Leo, wo ist dein jüngster Bruder?«

Obwohl Leo mit dem Anwalt vereinbart hat, allein zu kommen, hat er gehofft, dass es ihm erspart bleiben würde. Er hat einen Versuch unternommen, seine beiden kleinen Brüder zu überreden. Erst Vincent, der seine Frage nicht einmal beantwortet, sondern sich einfach wieder ins Bett gelegt und an die Wand gestarrt hat.

»Er wollte nicht mit.«

»Und Felix?«

Felix hat erstaunlich besonnen erklärt, dass er jederzeit gern zu Mama ins Krankenhaus mitkäme, aber keinesfalls zu Papa. Leo hat nicht darauf bestanden. Er kann ihn gut verstehen.

»Er … du weißt doch, wie Felix manchmal ist.«

Papa schaut weg, irgendwohin, als wäre er immer noch zu Hause.

»Ich habe Vincent nicht gesehen, als ich reingekommen bin.«

»Er stand hinter mir. Als ich dazwischenging, hat er sich mit Mamas Verbandskasten aus dem Staub gemacht.«

»Was wollte er denn mit dem Verbandskasten?«

»Er hat sich damit in seinem Zimmer eingeschlossen.«

Zur Trauer in Papas Blick gesellt sich Scham. Die Scham, die Papa empfindet, wenn er zugeschlagen hat und seinen Fehler einsieht. Die Zelle wird noch kleiner. Papa, er und die Scham haben kaum noch Platz darin. Er bekommt keine Luft mehr. Die Metalltür schließt dicht. Er war mit seinem Vater noch nie in einem Raum eingeschlossen, in dem es keine Luft gab. Er will sich daran erinnern, wie es sich anfühlt, damit er nie wieder mit ihm in diese Situation gerät.

»Gibt es nicht … ein anderes Zimmer, in dem wir miteinander reden können? Irgendwas Größeres? Es ist so …«

»Bislang hatte ich keinen Besuch, ich weiß es nicht. Und meine eigene Fünfquadratmeterzelle hat nicht mal ein Fenster.«

Plötzlich lehnt sich Papa vor und legt ihm eine Hand auf die Schulter.

Leo zuckt zusammen, ohne recht zu verstehen, warum.

Papa merkt es und nimmt sofort die Hand weg. Leo tut es leid, er wollte nicht zusammenzucken.

»Eingesperrt sein, Leo, ist nicht schlimm … Schlimm ist nur, hier drinnen eingesperrt zu sein.«

Sein Vater legt sich die Hand auf die Brust.

»Ich musste das tun. Verstehst du, warum ich zu dir, deinen Brüdern und … eurer Mama nach Hause gekommen bin?«

»Nein, das verstehe ich nicht. Ich habe gesehen, dass du reingekommen bist und sie totschlagen wolltest.«

Rein instinktiv würde sein Vater ihn jetzt voller Wut angreifen. Davon ist Leo überzeugt. Denn obwohl er nüchtern ist, schiebt er das Kinn vor und starrt ihn mit diesem Blick an, der einem durch und durch geht.

»Ich dachte, das ist der Grund, weshalb ich herkommen soll, Papa. Das hat zumindest dein Anwalt gesagt.«

Papa fällt nicht über ihn her. Er entspannt sich wieder, fährt sich mit den Fingern durch seine Elvistolle und sieht seinen Sohn nachsichtig an.

»Du begreifst also nicht, warum ich das tun musste?«

Er steht von dem wackligen Stuhl auf, der sein Gewicht kaum aushält, tritt an die Tür und betrachtet durch das Fenster die blauen Hemden der Gefängniswärter. Einen Augenblick lang hat es den Anschein, als würde er überlegen, ob er lieber das Fenster einschlagen oder den roten Knopf drücken soll, damit die Wache kommt.

»Folgendermaßen, Leo.«

Weder zerschlägt er das Panzerglas, noch drückt er auf den Knopf.

»Weißt du, wie man einen Teppich webt, mein Sohn? Nicht diesen Billigschrott von IKEA, sondern einen echten?«

Mit der Hand deutet er auf einen unsichtbaren Webstuhl.

»Du schiebst einen Faden nach dem anderen ins Gewebe und drückst ihn an die anderen Fäden.«

Ein Teppich? Wovon redet er eigentlich? Er riecht nach Seife und nicht nach Alkohol.

»Jeder Tag, Leo, ist ein neuer Faden, den du in deinen Lebensteppich webst.«

Jetzt nimmt er wieder am Tisch Platz.

»Dreihundertfünfundsechzig Fäden, tagaus, tagein und jahraus, jahrein.«

Er illustriert seine Schilderung mit ausladenden Armbewegungen. Er zieht den Schussfaden zwischen den Kettfäden hindurch und drückt ihn mit dem Webkamm an.

»Oft ist dieser Faden grau, denn es passiert nichts. Du isst nur und schläfst. Aber manchmal, Leo, ist er rot oder grün, wenn du etwas unternimmst, was dir gefällt. Und manchmal, wie an dem Tag, an dem ich zu euch nach Hause gekommen bin, ist dieser Faden so schwarz wie eine verdammte Bibel.«

Leo beobachtet seinen Vater. Er spricht oft so. Nicht nur seine Stimme klingt dann bombastisch, seine Worte sind es auch. Solange Leo sich erinnern kann, hat sein Vater versucht zu erklären, was Zusammenhalt ist und dass sie als Familie einen eigenen Klan bilden. Er hat von den Wildgänsen erzählt, die erst davonfliegen, es dann aber bereuen und zu ihrer Familie zurückkehren. Er hat von Kosaken erzählt, die den Bärentanz tanzen und ganze Armeen besiegen, von dünnen Stöcken, die sich nicht brechen lassen, wenn man sie zusammendrückt … Und Leo hat gelernt, ein interessiertes Gesicht zu machen, ohne zuzuhören. Jetzt geht das nicht. Jetzt ist Papa nüchtern und lallt nicht. Seine Stimme fesselt ihn.

»Bisweilen webst du in deinen Lebensteppich auch einen goldenen Faden ein. Kurz bevor du stirbst, siehst du den ganzen Teppich vor dir, das Muster aus verschiedenfarbigen Fäden. Stell dir Hitlers Teppich vor, Leo. Schwarz wie die Nacht! Und den von Mutter Teresa, ein funkelnder Teppich aus purem Gold! Andere Teppiche sehen eher aus wie unsere, sie sind überwiegend grau, mit etwas Grün, Rot und Schwarz. Und hier und da blitzt ein kleiner goldener Faden auf.«

Jetzt schlägt er sich wieder auf die Brust.

»Du weißt doch, dass das Leben manchmal schwer ist.«

Demonstrativ hat sich Leo zurückgelehnt, um so viel Abstand wie möglich zu gewinnen, seit ihm sein Vater die Hand auf die Schulter gelegt hat. Jetzt beugt er sich vor, ohne es selbst zu merken.

»Aber gibt es an manchen Tagen nicht auch zwei verschiedene Fäden, die nebeneinander verlaufen, Papa? Oder sich sogar zu einem einzigen verbinden?«

Während er weiterspricht, stützt er wie sein Vater die Ellbogen auf den Tisch.

»Was du mit Mama gemacht hast, war wirklich ein schwarzer Faden. Vielleicht hatte aber mein Faden gleichzeitig auch etwas Gold in sich. Als ich … na ja, sie haben gesagt, wenn ich nicht zu Hause gewesen wäre, dann wäre sie jetzt tot.«

Ein seltsames Lächeln, das er nicht versteht und das nicht in die Zelle passt.

»Leo?«

»Ja?«

»Bring unsere Teppiche jetzt nicht durcheinander.«

Leo weicht zurück. Es war keine gute Idee, seinem Vater so nahe zu kommen. Die Zelle wird noch kleiner.

»Wenn ich deine Mutter hätte töten wollen, hätte ich es getan.«

Wenn er sitzengeblieben wäre, dann wäre es so gekommen wie mit Mamas Gesicht.

»Verstehst du das, Leo? Ich war gezwungen, das zu tun, hatte mich aber unter Kontrolle.«

Wie Schläge. So fühlt es sich an.

»Glaubst du im Ernst, Leo, dass ich eure Mutter vor euren Augen totschlagen würde? Hast du mir nie zugehört?«

Doch. Ich habe dir zugehört.

Dein verdammter Teppich ist mir scheißegal, und deine verdammten Fäden sind es auch.

Ich habe an deinen verdammten Schultern gehangen, damit du nicht weiter zuschlagen konntest.

»Letzte Nacht … waren Felix und ich in der Schule. Wir hatten einen großen Müllsack dabei und haben ihn gefüllt.«

Wie Schläge, die wehtaten, aber er war stehengeblieben.

»Wir haben eine Geldkassette mitgehen lassen.«

Jetzt teilt er die Schläge aus. Er schlägt zurück. Das seltsame Lächeln ist verschwunden.

»Ich habe sie aufgebrochen, als wir wieder zu Hause waren. Es waren lauter Münzen drin. Und ein paar Scheine.«

Mama ist wütend geworden.

Aber Papa lässt sich nichts anmerken und sagt auch nichts, sondern tritt an die Panzerglasscheibe und schaut hinaus.

»Lauter Münzen, sagst du, und ein paar Scheine?«

»Ja.«

»Hat euch … jemand gesehen?«

»Was denkst du denn? Ich hab das im Griff.«

Der rote Knopf an der Wand. Papa streckt die Hand aus und drückt.

»Geh jetzt nach Hause zu deinen Brüdern.«

Das tun die Gefangenen, wenn sie wollen, dass die Wärter sie zurück in ihre Zellen bringen.

Wenn sie nicht mehr reden wollen.

»Mama will, dass ich alles wieder zurückgebe. Alles, Papa.«

Die Metalltür wird geöffnet. Zwei Wärter in blauen Hemden. Papa gleitet zwischen ihnen in seinen leisen Pantoffeln davon.

Es wird still.

Da bleibt er stehen und dreht sich nochmal um.

»Leo?«

»Ja?«

»Wenn dich niemand gesehen hat, weiß niemand davon.«

Er war in seinem ganzen Leben bei einer einzigen Trauerfeier, und als er aus der Kirche kam, fühlte er sich genauso wie jetzt, als er das halbrunde Gebäude der Polizeiwache verlässt. Er holt tief Luft, und ihm ist schwindlig. Er lebt, das ist etwas anderes als Särge und schwarze Fäden.

Wenn ich deine Mutter hätte töten wollen, hätte ich es getan.

Was meint er? Bedeutet es denn gar nichts, dass er dazwischengegangen ist und ihn gezwungen hat, mit den Schlägen aufzuhören?

Wenn dich niemand gesehen hat, weiß niemand davon.

War es etwa gut, dass er Fenster, Tür, Schrank und Geldkassette nur mit einem Schraubendreher, einem Stemmeisen und einem Hammer geöffnet hatte? Als hätte ihm Papa erst etwas weggenommen, es dann bereut und ihm dafür etwas anderes zurückgegeben.

Langsam geht Leo den Bürgersteig entlang, als seine Beine plötzlich von selbst zu rennen beginnen. Erst über die Brücke über den Fluss, der durch Falun fließt und jedes Frühjahr während der Schneeschmelze über seine Ufer tritt.

Geben? Oder nehmen? Ein goldener Faden oder ein schwarzer Faden?

Er rennt schneller. Es ist ihm scheißegal, was für ein Faden. Er hat beschlossen, nicht so zu werden wie sein Vater. Er will besser werden als Papa. Er will es nicht nötig haben, in eine enge Zelle zu flüchten, weil er sich nicht traut, in seinem eigenen Körper zu bleiben.

Auf der anderen Seite der Brücke liegen die Geschäfte. Er rennt an der Bücherei vorbei und Richtung Fußgängerzone, wo es eine H&M-Filiale gibt. Im mittleren Schaufenster steht eine Schaufensterpuppe mit einer grauen Jacke.

Perücke und Zigaretten hat er schon. Jetzt wird er den Rest besorgen.

Er betritt den Laden und fährt mit der Rolltreppe in die Herrenabteilung. Die Jacke hängt ganz hinten an einem Ständer mit einem Schild, auf dem »Modische Herbstjacken« steht. Es gibt noch sechs Stück. Er nimmt die letzte in XL. Hellgrau mit Kapuze, genau wie im Schaufenster. Kein Hoodie, sondern eine richtige Stoffjacke für Leute, die im Wald Pilze pflücken und wegen des Nieselregens eine Kapuze aufsetzen, während sie in der Ferne auf die Schüsse der Elchjagd lauschen. Er geht an der freien Umkleidekabine vorbei, denn die Jacke passt ihm ohnehin nicht. Dann legt er sie auf den Kassentisch und sieht der Verkäuferin zu, wie sie die Ärmel zusammenlegt.

»Du hast schon gesehen, dass das XL ist? Das Modell fällt ziemlich groß aus und sitzt nicht unbedingt so, wie man es sich vorstellt.«

Sie ist nicht besonders alt. Er tippt auf fünfundzwanzig. Mit durchdringendem Blick begutachtet sie seine schmalen Schultern und seinen schlaksigen Körper.

»Ich weiß. Die Jacke ist ein Geschenk.«

Sie hat ein schönes Lächeln.

»Ach so. Soll ich sie dir einpacken?«

»Einpacken?«

»Ich meine, als Geschenk. Ich freue mich immer, wenn meine Geschenke eingepackt sind.«

»Ja … bitte.«

Er betrachtet ihre Finger, mit denen sie das blau schimmernde

Band kräuselt. Das Papier hat denselben roten Farbton wie ihr Nagellack.

»Das macht 99 Kronen und 50 Öre.«

Er nickt. Hat er sie überzeugt? Dann kommt er zu dem Schluss, dass das eigentlich egal ist, denn er wird die Jacke ohnehin umfärben und mit Watte polstern.

Die Verkäuferin schiebt das Paket in eine Plastiktüte, und er zahlt mit dem Geld, das in einer anderen Plastiktüte liegt, der tennisballgroßen in seiner Hosentasche. Er reicht der Verkäuferin zwei Hände voller Kronenmünzen, und sie lächelt ihn wieder ganz lieb an.

»Aus der Spardose?«

»Genau, aus der Spardose.«

Er kniet vor der Badewanne und taucht eine Hand ins lauwarme Wasser.

Von H&M ist er zum Kurzwarenladen in der Holmgatan gegangen. Er hat erklärt, er brauche Polsterwatte für seine Mutter. Drei Meter. Außerdem Textilfarbe. Dunkelgrün. Er hat mit weiteren Einkronenmünzen gezahlt, den letzten aus den Parkuhren.

Leo rührt im lauwarmen Wasser. Seine Hände stecken in Mamas Gummihandschuhen, die sie verwendet, um beim Putzen oder Spülen keinen Ausschlag zu bekommen. Ihn würde ein Ausschlag nicht kümmern, aber er will keine Farbe an die Hände bekommen, die sich nicht abwaschen lässt und leicht wiederzuerkennen ist. Er rührt mit der Hand wie mit dem Holzlöffel im Grießbrei, bis sich das Farbpulver ganz aufgelöst hat. In der Gebrauchsanleitung steht, dass man in der Waschmaschine färben soll, damit sich die Farbe gleichmäßig verteilt, aber darauf kommt es ihm nicht an, die Jacke soll schmutzig wirken. Also kippt er den Inhalt des Glases ganz in die Wanne und legt dann die hellgraue Jacke hinein. Er scheuert die Ärmel aneinander, damit der Stoff fleckig wird. Als er genug Farbe aufgesaugt hat, spült er die Jacke unter dem Wasserhahn durch und wringt sie dann wie ein nasses Handtuch aus. Anschließend hängt er sie auf einen Bügel und beginnt, sie trockenzuföhnen.

»Was machst du, Leo? Was für ein verdammter Lärm. Stell den Föhn ab!«

Felix steht an der geöffneten Badezimmertür.

»Ich kann den Ton vom Fernseher nicht hören.«

»Der Fernseher ist egal. Hol die Landkarte.«

»Was für eine Landkarte?«

»Deine. Dieselbe wie letztes Mal. Hol sie einfach.«

Felix holt sie, und Leo stellt endlich den Föhn ab. Dann breitet er auf dem Klodeckel die Landkarte aus, die die Wirklichkeit im Maßstab 1:5000 wiedergibt, und betrachtet sie eingehend.

»Was machst du da?«

»Ich schaue mir die Radwege an.«

Felix setzt sich ganz dicht neben seinen großen Bruder. Beim letzten Mal, als sie in Vincents Zimmer saßen, war es um die Radwege beim ICA gegangen. Die *Flucht*wege.

»Du wolltest es doch lassen. Du hast es mir versprochen.«

»Mach dir deswegen keinen Kopf, Felix. Ich kann das auch ohne dich durchziehen.«

»Allein? Gegen Klicken?«

»Felix, weißt du noch, was du gesagt hast? ›Vincent ist eine Mumie, Mama ist im Krankenhaus, und Papa sitzt in Untersuchungshaft. Willst du dich jetzt auch noch festnehmen lassen?‹ Genau deswegen werde ich mich nicht festnehmen lassen, verstehst du? Genau deswegen! Nur wir beide sind noch übrig, und nur wir können das durchziehen.«

»Wir? Ich hab doch gesagt, dass ich da nicht mitmache. Die Idee ist doch voll daneben. Ist sie dir wieder eingefallen, als du Papa besucht hast? Ihr beiden … ihr müsst euch immer irgendeinen Mist ausdenken!«

Plötzlich verlässt Leo das Badezimmer. Die Landkarte lässt er auf dem Klodeckel liegen. Dann kommt er mit einem Kugelschreiber zurück.

»Genau hier.«

Er zeichnet ein Kreuz auf die Landkarte, ganz in der Nähe des Radwegs in dem grünen Feld, das Waldgebiet bedeutet.

»Okay, Felix, du musst nichts tun, was du nicht willst, aber sag nicht, dass das eine Scheißidee ist, denn das ist sie nicht. Ich zieh das durch, egal, was du sagst.«

Er zeichnet eine Linie vom Kreuz zum nächsten Radweg und verlängert sie bis zum Platz mit dem ICA-Laden.

»Wenn du das machst, sag ich es Mama.«

Leo erstarrt. Er wird nicht oft wütend, zumindest nicht auf Felix, aber jetzt ist er es. Wenn er wütend wird, ist es anders als bei Papa. Ihm kommen fast die Tränen, so als wäre er traurig.

»Verdammt, Felix!«

Er brüllt, ohne sich darum zu kümmern, dass Vincent ihn hören kann.

»Wir sind Brüder. Wir verraten uns nie, nie, nie! Das weißt du!«

Felix spürt, dass es ihm ernst ist.

»Okay, ich verrate nichts, aber ich finde immer noch, dass es eine Scheißidee ist.«

Vincent hat sie gehört. Er steht in der Tür und schaut sie an. Er trägt immer noch den Verband. Die schokoladenfleckige Mullbinde am Mund hat sich inzwischen ganz gelöst und hängt herunter. Der mit Filzstift bemalte Verband an den Armen ist noch bunter geworden. Offenbar hat er einen grünen Stift aufgetrieben, denn nun schlängeln sich grüne Blutgefäße kreuz und quer über die Mullbinden.

»Okay. *Er* soll entscheiden, ob meine Idee scheiße ist.«

»Die Mumie, Leo? Soll er das entscheiden?«

»Er ist doch unser kleiner Bruder, natürlich soll er entscheiden.«

Leo legt Vincent eine Hand auf die Schulter, so wie sein Vater in der Zelle es bei ihm gemacht hat, mit dem Unterschied, dass Vincent nicht zusammenzuckt.

»Was meinst du, Vincent? Soll ich Klicken reinlegen oder nicht?«

Der Einbandagierte sieht abwechselnd seine beiden älteren Brüder an, die auf Antwort warten, und sagt dann:

»Ja. Nein.«

Gleichzeitig zieht er am Verband vor seinem Mund. Rauf, runter, rauf, runter.

»Ja. Nein. Ja. Nein. Ja. Nein.«

Bis Felix anfängt, Beifall zu klatschen.

»Du hörst es. Er sagt Nein.«

»Er sagt Ja. Und Nein. Er albert rum.«

Leo nimmt seinen kleinen Bruder in den Arm.

»Vincent, jetzt mal im Ernst. Du darfst nur eine Antwort geben. Soll ich oder soll ich nicht?«

Dieses Mal wartet ihr kleiner Bruder, als würde er sich die Zeit nehmen, um eine fundierte Entscheidung zu treffen. Er packt das Ende des Verbands und zieht es zur Nase hoch.

»Du sollst.«

Jetzt zuckt Felix zusammen.

Jetzt warten sie auf ihn. Sollen sie doch warten!

Dann zuckt er mit den Achseln.

»Dann wissen wir das. Mumien stehen also auf Scheißideen. Aber lass dir eins gesagt sein, Leo. Du musst mir eine neue Landkarte kaufen, denn die hier hast du mit deinem verdammten Kuli und deinen verdammten Kreuzen ruiniert.«

**»Wenn Sie mich anzeigen,
zeige ich Sie an.«**

Auf dem Oberdeck war von dem Dieselgeruch, der in den unteren Decks von großen Fähren zu spüren war, nichts zu merken. Außerdem gab es hier statt Plastikböden Teppichboden. Trotzdem war es sehr eng, und die Karre mit den Reisetaschen knallte gegen die Wände des Korridors und die Lüftungsrohre, als Sam nach Kabine 571 Ausschau hielt. Es schaukelte ganz leicht, obwohl die Fähre im Hafen lag und erst in einer Stunde ablegen würde.

559... 561... 563.

Nur noch wenige Türen, bis er die Schlüsselkarte ins Schloss stecken, die Kabine betreten und die letzte Phase der Flucht einleiten würde.

Jetzt umschloss ihn wieder diese seltsame Ruhe, in der er sich manchmal vollkommen entspannen konnte. Sie stellte sich dann ein, wenn er wusste, dass er alles in seiner Macht Stehende getan hatte und das Ergebnis nicht mehr beeinflussen konnte. Plötzlich waren der Stress und die Adrenalinstöße vergessen, die bei ihm Herzrhythmusstörungen ausgelöst hatten, nachdem Leo erklärt hatte, er werde zurückfahren und notfalls seinen Bruder töten.

Stattdessen betrat Sam die Luxuskabine und stellte die Reisetaschen mit den 103 Millionen ab. Dann prüfte er, ob der Champagner die richtige Temperatur hatte – das war jetzt seine Welt. Er würde auf einem der rotbraunen Ledersessel Platz nehmen, durchs Fenster aufs Wasser schauen und hoffen, dass Leo sich schon wieder auf dem Rückweg befand und dass ihre gemeinsame Reise ein gemeinsames Ende finden würde.

Im Unterschied zu ihm hatte Leo etwas zu verlieren.

Deswegen hatte er kehrtgemacht und alles aufs Spiel gesetzt.

Leo hatte zwei Brüder und Eltern, denen er fehlen würde und die ihm fehlen würden. Ein Abschied für immer bedeutete für ihn unerhört viel mehr. Sam würde niemanden vermissen, und niemand würde ihn vermissen.

Er wandte sich von der Aussicht ab und betrachtete die Flasche im Sektkühler. Dom Pérignon. Er wusste zwar nicht, wie dieser Champagner schmeckte, aber es war der teuerste gewesen. *Nein. Wir sind nicht frei, noch nicht. Erst wenn wir auf dieser verdammten Fähre sitzen. Auf dem Weg nach Riga und Sankt Petersburg zur Sberbank Rossii.* Er entfernte die schwarze Folie vom Korken, tauchte die Flasche ins Eiswasser und drehte die Sektgläser um. *Dort werden wir trinken, in der Suite. Champagner. Eine ganze Kiste. Dann sind wir frei, Sam.* Er dachte daran, wie Leo in der Küche des Sommerhauses den Schnaps vor dem ersten Überfall ausgeschlagen hatte.

Es klopfte zweimal.

Er lauschte und hielt den Atem an.

Ein weiteres zweimaliges Klopfen an der Kabinentür.

Ein rascher Blick auf das Uhrenradio auf dem Nachttisch. Drei Minuten nach halb sieben. Noch 27 Minuten bis zum Ablegen.

Du hast es geschafft.

Sam drehte den Türgriff und öffnete.

Es war nicht Leo.

»Hallo, Sam.«

Es war sein Bruder.

»Dein Komplize kommt nicht. Er befindet sich in Handschellen in einem Streifenwagen auf dem Weg nach Kronoberg.«

»Komplize? Ich weiß nicht, wovon du sprichst.«

Seine Stimme hatte fest geklungen, obwohl alles, was für ihn die Wirklichkeit darstellte, zerbrochen war.

»Lässt du mich in deine verdammte Kabine?«

Weiter hinten auf dem Korridor waren Stimmen zu hören, Passagiere auf dem Weg zu ihren Kabinen. John hier niederzuschlagen wäre zu riskant, also trat er zur Seite und ließ ihn eintreten. In seiner aufgeknöpften Lederjacke, derselben, die er bei seinem unangekündigten Besuch auf der Insel getragen hatte, waren ein dunkelbraunes Achselholster und eine Pistole zu erkennen.

»Champagner, Sam? Nicht schlecht!«

Obwohl sie zur ersten Klasse gehörte, war die Kabine nicht besonders groß. Jetzt wurde sie noch kleiner. Überall kamen sie sich zu nahe.

»Schade, dass es nichts mehr zu feiern gibt.«

John hob die Flasche aus dem Sektkübel und musterte sie. Anschließend betrachtete er die Reisetaschen und überlegte vermutlich, ob sie für zehn Kartons mit Geldscheinen aus der Asservatenkammer groß genug waren. Er hielt ein Ticket hoch. Leos.

»Damals konnte ich dich nicht davon abhalten, unseren Vater zu töten, Sam. Aber heute kann ich dich stoppen. Heute entscheide ich, wie das Ende aussieht.«

Die Flasche war nass und kalt. Sam ließ den Korken knallen.

»Okay, John. Und wie sieht das Ende aus?«

Ein Schlag genügte.

Der Champagner schäumte über und lief ihm über die Finger.

Ein einziger Schlag auf Johns Kopf – und ich habe das letzte Wort.

»Wie in allen Märchen, glücklich. Du nimmst deine Reisetaschen, in denen vermutlich diese 103 Millionen Kronen liegen, und begleitest mich ins Polizeipräsidium.«

»Du hast mich damals schon nicht zurückgehalten, und das wird dir auch jetzt nicht gelingen. Du bist allein hier, John. Hättest du mich festnehmen wollen, dann wärst du mit einer Bullenarmee angerückt. Du hast also schon einen Entschluss gefasst.«

»Allerdings, Sam. Ich hatte gehofft, dass es einigermaßen zivilisiert ablaufen würde. Deswegen bin ich auch alleine gekommen. Um dir die Möglichkeit zu lassen aufzugeben. Wenn du das nicht tust, werden sie dich auf der anderen Seite der Ostsee festnehmen, und das läuft dann nicht sonderlich zivilisiert ab.«

»Du willst mich also wieder einmal verpfeifen?«

»Wenn du mir keine andere Wahl lässt.«

Sam trat einen Schritt nach vorne, und die Kabine wurde noch kleiner.

»Du weißt doch, Brüderchen, dass ich schon mal ein Familienmitglied erstochen habe, als ich *keine andere Wahl* hatte, und dass ich mühelos ein weiteres Familienmitglied erstechen könnte, das mir keine andere Wahl lässt. Ich könnte es in einem Bett zurücklassen, genau wie Papa damals. Wenn ich in Riga die Fähre verlasse, findet dich ein Zimmermädchen auf dem weißen Laken, genauso blutig wie damals.«

»Ich weiß, dass du kein Mörder bist, und du weißt es auch.«

Sie sahen sich an. Lange. Sam hielt die teure Flasche in der Hand, die so viel schwerer war als ein Anglermesser mit Sägezahnung.

Gegen Geld konnte er niemanden töten.

Ebenso wenig wie er damals nur für sich selbst hätte töten können.

»Ich habe Papa umgebracht, weil du untergegangen wärst, John. Sonst würdest du in diesem Moment nicht vor mir stehen. Und jetzt solltest du einfach wegschauen, verdammt nochmal! Das bist du mir schuldig. Du schuldest mir dreiundzwanzig Jahre.«

Eben hatte Sam einen Schritt vorwärts gemacht und den Abstand verringert.

Jetzt trat John näher.

»Du irrst, Sam. Damals mag ich dir das schuldig gewesen sein. Aber es ist verdammt lange her, dass ich Angst vor Schlägen hatte. Vor jemandem, der vor mir steht und mir droht. Klar, du bist mein großer Bruder, und du bist dreißig Kilo schwerer. Du hast alles zu verlieren, wenn du mich jetzt begleitest, und trotzdem machst du mir keine Angst. Du hast damals zugestochen und nicht ich. Das war deine Entscheidung. Du musst damit leben.«

»Das sage ich doch, John! *Du* hast mich damals angerufen. Und damit musst *du* leben! Weißt du nicht mehr? *Du musst herkommen, Sam, Papa schlägt mich tot, ich kann nicht mehr.* Daran musst du dich doch erinnern, verdammt nochmal! Ich bin gekommen. Deinetwegen. Und habe siebenundzwanzigmal auf ihn eingestochen. Deinetwegen. Und dann, John, verdammte Scheiße, hast *du* die Bullen verständigt. Ich habe nichts falsch gemacht, John! Du hast etwas falsch gemacht. Du bist mir was schuldig! Finde dich damit ab, Bruder.«

Hätte einer von ihnen noch einen Schritt gemacht, wären sie zusammengestoßen.

Also blieben sie stehen und starrten sich an.

So nahe waren sie sich seit zwanzig Jahren nicht gekommen. Sie spürten den Atem des anderen und sahen sich in die Augen.

Die Motoren der Fähre liefen an, und der Rumpf bebte. Eine Lautsprecherdurchsage informierte darüber, dass es nur noch fünfzehn Minuten bis zum Ablegen dauern würde.

»Gib mir die da.«

John Broncks deutete auf die Champagnerflasche, die Sam mit seiner Faust umklammerte. Als nichts geschah, streckte er die Hand aus und nahm sie ihm ab. Dann füllte er die Gläser und reichte Sam das eine.

Der Champagner schmeckte nach Äpfeln und Toast und ein wenig nach Zitrone, genau wie in der Beschreibung, und vermutlich betrug die Temperatur die empfohlenen acht Grad, aber das nahmen sie alles nicht wahr.

Mit diesem Glas nahmen zwei Fremde mit gemeinsamen Erinnerungen für immer von der Vergangenheit Abschied.

Der Flachbildfernseher lief ohne Ton, aber das spielte keine Rolle, denn er hatte noch nie so viel blau-weißes Flatterband in einer einzigen Nachrichtensendung gesehen. Die Bilder genügten. Aus einem Chaos aus Bildern entstand eine seltsame Geschichte.

Ivan lächelte, als er Scharen von aufgeregten Bullen in schwarzen Helmen mit Visier und mit automatischen Waffen sah. Sie erinnerten ihn an den Schwanz einer großen Ratte, wie sie im U-Bahn-Eingang neben dem Präsidium verschwanden.

Mindestens fünfzehn, vielleicht sogar zwanzig.

Was wollten sie in der Unterwelt?

Die Ereignisse spielten sich doch oben ab?

Offenbar waren sämtliche Eingänge des Präsidiums abgesperrt worden. Beamte in Uniform bewachten die Flatterbänder, als wäre das Gebäude ein großes Paket, das erst geöffnet werden durfte, wenn die Straftat aufgeklärt worden war.

Diese Straftat war ihm scheißegal. Die Frage mussten ihm die Reporter mit ihren ernsten Mienen gar nicht erst beantworten. Viel wichtiger waren ihm sein schwarzer Kaffee und die Schale mit Würfelzucker. Aus der Kaffeemaschine hinter der Kasse stieg nur ein bitterer Geruch auf. In der Glaskanne war der letzte Kaffeerest angebrannt. Weder Dacso noch seine Frau hatten frischen aufgebrüht, und jetzt waren sie verschwunden. Weder hinterm Tresen noch durch das kleine runde Fenster in der Tür zur Küche war jemand zu sehen.

Auch das Restaurant war leer – bis auf die Frau, die einige Tische weiter in einer dunklen Ecke saß. Ihr hellblondes Haar war fast unsichtbar und passte nicht recht zu ihrer apfelsinengelben Haut und ihren trockenen Lippen. Sie saß jeden Tag am selben Tisch und trank eine halbe Karaffe weißen Tafelwein.

Er erwog, sie zu fragen, ob sie den Wirt gesehen hätte, überlegte es sich dann aber anders. Einsame Leute im Dráva wurde man nie mehr los, hatte man erst einmal eine Unterhaltung mit ihnen begonnen. Sie war vermutlich einmal eine Schönheit gewesen, hatte dann aber alles unternommen, um diese zu zerstören. In ihren eigenen Augen war sie aber immer noch schön. So lächelte und bewegte sie sich und merkte nicht, dass der Alkohol sie zerstörte und ein falsches Selbstbild schuf. Auch er war einmal an diesem Punkt gewesen, ehe er den Beschluss gefasst hatte, sich zu verändern.

Also beschloss er, sich auf den riesigen Fernseher zu konzentrieren, während er wartete. Die abgesperrte Gegend rund um das Polizeipräsidium war von ausgebombten Häusern im Westjordanland abgelöst worden. Dass unter einem so blauen Himmel etwas so fürchterlich aussehen konnte! Er wurde ganz müde bei dem Gedanken, dass dieser Krieg schon vor der Geburt seiner Söhne begonnen hatte, und begab sich hinter den Tresen, um nach Dacso und seinen verdammten Kaffeebohnen zu suchen. Da fiel ihm auf, dass der Himmel auf dem Bildschirm schon wieder bleigrau wurde. Die Reportage aus dem Westjordanland war in Bilder eines kümmerlichen schwedischen Fichtenwalds und eines unbefestigten Wegs mit Schlaglöchern übergegangen.

Wieder dieses Gefühl.

Die eiskalte Klinge des Verrats.

Wieder hatte es mit Leo zu tun.

Er beugte sich über die Bar und suchte nach der verdammten Fernbedienung. Diesen Weg kannte er nur zu gut. Er endete an einem verfallenen Bauernhaus und einer Scheune mit rostigen Türscharnieren.

Jetzt.

Jetzt musste er wissen, was der Reporter sagte.

Aber die Fernbedienung mit ihren bunten Knöpfen war ebenso verschwunden wie der Kaffee und Dacso. Er starrte weiter auf den stummen Bildschirm. Die Scheune, die er ebenso gut kannte wie den Weg, brannte. Sie brannte! Gelbrote Flammen züngelten die Holzwände hoch und kletterten als schwarzer Rauch in den Himmel.

Dort drinnen bewahrte Leo sein Werkzeug auf.

Was das soll? Ich plane unsere Zukunft. Du hast doch selbst gesagt, dass ich mich verändern kann, wenn du das kannst.

Im Laster befand sich, was sie brauchten, um alles neu aufzubauen. Vater und Söhne. Zusammen.

Schön, dass du keine Zweifel mehr hast, denn ich brauche deine Hilfe wirklich.

Jetzt brannte alles. Leo hatte neben ihm gestanden und ihm alles erklärt.

Flammen.

Alles wurde von gelben und roten Flammen verzehrt.

Wie immer lag das Handy in der Innentasche seines Sakkos. Ihre eigene Verbindung. Nur für sie beide. Er wählte die gespeicherte Nummer und wartete. Kein Klingeln. Nichts. Leo hatte sein Handy abgestellt. Ihre Verbindung unterbrochen.

Leo? Hatte dein kleiner Bruder etwa recht?

Nutzt du mich aus?

Ivan schloss die Augen und versuchte, sich zu erinnern. Was hatte Leo eigentlich auf diese Frage geantwortet? Nein, er wusste es nicht mehr. Oder wollte er sich einfach nicht an den Satz erinnern, der in diesem Augenblick so überzeugend geklungen hatte?

Ja. Ich meine, was ich sage.

»Kaffee?«

Im Fernsehen brannte es noch immer.

»Wolltest du einen Kaffee?«

Alles … alles ist eine Lüge und geht in Flammen auf. Eine gewaltige Lüge. Alles, was du versuchst, alles, was du erreicht hast, wird früher oder später zu Asche.

So ist es. Es brennt.

Flammen.

Dann Asche.

Deswegen hast du mich nicht abgeholt. Ich war pünktlich, und du bist nicht gekommen.

»Ivan? Kaffee?«

»Bitte?«

»Ich habe gerade welchen aufgesetzt.«

Dacso. Er war irgendwoher aufgetaucht.

»Nein … keinen Kaffee.«

Leo hatte seinen Vater ausgenutzt. Ivan wusste nicht, wie oder warum, aber er war davon überzeugt, dass Vincent recht gehabt hatte. Er war nur eine Figur in einem verdammten Spiel. Ein kleiner grüner Plastiksoldat, ein beschissener Spielstein, der nicht begriff, was er in einem größeren Zusammenhang für eine Rolle spielte. Er spürte es überall, und diesem Schmerz, der ihn von innen verzehrte, konnte er nur auf eine Art entrinnen.

»Gib mir eine Flasche Wein.«

Zum zweiten Mal in dieser Woche ein Gefühl der Machtlosigkeit, das war einmal zu viel. Deswegen konnte Ivan Duvnjac nicht halten, was er sich selbst gelobt hatte.

»Aber … du trinkst doch nicht? Ich meine, keinen Wein?«

»Gib mir die Flasche, verdammt!«

Dacso zuckte mit den Achseln.

»Okay. Du bist der Gast. Mach, was du willst. Sie kostet zweihundertfünfundzwanzig Kronen.«

Die Flaschen standen auf einem Bord hinter der Bar. Dacso nahm eine davon. Rotwein.

»Bist du dir ganz sicher, Ivan? Du hattest doch aufgehört?«

»Gib mir die Flasche.«

Langsam schraubte Dacso die Flasche auf und streckte die Hand nach einem Glas aus.

»Zweihundertfünfundzwanzig für die ganze Flasche oder sechzig für ein Glas.«

Ein Vorsatz, was war das schon?

Nichts.

Weil er andere nicht verändern konnte.

»Die ganze Flasche. Nimm es von dem Geld, das Leo dir gegeben hat.«

»Von deinem Sohn habe ich kein Geld für Wein bekommen. Er hat nur euer Essen bezahlt, das noch aussteht.«

Wenn ich mich verändern kann, dann kannst du es auch. Eine Lüge.

Auch das.

Eine Lüge, die brennt, wie alles andere.

»Genau das Geld. Für dieses Scheißessen, das wir in deiner Kaschemme nicht gegessen haben und nie essen werden. Gib mir diese verdammte Flasche und den Rest des Geldes.«

»Dein Junge hat gesagt, dass ich das Geld behalten soll, bis *er* kommt.«

»Mein Sohn kommt nicht mehr zurück!«

Ivan nahm Dacso die Flasche aus der Hand. Es war ein besseres Gefühl, sich selbst einzuschenken. *Egri Bikavér*. Stierblut. Er wusste verdammt nochmal, was das bedeutete. Während er den ersten lauwarmen Schluck trank, legte Dacso vier Fünfhunderter auf den Tresen. Dieses Geld hatte seinem Sohn gehört, und er würde es vertrinken. Es war ein angenehmes Gefühl im Hals und im ganzen Körper, wie ein alter Freund, den man zwei verdammte Jahre lang gehasst hat und der einen plötzlich wieder zum Lachen bringt.

Draußen und drinnen.

So stark hatte John Broncks das bisher nur einmal erlebt – dass sich die Welt in die eine und er selbst sich in eine ganz andere Richtung bewegte.

Damals hatte sein Vater ein Anglermesser in der Brust gehabt.

Während alles andere drumherum einfach weitergegangen war. Eine junge Frau war vor ihrem Fenster vorbeiflaniert und hatte Eis gegessen, und zwei ältere Männer hatten unten am Steg geangelt und Bier getrunken.

Dasselbe Gefühl erfüllte ihn jetzt. Er befand sich allein in der Tiefgarage des Präsidiums, während sich seine Kollegen jenseits des Karosserieblechs in einer anderen Wirklichkeit aufhielten. Sie suchten nach der Antwort, die er bereits kannte.

Deswegen hatte er nicht die Kraft auszusteigen.

Er musste einen Entschluss fassen.

Ob er die Antwort für immer in sich begraben – oder die Autotür öffnen, mit den Fingern schnalzen und rufen sollte: Ich habe die Lösung.

Nur er verfügte über die korrekten Informationen.

Nur er hätte die Energie seiner Kollegen dort draußen bündeln und auf zwei Kriminelle richten können.

Nur er wusste, dass sich alles, was vor wenigen Stunden gestohlen worden war, in vier Reisetaschen auf einer Fähre befand, die am nächsten Morgen im Hafen von Riga ankommen würde.

Draußen und drinnen. Die Welt und ich.

Um Sam festzunehmen, hatte ihm die Kraft gefehlt. Aber wenige Worte würden genügen, und jemand anders würde das für ihn erledigen.

John Broncks legte die Hand auf den Türgriff.

Sollte er jemanden ans Messer liefern, der dreiundzwanzig Jahre seines Lebens für ihn geopfert hatte?

Dann öffnete er die Tür und trat in die andere Welt, doch ohne wirklich ein Teil von ihr zu werden.

Sollte er jemanden ausliefern, der ihm das Leben gerettet hatte?

Langsam ging er durch die riesige Tiefgarage, in der es nach Benzin roch, und auf eine Metalltür zu. Dahinter befanden sich die Fahrstühle und die Treppe, die zu seiner Abteilung führte. Ab und zu nickte er seinen Kollegen zu, ohne sie wahrzunehmen.

Es ging nicht darum, dass sie Brüder waren.

Es ging nicht um Blutsbande und Loyalität.

Vielleicht ging es um eine Schuld, die beglichen werden musste.

Deswegen hatte er irgendwann aufgehört, Sam zu besuchen. Sie hatten sich über den wackligen Tisch einer Besucherzelle hinweg angeschwiegen, und die Schuld hatte neben ihnen gesessen und geflüstert: *Er hat dir das Leben gerettet, aber nur du begibst dich gleich wieder in die Freiheit*. Nach einiger Zeit war Broncks nicht mehr zu Besuch gekommen, denn wie oft konnte ein Mensch sich so etwas schon anhören?

Er öffnete die Fahrstuhltür, drückte auf den Knopf für die dritte Etage, überlegte es sich dann aber anders.

Stattdessen nahm er die Treppe, denn so dauerte es etwas länger.

Ausreichend lange, um sich davon zu überzeugen, dass es richtig war, die Schuld, die es nicht gab, mit genau 103 Millionen Kronen abzuzahlen.

Ihre Unruhe war so stark, dass es sie innerlich förmlich zerriss. Erst hatte sie zehn Minuten gewartet, aber das hätte ganz einfach nicht funktioniert, also hatte Britt-Marie in der einsetzenden Abenddämmerung zwei Runden um das Polizeipräsidium in Kronoberg gedreht, das sie so noch nie gesehen hatte. Die Gebäude waren mit Flatterband abgesperrt, die Eingänge von der Bergsgatan, der Polhemsgatan, der Kungsholmsgatan und vom Park sahen alle gleich aus. Der gesamte Polizeikomplex stellte einen einzigen großen Tatort dar. Sogar die dort vorbeiführende U-Bahn hatte den Betrieb eingestellt, und die Busse fuhren einen Umweg. Sie gehörte zu den vielen Schaulustigen, die sich zusammen mit den Journalisten und Fotografen versammelt hatten: Alle hatten nur den vagen Bescheid erhalten, dass irgendeine schwere Straftat im Präsidium verübt worden sei. Hinter vorgehaltener Hand hieß es, der größte Diebstahl der schwedischen Geschichte.

Nach der zweiten Runde hielt sie an der Mauer im Park inne, die die Grenze zum Amtsgericht bildete. Dort war sie mit der jungen Polizistin verabredet, die Leo zur Vernehmung abgeholt und bei ihr die Hausdurchsuchung gemacht hatte. Dann hatte sie sie auch noch an ihrem Arbeitsplatz im Krankenhaus aufgesucht und ihr ein Foto eines Mannes gezeigt, der in Leos Auto gesessen hatte. Sie hieß Elisa. Ein ungewöhnlicher, aber schöner Name.

Da trat sie auch schon aus dem Gebäude, hob das dünne Plastikband an, schlüpfte darunter hindurch und durchquerte die Menge der Schaulustigen.

»Leider habe ich nur ein paar Minuten. Wie Sie sehen, geht es gerade ziemlich drunter und drüber.«

Britt-Marie nickte und lächelte, obwohl es ihr schwerfiel.

»Vincent hat mich angerufen. Das ist mein Jüngster, aber bei dem waren Sie doch auch, oder? Er war wütend und klang verängstigt. Er sagte, ein Polizist hätte ihn aufgesucht.«

Elisa drehte sich zu den Schaulustigen um. Jemand hatte versucht, die Absperrung zu überwinden, und wurde freundlich, aber entschieden zurückgewiesen.

»Entschuldigen Sie, ich war einen Augenblick nicht ganz bei der Sache. Was sagten Sie noch gleich? Jemand von uns hätte mit ihm Kontakt aufgenommen?«

»Ja. Das hat er gesagt. Wissen Sie was darüber?«

»Nein. Ich habe Ihren Sohn Vincent nur ein einziges Mal getroffen, und zwar gestern auf seiner Baustelle. Da wirkte er vollkommen entspannt. Ein Polizist also. Hat er gesagt, worum es ging?«

»Nur, dass es irgendwas mit Leo zu tun hat. Er sollte den Polizisten begleiten, es war der, der bei den Banküberfällen ermittelt hat. Er wollte, dass Vincent das Einzige tut, wozu er keinesfalls bereit ist. Er sollte den Polizisten bei einer Ermittlung gegen seinen großen Bruder unterstützen.«

Elisa sah sich erneut gezwungen, sich der immer lauter werdenden Menge zuzuwenden. Sie unterstützte die beiden Wachmänner bei ihrer Diskussion mit einigen Fotografen, die sich nach ganz vorne durchgedrängt hatten. Britt-Marie wartete in einigem Abstand auf eine Auskunft.

»Tut mir leid, da drüben gibt es gleich einen Aufruhr. Die Reporter wollen wissen, was los ist, weil ihre Redakteure Antworten verlangen. Offenbar ist eine Straftat im Präsidium eine große Neuigkeit.«

Vincent, der nie mehr eine Straftat begehen und nie mehr mit der Polizei zu tun haben wollte.

»Was Ihre Frage nach Ihrem Sohn Vincent angeht, kann ich Ihnen leider nicht weiterhelfen. Über ihn weiß ich im Augenblick rein gar nichts. Ich werde mich aber sofort darum kümmern.«

Trotzdem wusste sie es einfach.

Vincent war, genau wie er es befürchtet hatte, in die Sache reingezogen worden.

Und er hatte recht behalten – es war wirklich kein gutes Gefühl.

Vor der Dunkelheit hatte er noch nie Angst gehabt. Im Gegenteil. Sie beschützte ihn, genau wie die Stille. Dieses Mal aber nicht.

Erst jetzt – in der Dunkelheit seines Büros, wo das Licht noch nicht angeschaltet war und wo er sich ganz allein in allem befand, was es nicht gab – erst jetzt konfrontierte er sich mit der unerträglichen Hitze und dem intensiven weißen Licht.

Eine Brandbombe.

Er hatte nicht gewusst, wie frisch verbrannte Haut aussah.

John Broncks riss das Fenster zum Innenhof des Präsidiums auf, um die kalte Abendluft hereinzulassen. Er schloss die Augen, atmete langsam und lehnte sich zurück.

Kein Unterschied.

Die Hitze der brüllenden Explosion zerschlug die Stille, so wie das weiße Licht durch Dunkel und Geborgenheit drang.

Noch nie hatte er jemanden verletzt, geschweige denn getötet. In seinem ganzen erwachsenen Leben hatte er sich mit der Gewalt anderer beschäftigt, ohne sie je selbst anzuwenden. Immer wieder hatte er die fatalen Konsequenzen der Gewalt studiert, aber immer im Nachhinein. Jetzt hatte er den Augenblick des Todes miterlebt, in dem die Gewalt jemanden das Leben gekostet hatte. Und das Opfer hatte direkt vor ihm gelegen.

Er wusste, warum.

Zum ersten Mal hatte er im Dienst als Privatperson und nicht als Polizist gehandelt. Die Entscheidung der Privatperson Broncks hatte Konsequenzen für den Polizisten Broncks.

Sonst war es immer umgekehrt gewesen.

Die ihm so verhasste Gewalt hatte ihn jeden Abend und bei jeder Ermittlung dazu gezwungen, konzentrierter und interessierter zu werden. Diese Kraft hatte ihn bei der Stange gehalten, bis sich der Täter im Untersuchungsgefängnis befunden hatte.

Er lehnte sich aus dem Fenster in den eisigen Wind und merkte, dass er sogar noch nach den Konsequenzen roch, nach verbranntem Haar, versengter Haut, Phosphor und Pulver. Er sah ein, dass er sich noch so weit aus dem Fenster lehnen konnte – dieser Tag und die Entscheidung, die zur Explosion und damit zum Tod geführt hatte, würden ihn trotzdem nie verlassen.

Ab jetzt musste er vor ihnen fliehen.

Genau wie die Täter, die für die Konsequenzen ihrer Gewalt verantwortlich waren und bei den Ermittlungen vor ihm flohen. Er musste die Wahrheit modifizieren und mit seiner Panik fertigwerden, ohne dass ihm das anzumerken war, denn seinen Kollegen konnte er nicht beichten, was eigentlich geschehen war.

Noch immer machte er kein Licht.

Dann öffnete er auch das andere Fenster, damit es richtig kalt wurde.

Elisa hob das Absperrband an, das in der leichten Brise flatterte. Fröstelnd zog sie die Schultern hoch, als sie zum Osteingang des Präsidiums zurückging. Da rief ihr jemand aus der Menge zu: »Was ist da drin eigentlich passiert, wann erfahren wir was?« Als sie sich zu der Person umdrehen wollte, blieb ihr Blick stattdessen an der Frau hängen, die ein Stück hinter den Schaulustigen stand, der Mutter von Leo, Felix und Vincent Duvnjac.

Britt-Marie Axelsson saß auf der niedrigen Mauer. Sie sah zerbrechlich aus. Elisa spürte noch immer ihre Sorge um ihren Sohn.

Er sollte den Polizisten begleiten, es war der, der bei den Banküberfällen ermittelt hat.

Dieser verdammte Broncks.

Sie beschloss, ihn anzurufen, und zog ihr Handy aus der Jackentasche. Doch dann fiel ihr ein, dass man Leute, die Informationen vorenthielten, besser nicht anrief, sondern sie persönlich konfrontierte. Vorerst würde sie jedoch einen anderen Weg beschreiten. Sie wählte die Nummer des diensthabenden Kollegen.

»Hallo, hier ist Elisa Cuesta. Ich brauche Ihre Hilfe. Wir suchen einen gewissen Vincent Duvnjac. Wir haben ihn in unserer Datenbank. Bitte Foto und Personenbeschreibung an sämtliche Streifenwagen.«

»Welche Dringlichkeitsstufe?«

»Höchste.«

Sie hatte nicht einmal die Treppe zu ihrer Abteilung erreicht, da rief der Diensthabende bereits zurück.

»Wir haben schon die Antwort.«

»Und?«

»Eine unserer Streifen hatte vor etwa einer Stunde einen Einsatz südlich der Stadt.«

»Ja?«

»Man hat den gesuchten Vincent Duvnjac tot aufgefunden.«

In der Abteilung war alles dunkel. Das war nach achtzehn Uhr immer so, die Kollegen hatten die letzten Telefonate mit den Forensikern und Fingerabdruckexperten geführt, hatten die letzte Vernehmung geführt und die Protokolle der neuesten Zeugenaussagen in den richtigen Mappen abgelegt. Aber an diesem Abend waren alle, genau wie sie, dienstverpflichtet und befanden sich entweder in den Tunneln, die zur Asservatenkammer führten, oder in der U-Bahn-Station.

Auf halbem Weg den Gang entlang wurde es nicht nur dunkel, sondern auch kalt, als herrsche gerade Durchzug. Elisa fiel auf, dass die Tür zu John Broncks Büro offenstand.

Am Vormittag war ihr Kollege aus dem Präsidium verschwunden und dann nicht mehr zu erreichen gewesen.

Inzwischen wusste sie, dass Broncks eine eigene Agenda verfolgte.

Insgeheim hatte er den ehemaligen Kriminellen aufgesucht, den sie am Vortag befragt hatte. Jetzt war dieser Mann tot.

Am Kaffeeautomaten beschleunigte sie ihre Schritte. Diesmal würde er von ihr ganz bestimmt kein heißes Wasser in einem Pappbecher bekommen. Sie betrat sein Büro, ohne zu klopfen. Er saß bei geöffneten Fenstern im Dunkeln am Schreibtisch.

»Ich will, dass du mich in mein Zimmer begleitest. Ich muss dir etwas zeigen.«

»Elisa, nicht jetzt.«

»Doch, jetzt sofort.«

Es fiel ihr schwer, seine Miene zu erkennen, weil sich sein Gesicht im Dunkeln verlor. Doch sie hörte einen deutlichen Seufzer.

»Ich habe nicht die Kraft, über irgendwelche Ermittlungen zu sprechen. Das ist nicht der richtige Augenblick dafür. Ich muss dich bitten, mich in Ruhe zu lassen.«

Sie war sich nicht ganz sicher, aber konnte es sein, dass er lächelte? Es war dieses arrogante Sie-nicht-ernst-Nehmen, dieses Ich-habe-dich-betrachtet-als-du-schliefst-Lächeln, das er aufgesetzt hatte, als er sie aufgefordert hatte, sich an seiner Ermittlung zu beteiligen.

Sie knipste das Licht an.

»Elisa, verdammt, verschwinde einfach aus meinem …«

»Nein.«

Das grelle Licht der Leuchtstoffröhren hüllte sie ein.

»Du kommst jetzt mit in mein Büro, John, denn wir müssen etwas besprechen. Wir fangen mit einer Sache an, die in unserer *gemeinsamen* Ermittlung ganz zentral ist, worüber du mir aber alle Fakten vorenthalten hast.«

Sie hatte recht gehabt, jetzt sah sie es. Es war dieses verdammte Lächeln.

»Über Sam Larsen, deinen Bruder.«

Die schwarzen Dächer von Birkastan glichen einer hügeligen Landschaft. Der Himmel darüber war so viel deutlicher, wenn das Licht vom Schnee, der im Laufe des Tages gefallen war, reflektiert wurde. Oder sorgte der Wein dafür, dass sein Gehirn leichter arbeitete und die Sterne daher stärker funkelten, als wären sie nicht mehr so weit entfernt? Ivan lehnte sich seitlich an das Balkongitter und streckte die Hand mit der Zigarette nach den Sternen aus. Er konnte sie beinahe berühren, sie waren nicht Lichtjahre entfernt, sondern nur eine Armlänge. Noch zwei Züge, dann ließ er die Kippe in die leere Spachteldose fallen, in der sicher schon vierhundert Zigarettenstummel lagen, eine Schachtel pro Tag, vier Wochen lang. Noch mehr, wenn er Vincents Kippen mitzählte. Eigentlich gefiel es ihm nicht, dass sein Jüngster rauchte, aber es schuf ein Gefühl der Zusammengehörigkeit, wenn sie beide auf dem Balkon standen, Vater und Sohn, deswegen hatte er keine Einwände erhoben.

Vincent hätte hier sein sollen, aber das Radio war nicht an gewesen mit dieser verdammten Drogenmusik, die sich alle jungen Leute anhörten, und es hatte auch kein Licht gebrannt. Aber morgen war der Einzugstermin, er musste also bald kommen.

Ivan schloss die Balkontüren. Es war ein gutes Gefühl, die erstklassig gestrichene Decke im Wohnzimmer zu betrachten. Er wusste, dass er nicht nur so schnell war wie die Jungen, sondern auch besser. Ungleichmäßig und schlampig aufgetragene Farbe war immer ärgerlich. Er war überzeugt davon, dass Vincent mit ihm auch in der nächsten Wohnung zusammenarbeiten würde, nicht nur, um seinen Vater besser kennenzulernen, sondern weil es ihm verdammt schwerfallen würde, einen besseren Maler zu finden.

Die Weinflasche hatte er auf der Spüle in der Küche stehenlassen. Stierblut. Direkt aus der Flasche. Er trank rasch, weil es ihm nicht auf den Geschmack, sondern auf die Hitze in der Brust ankam. Als er sie auf die Metallspüle zurückstellte, hörte er einen seltsamen Akkord.

Plingplong. Noch einmal. Plingplong.

Die Wohnungstür. Jemand klingelte.

»Komm rein.«

Er stellte die Flasche in die leere Speisekammer. Vielleicht war es der Nachbar, der sich immer beschwerte. Oder der Wohnungsbesitzer, der sich anschauen wollte, wie schön alles geworden war.

»Komm schon rein.«

Eine Frau. Das hörte man an den leichten, vorsichtigen Schritten.

»Vincent?«

Offenbar weder der Nachbar noch der Wohnungsbesitzer.

Sie?

Was zum Teufel hatte sie hier zu suchen?

»Bist du hier, Vincent?«

Die Mutter seiner drei Söhne.

Britt-Marie.

Er nahm die Flasche wieder aus der Speisekammer und trank drei große Schlucke. Als er sie absetzte, stand Britt-Marie schon in der Küche.

»Zwei Jahre«, sagte er.

Sie wirkte ebenfalls erstaunt, ihn zu sehen.

»Zwei Jahre, Britt-Marie. Aber jetzt ist es vorbei. Ich bin nicht mehr nüchtern.«

Er trank mehrere große Schlucke und hielt ihr die Flasche hin.

»Willst du, Britt-Marie? Egri, Stierblut. Egri heißt Stierblut auf Ungarisch.«

»Ich suche Vincent.«

Sie sah sich um und schien zu lauschen.

»Anscheinend arbeitet er hier. Jedenfalls hat Felix das gesagt.«

»Felix hat recht. Er arbeitet hier. Zusammen mit seinem Vater.«

»Wenn das so ist, wo steckt er dann?«

Ivan deutete an die frisch gestrichene Decke, auf die frisch gestrichenen Wände und die neuen Fliesen über der Spüle.

»Siehst du, wie schön wir das hingekriegt haben, Britt-Marie? Dein Sohn und ich. Alles ist perfekt. Vincent nimmt es ganz genau. Weißt du noch, dass er die Stifte immer ganz exakt aufgereiht hat, als er klein war? So ist er noch immer. Alles muss an seinem Platz sein.«

»Kannst du endlich meine Frage beantworten, Ivan? Wo ist er?«

»Was willst du von ihm?«

»Er hat mich heute Nachmittag angerufen. Er war ganz außer sich. Ein Polizeibeamter wäre zu ihm gekommen wegen Leo. Seither habe ich ihn nicht mehr erreichen können. Ich mache mir Sorgen, Ivan.«

Der verdammte Fernseher.

Ein großes Gebiet etwa zwanzig Kilometer südlich von Stockholm war gleichzeitig mit dem Amtsgericht und dem Präsidium in der Stadt abgesperrt worden.

Ivan hatte nicht begriffen, worum es eigentlich ging, aber er war davon überzeugt, dass Leo ihn ausgenützt hatte, dass er nur eine Marionette in seinen Plänen darstellte, genau wie Vincent gesagt hatte. Irgendwie hing alles mit den Vorgängen im Fernsehen zusammen. Aber dass Leo seinen kleinen Bruder Vincent in die Sache reingezogen hatte, daran glaubte er nicht. Vincent hatte einen Beschluss gefasst, an dem er festhalten wollte.

»Ich habe Vincent kennengelernt, als ich mit ihm zusammen

hier gearbeitet habe, Britt-Marie. Ich versichere dir, dass du dir keine Sorgen zu machen brauchst. Er würde nie wieder eine Straftat begehen.«

Sie lächelte, aber es war kein freundliches Lächeln.

»Du weißt also auch nicht, wo er ist? Du hast also wie immer keine Ahnung, oder?«

»Vermutlich kommt er bald. Mach dir keine Sorgen. Von wegen keine Ahnung. Was wusstest du denn, Britt-Marie, als sie alle diese Banken ausgeraubt haben? Du warst außen vor. Leo ist zu *mir* gekommen. Wir sind zusammen verurteilt worden!«

Kaum merklich schüttelte sie den Kopf, so wie sie das früher manchmal getan hatte.

Traurig. Resigniert.

»Ich habe gedacht … dass sie ihren eigenen Weg gehen würden. Das habe ich von ganzem Herzen gehofft. Dass diese wahnsinnigen, absurden, beschissenen Familienbande, die du ihnen als Kinder aufgezwungen hast, diese irrsinnige Familienloyalität, dieses ›Wir allein gegen den Rest der Welt‹, dass sich diese Bande im Gefängnis aufgelöst hätten. Dass die Jahre hinter Gittern sie zerrissen hätten. Dass unsere drei Söhne endlich einen Weg eingeschlagen hätten, der sie voneinander wegführt.«

Bislang hatte sie geflüstert, jetzt wurde ihre Stimme lauter. Gleich würde sie schreien.

»Vincent wollte nicht einmal zu mir nach Hause kommen und mit Leo zu Mittag essen. Er hatte Angst, dass Leo ihn wieder in irgendwas reinziehen würde. Kapier das doch endlich! Ich habe mir so sehr gewünscht, dass er hier wäre. Aber das ist er nicht. Also ist er irgendwohin unterwegs, wo er nicht hinwollte! Und das ist deine Schuld, Ivan! Du und deine verdammten Familienbande, deine verdammte Loyalität! Alles, wofür du stehst, Ivan, zerstört meine Kinder, alles, was du je …«

Ihr Kopf fühlte sich so klein an, als er ihr mit der offenen Hand ins Gesicht schlug. Schläfe, Nase, Wangenbein. Er spürte, wie seine Fingerspitzen in ihrer Kopfhaut versanken. Wäre sie nicht umgefallen, dann wäre der nächste Hieb ein Faustschlag gewesen.

Aber es kam nicht zu weiteren Schlägen.

Sie schrie nicht, lief auch nicht weg, sondern blieb einfach auf dem frisch abgeschliffenen Küchenfußboden sitzen und sah ihn an, während ihr das Blut aus der Nase lief.

Also streckte er die Hand nach der Flasche aus, weil sie noch nicht leer war, die Menge reichte aus, um zu verdrängen, was er fühlte.

Ein einziger Schlag.

Mehr war nicht nötig gewesen, um die ganze verdammte Veränderung zu zerstören und wieder er selbst zu werden.

»Ivan?«

Sie stand auf und sah ihn dabei an.

»Letztes Mal, als wir uns begegnet sind, mussten deine Söhne das Blut aufwischen«, sagte sie und ging zur Wohnungstür. »Diesmal musst du es selbst tun.«

Nummer 41.

John Broncks war sich nicht sicher, vermutete aber, dass sie immer diese Taste betätigte, Kaffee mit ein bisschen Milch. Für sein Getränk gab es keine Taste, Heißwasser wurde aus einem eigenen Hahn des Getränkeautomaten gezapft. Er hatte das Gespräch in Elisas Zimmer nur um eine gute Viertelstunde hinauszögern können. Er hatte sich konzentrieren müssen, um eine glaubwürdige Lüge zu erfinden. Sie verfügte über Erkenntnisse, die seine gesamte Existenz bedrohten – als Polizist wie als Privatperson.

Jetzt wusste er, wie diese Lüge aussehen sollte und wie er sie ihr am besten verkaufen konnte. Als Vernehmungsleiter hatte er gelernt, dass gute Lügner immer mit der Wahrheit anfingen, dass nur die Wahrheit das verdecken konnte, was der Lügner verbergen wollte. Eine Lüge musste so viel Wahrheit in sich tragen, dass der Empfänger sie glaubte.

Auf dem Weg in ihr Büro hielt er den Becher am oberen Rand fest, um sich die Finger nicht zu verbrennen, wie sie es einige Tage zuvor getan hatte.

»Klopf, klopf.«

Er wiederholte Elisas Bewegung, hob die Becher hoch, um sein verbales Klopfen zu erklären. Dann trat er ein und stellte ihren dampfenden Kaffee neben ein paar imposante Papierstapel.

»Einer für dich und einer für mich.«

Mit der Wahrheit anfangen.

Bei dieser Lüge hieß das – falls es keinen anderen Ausweg gab –, das einzuräumen, was sie aus irgendeinem verdammten Grund inzwischen wusste. Dass Sam sein Bruder war. Einzuräumen, dass es ein Fehler gewesen war, es ihr zu verschweigen. Keinesfalls würde er eine Straftat oder irgendeine Schuld zugeben. Er hatte nicht nur seinen Bruder entkommen lassen, obwohl er an einem Raubüberfall beteiligt gewesen war, bei dem es einen Toten gegeben hatte, er hatte ihn noch dazu mit den 103 Millionen Kronen fliehen lassen, die drei Stockwerke unter ihnen gestohlen worden waren.

»Ist das dein Ernst? Kaffee?«

»Wieso nicht?«

»Hast du nicht begriffen, dass Kaffeetrinken so ziemlich das Einzige ist, was wir jetzt nicht tun sollten?«

Elisa nahm ihren Becher und stellte ihn ins Bücherregal.

»Den trinke ich später kalt, wenn du gegangen bist.«

Dann fuhr sie mit der Hand über die drei Papierstapel auf ihrem Schreibtisch und tätschelte sie, als wären es Lebewesen.

»Diese Stapel, John, sind mein System, eine Ermittlung voranzutreiben, aber das hat dich ja nie sonderlich interessiert. Wir unterscheiden uns dadurch, dass meine Arbeit auf Fakten basiert und nicht auf Intuition. Jeder dieser Stapel enthält nichts als Fakten. Den Stapel von dir aus gesehen links nenne ich *Du hast zuerst zugeschlagen, du Schwein*, hier geht es um die Voraussetzungen einer Tat.«

Willkürlich zog sie ein Blatt heraus. Ein Foto der Kriminaltechniker. Ein Haufen Patronenhülsen unter zwei Geldautomaten.

»Beispielsweise dieses Foto von der Munition. Woher stammt sie? Vom schwedischen Militär. Zu welcher Waffe passt sie? Zu einem AK4, das aus einem Waffendepot des Militärs gestohlen wurde. Was gibt mir das für meine Ermittlungsarbeit? Fakten, John, die ich einem Verdächtigen zuordnen kann.«

Elisa zog willkürlich ein weiteres Papier aus dem Stapel.

»Ein weiteres Beispiel, damit du es auch ganz sicher verstehst. Hier haben wir ein anderes Foto. Von einem ganz normalen Autokennzeichen. Laut Anzeige wurde das Nummernschild in der Nacht vor dem Überfall gestohlen. Der überlebende Täter hat den Tatort mit einem Arla-Milchlaster verlassen, das dieses Kennzeichen trägt. Fakten, John, die sich einem Verdächtigen zuordnen lassen.«

Sie nahm ein paar zusammengeheftete Blätter oben vom Stapel. Jetzt entschied nicht mehr der Zufall.

»Aber das Merkwürdige ist, John, dass in diesem Stapel auch etwas liegt, was man mit dir in Verbindung bringen kann.«

Sie schob ihm die Blätter hin.

»Ein vierundzwanzig Jahre altes Urteil des Amtsgerichts. Ein Mord. Ein Mann, der seinen Vater erstochen hat. Das Opfer hieß George Broncks. Dein Vater. Und hier steht, dass der Name des verurteilten Täters Sam Larsen lautet. Larsen ist der Mädchenname deiner Mutter. Sam hatte seinen Nachnamen geändert.«

Dieses Gerichtsurteil.

Auf *ihrem* Schreibtisch.

Elisa hatte genau das getan, was nie wieder jemand hätte tun sollen. Sie hatte in seiner Familiengeschichte herumgewühlt: ein Vater, der andere schwer misshandelte, eine Mutter, die wegschaute, ein großer Bruder, der seinem kleinen Bruder zuliebe einen Mord beging, und ein kleiner Bruder, der ihn anzeigte.

»Was zum Teufel geht dich das an? Du stehst hier vor deinen verdammten Stapeln und schlägst mir diese Sache um die Ohren! Ich habe nichts mehr damit zu tun.«

Sie ignorierte seine geröteten Wangen und seine erhobene Stimme. Vielleicht bemerkte sie beides auch gar nicht, weil sie sich so auf ihre Beweisführung konzentrierte.

»Dein Name befindet sich also im ersten Stapel. Die Fakten verweisen auf eine wichtige Voraussetzung der Straftat, nämlich dass Sam Larsen und du Brüder seid. Wenn wir jetzt den mittleren Stapel betrachten, der in meinem System den Namen *You fucked up* trägt und die Spuren beschreibt, die nach einer Straftat zurückbleiben, dann taucht dein Name auch dort auf, John. Denn in diesem Stapel findet sich Folgendes.«

Auch dieses Dokument lag zuoberst. Sie reichte ihm das Blatt mit den vier handgeschriebenen Namen.

»Vier Namen waren zu überprüfen. Vier ehemalige Strafgefangene aus Österåker, die zusammen mit Leo Duvnjac eingesessen hatten. Du warst der Meinung, dass wir aus Zeitgründen die Überprüfung unter uns aufteilen sollten. Darüber, dass Sam Larsen dein Bruder ist, hast du kein Wort verloren, und auch nicht darüber, dass seine Personenbeschreibung auf den Täter passt, den wir uns in der Filmsequenz der Überwachungskamera angesehen hatten. Du hast nur gesagt, dass er ein Alibi besitze, und zwar eines, das ich nie zu Gesicht bekommen habe.«

Jetzt legte sie ihre Hand auf den dritten Stapel.

»Mein letzter Stapel heißt *Glaub bloß nicht, dass du davonkommst.* Darin kristallisiert sich aus den Spuren ein Täter heraus. Mir liegt der Bericht einer Polizeistreife vor, die ich an die Adresse geschickt habe, unter der dein Bruder gemeldet ist. Auf der Rückseite des Hauses wurden die Reste eines Feuers gefunden. Jemand hat Möbel, Kleider, Bücher und Fotos verbrannt. Kühl- und Gefrierschrank waren leer, und der Strom war abgestellt, obwohl ein Nachbar deinen Bruder gestern noch gesehen hatte.«

Er hatte fünfzehn Minuten Zeit gehabt, um seine Lüge vorzubereiten.

»Hörst du, was ich sage, John? Das heißt, dass sich dein Bruder aus dem Staub gemacht hat.«

Den größten Teil dieser Zeit hatte er auf ein Telefonat mit einem

Mann verwendet, von dem er gehofft hatte, dass er für ihn zum Rettungsanker werden könnte.

»Verdammt, John, und du hast das alles einfach geschehen lassen?«

Er lehnte sich zurück, um wieder einmal vorzuspielen, wie er sich ganz und gar nicht fühlte: normal.

»Elisa, du hast recht. Ich habe einen Fehler begangen.«

Obwohl er eigentlich nur weglaufen wollte.

»Ich hätte dir natürlich sofort sagen sollen, dass wir miteinander verwandt sind, aber wir hatten nie sonderlich viel miteinander zu tun. In zwanzig Jahren haben wir uns nur ganz selten gesehen. Blutbande bedeuten uns wirklich nichts.«

Bisher hatte er sich an die Wahrheit gehalten, jetzt würde er ihr eine Lüge auftischen. Noch immer lag das Gerichtsurteil aus seiner Kindheit vor ihm auf dem Tisch. Er hielt es hoch.

»Du hast es ja selbst gelesen, nicht wahr? Dann weißt du auch, dass ich ihn angezeigt habe. Ich habe dafür gesorgt, dass sie ihn festgenommen haben, und ich würde keinen Moment zögern, es wieder zu tun, wenn er tatsächlich eine Straftat begangen hätte. Aber das hat er nicht getan, denn er verfügt über ein Alibi.«

Diese Lüge würde sie gleich auf ihre Belastbarkeit prüfen.

»Dann nenne mir bitte dieses Alibi, John, damit ich es selbst überprüfen kann.«

Er hatte ein Telefonat geführt.

»Sie erinnern sich doch, dass Sie mir behilflich sein wollten, falls es irgendein Problem gibt?«

Sein Rettungsanker.

»Natürlich.«

»Jetzt bräuchte ich diese Hilfe.«

»Ein gewisser Bertil Lundin ist Kapitän der Fähre, die das Festland mit der Insel verbindet, die in diesem verdammten Urteil vorkommt, mit dem du gerade gewedelt hast. Auf dieser Insel hat Sam nach seiner Entlassung gewohnt. Man kommt nur mit dieser einen Fähre dorthin. Lundin kann bestätigen, dass Sam am fraglichen Tag um 16.30 Uhr auf der Fähre war, unterwegs zur Insel.«

Ohne zu fragen, begann Broncks im Papierstapel in der Mitte zu blättern. Er suchte das Foto des maskierten Räubers, der zu einem Milchlaster rennt.

»Um 16.30 Uhr wurde dieses Foto aufgenommen.«

Er hatte Glück, der Fährmann war so unkompliziert, wie er gehofft hatte.

»Hatten Sie 16.30 Uhr gesagt?«

»Ja, diese Überfahrt.«

»Da hätte Ihr Bruder durchaus an Bord gewesen sein können. Daran müsste ich mich auch erinnern können, weil er vielleicht aus dem Auto gestiegen ist und mir zugewinkt hat. Das tut er immer.«

»Danke. Und die Überwachungskamera?«

»Die ist derzeit nicht in Betrieb. Das ist schon seit einer Woche so.«

»Auch dafür vielen Dank. Es tut mir leid, aber ich kann Ihnen nicht sagen, warum das so wichtig ist.«

»Das ist auch nicht nötig. Ich hätte schon damals eingreifen sollen, als ihr klein wart.«

John Broncks stand auf und nahm seinen Becher mit heißem Wasser. Er hatte ihr seine Lüge vorgetragen und ging Richtung Korridor davon, weg von ihren Fragen, zu deren Beantwortung ihm die Kraft fehlte.

»Jetzt kannst du das nachprüfen, Elisa, und auf einem von deinen Stapeln ablegen. Ich gehe in mein Büro, mache das Licht aus und öffne die Fenster, da mir das lieber ist.«

Er hatte die Schwelle erreicht, als ihre Stimme ihn einholte.

»Da ist noch etwas. Vincent Duvnjac.«

Er blieb stehen.

»Und?«

Er konnte nicht erneut vor ihren verdammten Unterlagen Platz nehmen. Auf diese Frage hatte er sich nicht vorbereitet. Eine Lüge setzte schließlich voraus, dass der Lügner selbst begriff, was vorgefallen war. Er wusste nicht, ob er das wollte.

»Er ist tot.«

»Das weiß ich.«

»Du warst dort.«

»Ja.«

»Und wie kommt das, John? Und was noch interessanter ist, wie kommt es, dass Vincent zusammen mit dir dort war?«

»Das geht aus dem Bericht hervor, den ich morgen dem Ermittlungsleiter vorlegen werde. Guten Abend, Elisa.«

Ein einziger Schritt. Über die Schwelle. Weiter kam er auch dieses Mal nicht.

Er sah es nicht, aber er hörte es.

Sie nahm ein Dokument vom dritten und letzten Papierstapel.

»Während du mich hast warten lassen, John, hatte ich den Eindruck, dass du telefoniert hast. Ich kann das allerdings nicht beschwören. Ich habe ebenfalls die Gelegenheit genutzt zu telefonieren, und zwar mit meinem Kontaktmann beim Telefonanbieter, bei dem Vincent Duvnjac seinen Handyvertrag abgeschlossen hat. Auf der Liste in meiner Hand stehen alle Nummern, von denen er heute angerufen wurde. Einige sind besonders belastend. Sie bestätigen die Aussage von Vincents Mutter, dass ein Beamter, der schon früher gegen die Brüder ermittelt hat, ihren jüngsten Sohn kontaktiert und ihn gezwungen hat, ihn zu begleiten. Offenbar ging es um ihren ältesten Sohn Leo.«

Sie verließ den Schreibtisch, ging auf ihn zu, packte ihn an den Schultern und zwang ihn, sie anzuschauen.

»John, ich sage es noch einmal. Den dritten Stapel meines Systems habe ich *Glaub bloß nicht, dass du davonkommst* getauft.«

Ihre Augen glühten.

»Dort findet sich der Name von Leo Duvnjac. Er wird nicht davonkommen. Auch dein Bruder Sam Larsen wird nicht davonkommen. Ich werde ihn suchen, bis ich ihn gefunden habe, und er wird reden. Und du bist ebenfalls dabei, John, und ich werde dich drankriegen. Du weißt, dass es mir scheißegal ist, wenn ich mir hier im Haus Feinde mache, solange ich recht behalte. Du wirst auf keinen Fall davonkommen.«

John Broncks machte in dieser Nacht kein Licht mehr in seinem Büro.

Auch die Fenster schloss er nicht.

Denn wer nicht in die Vergangenheit zurückkehren wollte, wer alle Schulden endlich bezahlt hatte, wer sich aber auch nicht in der Gegenwart aufhalten und der unerträglichen Hitze und dem blendenden Licht einer Brandbombe begegnen wollte, hatte nur eine Alternative, nämlich nach vorne zu schauen.

Und um das zu tun, musste er wissen, wohin.

Er würde in der eisigen Dunkelheit sitzenbleiben, bis sich in der Morgendämmerung der Nebel im Hafen von Riga verflüchtigte.

Bis dahin musste er es wissen. Dann musste er einen Entschluss gefasst haben.

Dann war es vorbei.

Frühe Dämmerung. Das Licht hatte gerade seine Reise über den Himmel begonnen. In den Gängen des Untersuchungsgefängnisses Kronoberg war es schon etwas hell.

Gleich würde er einen Pakt mit dem Teufel schließen.

Aber der Teufel schaute ihn nicht einmal an, sondern saß nur mit leerem Blick auf seiner Zellenpritsche.

»Soll ich aufschließen?«

Der junge, schlaftrunkene Wärter mit dem riesigen Schlüsselbund stellte diese Frage jetzt schon zum zweiten Mal.

»Noch nicht.«

Die kleine viereckige Öffnung in der Zellentür rahmte Leo Duvnjac auf eine Art ein, die ihn klein erscheinen ließ. John Broncks erwog einen Augenblick lang, sein Schweigen zu beantworten, indem er einfach die Klappe schloss und ging. Aber es blieb ihm keine Wahl. Wer Verhandlungen mit dem Teufel aufnehmen wollte, konnte nicht erwarten, eingeladen zu werden.

»Jetzt können Sie aufschließen.«

Der Schlüsselbund rasselte, und die Riegel schnappten mit einem Klicken zurück.

»Danke. Schließen Sie bitte hinter mir ab. Sie können dann gehen.«

»Sicher?«

John Broncks nickte ungeduldig.

»Ja. Sicher.«

»Wollen Sie da wirklich reingehen? Allein? Ohne Alarm?«

»Geben Sie mir den Alarm, dann können Sie gehen.«

Der Wärter reichte Broncks ein kleines schwarzes Plastikkästchen.

»Ein Druck auf den Knopf genügt.«

Durch die offene Klappe hörten sie das Klappern des Schlüsselbunds, dann ging der Wärter davon.

Die Zelle war nicht sonderlich groß. Eine Pritsche, ein an der Wand festgeschraubter Tisch, ein Waschbecken mit tropfendem Wasserhahn. Zwei Männer, die sich hassten, ließen die Zelle noch kleiner erscheinen. Dieser Hass hatte sechs Jahre geschlummert und war gerade einige Tage lang eskaliert, bis es geheißen hatte: *Wenn Sie meinen Bruder in die Sache mit reinziehen, dann ziehe ich auch Ihren Bruder mit rein.*

»Was gestern passiert ist … hätte nie passieren dürfen.«

Irgendwie hatte John Broncks gehofft, sich für Vincent Duvnjacs Tod nur in einem Bericht an seine Vorgesetzten rechtfertigen zu müssen und vor allen Dingen nicht bei dem Mann, der ihm jetzt in einer Zelle gegenübersaß und ihn anstarrte.

»Ihr Bruder … Vincent, er …«

»Sie sagen verdammt nochmal kein Wort mehr über meinen Bruder.«

Leo Duvnjac schrie nicht. Trotzdem hallte seine Verzweiflung in der stickigen Zelle wider.

»Und jetzt sollten Sie auf diesen verdammten Alarm drücken, denn ich will, dass Sie aus meiner Zelle verschwinden.«

John Broncks blieb stehen. Bei jemandem zu bleiben, der einen hasst, fällt einem leicht, wenn sich keine Alternative bietet.

»Leo, ich will, dass Sie mir zuhören.«

»Gehen Sie!«

»Geben Sie mir zwei Minuten.«

»Gehen Sie einfach.«

Broncks ging auf die Metalltür zu, schob sie auf und schloss von außen das Überwachungsfenster.

»Diese Unterhaltung geht nur uns beide etwas an. Und zwar geht es hier nicht um einen Polizisten und einen Verdächtigen, sondern um zwei Individuen, die jeder in den letzten vierundzwanzig Stunden Fürchterliches durchgemacht haben.«

Er zog die Tür wieder zu.

»Ich habe keine Ahnung, was Sie damit gemeint haben, aber letztes Mal, als wir uns hier im Präsidium getroffen haben, da haben Sie sich, nachdem ich Sie rausgelassen hatte, noch einmal umgedreht und gerufen: *»Der heutige Tag war ein verdammt schwarzer Faden für Sie, John Broncks.«*

Zum ersten Mal hatte er das Gefühl, dass Leo Duvnjac seinem Blick begegnete. Das leere Starren wurde lebendig.

»Ich stelle mir vor, dass das, worüber wir jetzt sprechen sollten, genau so ein Faden ist.«

Leo Duvnjacs Augen betrachteten ihn lange, als versuchten sie zu ergründen, was sie da eigentlich sahen.

»Sie bekommen Ihre verdammten zwei Minuten«, sagte er schließlich und streckte die Hand aus. »Wenn Sie mir den Alarm geben.«

Broncks wusste, was das bedeutete, nahm den schwarzen Plastikgegenstand aber trotzdem aus der Hosentasche und legte ihn in die ausgestreckte Hand seines Gegenübers.

»Falls Sie in diesen zwei Minuten nichts sagen, was meine Einschätzung Ihrer Person verändert, Broncks, zerschmettere ich Ihren Kopf an der Betonwand.«

Leo Duvnjac erhob sich, und die kleine Zelle wirkte noch kleiner.

Broncks schaute auf die geschlossene Tür. Ihm war klar, dass in zwei Minuten nur noch einer von ihnen am Leben sein würde, wenn die aufgestaute Wut des Mannes vor ihm nicht nachließ.

»Verstehen Sie, Broncks, ein verdammter schwarzer Faden mehr oder minder ist jetzt auch egal. Sie haben Vincent ausgenutzt, um an mich ranzukommen, und das ist schiefgegangen. Sie tragen die Verantwortung für seinen Tod.«

Leo Duvnjac war gut zehn Zentimeter größer als Broncks. Als er sich zu Broncks vorbeugte, musste er sich bücken, damit sich ihre Augen begegnen konnten. Er flüsterte:

»Können Sie ihn hören, Broncks? Den Sekundenzeiger? Ticktack, ticktack.«

John Broncks hörte ihn und spürte ihn auch innerlich. Es war beinahe angenehm, dass der nächste Augenblick alles entscheiden würde. Ganz gleichgültig, wie, würde es gleich vorüber sein, und er brauchte sich nicht mehr den Kopf über irgendetwas zu zerbrechen.

»Folgendermaßen: Ich bin der einzige Beamte, der genau weiß, wie alles, was in den letzten Tagen passiert ist, miteinander zusammenhängt.«

»Ticktack, Broncks, ticktack.«

»Sie haben den Überfall geplant, den mein Bruder und der getötete Jari Ojala begangen haben. Straftatbestand: Schwerer Raub, acht Jahre Gefängnis. Sie und mein Bruder haben den Diebstahl im Keller dieses Hauses gemeinsam begangen. Meine Kollegen versuchen immer noch, ihn aufzuklären. Straftatbestand: Schwerer Raub, zehn Jahre Gefängnis. Sie haben zweihundert automatische Armeewaffen in einer Geheimkammer Ihres Hauses aufbewahrt. Straftatbestand: Terrorstraftat, lebenslängliche Gefängnisstrafe.«

»Ticktack, ticktack.«

»Ich wiederhole: Momentan bin ich der Einzige, der das alles weiß. Andere Polizisten, durchaus fähige Leute, haben mit ihren Ermittlungen begonnen. Sie sind den Zusammenhängen auf der

Spur, die ich längst erkannt habe. Sie haben die Wahl. Sie können ihnen alles erzählen oder Sie können das tun, was Sie, wie wir beide wissen, verdammt gut beherrschen: nämlich schweigen.«

John Broncks spürte, wie Leo Duvnjac ihm mit der Hand über die Schläfe strich. Der Mann, der ihn hasste, hatte plötzlich den Arm ausgestreckt, um ihm zu demonstrieren, wie einfach es sein würde, seine Drohung wahrzumachen.

»Noch eine Minute.«

Jetzt strich er über die kahle Betonwand neben Broncks' Hinterkopf. Das war eine deutliche Sprache. Aber John Broncks regte sich nicht, verstummte nicht, sondern lehnte sich ganz im Gegenteil entspannt an die Wand.

»Heute habe auch ich einen Bruder verloren.«

Als wollte er zeigen, dass er die Abmachung akzeptierte. Es ist dein Recht, mich totzuschlagen, wenn ich dich nicht überzeuge. Er blieb auch stehen, als Leo seine Handfläche an seiner Wange vorbei an die Betonwand knallte.

»Wovon reden Sie, verdammte Scheiße! Sie haben ja keine Ahnung, wie es ist, einen Bruder zu verlieren!«

»Gestern habe ich meinen Bruder in der Luxuskabine einer Fähre angetroffen. Ich habe das Champagnerglas ausgetrunken, das für Sie bestimmt war. Ich hätte ihn festnehmen lassen können. Ich kann immer noch dafür sorgen, dass er in ein paar Stunden im Hafen von Riga festgenommen wird. Ich kann es aber auch lassen. Wenn Sie tun, was ich will.«

Es vergingen einige Sekunden.

Dann senkte Leo den Arm und wandte den Blick von der Wand ab. Er zählte auch nicht mehr die Sekunden.

»So haben Ihr Bruder Sam und ich uns kennengelernt. In einer Zelle mit geschlossener Tür in Österåker, als ich noch glaubte, er sei Ihr Zuträger.«

John Broncks war sich sicher, die Wut seines Gegenübers zumindest vorläufig gedämpft zu haben.

Es war ihm gelungen, Leo Duvnjacs Interesse zu wecken.

»Also, was wollen Sie, Broncks, verdammt nochmal?«

»Dass Sie niemandem gegenüber aussagen, dass Sam in diese Sache verwickelt war.«

»Und warum sollte ich das tun? Warum sollte ich die Gelegenheit nicht nutzen, um Sie dranzukriegen? Schließlich sind Sie für Vincents Tod verantwortlich.«

»Nichts deutet darauf hin.«

»Sie haben ihn dorthin gelockt! Sie haben ihn mit Ihren verdammten Handschellen an den Lastwagen gekettet!«

»Mit denselben Handschellen, die Sie trugen, als meine Kollegen kamen. Für jeden Außenstehenden ist Ihre Anwesenheit dort sehr viel schwerer zu erklären als meine, oder etwa nicht? Denn in meiner Version gäbe es eine Erklärung, worum es sich bei dem geschmolzenen Metall eigentlich handelt. Wo dieses Metall herkommt. Wie die gesamte Indizienkette aussieht. Wenn Sie keine Aussage dazu machen, dann mache auch ich keine Aussage zu *Ihrer* Beteiligung. Dann könnten wir in fünf Minuten draußen auf dem Bürgersteig stehen und bräuchten uns nie wiederzusehen. Sie könnten meinen Bruder und die Reisetaschen suchen und genau das tun, was geplant war.«

Broncks versuchte, sich einen Reim auf den Gesichtsausdruck seines Gegenübers zu machen.

Das gelang ihm nicht.

»Fünfzig Millionen? Hören Sie, Broncks, das macht Vincent auch nicht wieder lebendig.«

Nur so viel war sicher: Die beiden Minuten, die ihm Duvnjac zugestanden hatte, waren vorüber.

»Aber ich werde es tun.«

Er gab Broncks den Alarm zurück.

»Für Sam.«

Sie sahen sich in dem Augenblick an, in dem sich ihre Hände begegneten.

»Mich interessiert nur eines, Broncks: Für wen tun *Sie* das?«

John öffnete die Zellentür und gab dem jungen Wärter Bescheid, dass er wieder abschließen könne. Dann ging er, ohne die Frage zu beantworten. Die Antwort wäre zu jämmerlich gewesen: *Für mich*.

Das blau-weiße Absperrband am Eingangsbereich des Polizeipräsidiums flatterte im Aprilwind. Leo setzte seine Kapuze auf und kam unbemerkt an den ersten Polizisten in Uniform vorbei. Als Broncks das Absperrband anhob, sahen sie sich zum letzten Mal an, ein kalter, rascher Blick, ehe sie in entgegengesetzte Richtungen davongingen. Broncks zurück ins Gebäude und Leo langsam in Richtung Innenstadt.

Nachdem er ein Stück gegangen war, konnte er es nicht lassen, sich umzudrehen und den abgesperrten Polizeikomplex zu betrachten. Der größte Diebstahl der skandinavischen Geschichte war *im* Präsidium verübt worden, und zwar von dem Mann, der es gerade verließ.

Er war ihm gelungen, das zurückzunehmen, was es nicht gab.

Gleichzeitig hatte er Broncks das genommen, worauf er so stolz war und wofür man ihn gefeiert hatte.

Der einzige Unterschied zu seiner Freilassung Anfang der Woche bestand darin, dass Vincent tot war. Vier Tage hatte es gedauert, alles zu verlieren.

Vor seinem inneren Auge sah er seine Mutter vor sich, wie sie am ersten Abend gewesen war, so stabil, mit beiden Beinen im Leben. *Was auch immer du vorhast, Leo.* So hatte sie immer dagestanden, wenn sie sich gegen Ivan aufgelehnt hatte. *Zieh deine Brüder nicht mit rein.* Sie hatte ihn angeschaut und war ihm mit der Hand über die Wange gefahren.

Er ging weiter.

Allein.

Durch das frühmorgendliche Stockholm.

Er begegnete gestressten Leuten auf dem Weg zur Arbeit, wütenden Autofahrern, die laut hupten, und Bussen, die sich durch den dichten Verkehr zwängten. Aber er sah sie nicht. Denn irgendwann verließen ihn seine Kräfte.

Denn genau so war es.

Man machte manchmal zu, weil man zu sehr liebte.

Und wenn man wieder aufmachte, überfielen einen die Gefühle, und man begriff, dass die Trauer von Erinnerungen lebt.

Denn alles gehörte irgendwie zusammen. Menschen, die durch seine Taten zusammengezwungen worden waren, um die Bande zerreißen zu können. Seine Eltern in einer leeren, frisch renovierten Wohnung. John Broncks und Sam Larsen in einer Luxuskabine. Er selbst und sein geliebter kleiner Bruder in einer leerstehenden Scheune.

Sie waren zusammengezwungen worden, um etwas für immer zu beenden.

Und obwohl er eigentlich nie weinte, weil das ganz einfach nicht ging, tat er es jetzt doch.

Auge aus Stahl

Das Kreuz auf der Landkarte. Genau an diesem Platz stehen sie. In einem Wald, der auf der Landkarte grün ist, und in einigem Abstand von dem Fahrradweg, den Leo mit blauem Kugelschreiber auf der Landkarte markiert hat.

Felix sitzt bequem auf einem Felsbrocken, der an den Kopf eines Riesen erinnert, und baumelt mit den Beinen. Er rutscht etwas tiefer, um seine Fersen im weichen Moos vergraben zu können. Er will besser sehen können, was in den beiden Plastiktüten liegt.

Es ist zu spät.

Felix bereut es von ganzem Herzen, aber jetzt ist es zu spät.

Gesagt ist gesagt.

Vincent sollte entscheiden. Er stand zwischen seinen älteren Brüdern und schwankte erst zwischen Ja und Nein und entschied sich dann unter Druck für ein Ja. Der Scheißplan würde doch durchgezogen werden. Als alles bereit war, erklärte Leo plötzlich, er brauche gar keine Hilfe, er würde das Ding lieber alleine durchziehen. Und genau deswegen hatte Felix damit begonnen, ihm in den Ohren zu liegen. »Ich will aber mitmachen«, hatte er gesagt und wäre dabei fast in Tränen ausgebrochen. »Ich will aber.«

Nicht einmal er selbst begreift, wie sich sein eigenes Nein plötzlich in ein Ja verwandeln konnte. Oder vielleicht doch. Er weiß genau, warum er es sich anders überlegt hat. Nicht etwa, weil er mitmachen will, sondern weil er nicht will, dass Leo geschnappt wird.

Zu Hause in der Küche ist Leo alles noch einmal durchgegangen. Er hat erklärt, wofür das Kreuz auf der Landkarte steht. In diesem Fichtenwäldchen kann niemand sie sehen, obwohl es ganz in der Nähe des Radwegs liegt. Um das zu überprüfen, hat er ein blau-weißes Hockeyshirt auf einen Baumstumpf gehängt, Farben, die im Herbst nichts in einem Wald verloren haben. Dann ist er zehnmal den Radweg entlanggeradelt – und das Hockeyshirt war im Septemberlaub nicht zu sehen. Also wurde das Wäldchen endgültig zum Ausgangspunkt. Hier würde sich ein Vierzehnjähriger in Loser-Lasse verwandeln und Loser-Lasse anschließend wieder in einen Vierzehnjährigen.

Die Verkleidung liegt vor ihnen auf der Erde. Die ungleichmäßig grüngefärbte Jacke, die Perücke mit dem schulterlangen Haar, die zerknitterte Zigarettenschachtel. Dazu die in unterschiedlichen Formen zusammengesetzte Polsterwatte.

Das wichtigste Stück ist der Bauch. Mit ihm ist Leo besonders zufrieden, vier Lagen aufeinander und weiter unten nur zwei. Ein Hängebauch. Er hat die Polsterwatte mit großen Stichen zusammengenäht und wird sie mit einer Schnur festbinden.

»Mach bitte einen Knoten.«

Der Hängebauch versteckt das allzu Magere und verändert die Form.

»Felix? Du musst auf dem Rücken einen Knoten machen.«

Sein kleiner Bruder tut es. Zieht die Schnur an. Stabilisiert die Schleife und schüttelt den Kopf, als er das Ergebnis betrachtet.

»Du hast ihn doch Loser-Lasse getauft. Das ist vollkommen falsch.«

»Er heißt aber so.«

»Ein Loser hat aber keinen Bauch.«

»Loser-Lasse trinkt aber.«

»Säufer sind spindeldürr.«

»Er ist Quartalssäufer und trinkt meistens Bier, aber auch ziemlich viel Schnaps, das sind verdammt viele Kohlenhydrate.«

Dann die Brustplatte aus Wattestücken, die ihn solider erscheinen lassen, während die Achselpolsterung für die richtige Breite sorgt. Die Oberarme werden mit einem Lager Watte umwickelt, die Felix mit Klebeband festklebt.

»Was ist?«

Leo sucht Felix' Blick. Er hat zu lange geschwiegen.

»Du, Felix?«

Er sieht ein, dass es bei dem Protest gegen Loser-Lasses Hängebauch nicht darum gegangen ist, ob Alkoholiker fett sind. Sein kleiner Bruder hat gezögert. Vielleicht versucht er, alles zu verhindern.

»Hallo! Antworte schon! Was ist los?«

Ein letztes Stück Klebeband. Der rechte Arm ist fertig.

»Ich habe noch nie was geklaut.«

Jetzt kommt also der zweite Versuch, alles zu verhindern, da der erste erfolglos war.

Der zweite wird auch keinen Erfolg haben.

»Aber das ist doch perfekt, Felix! Dann ist es glaubwürdig. Sie sollen dich ja schnappen.«

In einer der Jackentaschen liegt ein Handspiegel mit Holzgriff. Leo hält ihn in der einen Hand, während er sich mit der anderen zurechtmacht wie Mama, wenn sie sich aufhübscht. Zu Hause hat er alles vorbereitet. Er hat einen weichen Bleistift gegen einen der alten Kopfkissenbezüge gerieben, die Mama zum Fensterputzen verwendet. Jetzt verteilt er den schwarzen Staub unter seinen Augen.

»Punkt zehn vor sechs muss Klicken dich entdecken. Versuch, so miserabel wie nur möglich zu klauen.«

Zum Schluss noch etwas schwarze Farbe aufs Kinn, damit er müder, fertiger aussieht.

»Wenn Klicken dich schnappt, nimmt er dich mit in sein Büro.

Dort werdet ihr eine Weile sitzen. Er fragt dich, wo du wohnst und wie deine Mutter heißt. Erst sagst du überhaupt nichts, schweigst einfach und bist sauer. Dann sagst du irgendwas von wegen, dass es zu Hause gerade schwierig ist oder so. Dann passiert weiter nichts, weil du minderjährig bist. Wichtig ist, dass ihr in sein Büro geht. Ich kümmere mich um den Rest. Klicken soll sich mit dir beschäftigen, während die Frau mit dem Geld zur Bank geht. Okay?«

Er stülpt die Perücke über sein kurzes blondes Haar. Dann kommt die Jacke, die jetzt dank der Polsterwatte passt. Zum Schluss setzt er die Kapuze auf, unter der sein Kopf fast ganz verschwindet.

Felix sieht jemand anderen und wirklich nicht seinen großen Bruder. Das *ist* Loser-Lasse. Sogar die Perücke unter der Kapuze sieht aus wie richtiges Haar, das in alle Richtungen absteht.

»Shit. Es funktioniert!«

»Das habe ich doch gesagt. Wiederhole bitte, was du tun sollst.«

Demonstrativ streckt Felix sein Handgelenk mit der Armbanduhr in die Höhe und geht wortlos Richtung ICA. Als er das Wäldchen schon fast verlassen hat, dreht er sich noch einmal um.

»Ich werde so schlecht klauen, dass Klicken mich ins Büro mitnimmt.«

»Gut, Felix, und wann?«

»Um Punkt zehn vor, nicht früher und nicht später.«

Leo bremst und springt von dem geklauten Fahrrad. Das geht völlig mühelos, obwohl er so riesig aussieht, denn Bauch, Brustkorb und Armmuskeln sind aus Polsterwatte und wiegen nichts. Doch er schwitzt. Der Schweiß läuft ihm den Rücken hinab, und die Perücke auf seiner Stirn juckt so stark, dass er fast verrückt wird.

Hinter der nächsten Anhöhe ist er am Ziel. Er biegt vom Fahrradweg ab. Äste und Zweige verfangen sich in den Speichen, und es klingt wie früher, als er Spielkarten mit Gummibändern an der Gabel befestigte. Als er sich sicher ist, dass vom Weg aus niemand sein Fahrrad sehen kann, lehnt er es an einen Baum und geht zwischen den krummen Birken und kerzengeraden Fichten hindurch, während ihm der Schweiß herunterläuft.

Dort.

Genau am Ende des Waldes und am Anfang der Bebauung.

Dort, wo die Vegetation auf viereckige Betonplatten trifft, muss Loser-Lasse gestanden und nervös Kette geraucht haben, eine Zigarette nach der anderen, um den nötigen Mut aufzubringen. Leo will, dass die Polizei das anschließend denkt. Die falsche Spur. Er wirft die fünf Zigaretten, die er zu Hause am Küchentisch bis zum Stummel abgebrannt hat, ins Moos.

Der runde Spiegel an der Decke, der Ladendiebe abschrecken soll, sieht aus wie ein Riesenauge aus funkelndem Stahl. Es bewacht Felix, als er an den Regalen mit Sirup und Marmelade vorbei Richtung Süßwaren geht.

Ein Auge, das alles und jeden sieht.

Jeden, der mit leeren Händen eintritt und mit vollen Tüten den Laden verlässt. Jeden, der an dem uniformierten Wachmann neben den automatischen Türen vorbeigeht, der aus dem weißen Licht des Ladens in den herbstlichen Wind hinaustritt.

Viertel vor sechs.

Wird Klicken Leo in fünf Minuten festnehmen? Felix vergleicht seine Armbanduhr mit der großen quadratischen Uhr an der Wand, bei den Kassen. Noch schlimmer wäre, wenn zufällig ein Streifenwagen vorbeiführe, während sein großer Bruder auf die Frau zuläuft und ihr die Tasche entreißt. Dann hätte er keine Chance. Deswegen zittern Felix' Knie auch so fürchterlich. Gleich geht es los, und niemand weiß, wie es enden wird.

Er schaut zum Spiegel hoch. Er ist deutlich von allen Seiten zu sehen.

Ein Stahlauge.

Vielleicht denkt er deswegen plötzlich an sie.

Wenn mich Klicken geschnappt hat und ich ihm im Büro gegenübersitze, muss ich ihm den Namen meiner Mutter sagen. So funktioniert das nun mal.

Er steht vor den Süßigkeiten an der ersten Kasse und den automatischen Türen, von denen aus Klicken den Laden überwacht. Noch vier Minuten und dreißig Sekunden. Er wird so tun, als könne er sich nicht entscheiden, welche Schokolade er nehmen soll. Milchschokolade, ganze Nuss, Nuss oder Trauben-Nuss, die Sorte, die Mama am liebsten mag.

Mamas Name. Dann wird sie sofort erfahren, was ich gleich anstellen werde. Morgen, wenn ich an ihrem Bett sitze, wird ihr zugeschwollenes Auge auf mir ruhen wie das Stahlauge an der Decke.

Voriges Mal habe ich Leo verpetzt, und diesmal bin ich selbst der Dieb, und sie wird mich genauso ansehen wie ihn damals.

Nein.

Er wird es nicht tun, verdammt nochmal.

Felix hat eine Entscheidung getroffen. Nicht, welche Schokoladensorte er klauen soll, sondern dass er es bleiben lassen wird.

Er wird die Schokolade im Regal liegenlassen. Er wird sich einen Dreck um diese Sache scheren und einfach nach Hause gehen. Dann braucht er weder in irgendeinem verdammten Büro zu sitzen noch an einem verdammten Krankenbett – als jemand, der er nicht sein will.

In diesem Moment verlässt die Frau mit der Tasche das Lager.

Als er verstohlen zum Spiegel hochblickt, sieht alles verzerrt aus. Er selbst, die Frau, Klicken – sie alle stehen auf dem Kopf.

Das Stahlauge sieht alles, und nichts sieht so aus, wie man es erwarten würde.

Felix spürt, wie er am ganzen Körper zittert. Die Frau mit der Ledertasche befindet sich auf dem Weg zur Tür und zur Bank auf der anderen Seite des Platzes. Wenn Leo das Geld klaut, während Klicken neben der Tür steht, dann nehmen sie seinen großen Bruder fest. Wie Papa damals.

Er muss diese verdammte Schokolade klauen.

Felix streckt eine Hand Richtung Regal aus und schließt die

Augen, als er die erste Schokolade nimmt und sofort fallenlässt. Das Geräusch ist im ganzen Laden zu hören.

Seine Hände zittern so sehr, dass mit seinen Fingern nichts anzufangen ist.

Noch einmal. Jetzt mit der Rechten. Ganze Nuss. Eine Zweihundertgrammtafel. Im nächsten Augenblick lässt er sie in seinem Hosenbund verschwinden. Noch eine. Sein Gürtel sitzt so straff, dass die Tafeln in der Mitte durchbrechen.

Und dann – ein Schmerz.

Eine Rottweilerschnauze hat seine Schulter gepackt.

So verdammt weh tut es jedenfalls.

»Du ziehst die jetzt ganz schnell wieder raus, Bürschchen!«

Es ist Klicken.

»Mach die Jacke auf, verdammt nochmal, was hast du da noch alles drunter?«

Klicken brüllt. Gleichzeitig schreit draußen die Frau mit der Ledertasche. Klicken lockert seinen Griff und schaut durch das große Fenster.

Als der nächste Schrei zu hören ist, nähert er sich der Scheibe, um besser sehen zu können. Den elfjährigen Ladendieb schleift er hinter sich her.

Es ist wie im Fernsehen und wie damals im Krankenhaus, als Leo die Welt mit seiner Schulter abschirmte. Jetzt ist der Bildschirm so groß wie ein Schaufenster, aber die Welt dort draußen ist verzerrt und wirkt dadurch weniger real.

Zu sehen ist eine Frau.

Sie sitzt mit den Händen vor dem Mund auf der Erde, und ihr Schrei dringt zwischen den Fingern hindurch. Sie weint. Der Ton des Fernsehers ist perfekt, und die acht Worte, die sie ständig wiederholt, sind gut zu verstehen: »*Er hat die Tasche! Er hat das Geld!*«

Links im Bild rennt jemand von ihr weg. Ein großer Mann in

einer grünen, schmutzigen Jacke mit Kapuze. Klicken sieht es ebenso deutlich wie Felix. Er drückt ihn an die Wand.

»Du bleibst hier! Verstanden?«

»Ja.«

Die Stimme zittert so sehr, dass der Ladendieb sie nicht einmal selbst hört.

»Verstanden.«

Das Letzte, das Felix wahrnimmt, ehe sich der Bildschirm wieder leert, ist der Wachmann in Uniform, der aus dem ICA-Laden und über den Platz rennt.

In die Richtung, in die Loser-Lasse verschwunden ist.

Die Beine bewegen sich frei und mühelos an kahlen Bäumen vorbei und über laubbedecktes Moos, als würde er schweben, in der Hand hält er die Ledertasche. Aber nicht so fest, wie er sie gehalten hat, als er sie ihr entriss. Er musste dreimal ganz fest ziehen, erst dann hat sie losgelassen und ist umgefallen.

Jetzt hört er nur noch ihre Schreie, von denen er sich mit leichten Schritten entfernt. Er hat diese Schreie nicht ertragen. Sie hat wegen einer verdammten Tasche geschrien. Von Mama war während Papas Schläge kein Laut zu hören.

Vermutlich hört er deswegen jetzt auch das andere Geräusch hinter ihm.

Die Atemzüge eines Mannes.

Zweige knacken unter schweren schwarzen Schnürstiefeln.

Klicken. Verdammt. *Verdammt.*

Wieso ist er nur so schnell?

Gleich, nur noch am nächsten Wäldchen vorbei, am nächsten moosbewachsenen Felsen.

Gleich, der Baum mit dem Fahrrad.

Leo reißt es an sich, steigt in die Pedale und tritt. Es geht nur langsam voran. Zweige verfangen sich in den Speichen, während die verdammte Wachmannuniform immer näher kommt.

Mach schon, mach schon! Verdammtes Fahrrad!

Eine Senke, ein entwurzelter Baum, ein Gebüsch. Er schaut nach hinten, gerade als Klicken seinen fetten Arm ausstreckt und mit seinen Fingerspitzen den Gepäckträger berührt.

»Bleib stehen, verdammt!«

Ein Ruck. Er wird abrupt abgebremst. Klicken hat den Gepäckträger zu fassen bekommen.

Er hat mich.

Aber bei dem Ruck, der entsteht, wenn sich zwei entgegengesetzte Kräfte begegnen, verfangen sich die Beine des Wachmanns ineinander. Er stolpert und lässt los, während er das Fahrrad umstößt.

Leo fällt weich ins Blaubeergestrüpp. Während Klicken sich zweimal überschlägt und mit der Stirn auf einem Felsen aufschlägt. Er blutet stark. Trotzdem stehen beide gleichzeitig auf.

Dieser Idiot gibt nicht auf.

Er muss das Fahrrad wieder zu fassen bekommen und weiterradeln, ehe Klicken ihn packt.

Denn der Fahrradweg ist nur wenige Meter entfernt, und dort geht es bergab.

Seine letzte Chance.

Felix stützt sich auf den Knien ab und holt tief Luft. So steht er vor der Haustür, bis sich seine Atmung beruhigt hat. Es soll nicht zu hören sein, dass er vollkommen außer Atem ist, wenn er im zweiten Stock an Agnethas Wohnungstür vorbeigeht.

Er hat getan, was Klicken gesagt hat. Er hat neben dem schwarzen Brett vor der automatischen Tür des ICA gewartet. Der Wachmann hätte ihm eigentlich gar nichts zu sagen brauchen, denn Felix konnte sich ohnehin nicht bewegen. Wie gelähmt starrte er durch das Schaufenster und sah, wie Klicken Leo hinterherrannte, erst über den Platz, um dann hinter den Bäumen zu verschwinden. Währenddessen versammelten sich etliche Leute, um der ICA-Frau auf die Beine zu helfen und sie zu trösten. In diesem Durcheinander fasste er den Beschluss wegzulaufen. Nicht um zu fliehen, sondern um nicht sehen zu müssen, wie Klicken mit einem brüllenden und um sich tretenden Leo zurückkehrte.

Er hat eine Viertelstunde gebraucht, um nach Hause zu rennen. Aber obwohl sein Herz pocht und seine Fußsohlen schmerzen, ist er nicht müde. Es gibt eine winzige Chance. Vielleicht ist Leo ja doch entkommen und bereits zu Hause. Mit dem Fahrrad ist er schließlich viel schneller.

Er kann nicht länger warten. Er reißt die Haustür auf, schleicht die Treppe hoch und stürmt in die Wohnung.

»Leo!«

Er öffnet jede Tür, schaut in jedes Zimmer.

»Wo bist du, verdammt?«

Als Letztes schaut er in Vincents Zimmer, und noch ehe er fragen kann, schüttelt ihr kleiner Bruder den Kopf, dass die Enden der Mullbinden nur so fliegen.

»Leo ist noch nicht zu Hause.«

Verdammte Scheiße. Klicken hat ihn eingeholt!

Leo ist unterwegs zur selben Wache, in der schon Papa in einer Zelle sitzt.

Und dann werden Mamas Fragen kommen.

Was soll er antworten, verdammte Scheiße? Er weiß doch auch nichts!

Das Radio. Radio Dalarna, das ist der Sender, den sie immer hört. Hier werden halbstündlich Lokalnachrichten gesendet. Er läuft in ihr Schlafzimmer. Das Radio steht auf dem Nachttisch. Er stellt die Frequenz 100,2 ein.

Nervige Musik. Aber bis zu den nächsten Nachrichten sind es nur noch wenige Minuten. Er lässt die blöde Musik an, um den Anfang der Nachrichten nicht zu verpassen. Seinen kleinen Bruder bemerkt er erst, als der Mumientanz beginnt. Vincent steigt aufs Bett und hopst mit flatternden Mullbinden herum.

»Hör auf!«

»Nein!«

Jetzt fangen die Nachrichten an. Die Titelmelodie ertönt.

»Hör schon auf, du Idiot!«

Sein kleiner Bruder wirkt beleidigt und sogar gekränkt, aber Felix hat jetzt keine Zeit, sich darum zu kümmern.

»Jetzt sitzt du ganz still und hältst den Mund, während ich zuhöre!«

Die Stimme der Sprecherin klingt angenehm und ernst zugleich, als sie mit den aktuellen Nachrichten beginnt.

»Vor einer halben Stunde wurde kurz vor Ladenschluss ein Lebensmittelgeschäft im Stadtteil Slätta überfallen. Einer Angestellten wurde die Tageskasse entrissen, die sie gerade zur Bank bringen wollte.«

Felix hat jetzt noch größere Angst und ist deswegen nach außen noch wütender. Als Vincent zum zweiten Mal aufs Bett springt, brüllt er ihn an und versetzt ihm, als das nichts hilft, einen Stoß gegen den Oberarm, wo es besonders wehtut.

»Was … was … soll das, Felix?«

»Das kannst du mit deinen Verbänden doch gar nicht gespürt haben.«

»Aber das hat wehgetan.«

»Wickle dich halt noch fester ein und lass mich in Ruhe!«

»Zeugen wollen einen Mann beim Verlassen des Tatorts beobachtet haben. Erst zu Fuß, dann mit einem Fahrrad.«

Das ist alles. Die Sprecherin erklärt, dass man auf den Überfall zurückkommen werde, sobald man mehr wisse. Es folgt ein Interview mit dem Bürgermeister, in dem es um ein Finanzdefizit geht. Währenddessen springt Vincent ein drittes Mal aufs Bett.

»Vincent, ich habe doch gesagt …«

Aber als Felix sich umdreht, um Vincent erneut einen Stoß zu versetzen, begegnet er einem anderen Gesicht mit deutlich geschwärzten Wangen.

Er hat gar nicht gehört, dass sein großer Bruder in die Wohnung gekommen ist.

»Bist du zu Hause?«

»Bist *du* zu Hause?«

Sie umarmen sich nicht, trotzdem fühlt es sich so an.

»Ja, ich bin abgehauen, als Klicken hinter dir hergerannt ist.«

»Hast du deinen Namen gesagt?«

»Bitte?«

»Hast du ihm deinen Namen verraten?«

»Ich hätte es beinahe getan, aber da hat sie schon geschrien, und du bist mit der Tasche vorbeigerannt.«

Leo beugt sich vor, hebt etwas vom Fußboden auf und stellt es aufs Bett.

»Ich hab sie geschnappt und bin losgerannt. Dem fetten Wachmann bin ich davongeradelt, als er in den Graben gestolpert ist und gejammert hat.«

Die braune Ledertasche liegt vor ihnen.

»Wieso kommst du dann *jetzt* erst? Wenn du mit dem Fahrrad gefahren bist? Wenn du davongekommen bist? Begreifst du denn nicht, dass ...«

Jetzt legt Leo die Ledertasche zwischen sie.

»Felix, warte.«

Er ruft in die Diele.

»Vincent, komm her! Ich muss euch was zeigen!«

Einige Zeit vergeht, und als Vincent endlich antwortet, ist seine Stimme leise und mürrisch wie immer, wenn er wütend ist.

»Ich will aber nicht.«

»Komm, ich zeige es dir.«

»Ich will nicht! Felix schlägt mich. Er hat mich eben geschlagen.«

»Komm schon, Vincent. Schau dir das an. Du warst doch auch beteiligt. Du hast entschieden, dass wir das hier durchziehen sollen. Und das war wichtig.«

Vincent schlurft durch die Diele. Jetzt ist er doch neugierig geworden.

»Komm rauf zu uns aufs Bett.«

Vincent zögert und sieht erst Leo, dann Felix an, der ihm zuwinkt, um ihm zu vermitteln, dass er ruhig herkommen kann.

»Tut mir leid, hörst du? Ich hätte dich nicht boxen sollen. Komm schon.«

Gedankenverloren zupft Vincent an einer der losen Mullbinden, als wollte er sie geraderücken. Dann befestigt er den Teil des Verbandes, der sich beim Mumientanz gelöst hat, und springt aufs Bett.

»Gut, jetzt sind wir alle hier.«

Die braune Ledertasche hat einen Reißverschluss. Leo öffnet ihn und rutscht zur Seite, damit Felix in die Tasche schauen kann. Dann dreht er die Tasche in Vincents Richtung.

»Wenn die Scheine gebündelt sind, sieht es nicht nach viel aus. Aber ich habe das Geld gezählt, nachdem ich die Kleider und die Perücke vergraben und die Stelle mit Laub bedeckt hatte.«

Übertriebene Lippenbewegungen, als er eine Zahl nach der anderen ausspricht.

»Sieben. Und. Dreißig. Tausend. Acht. Hundert. Fünfzig.«

Noch einmal, schneller.

»Siebenunddreißigtausendachthundertfünfzig.«

Drei Brüder. Zusammen in Mamas Bett mit einer Ledertasche voller Geldscheine. Nur ihre Atemzüge und das Radio sind zu hören, nervtötende Musik, die die Zeit vor den nächsten Nachrichten füllt. Musik und … Schritte. Aus dem Treppenhaus. Mehr als eine Person. Sie bleiben vor der Tür stehen.

»Die Bullen, Leo!«

Es klingelt. Zweimal, jemand scheint nicht warten zu wollen. Leo wirft sich aus dem Bett, stürzt mit der Tasche in der Hand auf die Kleiderschränke zu und wählt den mittleren, in dem Bettwäsche und Handtücher untergebracht sind.

Die Tasche passt genau zwischen die Stapel mit den Laken und den Kopfkissenbezügen.

»Ihr beiden bleibt hier.«

Es klingelt ein drittes Mal, als Leo sich im Badezimmer die schwarze Farbe vom Gesicht wäscht und zur Wohnungstür eilt. Ein letzter Blick durch den Türspalt in Mamas Schlafzimmer. Felix sagt mit ebenso übertriebenen Lippenbewegungen wie Leo eben noch beim Nennen der Geldsumme: »Die Bullen.«

Leo schließt die Augen, zählt bis drei und öffnet.

Die Frau vom Jugendamt.

Schräg hinter ihr Agnetha.

Keine Bullen.

Sie begrüßen ihn und wollen reinkommen. Die Frau vom Jugendamt trägt keinen Mantel. Offenbar haben sie sich vorher schon unten bei Agnetha unterhalten.

»Sind deine Brüder auch zu Hause?«

Leo nickt in Richtung der fast geschlossenen Schlafzimmertür.

»Sie sind in Mamas Zimmer.«

Die Sozialarbeiterin fragt nicht um Erlaubnis, sondern marschiert einfach in die Wohnung. Agnetha und Leo folgen ihr und sehen, was sie sieht: einen kleinen Jungen, der mit einem schmutzigen Verband auf der einen Betthälfte liegt, und einen etwas älteren Jungen, der auf der anderen Betthälfte kauert und das Ohr an ein Radio drückt, in dem die Lokalnachrichten laufen. Die Sozialarbeiterin beginnt sofort zu reden, als hätte sie es eilig.

»Eure Mama …«

Sie weiß nicht recht, wie sie es sagen soll. Sie weiß nur, dass es besser ist, wenn sie es sofort tut.

»Sie kommt vorerst nicht hierher zurück.«

Felix nimmt, was sie sagt, nur mit einem Ohr wahr. Mit dem anderen Ohr hört er die Nachrichten, die wieder mit dem Raubüberfall im Stadtteil Slätta beginnen. Er würde gerne alles erzählen, weil dann so vieles einfacher würde. Aber das geht nicht, denn er war selbst dabei. Was sie getan haben, ist ungefähr so weit weg von den Trinkpäckchen, wie man nur kommen kann.

Es ist siebenunddreißigtausendachthundertfünfzig Kilometer weit weg.

»Ich glaube … oder besser gesagt, eure Mama glaubt, dass es noch zwei Monate dauern wird.«

Jetzt hört er die Sozialarbeiterin mit beiden Ohren.

»Zwei … Monate?«

»Ja, Felix. Erst mal müssen alle äußerlichen Schäden verheilen, verstehst du? Aber dann muss sie auch innerlich heilen. Sie wird von kompetenten Fachärzten behandelt. Und nach zwei Monaten, wenn alles verheilt ist, kommt sie wieder zu euch nach Hause.«

Zwei Monate. Achteinhalb Wochen. Sechzig Tage.

Felix denkt an Mamas müdes Auge, das rot gewesen war, wo es hätte weiß sein sollen. Jetzt weiß er ganz sicher, dass es so ist. Blutergüsse sind besser als schwarze Löcher, denn die heilen schneller.

»Ihr werdet solange in einer anderen Familie wohnen.«

Die Sozialarbeiterin versucht zu lächeln, als handle es sich um etwas Angenehmes. Doch es wirkt nicht besonders überzeugend, die Jungen scheinen ihr eher leidzutun.

»Eine nette Familie in Hosjö will euch helfen. Dort wohnt ihr, bis eure Mutter zurückkommt, nicht länger.«

Leo ist ihr Lächeln gleichgültig.

»Das verstehe ich nicht. Alles läuft doch super. Und Agnetha kann jederzeit hochkommen.«

»Darüber haben wir doch schon vor ein paar Tagen gesprochen, Leo, nicht wahr? Dass das mit Agnetha nur eine temporäre Lösung darstellt.«

»Temporär? Was ist das denn für ein verdammtes Wort?«

Leo wendet sich lieber an Agnetha, weil die nicht dauernd lächelt.

»Was meinst du, Agnetha? Es funktioniert doch alles prima, oder etwa nicht? Kannst du ihr das nicht erklären, damit sie es kapiert?«

Agnetha versucht, die Sozialarbeiterin, Leo und seine beiden Brüder gleichzeitig anzusehen.

»Doch, es hat wirklich super funktioniert, und ihr seid drei sehr nette Jungen. Aber ich habe einen Vollzeitjob, und zwei Monate lang geht das einfach nicht. Ich glaube, das ist dir eigentlich auch klar.«

Die Sozialarbeiterin versucht, Leo ihre Hand auf die Schulter zu legen, doch er weicht ihr aus. Sie kann ja nicht wissen, was er von solchen Gesten hält. Also nickt sie in Richtung Diele.

»Komm mal mit. Wir müssen miteinander reden, unter vier Augen.«

Sorgfältig schließt sie die Tür hinter ihnen, sie sucht nach Worten. Vielleicht muss sie zum ersten Mal das Dilemma definieren, dem sie sich jetzt gegenübersieht und das sie bislang nie hat lösen müssen. Was es heißt, sich in dem Vakuum zu befinden, das entsteht, wenn beide Eltern gleichzeitig verschwinden und zwei kleine Brüder mit einem Vierzehnjährigen zu überleben versuchen, der gelernt hat, dass sich das Leben meistern lässt, indem man mit dem Bären tanzt.

»Hör mir zu, Leo. Ich glaube … dass es dir nicht gut geht, obwohl du das Gegenteil behauptest. Ich glaube auch nicht, dass es Felix gut geht. Er mag das noch so oft sagen. Ich bin überzeugt davon, dass nicht einmal du glaubst, dass es Vincent sonderlich gut geht. Oder? Er steckt ja noch immer in diesem Verband. Er braucht Hilfe. Und diese Hilfe kann er von dir in dieser Wohnung nicht bekommen.«

Sonnenuntergang vor dem Fenster. Ein oranger Himmel, der noch stärker leuchtet, als Leo die Lamellen der Jalousien wendet.

Kleider. Schulbücher. Sportsachen. Toilettenartikel. Und einige von den Hundertern, die eigentlich auf der Bank liegen sollten, jetzt aber zwischen Laken und Kopfkissenbezügen eingekeilt sind.

Er packt alles, was er für zwei Monate braucht, in eine Sporttasche und zwei Plastiktüten.

»Vincent weigert sich zu packen.«

Felix hält nur eine einzige Tasche, Mamas Koffer, in der Hand.

»Er weigert sich, mir zu sagen, was er mitnehmen will. Sonst würde ich für ihn packen.«

In einer Stunde kommt das Taxi, das sie zu einem Einfamilienhaus in Hosjö bringen soll.

Leo seufzt, als er in Vincents Zimmer geht. Er versteht, warum gerade diese Taschen nicht gepackt werden. Ein kleinerer Rucksack und eine Art Turnbeutel stehen leer in der Mitte des Zimmers. Vincent ist damit beschäftigt, das Dach eines Legoflugzeugs zu konstruieren. Oder er baut einfach irgendwelche Steine zusammen, die gar nicht zusammengehören.

Leo setzt sich neben ihn. Großer und kleiner Bruder ganz nahe.

»Vincent? Du musst aufhören, mit Lego zu spielen … was auch immer du da gerade baust. Du musst packen. Felix und ich können nicht wissen, was du mitnehmen willst.«

Vincent baut weiter, ohne Sinn und Verstand.

»Die Sozialarbeiterin und Agnetha haben gesagt, dass wir zu

einer anderen Familie kommen. Da, wo alle in schönen Häusern wohnen.«

Ein roter runder Stein auf einem länglichen grünen.

»Du hast es doch selbst gehört. Sitzt du deswegen hier und bockst? Die Zeit wird total schnell vergehen. Es ist ja nur, bis Mama zurückkommt und alles wieder so ist wie immer.«

Ein blauer platter Stein auf einem breiten schwarzen. Zwei gelbe neben vier weißen.

»Vincent?«

Leo legt seine Hand auf den Berg von bunten Legosteinen und zwingt seinen kleinen Bruder, ihn anzusehen.

»Bitte, Vincent!«

Er bleibt sitzen, bis er eine Antwort erhält.

»Vielleicht.«

»Vielleicht was?«

»Wenn du mir versprichst, dass sie zurückkommt und dass wir hierher zurückkommen.«

»Ich verspreche es dir.«

»Auf Ehre und Gewissen?«

»Auf Ehre und Gewissen. Wenn du mir dafür etwas anderes versprichst. Nämlich dass niemand, weder die Sozialarbeiterin noch Agnetha oder die andere Familie, davon erfährt, dass ein Berg Süßigkeiten unter deinem Bett lag oder dass sich in einer Tasche in Mamas Kleiderschrank eine Menge Geld befindet. Niemals, Vincent, okay?«

Sein jüngster Bruder hat schon immer eine rasche Auffassungsgabe gehabt. Aber nach Papas Schlägen und dem Verband geht alles unerhört langsam.

Ratlosigkeit kostet Zeit.

»Okay, Vincent? Abgemacht?«

Vincent gibt erst Leo, dann Felix die Hand.

»Abgemacht.«

»Noch was, Vincent«, fährt Felix fort. »Es wird das einzige Mal sein, dass irgendwelche Taschen in Kleiderschränken liegen. Das hat du versprochen, Leo, oder? Dass es das *einzige* Mal sein wird?«

Felix beobachtet Leo, wartet auf seine Antwort. Diese Bemerkung war nur an ihn gerichtet.

»Es wird das einzige Mal bleiben, das verspreche ich euch beiden.«

Leo tut so, als würde er auf eine Bibel schwören, und deutet eine Art Kreuzzeichen an. Zum ersten Mal seit Langem lächelt Vincent ein wenig. Vielleicht funktioniert es jetzt.

»Und noch was, Vincent. Wenn wir heute Abend …«

Leo beugt sich vor und nimmt vorsichtig die beiden teilweise verbundenen Hände, die weiter an der sinnlosen Legokonstruktion bauen.

»… bei der Familie da anklopfen, dann kannst du nicht so aussehen. Du musst diesen Verband ablegen. Sonst … sonst schicken sie dich noch irgendwo anders hin. Dann darfst du nicht mitkommen. Verstehst du das denn nicht? Du verstehst doch sonst so viel?«

Er sucht nach Vincents Blick, der sonst immer ganz wach ist, in den letzten Tagen jedoch in einem tiefen Abgrund verschwunden ist.

»Wir fangen jetzt mit der linken Hand an, Vincent, aber nur ein ganz klein wenig.«

Er fängt das herabhängende Ende auf und wickelt zwei Schichten ab. Ein wenig mehr Haut kann jetzt atmen.

»Siehst du, das geht doch bestens. Jetzt die rechte Hand. Und auch hier nur ganz wenig, okay?«

Wenig später hängen die Mullbinden von beiden Händen herab, eine Schlange, die sich häutet. Leo fängt die Enden vorsichtig ein. Dann werden die Arme entmumifiziert. Der Oberkörper ist als Nächstes dran, er steckt in insgesamt drei Mullbinden. Zwei weitere bedecken die Oberschenkel bis zu den Knöcheln, wo sie mit einfachen Knoten befestigt sind.

»Vincent, verlass dich auf mich. Jetzt ist auch der Verband um den Hals weg. Spürst du die Luft auf deiner Haut? Und jetzt rollen wir den Verband auch an dieser Stelle auf. Ich verspreche, dass es nicht wehtut.«

Nachdem die Hälfte des weißen Gewebes verschwunden ist, verändert sich die Arbeit.

Vincent beginnt selbst, an den Enden zu ziehen, und schiebt die Hände seines großen Bruders beiseite.

»Ich mach das.«

Genauso systematisch, wie er sich eingewickelt hat, entfernt er jetzt die verfärbte, zerknitterte Mullbinde und lässt sie in einem Haufen zu Boden fallen.

Leo lächelt. Das ist das Leben. In diesem Augenblick.

Er tut das, weil er ganz sicher ist, dass er recht hat.

Sie hätten nicht packen und zwei Monate zu einer anderen Familie ziehen müssen. Er würde es auch so schaffen, genau wie er es gesagt hat. Das hier und alles, was geschehen kann. Man schafft alles, wenn man nur nachdenkt. Wenn man plant. Und nicht tut, was die anderen von einem erwarten.

Er betrachtet Vincent, der ohne Verband neben ihm sitzt, und schaut zu Mamas Schlafzimmer auf der anderen Seite der Diele hinüber, in dem eine Tasche mit über dreißigtausend Kronen liegt. Er sieht Felix an, der später einmal verstehen wird, dass man bisweilen einen schwarzen Faden verwenden muss, um einen goldenen Faden zu erhalten, und dass sein großer Bruder es ernst gemeint hat mit seinem Versprechen, dass es das einzige Mal bleiben wird. Und falls es tatsächlich wieder passieren sollte, dann zumindest nicht in den nächsten Jahren. Und dass auch danach wieder viele Jahre vergehen werden.

Das denkt er, während er flankiert von seinen Brüdern auf dem Fußboden des Jungenzimmers sitzt.

Schließlich kann er da noch nicht wissen, dass er diese Herbsttage später einmal als eine glückliche Zeit in Erinnerung behalten wird.

Nachbemerkung

In allem, was wir schreiben, findet sich ein Körnchen Wirklichkeit wieder. Ereignisse und Menschen, die sich im Gedächtnis festgesetzt haben und darauf pochen, erzählt zu werden. In diesem Roman dominiert jedoch die Fiktion. Die Personen, die den Figuren dieser Erzählung zugrunde liegen, dürfen daher für deren Handlungen nicht verantwortlich gemacht werden.

Ein großer Dank geht an

Calle, weil du deine innersten Überlegungen mit uns geteilt hast, sodass wir die Wirklichkeit zerstören konnten, um sie als Fiktion wiederaufzubauen.

Petra Cabbe und *Fia Roslund*, weil ihr für uns und den Text während dessen Entstehung da wart.

Niclas Breimar für seine klugen Kommentare.

Eric Thunfors für sein Cover, das uns sehr gut gefällt, und *Anna Silberstein* und *Astrid Sivander* für ihre Bemühungen beim Korrekturlesen.

Mattias Boström, *Cherie Fusser*, *Lasse Jexell*, *Madeleine Lawass*, *Christina Kivi*, *Anders Olofsson*, *Anna Carin Sigling*, *Ann-Marie Skarp* und *Lottis Wahlöö* vom Piratförlaget, weil Ihr Euch mit so viel Professionalität und Herzlichkeit um uns und unseren Text gekümmert habt.

Federico Ambrosini, *Julia Angelin*, *Anna Carlander*, *Malin Gyllenhammar Broman*, *Marie Gyllenhammar*, *Tor Jonasson*, *Karin Lindgren*, *Joel Pettersson* und *Alexia Wennberg* von der Salomonsson Agency für eure Kompetenz und Umsicht hier in Schweden und überall auf der Welt.

Anna Hirvi Sigurdsson für die vielen Stunden aufmerksamer Durchsicht des Manuskriptes.

Besonderer Dank gilt *Sofia Brattselius Thunfors*, unserer Lektorin, und *Niclas Salomonsson*, unserem Agenten.